Sophie

November 2018

He wants you to come, sagt die Frau. Ich trage das Kleid, das sie mir angezogen hat, gleich nachdem ich an Bord gekommen bin. Im Spiegel sehe ich eine Prinzessin. *Bin ich das?*, frage ich. Die Frau sagt, ich würde auf einem goldenen Thron sitzen und all meine Wünsche würden in Erfüllung gehen. Ja, alle außer dem einen.

Sie führt mich zu einer zweiflügeligen Tür. Die Griffe sind aus Gold und sehen aus wie Delphine. Noch einmal richtet sie mein Kleid, wischt an meinen Lippen entlang, legt eine Haarsträhne zur Seite. Dann klopft sie und lauscht. Sie wartet. *Was ist hinter der Tür?*, frage ich. Die Frau lächelt, während sie sie leise öffnet. Hat jemand *Herein* gesagt? Ich habe nichts gehört, weil mein Herz so laut schlägt. Die Frau verbeugt sich. So tief, dass sie nicht in den Raum hineinsehen kann. *Lass mich nicht alleine*, will ich sagen. Aber da ist sie schon nicht mehr da.

»Wie geht es dir?«, fragt ein Mann.

Seine Stimme ist dünn und hoch. Ich will auf die Frage antworten, weil ich hoffe, dass mir nichts passieren wird, wenn ich artig bin. Zumindest nicht das, was die anderen Mädchen erzählt haben. *Ich habe Durst,* will ich sagen. Aber ich bekomme keinen Ton heraus. Vielleicht werde ich ersticken.

»Du brauchst keine Angst zu haben«, sagt der Mann. »Willst du etwas trinken?«

Ich schaue nach unten. Meine Füße versinken in dem weichen hellblauen Teppich.

»Schau mich an«, flüstert der Mann.

Ich hebe den Kopf. Ich bin überrascht, weil der Mann ein hellrotes Gewand trägt. Er liegt gekrümmt auf einem riesigen Bett und erinnert an eine Krabbe. Seine Haare sind tiefschwarz, seine Augen sanft, die Nase schmal. Auf der Oberlippe hat er eine Narbe. Wie Joaquin Phoenix in dem Film *Gladiator*. Er ist bestimmt nicht älter als dreißig.

Auf einem goldenen Tisch neben dem Bett steht eine Shisha, die auch aus Gold ist. Auf der Spitze des Glasbehälters glühen kleine Kohlen weiß und rot. Der Mann fasst nach einem Schlauch, führt ihn zu seinem Mund und saugt so fest daran, dass seine Wangen sich nach innen wölben. Dann atmet er Rauch aus. Es riecht nach Gummibärchen.

»Willst du dich setzen?«, fragt er.

Er winkt mich zu sich, klopft auf ein Kissen, das zwischen seinen Beinen liegt. Ich setze mich lieber an den äußersten Rand des Sofas.

»Du wunderst dich sicher, dass ich so gut deutsch spreche.«

Ich nicke.

»Ich habe vor ein paar Jahr in Berlin an der HU im Nebenfach Deutsche Literatur studiert. Das zwanzigste Jahrhundert mochte ich besonders. Thomas Mann und Hans Fallada und Günter Grass. Kennst du *Die Blechtrommel*?«

»Nein.«

»Weißt du, dass unter den großen Schriftstellern keine einzige Frau ist?«

Ich schüttele den Kopf. Woher soll ich das wissen? Das war in Deutsch in der Schule noch nicht dran.

»Weißt du, warum das so ist?«

»Nein.«

»Weil das Gehirn von Frauen kleiner ist als das von Männern. Elfriede Jelinek war die einzige deutsche Frau, die den Literaturnobelpreis bekommen hat. Dabei schreibt sie grässliches Zeug. Völlig unzusammenhängend und wirr. So als würde sie aufschreiben, was ihr gerade in den Sinn kommt. Willst du einen Film sehen?«

Ich schüttele erneut den Kopf.

»Schade.«

Jetzt ärgere ich mich. Wieso habe ich abgelehnt? Wenn wir einen Film schauen, wird er mich vielleicht in Ruhe lassen, denke ich.

»Oder vielleicht doch«, beeile ich mich.

»Magst du Harry Potter?«

»Okay.«

Der Mann nimmt eine Fernbedienung, sucht auf Amazon nach *Harry Potter und der Halbblutprinz*, und dann läuft der Film auf einer Leinwand, die so groß ist wie das Garagentor bei uns zu Hause.

»Komm her. Von da drüben kannst du doch gar nichts sehen«, befiehlt der Mann.

Ich rücke näher an ihn heran. Er riecht nach einem Frauenparfüm.

»Rauchst du Shisha?«

»Nein, ich bin ja erst elf.«

Ich tue so, als würde ich mich auf den Film konzentrieren. Aber das geht nicht, weil der Mann dauernd dazwischenredet. Irgendwann nehme ich allen Mut zusammen.

»Wollen wir nicht den Film schauen?«, frage ich.

»Ich will lieber Musik hören«, sagt er.

Er scheint wütend zu sein, schaltet den Film aus. Jetzt hören wir orientalische Musik.

»Tanze für mich«, sagt der Mann.

»Ich kann nicht tanzen.«

»Wieso? Alle Frauen können tanzen.«

Er ist irgendwie unsicher. Vielleicht hat er genauso viel Angst wie ich. Ich weiß nur nicht, warum. Ich fange an zu tanzen. Und ich hoffe immer noch, dass er mich in Ruhe lässt, wenn ich genau das tue, was er von mir verlangt. Er schaut mir zu. Ich glaube, er ist nicht zufrieden.

»Willst du lieber zu einer anderen Musik tanzen?«

Ich sage, dass ich Beyoncé toll finde. Er lässt *Hold up* von Beyoncé laufen. Und ich tanze. Natürlich nicht so, wie ich zu Hause mit Kata tanze, wenn wir so tun, als wären wir Superstars. Ich bewege nur die Füße hin und her. Ich will nicht, dass der Mann denkt, es würde mir Spaß machen.

»Ist das alles?«, fragt er.

Der Mann greift nach einer Flasche und schenkt Sekt in einen goldenen Becher, den er mit spitzen Fingern fasst, als wären sie die Flügel einer Pinzette. Mama hat mir mal gesagt, dass Moslems keinen Alkohol trinken, weil es für sie Sünde ist. Aber vielleicht ist er kein Moslem. Einmal war ich bei Leila, einem Mädchen aus meiner Klasse, zum Spielen eingeladen. Nur waren in Leilas Zimmer keine Spielsachen, weil das Gotteslästerung ist. Hat Leila gesagt. Und sie hat geschworen, dass niemand in ihrer Familie Alkohol trinkt. Trotzdem hat ihr Vater sie immer wieder verprügelt. Mein Papa trinkt manchmal ziemlich viel

Alkohol, aber er hat mich und Kata nie geschlagen. Nur beim Monopoly.

»Ich heiße Ilias«, sagt der Mann.

»Ich heiße Sophie«, sage ich.

»Nein«, widerspricht er. »Du heißt Samira.«

Er lächelt.

»Weißt du, was Samira bedeutet?«

»Nein.«

»Freundin der Nacht.«

Freundin der Nacht. Er lacht laut, als würde er sich über meine Angst amüsieren. Und mit einem Mal weiß ich, was nun kommt. Ich höre auf zu tanzen. Ich will einfach stehen bleiben und tapfer sein, aber meine Beine wollen nicht. Ich falle zu Boden und weine und schluchze und bitte Ilias, mir nichts zu tun.

»Mein Vater hat viel Geld für dich bezahlt«, sagt er. »Und er hat gesagt, du würdest gehorchen. Und ich müsste dich einreiten wie ein Kamel.«

Weil ich weiterweine, wird er richtig wütend. Er packt mich und reißt mir das Kleid vom Körper. Die Knöpfe platzen ab und fliegen umher wie ein aufsteigender Schwarm Spatzen. Ich bin nackt. Und ich weine noch mehr, und dann wird er richtig unsicher.

»Was ist denn, warum weinst du?«, fragt er.

»Ich will zu meiner Mama«, antworte ich so leise, dass ich es selbst kaum hören kann.

»Das verstehe ich. Aber das geht nicht«, sagt der Mann.

Er läuft aufgeregt umher. Schaut mich an. Trinkt. Schaut wieder. Dann fleht er mich an, ich soll aufhören zu weinen. Aber es gelingt mir nicht. Da wird er noch wütender. Er packt mich, wirft mich auf das Bett, legt sich auf mich und hält mir den Mund zu. Ich versuche mich von ihm zu befreien, weil ich keine Luft mehr kriege. Doch er ist zu stark. Und in seinen Augen sehe ich eine dunkle Wut.

Katharina

Dezember 2018

Seit drei Monaten lebe ich in der geschlossenen Abteilung der psychiatrischen Klinik der Charité in Mitte. Den genauen Grund dafür kenne ich nicht. Vielleicht weil ich, nachdem ich vor einem Jahr zusammen mit meiner Schwester Sophie entführt wurde, das eine oder andere Mal versucht habe, mich umzubringen. Es kann aber auch ein anderer Grund sein. Es ist schwierig, das genau zu sagen, wenn man erst mal hier ist. Ich habe ein eigenes Zimmer, das ich selbst gestalten darf, solange die Accessoires nicht dazu geeignet sind, mich selbst zu verletzen. Mit Tesafilm habe ich Fotos an die Wände geklebt, auf denen Bäume zu sehen sind. Ich habe ein Bett, mit zwei Gittern rechts und links, an die ich bei Bedarf fixiert werden kann. Tisch, Stuhl, Schrank, Regal für Bücher – und einen toten Sperling. Vor einer Woche ist er durch das Gitter vor dem offenen Fenster in mein Zimmer geflogen. Keine Ahnung, wie er das geschafft hat. Ich habe ihn Axel genannt und mit den Körnern gefüttert, die ich von Brötchen abgekratzt habe. Aber er wurde nicht zutraulich. Dann dachte ich, dass er vielleicht ein Weibchen ist, sich durch Axel sexistisch beleidigt fühlt und lieber Amy heißen möchte. Aber er oder sie hat nie etwas gesagt. Heute Morgen war Axel beziehungsweise Amy tot. Ich hoffe, nicht wegen meiner Namensgebung. Schwester Sigrun meint, der Grund sei mit Sicherheit ein Herzinfarkt, weil er oder sie den Weg nach draußen nicht mehr gefunden hat. Sigrun ist eine unserer Betreuerinnen. Sie ist dafür zuständig, dass wir uns auf der Station vegetarisch ernähren und diszipliniert die vielen Medikamente schlucken, die die selektive Noradrenalin-Wiederaufnahme hemmen. Manchmal muss auch das Serotonin oder das Dopamin gehemmt werden. Ich kenne mich da nicht so aus. Ich lass sie einfach machen. Leonie im Zimmer nebenan findet ihre Tabletten scheiße, weil sie davon Pickel kriegt. Aber sie nimmt sie trotzdem. Und jetzt denkt sie auch nicht mehr, sie wäre Tabaluga. Manchmal gibt sie welche an Greta weiter. Greta wäre gern Jesus. Sie weiß, dass sie dafür an Gott glauben und eine Geschlechtsumwandlung machen müsste. Da hakt es bei ihr.

Ich weiß nicht genau, warum ich hierhergekommen bin. Ich weiß nur noch, dass ich vor ein paar Monaten im Görlitzer Park zusammengebrochen bin. Aber warum? Was wollte ich da? Vielleicht habe ich mit den anderen rumgehangen. Vielleicht habe ich Bier getrunken und billigen Scheiß geraucht. Vielleicht habe ich auch stärkeren Shit genommen. Als die Polizei gekommen ist, bin ich total abgedreht. Hab geschrien und wirres Zeug geredet. Soweit ich weiß, war Fatima, die sich um mich kümmern sollte, nicht in Berlin, weil sie in der Türkei nach meiner Schwester gesucht hat. Ich habe damals zweiunddreißig Kilo gewogen. Trotzdem war ich stark genug, dass sie mich im Krankenwagen fesseln mussten, weil ich einem Sani in die Eier getreten hatte.

Während ich mich hier in der Psychiatrie langweile, ist meine kleine Schwester Sophie immer noch in den Händen von irgend so einem verdammten Scheißkerl, in irgend so einem verdammten Scheißland. Weil meine Eltern mich am 8. November gerettet und Sophie im Stich gelassen haben. Dafür hasse ich meine Mutter und meinen Vater. Obwohl es mir bei ihm schwerer fällt, vielleicht, weil es so ein Vater-Tochter-Ding ist. So was wie ein weiblicher Ödipuskomplex, keine Ahnung, ob es das gibt.

Seit ein paar Wochen habe ich etwas, das sich *lebensbedrohliche Anorexia nervosa* nennt. Rausgekommen ist es, weil ich ein paar Schlucke von dem Desinfektionsmittel genommen habe, mit dem die Putzfrauen die Spuren unserer Kreativität beseitigten. Blöde Nüsse. Ich habe neben der Kloschüssel in einer Lache aus Urin und Kacke gelegen. Ich konnte mich einfach nicht entscheiden. Kotzen oder pinkeln oder kacken.

Ich zittere. Der dünne Flaum auf Armen und Rücken wärmt mich nicht. Die Kälte kommt von innen, von den Knochen. So als ob die sich von den arroganten Muskeln befreien wollen, die den Knochen immer vorschreiben, was sie zu tun haben. Ich krieche zum Heizkörper, der rhythmisch klopft. Wie mein Magen. Keine Ahnung, wieso. Vielleicht sind es Klopfzeichen von Sophie, die mit mir Kontakt aufnehmen will, um mich zu warnen. Vielleicht will sie mir sagen, dass ich für alle Zeit hierbleiben muss, weil ich beschmutzt bin. Weil die Welt mir die Vergewaltigungen nicht verzeihen kann. Irgendwas muss ich doch getan haben, wenn ich vor drei Jahren entführt und zweiundvierzig Mal vergewaltigt worden bin. Ich weiß noch, wie mich in den ersten Tagen die Leute in der Nachbarschaft angesehen haben. Mit diesem Mitleidsblick, der dir sagt, dass du ab jetzt ausgestoßen bist. Da habt ihr völlig recht. Ich bin der Auswurf eines Menschen, der früher einen Namen hatte und dessen Lebenszweck jetzt aus Hungern, Fressen, Scheißen und Kotzen besteht. Ich bin eine Kannibalin meiner selbst.

Die Assistenzärztin hat mich auf dem Klo gefunden. Sie heißt Dr. Wurst, und ich soll sie Dr. Bettina nennen, wegen dem Vertrauen oder so. Sie ist groß und eckig. Alles an ihr ist eckig. Das Gesicht, die Schultern, die Hände, sogar der Gang. Sie weiß aus Büchern und aus der sicheren Distanz der Beobachtung, was mit mir los ist. Mein Problem ist, dass ich mir die Schuld an dem gebe, was mit Sophie und mir passiert ist, sagt sie. Weil ich nicht verhindert habe, dass wir beide in den Lieferwagen eingestiegen sind. Vor drei Jahren, vor dem Olympiastadion. Wenn sie mit dieser sanften Idiotenstimme spricht, die in dem Laden alle drauf haben, neigt sie jedes Mal den Kopf zur Seite. *Du bist nicht schuld,* sagt sie. Immer wieder, wie so ein blöder Papagei. *Du bist nicht schuld.* Pro Sitzung mindestens drei Mal. Sie sagt, wenn ich so weiter mache, wenn ich weiterhin nichts esse, werde ich krank. Ich weiß, was sie meint. Magersucht führt zu Störungen der Fruchtbarkeit, zu Haarausfall, Osteoporose, häufigem Frieren, Nierenschäden, Herz-Kreislauf-Störungen, Ohnmachtsanfällen und schlechten Zähnen. Was sie vergessen hat, ist die Königsdisziplin aller Magersüchtigen. Ich weise sie darauf hin und zeige ihr meinen linken Arm, in den ich mit einem Kugelschreiber mein kleines Erbauungsvokabular eingeritzt habe. *Hass. Blut. Fotze.*

Dr. Bettina sagt, dass ich es selbst in der Hand habe, ob und wann ich die Geschlossene verlassen darf. Und sie fragt mich, ob ich mir bewusst sei, dass auch die Anorexie eine Reaktion auf die Schuld ist, die ich mir selbst gebe.

Ich antworte, dass die Anorexie keine Reaktion auf irgendeine der unzähligen Nutzbarmachungen der Löcher in meinem Körper sei, sondern eine Vorsichtsmaßnahme. Ich will keine Frau werden. Denn die Aussicht darauf, erwachsen zu sein, trägt keine Sehnsucht in sich. Sie ist eine Bestrafung, bestehend aus Ehemann, Sex und Kindern. Dennoch versucht Dr. Bettina seit sechs Monaten, mich davon zu überzeugen, dass es ein Leben jenseits der Schmähungen gibt, die ich meinem Körper zumute. Und wenn ich eines Tages die Klinik verlasse, wird sie glauben, dass sie erfolgreich gewesen ist. Dann wird sie in ihrem Bericht schreiben, dass ich einen Weg aus dem Tal der Depressionen gefunden habe. Sie werden mich zu einem beispielhaften Fall erklären, der beweist, dass mithilfe der richtigen Medikamente eine Heilung möglich ist. Ich werde mich artig bedanken und verschweigen, dass es nur einen Grund gibt, meinen Körper nicht länger zu zerstören. Der Grund heißt Sophie. Am Tag, als meine Eltern mich hier eingeliefert haben, habe ich eine Nachricht von Sophie erhalten. *Wenn du die Nachricht liest, sag Mama und Papa, dass ich auf einem Schiff bin. Ich habe Angst. Aber ich halte durch, bis ihr kommt.*

Ich werde mein Nest verlassen. Ich werde mich auf etwas vorbereiten, zu dessen erfolgreicher Durchführung mir alles fehlt, was nötig ist. Erfahrung, Wissen, Kraft und Geld. Das Einzige, was ich besitze, ist Wut.

Helena

Januar 2019

Ich taumele dem Wachsein entgegen, halte mich an diesem winzigen blinden Moment fest, an dem der Tag mich noch nicht enttäuscht hat. Dann hoffe ich, dass alles, was bisher passiert ist, noch dem Schlaf gehört. Ich öffne die Augen. Und sofort fährt der Schmerz wie ein Schwert durch mich hindurch. Seit ich im Knast bin, hat sich meine Sprache verändert. Nicht nur meine Wortwahl, sondern auch mein Denken. Ein mir bisher fremdes Pathos hat sich in meinem Bewusstsein eingenistet. Ich denke so Sachen wie: Es gibt Ereignisse im Leben, die sind ein Erdbeben. Sie reißen Gewissheiten ein gleich einer einstürzenden Brücke, verschlucken Hoffnungen und türmen Angst und Elend auf, als seien es die Trümmer einer Stadt, die auf faulen Fundamenten errichtet ist. Helga, eine der Beamtinnen, hat mir geraten, ich solle Gedichte schreiben. Gedichte? Angesichts dessen, was passiert ist? Ich weiß doch, warum ich so denke und fühle. Als meine Töchter entführt wurden, dachte ich, die Hölle habe sich aufgetan. Da wusste ich nicht, was mich erwartet, als ich Katharina gerettet hatte und Sophie nicht. Und ich wusste auch nicht, was mich erwartet, als ich für drei Jahre eingesperrt wurde. Hinter meterdicken Mauern, gefoltert von den Blüten meiner Fantasie. Wieder so ein Satz. Blüten meiner Fantasie. Heute Morgen sind es mal wieder Bilder von den Geburten. Kata ist im Taxi auf die Welt gekommen. Die

Fruchtblase war gesprungen, Robert war bei einem Einsatz, und ich habe ein Taxi gerufen. Aber schon nach hundert Metern ging es los. Kata wollte aus mir heraus, als könnte sie mich nicht leiden. Sie war voller Ungeduld. Und sie hatte sofort die Augen auf. Der Taxifahrer hat gedacht, ich nehme ihn auf den Arm. Sie sah aus, als wäre sie bereits vor einer Woche geschlüpft. Mal abgesehen von dem Blut und der Käseschmiere. Bei Sophie wusste ich, dass ich rechtzeitig ins Krankenhaus gehen muss. Aber dann war es ganz anders als bei Kata. Ich habe stundenlang gekämpft. Ich glaube, Sophie wollte um alles in der Welt in der dunklen, nassen und warmen Höhle bleiben und weiter an der Nabelschnur hängen. Als sie draußen war, hat sie endlos gebrüllt. Es hat sich wie Wut angehört. Wut darüber, dass ich sie in die Welt geschickt habe. Ausgerechnet sie ist jetzt dazu verurteilt, von mir getrennt zu sein.

Ich greife nach dem Foto von Sophie an der Wand, das an der Kopfseite meines Bettes hängt. Meine Hände tasten ins Leere. Wo ist es? Ich richte mich auf, schaue unter das Bett, zum Waschbecken, zum Tisch. Es ist weg. Ich blättere hektisch durch die Bibel, blättere zu der Stelle, an der ich es manchmal aufbewahre. Psalm 91. *Denn er hat seinen Engeln befohlen über dir, dass sie dich behüten auf allen deinen Wegen, dass sie dich auf Händen tragen und du deinen Fuß nicht an einen Stein stoßest.* Es ist weg. Ich drehe die Bibel auf den Kopf, schüttele sie. Weg. Habe ich es, als ich es zum letzten Mal angeschaut habe, nicht wieder zurückgelegt? Das kann nicht sein. Ich würde mich daran erinnern, weil ich mich an alles erinnere. An alles, was geschehen ist, was ich je gedacht, gesagt oder getan habe.

Das Foto ist auch in keinem der anderen Bücher. Nicht unter der Matratze, nicht im Schrank. Wieso ist es nicht da? Ich brauche es. Ich muss es jeden Tag mehrmals anschauen, weil es mich davon abhält, in eine tiefe Depression zu verfallen. Die Stunden, in denen ich nicht an sie denke, übertrumpfen mehr und mehr die, in denen sie in mir lebendig ist. Deswegen das Foto. Es zwingt mich, an sie zu denken. Dafür schäme ich mich.

Jemand muss es gestohlen haben. Das ist die einzig mögliche Erklärung. Jemand war in meiner Zelle. Jemand aus meiner Gruppe. Während ich geschlafen habe oder während der Arbeitszeit oder dem Hofgang. Vielleicht auch eine aus der Trachtengruppe wie die dicke Helga, die in ihrer Uniform aussieht wie eine Wurst. Ich schreie, ich reiße die Matratze vom Bett herunter. Werfe den Tisch um. Wo ist das Foto? Sophie am Tag, als sie mit einem Aufsatz über mich und meine Arbeit den ersten Platz beim Berliner Wettbewerb *Junge Dichter* gewonnen hat. Sie ist neun Jahre alt. Sie hält eine kleine Trophäe in der linken Hand, die Kalliope darstellen soll, die Muse der Dichtung und Philosophie. In der rechten einen Gutschein für ein Jahr kostenlose Nutzung der Bibliothek in der Westendallee. Sophie ist reine Freude.

Es war, als wollte uns das Schicksal ein letztes Mal mit dem Gefühl des vollendeten Glücks überhäufen, damit wir nur umso tiefer fielen, als es uns in die bodenlosesten Höllen der Verzweiflung stürzte.

Durch Schreie alarmiert, rückt die Trachtengruppe an. Helga und Yasemin.

»Was ist los, warum schreist du so rum, bist du verrückt geworden?«

Helga steht breitbeinig vor mir. Ihr Blick sagt mir, dass sie wütend ist, weil ich sie bei irgendetwas gestört habe. Normalerweise kann sie mich nicht leiden, jetzt hasst sie mich, weil sie kurz vor Schichtwechsel noch mal kommen muss. Yasemin steht hinter ihr. Sie ist rangniedriger, aber im Gegensatz zu Helga verschlagen. Sie droht, mich in den Bunker zu sperren, wenn ich nicht sofort aufhöre. Ich sage, dass ich bestohlen wurde. Dass Sophies Foto verschwunden ist. Sie nehmen die Nachricht hin, als würde ich mich über das Wetter beschweren. Beide wissen, was das Foto mir bedeutet. Sie sind Mütter wie ich. Aber es gibt etwas, das uns unterscheidet. Auch sie haben Angst, dass ihren Kindern etwas passieren könnte. Doch wenn sie nach Hause kommen, wissen sie, dass es nur eine Furcht von vielen war.

»Wenn du dich nicht sofort beruhigst, kommst du in den Bunker«, wiederholt Yasemin.

Niemand will in den Bunker. Der Bunker ist wie Krebs. Alles Schlechte wuchert darin.

»Willst du eine Anzeige machen?«

Will ich eine Anzeige machen? Nein. Falls ich bestohlen wurde, ist eine Anzeige das Dümmste, was ich machen kann. Von diesem Moment an wäre das Foto, falls jemand es geklaut hat, für immer verloren.

»Nein, keine Anzeige«, sage ich.

»Dann beruhige dich.«

»Ja.«

»Es wird schon wieder auftauchen.«

»Ja.«

Sie haben mehr Erfahrung als ich. Sie wissen, dass jede Handlung hier drinnen einem Zweck dient. Irgendwann werde ich eine Nachricht erhalten, dass das Foto aufgetaucht ist. Dass ich es zurückbekomme, wenn ich etwas dafür tue. Ich kann den Erhalt der Nachricht beschleunigen, indem ich mir Unterstützung hole.

»Hast du dich beruhigt?«

»Ja.«

Sie ziehen ab.

Bisher habe ich mich von allen ferngehalten. Gehöre keiner Gang an. Ich müsste irgendetwas mit ihnen gemein haben, mehr als nur Herkunft und Geschlecht. Zum Beispiel Erfahrungen. Was uns Menschen vom Anbeginn unserer Existenz auf diesem Planeten zusammenschweißt, sind gemeinsame Erlebnisse. Das, was die Frauen hierhergebracht hat. Wenn du einen Menschen umgebracht hast oder im großen Stil betrogen hast. Wenn du gedealt hast, geklaut. Anfangs haben sie mich Sumpfbiber genannt, weil ich mich in der Nähe der Vollzugsbeamtinnen aufgehalten habe. Ich habe in meiner Naivität gedacht, wir gehören auf die gleiche Seite, weil ich in einem anderen Leben Staatsanwältin war. Irrtum. Für diejenigen, die das Gesetz vertreten, zählt nicht, wer du mal warst. Hier zählt nur, was du getan hast, wer du jetzt bist und wer du sein willst.

Ich werde mich in Danielas Hände begeben. Sie ist zweiundfünfzig Jahre alt, sitzt wegen Totschlags und ist eine der Bienenköniginnen hier drin. Und sie ist hinter mir her. *Irgendwann werde ich dich ficken*, hat sie am zweiten Tag meiner Haft gesagt. Ich weiß, was das heißt. Wenn sie schlecht drauf ist, ist es so, wie das Wort klingt.

Robert
März 2019

Doha ist die Hauptstadt von Katar, einem der wohlhabendsten Länder der Welt. Neben unfassbarem Reichtum existierte ebenso unfassbare Armut. Die Straße lag abseits des Zentrums, wo die Glastürme in die Höhe wachsen. In dieser Straße war Sophie angeblich von einem Zeugen gesehen worden. Damit ich erfuhr, um welches Haus es sich handelte, musste ich an mehrere Leute insgesamt einhunderttausend Dollar zahlen. Das Geld stammte aus Erspartem und dem Rest des Geldes, das der Verkauf von Helenas Haus eingebracht hatte.

Ich habe das Haus drei Wochen lang observiert. Ich habe gesehen, wie eines Nachts ein Transporter durch das baufällige Tor fuhr und zwei Männer ausstiegen. Sie waren von der Polizei. Zumindest trugen sie Polizeiuniformen. Ich habe gewartet, bis sie wieder verschwunden waren. Dann bin ich losgegangen. In dem Haus wohnten vier Mädchen. Die Jüngste war nicht älter als vier oder fünf. Sie sprach französisch. Ich habe die Ambulanz angerufen. Dann habe ich mir den Mann geschnappt, der sie bewacht hat. Ich habe ihm das Foto von Sophie gezeigt. Er hat gegrinst. Da habe ich ihm das Nasenbein gebrochen.

Ich habe ihn entführt und zwei Wochen lang in einem Boot vor der Küste außerhalb der Zwölf-Meilen-Zone festgehalten. Ich habe ihm Schmerzen zugefügt, die stärker waren als seine Angst. Sein Grinsen war ihm vergangen, irgendwann hatte ich ihn gebrochen. Er sagte, er wüsste, wo Sophie sich befindet. Ich bin zu der Adresse gefahren, die er mir genannt hat. Eine Villa am östlichen Stadtrand. Ich habe wieder gewartet und beobachtet. Im Hof standen Bentleys, Porsches, Ferraris. Männer kamen und gingen. Ein paar Mal wollte ich losgehen und diejenigen abknallen, die aus den Autos stiegen. Doch ich musste zuerst sicher sein, dass Sophie sich auch tatsächlich dort befand. Frauen waren nicht zu sehen. Und dann war da ein Mädchen. Etwa so groß wie Sophie. Ich konnte sie nicht erkennen, weil sie verschleiert war. Sie schrie. Auf Deutsch. Ihr Schreien hörte sich nicht wie Sophie an. Aber vielleicht hat sich ihre Stimme verändert, dachte ich. Durch all das, was sie erlebt hat.

Als ich sicher war, dass kein Mann mehr im Haus sein konnte, startete ich gegen Mitternacht den Angriff. Ich erschoss die beiden Frauen, die die Mädchen bewachen sollten. Dann weckte ich die Mädchen. Es waren sieben. Keine davon war Sophie. Ich habe sie aufgefordert, in meinen Wagen einzusteigen. Sie wollten nicht. Sie weinten und jammerten. Sie dachten, ich würde sie irgendwo in der Wüste aussetzen oder im Meer ertränken. Ich habe dem deutschen Mädchen erklärt, dass ich sie zur deutschen Botschaft bringen würde, was ich auch getan habe. Danach bin ich zurück zum Strand gefahren und mit dem Boot hinaus aufs Meer. Ich habe dem Mann, dessen Name Djengiz war, das Stromkabel der Bootsbatterie an den Mund gehalten, an seine Eier, an die Augen. Ich habe ihm ein Ruder in den Arsch geschoben, bis das Blut herausspritzte. Nach einer Woche war ich sicher, dass er nicht gelogen hatte. Er wusste nicht, wo Sophie gefangen gehalten wird. Er hatte mir die Adresse nur deshalb genannt, damit ich ihm nicht weiter wehtun würde. Ich band den Anker an seine Beine und warf ihn über Bord. Danach fuhr ich zurück an Land, zündete das Boot an und ging in ein Hotel. Ich wollte mich ausruhen, nachdenken und auf einen Funken Hoffnung warten. Dann wollte ich wieder losziehen.

Es gibt Leute, die denken, dass ich genauso bin, wie diejenigen, die meine Tochter entführt haben und vergewaltigen. Nein, ich bin nicht wie die. Ich bin schlimmer.

Als ich aus Katar zurückkam, musste ich es erklären. Den Kollegen, den Leuten, die mir Geld geliehen hatten, der Presse. Hast du sie gefunden? Gibt es Neuigkeiten? Irgendwelche Spuren? Weder noch. Keine Neuigkeiten, keine Spuren. Ich habe gesagt, dass ein Entführungsfall nach ein paar Monaten bei der Kripo auf Wiedervorlage kommt. Die Akte wird beiseitegelegt, bis ein Kollege sie irgendwann wieder hervorholt. Vielleicht weil sich ein Zeuge gemeldet hat, weil ein Indiz aufgetaucht ist. Ich habe niemandem gesagt, dass ich in einer Sackgasse feststecke, die eigentlich ein Labyrinth ist, das mich immer wieder an denselben Punkt führt.

Die Anteilnahme war groß. Angebote zu reden, irgendwas zu machen, damit ich den Kopf freibekommen konnte. Nach einem Monat kamen die nächsten Fragen. Was wirst du jetzt machen? Wieso trinkst du so viel? Hast du aufgegeben? Wieso bist du hier? Warum suchst du nicht weiter? Ich habe versucht, es zu erklären. Als stünde ich vor Gericht. Es ging um das beste Plädoyer.

Der erste Grund, warum ich die Suche nach Sophie aufgegeben habe, muss eigentlich jedem plausibel erscheinen, der meine Situation nicht persönlich erlebt hat. Ich habe mehr als zweihunderttausend Euro ausgegeben, um Sophie zu finden. Ich bin um die halbe Welt geflogen. Ich habe Leute bestochen, verprügelt und gefoltert. Jetzt ist kein Geld mehr da, um irgendwas Sinnvolles zu unternehmen. Und alles jenseits sinnvoller Schritte kommt einem Aktionismus gleich, der Sophie, sollte sie doch noch am Leben sein, unter Umständen noch mehr gefährdet.

Den zweiten Grund verstehen nur die, deren Kind verschwunden und nicht wiederaufgetaucht ist. Noch nicht mal als misshandelte Leiche. Ein totes Kind kannst du betrauern. Du kannst heulend am Grab knien, du kannst dich auf das Grab werfen, du kannst daran denken, dich umzubringen. Das alles kannst du tun, weil du die Gewissheit hast, dass dein Kind nicht mehr leidet. Doch der Gedanke, dass dein Kind noch lebt, ist nicht zu ertragen. Und der darauffolgende Gedanke, was es zu erleiden hat, wie es um dich und seine Mutter weint, macht dich wahnsinnig.

Es gibt diesen Satz, dass ein Mann, dem du alles nimmst, zu einer geladenen Waffe wird. Das ist Unsinn. Mir wurde alles genommen. Meine Tochter Katharina spricht nur noch das Nötigste mit mir. Meine Ex-Frau Helena wird in zwei Jahren aus dem Gefängnis entlassen, und dann wird sie mich fragen, wieso ich aufgegeben habe. Sophie ist vermutlich tot. Und wenn sie lebt wäre es besser, sie würde bald sterben.

Sophie

April 2019

Ich habe keine Bücher, keine Musik, kein Handy. Weil Ilias Mutter Angst hat, ich würde meine Eltern anrufen oder ihnen eine Nachricht schreiben. *Hallo Mama, ich bin hier in Saudi-Arabien, das Wetter ist schön, das Essen auch. Ich hänge meistens in meinem Zimmer herum. Ich habe übrigens ein Baby.* So was in der Art.

Ich bewohne ein Zimmer im hinteren Trakt des Palastes. Es liegt im ersten Stock am Ende eines Ganges, neben den Zimmern, in denen noch andere Frauen wohnen. Von hier aus kann ich durch die Verdunklungsjalousien auf den Hof und das Hauptgebäude sehen. Es ist sandfarben und sieht überhaupt nicht so aus, wie man sich einen Palast vorstellt. Er ist modern gestaltet, ohne Schnörkel und Verzierungen und so. Eher könnte er in New York stehen, aber das weiß ich nicht so genau, weil ich noch nie in New York war. Der Hof zwischen dem Frauentrakt und dem Hauptgebäude ist mit Marmor ausgelegt. In der Mitte gibt es einen wahnsinnigen Springbrunnen. Die Fontäne spritzt bestimmt fünfundzwanzig Meter hoch, noch über das Dach des Palastes hinaus. Die farbigen Lampen lassen ihn wie einen Regenbogen erstrahlen. Drumherum ist so ein kleiner Garten angelegt, mit Palmen und Blumen und einem Rasen, der aussieht, als sei er gemalt. Überall liegen Kissen verstreut, darüber sind riesige Baldachine gespannt. Es erinnert mich an die Oase in dem Film Aladin. Nein, eigentlich mehr an das Paradies, wie ich es einmal in der Schule gemalt habe. Nachmittags, wenn die Männer fertig sind mit Aufräumen und den Pflanzen, können wir Frauen für zwei Stunden in den Innenhof gehen. Ansonsten halten wir uns in unseren Zimmern auf, abends dürfen wir in das Gemeinschaftszimmer.

Wir sind neun Frauen. Die meisten sind älter als ich. Seit der Geburt meiner Tochter wohne ich hier. Ich darf sie nicht sehen. Aber Lilibeth, die in der Küche arbeitet und das Essen für die Kinder macht, sagt, dass es ihr gut geht. Sie darf nicht Katharina heißen, weil es ein christlicher Name ist. Der Scheich hat entschieden, dass sie Abidah genannt wird, die Magd Allahs. Vor sechs Monaten bin ich in einer total langweiligen Zeremonie mit Ilias verheiratet worden. Von ihm habe ich Abidah. Nachdem ich schwanger geworden bin, hat er seinen Vater angefleht, dass ich im Palast bleiben darf. Es gab zwei Möglichkeiten. Entweder ich bin seine Sklavin, oder wir heiraten, wofür ich zum Islam konvertieren musste. Ich weiß nicht, was sonst passiert wäre. Die Frau im Zimmer neben meinem, sie heißt Sara, und sie ist bestimmt schon über zwanzig, hat mir erzählt, dass Frauen und Mädchen manchmal aus dem Palast verschwinden, wenn sie nicht verheiratet werden oder Sklavin und so sein wollen. Oder wenn sie nicht machen, was die Männer von ihnen wollen. Oder wenn sie zu alt sind. Niemand weiß, was dann mit ihnen passiert. Manche sagen, dass die Frauen in der Wüste ausgesetzt werden, wo sie von wilden Tieren gefressen werden oder verdursten. Ich glaube das mit den Tieren nicht. Gibt es wilde Tiere in der Wüste?

Es ist acht Uhr abends. Ein paar Frauen sind beim

Gebet. Ich nicht, weil ich noch nicht weiß, wie das geht. Ich soll es lernen, aber wann, weiß ich noch nicht. Wenn ich frage, heißt es immer nur, bald. *Bald* ist hier die wichtigste Zeiteinheit. Niemand weiß, wann *bald* ist. Im Fernsehen laufen Nachrichten auf Englisch. Nichts Besonderes. Der König ist von einer Auslandsreise zurückgekommen. Die Straßen vom Flughafen in die Stadt sind mit Blumen geschmückt, die es in der Hitze gerade so lange aushalten, bis die Kolonne der schwarzen Limousinen vorbei ist. Dann vertrocknen sie, als sei der Tod eine Erlösung. An jedem Laternenpfahl hängt ein halbes Dutzend kleine Flaggen. Und neben der Straße stehen die neuesten Ambulanzen und Polizeifahrzeuge, und Feuerwehrfahrzeuge spritzen Wasserfontänen in die Luft, und wir können erkennen, wie das Wasser schon verdunstet, bevor es auf den Asphalt trifft. Am Eingang der Stadt stehen ein paar Bewohner am Straßenrand und jubeln den Fahrzeugen der Kolonne zu. Leyla sagt mir, dass sie jedem Fahrzeug zujubeln, weil sie nicht wissen, in welchem davon der König sitzt. Leyla ist auch älter als ich und wahnsinnig schön. Irgendwo am Strand wird eine riesige Anlage gebaut, in der Touristen wohnen sollen. In Riad hat die Religionspolizei einen Mann und eine Frau verhaftet, die aus demselben Kaffeebecher getrunken haben. Auf dem Hinrichtungsplatz haben sich nach dem Freitagsgebet Hunderte versammelt. Der Mann erhält fünfzig Stockschläge, die Frau achtzig. Ihr Platz ist links auf dem Platz, seiner rechts. Die Abaya der Frau glänzt in der Sonne von ihrem Blut. Manchmal zeigen die Nachrichten, wie Todesurteile vollzogen werden. Dann werden Frauen erschossen und Männer mit dem Krummsäbel geköpft. Leyla sagt, dass es schmerzlos und humaner ist als die Giftspritze oder der elektrische Stuhl in Amerika. Ich lerne, dass die Gullydeckel auf dem Henkersplatz nicht für das Regenwasser da sind. Wie sollten sie auch, es regnet hier nur ganz selten. Und dann ist es nicht mehr als ein Schauer, der schnell verdunstet. Die Temperaturen steigen, sagt der Mann vom Wetterdienst. Und die Welt ist schön bunt. Ich schließe die Augen und bin bei Katharina und Mama. Wir sitzen zu dritt auf dem Sofa und schauen *Gilmore Girls*. Die beste Serie, *ever*.

Jetzt kommt eine arabische Serie. Ich verstehe zwar kein Wort, aber sie scheint wie *Gute Zeiten, Schlechte Zeiten* zu sein, nur dass die Schauspielerinnen die meiste Zeit verschleiert herumlaufen. Sara sitzt neben mir. Sie ist die Einzige, die von Anfang an mit mir gesprochen hat. Ihr habe ich erzählt, wie ich hierhergekommen bin. Dass ich entführt worden bin und zuerst zusammen mit meiner Schwester in einen Raum eingesperrt war, und dann wochenlang in einer Holzkiste war, bis ich zuletzt versteigert worden bin. Bei Sara war es noch schlimmer. Ihr Vater hat sie verkauft, da war sie sechs Jahre alt. Wie Aischa, Mohammeds erste Frau. Der Scheich hat sie sofort geheiratet, damit er mit ihr schlafen konnte. Aber schwanger ist sie erst mit dreizehn geworden.

»Du musst aufpassen«, hat sie mir geraten. »Wenn Ilias kein Interesse mehr an dir hat, darf jeder ran. Die Hierarchie sieht so aus, es gibt die Mütter der Kinder, sie stehen ganz oben. Dann die Frauen zum Angeben. Und zuletzt die Frauen, an denen man seine Wut auslassen kann.«

Ich frage sie, ob ich ihr Handy haben kann. Sie schüttelt den Kopf.

»Du weißt genau, was passiert, wenn ich dir mein Handy gebe. Ich will nicht noch mehr Ärger haben«, antwortet Sara.

Sie isst sehr wenig, weil sie auf ihr Gewicht achten muss. Tarik, der älteste der Brüder, hat zu ihr gesagt, dass sie fett sei. Und fette Frauen kann er nicht ausstehen. Alte noch weniger. Wenn Ilias mich nicht bekommen hätte, hätte er mich genommen, hat er zu ihr gesagt. Weil ich jung und dünn bin. Manchmal isst Sara so wenig, dass sie einfach so umkippt. Es gibt Couscous und Huhn. Es gibt andauernd Huhn. Manchmal wird nach dem Abendessen eine der Frauen abgeholt. Es können auch zwei oder drei sein, sogar wenn sie mit einem der Söhne verheiratet sind. Vielleicht darf der Scheich sich jede Frau nehmen, die er will. Ich weiß es nicht. Und ich traue mich auch nicht zu fragen. Ich glaube, ich habe Angst vor der Antwort.

Ich muss ein schwarzes Tuch über meinen Kopf legen, das mein Gesicht komplett verhüllt. Der Schweiß läuft meinen Rücken hinunter. Die anderen Frauen schwitzen nicht so schlimm, obwohl sie eine Abaya tragen. Aber ich schwitze sehr schnell, da bin ich wie mein Vater. Unsere ideale Lebenswelt wäre der Südpol, hat er immer gesagt. Die Abayas hängen wie schwarze Säcke an ihren Schultern. Ich muss noch keine Abaya tragen. Ich weiß nicht, warum. Die Frauen müssen auch die Tarha und den Niqab tragen. Er ist etwa so groß wie ein Din-A4-Blatt. Mit zwei Schnüren rechts und links wird er hinten am Kopf zugebunden. Solange kein Mann in der Nähe ist, nehmen die anderen Frauen den Niqab ab. Erst wenn es klopft, ziehen sie ihn über, sodass nur ein schmaler Schlitz für die Augen freibleibt. Wenn ich sie ansehe, denke ich immer an *Teenage Mutant Ninja Turtles.* Dann kichere ich, und Sara versteht nicht, warum ich kichere. Sie kennt die Serie nicht.

Es klopft. Schnell legen die Frauen den Niqab an. Ich lege das Tuch über meinen Kopf. Der Mann, es ist immer derselbe, kann eigentlich nicht erkennen, welche die Frau ist, die er holen soll. Langsam kommt er näher. Ich bete, dass er Sara und nicht mich nimmt. Er bleibt vor uns stehen. Sieht mich an, nickt kurz. Ich bin dran, heißt das. Ich habe Angst, und mein Magen zieht sich zusammen. Mir ist so übel, dass ich mich auf der Stelle übergeben könnte. Ich versuche aufzustehen, aber meine Beine sind total schwach, ich knicke sofort um. Sara fängt mich auf und stützt mich.

»Es wird schon nicht so schlimm werden«, flüstert sie.

Ich weiß, dass das eine Lüge ist. Und sie weiß es auch. Als ich vor dem Mann stehe, schüttelt er den Kopf.

»Setz dich wieder hin«, herrscht er mich an. Dann deutet er auf Sara. »Du.«

Sara zuckt zusammen.

»Nimm deine Tasche mit«, befiehlt er.

Sara schüttelt den Kopf. Der Mann packt sie und zieht sie nach draußen.

Ich bin froh, dass sie gehen muss. Sie ist älter als ich und kann mehr ertragen.

Nadeen

Oktober 2019

»Wie Sie wissen, ist Scheherazade eine der Hauptfiguren aus der Sammlung morgenländischer Erzählungen. Sie trägt den Titel *Tausendundeine Nacht* und ist ein Klassiker der Weltliteratur. Kennt jemand die Geschichte?«

Dr. Nadeen al Sharif steht im Hörsaal 20 der KAUST, der King Abdullah University of Science and Technology in Thuwal, einem kleinen Fischerdorf etwa einhundert Kilometer nördlich von Dschidda. Im Auditorium sitzen nur Frauen. Eigentlich dürfen an der KAUST, im Gegensatz zu allen anderen Universitäten, Studentinnen und Studenten dieselben Veranstaltungen besuchen. Es gibt hier keine Geschlechtertrennung mehr. Aber der Dekan hat verfügt, dass die Vorlesungen von Dr. Nadeen al Sharif ausschließlich Frauen vorbehalten sein sollen. Niemand weiß warum. Der Dekan vermutlich auch nicht. Vielleicht befürchtet er, dass der Inhalt der Vorlesung die männlichen Studenten verwirren oder sogar kränken könnte.

Da sich keine der Studentinnen meldet, nimmt Nadeen ihr iPad hoch und liest aus Wikipedia vor.

»Schahriyâr, König einer ungenannten Insel zwischen Indien und dem Kaiserreich China, ist über die Untreue seiner Frau so empört, dass er sie töten lässt und einem seiner Wesire die Anweisung gibt, ihm fortan jede Nacht eine neue Jungfrau zuzuführen, die jeweils am nächsten Morgen ebenfalls umgebracht wird. Nach einiger Zeit beschließt Scheherazade, die Tochter des Wesirs, die Frau des Königs zu werden, um das Morden zu beenden. Sie beginnt, ihm Geschichten zu erzählen; am Ende der Nacht ist sie an einer so spannenden Stelle angelangt, dass der König unbedingt die Fortsetzung hören will und die Hinrichtung aufschiebt. In der folgenden Nacht erzählt Scheherazade die Geschichte weiter, unterbricht am Morgen wieder an einer spannenden Stelle und so weiter. Nach tausendundein Nächten hat sie ihm drei Kinder geboren, und der König gewährt ihr Gnade.«

Dr. Nadeen al Sharif schaut in die ratlosen Gesichter der mehr als dreihundertfünfzig Studentinnen. Soweit das möglich ist, weil ein paar von ihnen den Niqab tragen. Die Hälfte trägt ein Kopftuch, die in den hinteren Reihen noch nicht mal das.

»Sie wissen nicht, warum ich mit Ihnen über Scheherazade sprechen will, oder?«

Kollektives Kopfschütteln.

»Sie sind Naturwissenschaftlerinnen, Sie sind Ingenieurinnen, Sie sind Programmiererinnen. Zumindest werden Sie ein entsprechendes Diplom in den Händen halten, wenn Sie fleißig waren, wovon ich ausgehe, und Ihr Studium erfolgreich beendet haben. Ob Sie dann in Ihren Berufen arbeiten oder eher Haus und Kinder hüten, wird sich noch herausstellen.«

Rumoren. Nadeen hat einen Punkt angesprochen, der einigen Studentinnen Sorgen macht.

»Ich will mit Ihnen über Scheherazade sprechen, weil wir alle, wenn wir die Geschichte zum ersten Mal hören, denken, wie mutig und selbstlos diese junge Frau ist. Sie bewegt den König dazu, von seinem mörderischen Handeln abzulassen. Oder wir denken uns: Was ist es doch für eine brillante Idee, den König mit einer Geschichte voller Cliffhanger zu einer Art Serien-Junkie zu machen, der es kaum abwarten kann, bis in der nächsten Nacht die Fortsetzung folgt. Vielleicht lesen wir darin auch die Metapher von der heilenden Kraft des Geschichtenerzählens, oder die von der Opferbereitschaft einer Heldin, die anderen das Leben rettet, indem sie ihr eigenes Leben aufs Spiel setzt. Oder gar die Metapher vom Sieg der Liebe über die Barbarei? Das alles ist naheliegend und durchaus plausibel. Vielleicht sollen auch wir lernen, dass eine Frau Karriere machen kann, wenn sie sich einem Mann unterwirft, ihm schöne Geschichten erzählt, noch schönere Augen macht und dann, wenn er danach verlangt, die Beine öffnet. Aber, meine Damen, es gibt auch eine Lesart, die nicht so heldenhaft klingt. Und ich frage mich, wieso bisher niemand auf die Idee gekommen ist, sich die Erzählungen aus Tausendundeiner Nacht aus der Sicht des weiblichen Personals anzuschauen.«

Die meisten Studentinnen klappen ihr MacBook Air auf. Sie halten sich bereit, alles mitzuschreiben, was diese Frau mit den wachen, funkelnden Augen, den kurzen tiefschwarzen Haaren und der Narbe an der Stirn ihnen zu erzählen verspricht.

»Wie wäre es zum Beispiel«, fährt Nadeen fort, »wenn wir uns fragen, was für ein König das ist, der abends auf dem Sofa sitzt und unbedingt wissen will, wie die Geschichte, die Scheherazade ihm erzählt, weitergeht? Erlebt er nicht jeden Tag ein Füllhorn an Intrigen, Verbrechen und Aufständen? Und reicht ihm das nicht? Ich hätte an seiner Stelle abends die Nase voll von irgendwelchen Erzählungen. Wieso also wollte der König die Geschichten hören? War er dermaßen gelangweilt, dass er das Ganze als ein nettes Spiel angesehen hat? War er jeden Abend auf einen neuen Kick aus? Hat er eine Abwechslung in seinem öden Königsalltag voller Speichellecker gebraucht? Oder hat er sich gedacht, wollen wir doch mal sehen, was diese Scheherazade so draufhat? Und wenn eine von ihren Geschichten nicht spannend genug ist, lass ich ihr einfach am nächsten Morgen die Kehle durchschneiden.«

Rumoren in den Reihen der Studentinnen. Sie sehen sich an. Haben sie richtig gehört? Spricht Dr. Nadeen al Sharif von Schahriyâr oder spricht sie vom aktuellen König? Nadeen nimmt die Unruhe wahr. Und sie nimmt auch wahr, dass die beiden Aufpasserinnen, die der Dekan in die Vorlesung beordert hat, besonders fleißig mitschreiben. Eine hat ihr iPhone auf das Pult gestellt und filmt Nadeens Vortrag.

»Oder war Scheherazade so unfassbar schön, dass Schahriyâr sich überlegt hat: Hey, die Kleine sieht gut aus, ich lasse sie eine Weile am Leben? Was ja bedeuten würde, dass Schönheit für ihn das herausragende Kriterium war, um den Wert einer Frau zu bestimmen, und nicht etwa Intelligenz oder Güte oder Talent. Ist das die Sorte König, wie wir sie uns wünschen?«

Sie balanciert an einem Abgrund entlang. Den meisten Studentinnen ist völlig klar, von wem Dr. Nadeen al Sharif eigentlich spricht, wenn sie von Schahriyâr spricht. Einige drehen sich zu den beiden Aufpasserinnen um. Werden sie einschreiten? Werden sie den Dekan holen? Wird die Vorlesung abgebrochen? Es ist ohnehin verwunderlich, dass die Leitung der Uni Dr. al Sharif erlaubt hat, hier zu sprechen. Man kennt sie doch. Man weiß, dass sie eine der ersten Frauen war, die Auto gefahren ist. Unverschleiert, weil das mit Niqab unmöglich ist. Und die ein Video davon gepostet hat, woraufhin sie zu zehn Stockschlägen verurteilt wurde. Eine Zeit lang hieß es, sie sei nach England ausgewandert. Aber das war offensichtlich ein Gerücht, gestreut von der Regierung, um sie aus der Öffentlichkeit verschwinden zu lassen. Jedenfalls kann man ihr Facebook-Profil nicht mehr aufrufen. Website, Twitter und Instagram sind auch nicht mehr erreichbar. Wieso also darf sie ausgerechnet hier sprechen?

»Sind Sie noch bei mir, meine Damen? Lassen Sie sich nicht von den zwei Protokollantinnen irritieren. Die beiden Damen sorgen lediglich dafür, dass die Geschichte, die ich Ihnen erzähle, auch für andere Interessierte zur Verfügung steht. Zweitens: Wie steht es um das seelische Gleichgewicht eines Königs, der nur deshalb, weil eine seiner vielen Frauen mit einem anderen im Bett war, so wütend ist, dass er sie umbringen lässt und anschließend aus gekränkter Eitelkeit zahllose weitere junge Frauen oder Mädchen vergewaltigt und ermordet? Was wäre denn, wenn seine Frau nicht aus Liebe oder sexueller Frustration oder schlicht aus Lust mit einem anderen intim geworden wäre, sondern selbst auch vergewaltigt wurde? Hat er sie das gefragt? Oder hat das für ihn keinen Unterschied gemacht, weil eine Frau bei außerehelichem Sex auf alle Fälle schuldig ist?«

Eine der Aufpasserinnen nimmt ihr Handy und telefoniert aufgeregt. Als sie merkt, dass zweihundert Augenpaare sie anstarren, verlässt sie den Hörsaal. Die Tür fällt hart ins Schloss. Nadeen lässt sich davon nicht beeindrucken. Allerdings merkt sie, dass einige Studentinnen noch unruhiger werden. Sie fragen sich wahrscheinlich, ob sie nicht in vorauseilendem Gehorsam die Veranstaltung verlassen sollten, damit man ihnen später nichts vorwerfen kann.

»Übrigens steht nirgendwo, wie alt die Mädchen waren, die der König hat umbringen lassen. Waren sie – wie Mohammeds Lieblingsfrau Aischa – erst sechs Jahre alt? Und wieso war Schahriyâr in seiner lächerlichen Ehre so gekränkt, dass er jedes Mädchen, das er nachts vergewaltigte, am nächsten Tag umbringen ließ? Kann man das als vernünftige und weise Handlungsweise eines Herrschers bezeichnen, oder passt dieses Verhalten nicht eher zu einem psychopathischen Serienmörder?«

Zwei Studentinnen verlassen den Saal. Andere sehen sich immer noch unsicher an. Doch Nadeen lässt sich davon nicht irritieren.

»Drittens, meine Damen, wie hat sich Scheherazade gefühlt? Es heißt in der Geschichte, sie hätte sich *freiwillig* von dem König heiraten lassen, sie hätte ihm Tausendundeine Nacht lang Geschichten erzählt, das sind zwei Jahre, neun Monate und ein Tag. In der Zeit ist sie dreimal schwanger geworden, das heißt, kurz nach einer Geburt war sie bereits wieder schwanger und hat drei Kinder auf die Welt gebracht. Nur, um das grausame und sinnlose Morden zu beenden. Wie hat sie sich wohl gefühlt, wenn ihre Geschichte sich morgens dem Ende und dem Cliffhänger genähert hat? Hatte sie feuchte Hände? Hat sie ihren Gatten immer wieder erwartungsvoll angeschaut, um aus der mindesten Reaktion lesen zu können, wie er wohl bei Sonnenaufgang reagieren wird? Hat sie es kaum ausgehalten, bis er endlich sein willkürliches Urteil gefällt hatte? Hat sie zu Allah gebetet, dass er sie am Leben lässt?«

Das Getuschel wird nun so laut, dass Nadeen kurz ihren Vortrag unterbricht.

»Ich weiß, in der Ankündigung steht: Poststrukturalistische Exegese einer Erzählung der Weltliteratur. Ich habe die Veranstaltung so genannt, weil ich dadurch ein wenig den wahren Inhalt meines Vortrages verschleiern konnte. Sie, meine Damen, haben jetzt die Wahl, den Saal zu verlassen und sich in Sicherheit zu bringen, wobei ich Ihnen schwöre, dass Sicherheit nicht existiert. Oder Sie bleiben hier als Schwestern dieser außerordentlichen Heldin. Ich gebe Ihnen zwei Minuten Zeit, sich zu entscheiden.«

Die eine Aufpasserin kommt nach dem Telefonat zurück, setzt sich und flüstert mit der anderen. Die Studentinnen sehen es. Aber keine steht auf. Sie klappen ihre MacBook Air zu, packen ihre Hefte zurück in die Taschen. Rücken auf den Stühlen nach vorne, als wollten sie Dr. Nadeen al Sharif so nahe sein, wie es nur geht. Nadeen nimmt es als eine Welle aus Energie und Mut wahr. Sie lächelt.

»Wäre es also, viertens, nicht klüger, die Geschichte der Scheherazade in Zukunft anders zu erzählen, nämlich als das, was sie ist: das uralte Martyrium einer Frau in den Händen eines kranken Herrschers? Sollten wir uns nicht bewusst sein, dass die Geschichten, die wir erzählen, wie auch die Sprache, die wir benutzen, in einem performativen Vorgang die Realität wenn schon nicht erschaffen, so doch zumindest mitkonstruieren? Sollten wir nicht also aufhören, die Märchen von bedauernswerten Opfern zu erzählen, und stattdessen von Heldinnen berichten, die sich gegen ihren Peiniger auflehnen? Wie wäre es, wenn Scheherazade dem König Schahriyâr, bei dem man nie weiß, wann er wieder Gefallen an seinen kranken und frauenverachtenden Spielen findet, den Schwanz abschneiden und ihm in sein hässliches Maul stopfen würde, damit er ein für alle Mal an seiner Geilheit erstickt? Denn die Welt von einem Tyrannen zu befreien, ist allemal ein guter Grund, um zu töten, meinen Sie nicht? Es ist ein guter Grund, glauben Sie es mir. Ich weiß das, weil ich die wiedergeborene Scheherazade bin.«

Atemlose Stille. Dann bricht ein ungeahnter Applaus über Nadeen herein. Der zu einem Orkan aus Buhrufen und Pfiffen anwächst, als vier kräftige Männer der KAUST-Security unter der Anleitung eines Uni-Vorstandes Nadeen vom Pult wegziehen und aus dem Hörsaal führen.

Sophie

Februar 2020

Ilias' Mutter Fida hat mich zu sich gerufen. Sie will mir zeigen, wie man sich rechtgläubig anzieht und so. Deswegen bin ich schon sehr früh aufgestanden und habe mich gereinigt, wie sie es mir vor einer Woche gezeigt hat. Nicht nur Zähneputzen und Haare kämmen wie immer, sondern ich habe auch meine Schamhaare rasiert und unter den Achseln die Haare entfernt. Außerdem Fingernägel und Fußnägel geschnitten. Parfüm lege ich nicht auf, weil es sein kann, dass ich Qassim treffe. Und Fida hat gesagt, Parfümieren ist verboten, wenn man einem Mahaarim begegnet. Das sind Männer, die eine Frau nicht heiraten darf. Also der Vater, Schwiegervater, Opa, Bruder, Halbbruder, Sohn, Enkelsohn und so weiter. Ich finde das mit dem Parfüm total übertrieben. Als würde Qassim sich sofort auf mich stürzen, weil ich gut rieche. Bei Tarik bin ich mir nicht so sicher. Manchmal sieht er mich so eigenartig an, dann lächelt er und spitzt den Mund, als würde er mir einen Kuss zuwerfen. Dabei weiß er doch, dass ich die Frau von Ilias bin. Egal. Ich befolge die Regeln, damit man mir nichts vorwerfen kann. Und weil ich irgendwann eine gute Muslima sein will. Auch wenn das alles so kompliziert ist, dass ich denke, ich werde es mir nie im Leben merken können. Ich habe jetzt schon ein ganzes Buch vollgeschrieben, wie ich richtig beten muss und so.

Es ist ein guter Moment, zu Fida zu gehen, weil Ilias heute seinen Vater trifft. Er ist nach dem Aufstehen ziemlich aufgeregt gewesen. *Vielleicht nimmt er mir die Firma weg,* hat er dauernd gesagt. Aber ich weiß nicht einmal, welche Firma damit gemeint ist. Ilias ist eigentlich für den Bau der Kinos zuständig. Und es geht nur langsam voran, hat er mir erzählt. Weil es immer noch einflussreiche Leute gibt, die behaupten, dass Kinos *haram* sind und das Tor zur Hölle. Weil es Filme gibt, wo man sieht, wie zwei sich küssen und ins Bett gehen. Oder Frauen nicht verschleiert sind und Auto fahren. *Na und?,* habe ich gefragt. *Das ist überall in der Welt erlaubt. Wieso machen die so ein Theater?* Ilias ist dann wütend geworden und hat gesagt, ich würde das nicht verstehen. Was er aber nicht versteht, ist, dass wenn eine Sache verboten ist, dann ist doch auch das Geld verboten, das man damit verdient. Ich habe ihm gesagt, dass er mit seinem Vater darüber sprechen soll.

Ich habe wieder das Tuch über den Kopf gelegt, das meine Haare und mein Gesicht verhüllt. Wenn ich über den Hof gehe und einem Mann begegne, darf er auf keinen Fall mein Gesicht sehen. Ich kann nur ganz langsam die Treppe runtergehen, weil ich durch den schwarzen Stoff nicht gut sehen kann. Wie eine alte Oma schleiche ich Stufe für Stufe hinunter. Bevor ich die Tür zum Hof aufmache, schaue ich nach, ob jemand in der Nähe ist. Zum Glück ist der Hof leer, weil alle noch beim Morgengebet sind. Und die, die nicht beten, bleiben an ihren Arbeitsplätzen und warten, bis das Gebet vorbei ist. Ich bete immer noch nicht. Und eigentlich dürfte ich nicht in den Hof gehen, aber es ist ein so schöner Ort, dass ich es einfach mache. Die Wege sind mit weißen Marmorplatten ausgelegt. Überall blühen Blumen, der Rasen ist so dicht wie ein Teppich. In der riesigen Voliere, die meterhoch über dem Brunnen aus Marmor und Gold schwebt, schwirren Kanarienvögel umher und machen einen unglaublichen Lärm, als würden sie mich vor etwas warnen wollen. Aber sie machen während der Gebetszeiten immer so einen Lärm, vielleicht wollen sie mit dem Muezzin wetteifern.

Fida ist mit dem Gebet schon fertig. Sie erwartet mich in der Tür zu ihrem Haus. Es ist das zweitgrößte nach Qassims Haus. Ich staune immer noch, wie reich die sein müssen. An jeder Ecke steht Porzellan herum, wahnsinnig viele Sachen sind aus Gold. Und erst die Möbel. Es ist ein bisschen wie in Sanssouci in Potsdam, wo wir ein paar Mal waren. Ilias hat mir erzählt, dass sein Vater überall in der Welt alte Möbel kauft. Der Hammer ist allerdings die Garage unter dem Palast. Da stehen die teuersten Schlitten der Welt. Und nicht nur zwei oder drei. Es sind bestimmt zwanzig, von denen einige total verstaubt sind, weil die schon seit Jahren nicht mehr gefahren werden. Ilias sagt, dass er sie verkaufen will, aber sein Vater lässt ihn nicht.

»Komm rein, mach schon«, sagt Fida. Dabei bemerke ich aus den Augenwinkeln ihr Handy auf dem kleinen Tisch neben dem Eingang. Für einen kurzen Moment denke ich, dass ich es nehmen könnte, wenn sie nicht hinschaut. Aber dann traue ich mich nicht. Wir gehen in Fidas Ankleidezimmer, das fast so groß wie unser ganzes Haus in der Westendallee ist. Wenn ich daran denke, kommen mir total die Tränen. Bevor Fida sieht, dass ich weine, wische ich die Tränen schnell weg und sage, dass mir was in die Augen gekommen ist. Ich muss aufhören, an zu Hause zu denken. Es ist besser, wenn ich damit klarkomme, dass ich jetzt hier bin und hierbleiben werde. Und ich glaube nicht, dass Mama oder Papa noch kommen, um mich zurückzuholen. Vielleicht wissen sie gar nicht, wo ich bin. Oder es ist irgendetwas passiert. Irgendetwas Schlimmes.

Im Schrank hängen bestimmt mehr als fünfzig Abayas. Alle in Schwarz. Ein paar davon verziert. Spitzen und Strass und so was. Vielleicht sind es aber auch echte Edelsteine.

»Komm her!«, befiehlt Fida.

Heute sieht sie alt aus. Vielleicht ist sie auch nur müde. Ich weiß nicht, wie alt sie ist. Tarik, der älteste der drei Brüder, ist achtunddreißig. Wenn Fida wie ich mit zwölf Mutter geworden ist, dann müsste sie jetzt mindestens fünfzig sein. Dabei sieht sie aus wie sechzig. Oder noch älter. Ich weiß nicht, wie es ihr geht. Und ich darf sie auch nicht fragen, weil mir das nicht zusteht. Dabei würde ich gerne mit ihr reden, um rauszufinden, wieso sie manchmal so wütend ist und die Angestellten schlägt. Vor zwei Tagen hat sie Lilibeth mit einem Besenstiel geschlagen. Nur weil das Couscous versalzen war. Am Ende hat sie sogar ein Messer genommen und versucht, sie zu erstechen. Und obwohl Lilibeth einen Kopf größer ist als Fida und unglaublich stark, ist sie kreischend vor Fida weggerannt und hat sich in den Kühlraum geflüchtet. Fida hat geschrien, dass sie rauskommen soll. Aber Lilibeth hat die Tür von innen zugehalten. Erst nach vier Stunden, als der Muezzin zum Nachmittagsgebet gerufen hat, hat sie sich herausgetraut. Sie hat gezittert, und ihre Lippen waren ganz blau. Ich glaube, noch eine Stunde länger da drin und sie wäre erfroren. Ginto, unser Koch, hat sie in ihr Zimmer gebracht, damit sie warm duschen konnte.

Fida hält mir ein schlichtes Gewand hin. »Zuerst kommt die Abaya dran«, sagt sie.

Ich schlüpfe hinein, und als ich in den Spiegel schaue, sieht es aus, als würde ich verschwinden.

»Darüber kommt die Tarha.«

Sie reicht mir einen Schleier, der meine Haare bedeckt.

»Und zuletzt der Niqab, um das Gesicht zu verhüllen.«

Sie hilft mir, den Niqab so zu richten, dass ich durch den schmalen Schlitz schauen kann. Ich kichere, weil ich finde, dass ich wie ein Gespenst aussehe.

»Warum lachst du?«, herrscht sie mich an.

»Ich weiß nicht.«

»Gott liebt uns, deswegen sollen wir uns bedecken. Damit die Männer uns nicht sehen und uns begehren.«

Ich denke, dass sie das mal zu Tarik sagen sollte.

»Jetzt mach es selber«, sagt sie.

Ich versuche es. Das Schwierigste ist, dass der Schlitz genau über den Augen liegt, sonst sieht man überhaupt nichts. Aber die Augenbrauen dürfen auch auf keinen Fall zu sehen sein. Ich gebe mir alle Mühe, und trotzdem sitzt der Niqab total schief oder zu weit unten, und ich kann nichts sehen. Oder er sitzt zu weit oben und meine Augenbrauen gucken heraus. Fida zeigt es mir noch drei Mal, bis ich es endlich hinkriege. Dann betrachte ich mich im Spiegel. Die Abaya hängt von meinem Hinterkopf herunter wie ein Sack, noch nicht mal mein Hintern ist sichtbar. Eigentlich sieht man mich gar nicht mehr. Ich bin ein schwarzes Nichts. Fida schaut mich an, als sollte ich etwas sagen, doch ich weiß nicht, was ich sagen soll. Es ist beängstigend. Und dann irgendwie aber auch wie ein Abenteuer. So wie zum Karneval, wenn man sich verkleidet.

»Du musst die Verschleierung ernst nehmen,« sagt Fida, als könnte sie meine Gedanken lesen.

»Das mache ich ganz bestimmt«, antworte ich. Meine Stimme hört sich ganz komisch an.

»Dann ist es gut«, sagt sie. »Und jetzt zeige ich dir, wie du Tee trinkst, ohne den Niqab abzunehmen.«

Ich lerne, mit der linken Hand den Niqab anzuheben und mit Daumen und Zeigefinger den Stoff zu spannen, sodass ich die Tasse zum Mund führen und trotzdem niemand mein Gesicht sehen kann. Das klappt ganz gut. Anders als vor einer halben Stunde, als ich mich wie die letzte Idiotin angestellt habe. Allerdings achte ich so sehr darauf, mit dem Niqab alles richtig zu machen, dass ich nicht merke, wie heiß der Tee ist. Ich verbrenne mir die Lippen, und Fida und ich lachen. Sie rät mir auch, immer eine Wasserflasche mitzunehmen, wenn ich mit Ilias ausgehe, weil Frauen an den öffentlichen Brunnen nicht trinken dürfen. Dann lachen wir wieder, weil ich sowieso nie zu einem öffentlichen Brunnen gehen würde, wo nur Ausländerinnen und die Bettlerinnen trinken. Und dann lobt sie mich, weil ich so schnell lerne. Sofort erfüllt mich eine tröstende Wärme. Ich weiß, wenn ich mir Mühe gebe, wird sie mich bestimmt besser behandeln als bisher. Sie will ja auch nur, dass ich alles richtig mache. Wir plaudern noch eine Weile, bis jemand nach ihr ruft. Sie springt auf und verlässt das Zimmer. Einfach so.

Wo geht sie hin? Was ist mit mir? Soll ich bleiben? Machen wir nachher weiter? Ich warte einen Moment.

Und als nichts geschieht und sie nicht zurückkommt, gehe ich zur Tür. Das Handy liegt immer noch da. Sie hat es nicht mitgenommen. Ich bleibe stehen. Ich könnte jemanden anrufen. Ich könnte Mama oder Papa anrufen. Soll ich? Ich nehme das Handy hoch. Eigentlich darf ich das nicht. Ilias hat gesagt, dass Fida mich schlimm bestrafen wird, wenn sie mich mit einem Handy sieht. Außerdem wird sie bestimmt entdecken, dass jemand eine Nummer in Deutschland angerufen hat. Und sie wird sofort wissen, dass ich es war. Also lege ich es wieder weg. Aber dann denke ich, dass es eigentlich egal ist. Wenn ich Mama oder Papa erreiche, soll Fida mich ruhig bestrafen, die werden dann nämlich kommen und mich hier wegholen. Meine Hände zittern so sehr, dass ich das Handy kaum halten kann. Und erst dann fällt mir ein, dass ich die Nummern von Mama und Papa nicht auswendig kenne. Nur die von Kata. Weil die so einfach zu merken ist. Ich halte die Luft an, lausche. Von Fida ist nichts zu hören. Also mache ich es. Ich tippe die Nummer ein. Halte das Handy ans Ohr. Nichts passiert. Vielleicht habe ich mich verwählt. Ich versuche es noch einmal. Und noch einmal. Und dann ein Krächzen.

»Hallo? Kata!? Hörst du mich?«

»Was machst du da?«

Ich erschrecke mich fast zu Tode. Fida steht in der Tür.

Katharina

August 2020

Es ist stickig in dem Waggon der U8. Ausdünstungen, die dir mehr über Berlin verraten als jeder hochglanzpolierte Stadtführer, der irgendwelche Märchen aus zweiter Hand über die Stadt erzählt. Auf den Sitz neben mir habe ich meine alte blaue Adidas-Sporttasche aus der Sechsten abgestellt. Ich hänge an der Tasche. Vielleicht weil sie Erinnerungen materialisiert. Wie der Apparat in Raumschiff Enterprise, der nicht nur Kaffee, sondern auch die Tasse macht. Auf dem Display meines Handys lese ich *Anonym*. Ich drücke den Anruf weg. Eine Zeit lang habe ich jeden Anruf angenommen, weil ich gehofft habe, dass es Sophie ist. Irgendwann habe ich damit aufgehört. Zu viele Deppen, die mich verarschen wollten. Ist es nicht krank, dass Wichser sich einen Spaß daraus machen und sogar dann noch auf dich drauftreten, wenn du schon am Boden liegst? Warum machen die das? Bin ich einfach nur ein willkommenes Ventil für ihre Wut auf alles und jeden, weil sie einen scheiß Job haben, weil sie unglücklich sind, weil keine Frau sich mit ihnen einlässt, weil sie ihren kleinen Schrebergarten von Migranten bedroht sehen?

Um mich herum lümmeln sich türkische Mädchen, die sich wie Nutten anziehen und in einen Regen aus billigem Parfüm geraten sind. Ein Handwerker mit einer Flasche Bier in der Hand redet mit sich selbst. Eine Glatze, der so ekelhaft nach Hass stinkt, dass ich mich wegsetze. Genau dorthin, wo mich der muffige Gestank von einem Typen empfängt, bei dem du denkst, dass Teile von ihm schon lange tot sind. Diese Stadt verfault. Dort, wo sie die neuen Betonwohnklos hinbauen und da, wo die Häuser von Schimmel befallen sind und auseinanderfallen. Am schlimmsten ist es am Potsdamer Platz. Für mich ist das ein einziger großer Friedhof, auf dem Zombies rumlaufen und sich erzählen lassen, dass sie noch am Leben sind wenn sie shoppen. Ich ziehe noch einmal um. Setze mich auf einen Platz gegenüber einem Pferdemädchen. Eine Reitjacke, die bestimmt aus England kommt. Neben ihr ein Reithelm. Ihre Füße stecken in Reitstiefeln aus Leder. Sie hat zwei Zöpfe um den Kopf herum gebunden, als wäre sie einem russischen Märchen entsprungen.

Vier Typen um die zwanzig in Calvin-Klein-Pimmel-Anoraks strolchen den Gang lang. Bis oben hin abgefüllt mit Testosteron, das Sperma steht ihnen gewissermaßen Oberkante Unterlippe. Sie quatschen laut. Lachen. Tun so, als würde die U-Bahn jetzt ihnen gehören. Sie bleiben vor dem Pferdemädchen stehen. Der Kleinste mit Undercut quatscht sie an und fragt, ob sie ihm einen blasen will. Sie zuckt zusammen und lächelt, als sei das ein Witz. Aber es ist kein Witz. Das merkt sie daran, dass der Wichser einfach stehen bleibt und den Satz wiederholt. Er dreht sich zu den anderen Wichsern um.

»Wenn sie nix sagt, ist das ein Ja, oder?«

»Voll, Alter.«

»Die will es, sonst müsste sie Nein sagen.«

Das Mädchen schaut angestrengt auf ihre Stiefelspitzen. Ignoriert die vier, was eigentlich das internationale Zeichen für Desinteresse ist. Aber die vier kennen solche

Zeichen nicht. Das Einzige, was sie kennen, sind die Schwänze in ihren Hosen und dass Frauen Fickmaterial sind. An dieser Stelle sollte ich vielleicht sagen, dass ich nichts gegen Wichsen als Form der Selbstbefriedigung habe. Ich wichse selbst. Für mich ist es die einzige sexuelle Betätigung, die mir keine Angst macht. Was ich aber auf den Tod nicht ausstehen kann, sind Typen, die noch nie mit einer Frau oder einem Kerl richtig gefickt haben und dann andere dumm anquatschen. Der Undercut fasst dem Mädchen an die kleinen Titten und macht Hupgeräusche. Das muss der Gag des Jahres sein, weil sich die anderen Wichser nicht mehr einkriegen vor Lachen. Mir reicht es. Ich will zwar normalerweise keinen Ärger haben, aber manchmal lässt es sich nicht vermeiden. Hin und wieder muss man seine pazifistischen Prinzipien hinter sich lassen, weil die Wirklichkeit stärker ist als jeder vernunftgeborene Grundsatz.

Ich räuspere mich. »Entschuldigung, aber wärst du so nett und würdest deine scheiß Wichsgriffel von der Kleinen lassen?«

Für einen Moment herrscht außer dem Quietschen der U-Bahn, die gerade durch eine Kurve fährt, absolute Stille in dem Waggon. Sogar die Ansage für die nächste Haltestelle bleibt aus. Die anderen Fahrgäste sehen kurz zu mir hin und vertiefen sich dann wieder in ihre Smartphones und warten heimlich darauf, dass was Schreckliches passiert. Etwas, das sie nicht betrifft. Das Pferdemädchen sieht an dem Kleinen vorbei zu mir hin. Sie lächelt krampfhaft. Wahrscheinlich weiß sie nicht, was sie von mir halten soll. Und ebenso wahrscheinlich hat sie Angst, dass jetzt alles nur noch viel schlimmer wird. Aber ich verzeihe ihr. Sie kennt mich nicht. Ich zwinkere ihr zu, um sie zu beruhigen. Der kleine Wichser hat sich jetzt zu mir rumgedreht, seine Kumpels synchron mit ihm.

»Was hast du gesagt?«

Ich sehe ihn so kalt und gleichgültig an, wie ich nur kann. Und das ist sehr kalt und sehr gleichgültig. Ich habe gelernt, dass diese Sorte Typen nichts mehr hasst, als nicht beachtet zu werden. Weil alles, was diese Aufmerksamkeits-Junkies tun, darauf abzielt, dass jemand sie registriert. Wenn sie den Kudamm rauf und runter rasen, wenn sie wahnsinnig laut telefonieren, wenn sie breitbeinig in der U-Bahn sitzen. Nur weil Papa sich einen Dreck für sie interessiert hat und Mama irgendwann von ihrer eigenen Brut enttäuscht war.

»Ich hab dich was gefragt, Fotze.«

»Du hast mich gehört. Und wenn du es an den Ohren hast, frag die drei Kinder neben dir«, gebe ich zurück.

Es ist nur ein kurzes Zucken, aber ich weiß, dass er sich in dem Moment nicht sicher ist, wie er mich einschätzen soll. Habe ich einfach nur ein großes Maul, und reicht es, wenn er mir eine reinhaut? Oder habe ich wirklich was drauf? Er dreht sich zu seinen Kumpels hin. Holt sich die Erlaubnis, mich gleich fertigzumachen.

»Ganz schön frech, die Fotze.«

Die Kumpels lachen.

»Wie heißt du?«, fragt er.

»Kata.«

»Kata?«

»Wie Katatonie oder Katastrophe.«

»Oder Kadaver.«

»Das schreibt man mit *d*, Schwachkopf.«

Sie bilden zu viert einen Halbkreis um mich herum, greifen sich in den Schritt, was eine klare Übersprunghandlung ist und Zeichen dafür, dass sie langsam die Kontrolle über die Situation verlieren. Sie lachen. Zu laut und zu angestrengt. Um uns herum tun alle so, als wären sie mit etwas beschäftigt, das wahnsinnig wichtig ist. Ich schaue mich um. Noch zwanzig andere Fahrgäste in dem Waggon. Und das Irrste ist, dass all die Typen mit ihren iPhones und Apple-Computern und den Beats by DRE, die am Rosenthaler Platz eingestiegen sind und sich so unglaublich cool finden und für Feminismus sind, dass die mich jetzt mit einem Blick abkanzeln, der besagt, dass ich selbst schuld bin. Das ist übrigens die Generation von Jungs, die die besten Freunde ihrer Moms sind. Der Undercut vor mir lacht.

»Okay, wenn ich das richtig verstehe, drängelst du dich vor, weil du mir einen blasen willst, oder was?«, fragt der Kleine.

»Ist an sich kein Problem, aber ich hab gerade keine Termine frei. Vielleicht fragst du eine von den Pappnasen neben dir, wenn es so dringend ist.«

Ich weiß, ich hätte im Sinne der Strategie der Deeskalation so was nicht sagen sollen, weil es genau das ist, das in den Hirnen von solchen Idioten sofort eine Kernschmelze auslöst. Und weil mir klar ist, dass es gleich losgeht, sage ich laut und deutlich, dass ich einen Master in Krav Maga habe. Dass Krav Maga ein eklektisches Selbstverteidigungssystem ist, das unter anderem von Moshe Feldenkrais entwickelt wurde, was aber nichts mit Moschee zu tun hat. Ich sage es laut und deutlich. Dann schlägt der Kleine zu. Er ist kein professioneller Schläger. Er ist noch zu klein, um in einem richtigen Gym mitmachen zu dürfen, und zu jung, um an einer möglichen Ehefrau zu üben. Deshalb habe ich genügend Zeit, dem Schlag auszuweichen, seine Hand zu greifen und seinen Zeigefinger so weit nach hinten zu biegen, dass er aus dem Gelenk springt. Das tut weh, extrem weh. Ich weiß es. Der Kleine schreit rum, dass ich eine scheiß Schlampe sei und er zu den Bullen gehen würde und sein Bruder zum Clan von Abu Chaker gehören würde und all der Scheiß. Das finde ich amüsant.

»Was glaubst du passiert, wenn du deinem Bruder erzählst, dass eine Schlampe dich fertiggemacht hat?«, frage ich ihn. »Ich würde mal sagen, der gibt dir einen Tritt in den Arsch, bevor er mich anruft und fragt, ob er ein Autogramm haben kann.«

Das alles passiert, während ich noch sitze. Jetzt stehe ich auf, falls die Jungs vorhaben, einen gerechten Kampf vier gegen eine anzufangen. Ich stelle mich breitbeinig vor sie hin.

»Okay, ihr Luschen. Ich kann jetzt jedem, der unbedingt Bock drauf hat, den Arsch aufreißen und gratis die Faust bis zum Ellbogen reinschieben. Ist das ein Angebot?«

Ich sehe in so einem Moment wie ein Monster aus. Die Glatze und die Tattoos, die drei Piercings in der Oberlippe und die beiden in der Unterlippe sind da echt hilfreich. Ich weiß genau, was jetzt mit mir passiert. Es ist so, als ob eine Atombombe aus Wut explodiert. Eine falsche Bewegung von einem dieser Wichser und ich mache mich noch heute wegen schwerer Körperverletzung strafbar. Das spüren sie. Am Hermannplatz schleichen sie sich aus der U-Bahn, wobei sie zwei übergewichtige Witzfiguren vom BVG-

Sicherheitsdienst anpöbeln. Alle bis auf den Kleinen zeigen mir den Mittelfinger und fotografieren mich mit ihren Handys.

Das Pferdemädchen mir gegenüber lächelt und bedankt sich. Einer von den Hipstern traut sich aus seinem Handyversteck und sagt, dass ich das toll gemacht hätte. Seine Einladung zum Bier lehne ich ab. Endhaltestelle Hermannstraße. Hier ist das Krav-Maga-Studio. Ich gehe vier Mal pro Woche zum Training. Ich lerne Arabisch. Ich verdiene Geld, indem ich Essen ausfahre und vor einer Kamera so tue, als würde ich mich selbst befriedigen. Manchmal verkaufe ich auch meinen Körper. Damit meine ich den Apparat, in den ich Essen hineinschiebe und der mir hilft, mich vorwärts zu bewegen, mit dem ich Arschlöcher verprügele. Und der mich nach Saudi-Arabien bringt. Bald habe ich Geburtstag. Dann bin ich achtzehn. Volljährigkeit nennt man das. Volljährige Personen sind geschäftsfähig und dürfen wählen gehen. Sie dürfen Verträge abschließen, also Flüge buchen, Hotelzimmer reservieren und allein in fremde Länder reisen. Sie dürfen Alkohol und andere Rauschmittel kaufen. Sie dürfen an Glücksspielen teilnehmen, wie zum Beispiel Russisch Roulette mit einer verdreckten Gun. Sie dürfen die jugendgefährdenden Schriften der RAF lesen, und sie dürfen sich an jugendgefährdenden Orten wie Nachtclubs und Saudi-Arabien aufhalten.

Saudi-Arabien ist höchstwahrscheinlich das Land, in das Sophie entführt wurde. Mein Vater weiß das von einem Mann, der jemanden kennt, der jemanden kennt, der jemanden kennt. Aber er weiß nicht, wo in Saudi-Arabien Sophie festgehalten wird. Eigentlich glaubt er noch nicht mal, dass sie noch am Leben ist. Ich weiß, dass er sich das als eine Art Selbstschutz einredet. Er hat es nicht geschafft, sie zu finden. Das macht ihn fertig. Eine Weile habe ich jeden Tag damit gerechnet, dass mich jemand anruft und sagt, dass er sich umgebracht hat. Entweder weil er sich zu Tode gesoffen oder weil er sich eine Pistole in den Mund gesteckt hat. Es muss schlimm für Eltern sein, wenn ihr Kind entführt wird und sie nicht wissen, wo es ist und wie es ihm geht. *Die Fantasie ist mein schlimmster Feind,* hat meine Mutter gesagt. Mein Vater redet nicht mehr darüber. Wenn man ihn fragt, dreht er sich weg und geht.

Ich habe mich bei einem Portal angemeldet, das Studienreisen nach Saudi-Arabien durchführt. Anders kommst du in das Land nicht rein. Das ist ungefähr so wie Nordkorea. An meinem achtzehnten Geburtstag geht es los. Vorher muss ich Fatima kontaktieren. Sie kennt Frauen, die bei *Nemesis* aktiv sind. Vielleicht können die mir helfen. Ich wähle ihre Nummer. Es dauert eine Weile, bis sie dran geht.

»Ja?«

»Ich bin's, Kata.«

»Kata! Wie geht's dir?«

»Kannst du mir helfen?«

»Wobei?«

»Was denkst du?«

Helena

Dezember 2020

Eine Stunde am Computer ist das, was mir laut Vorschriften zusteht. Ich schreibe Eingaben, bitte um Zugang zu Ermittlungsakten von Polizei, Interpol und Europol. Meine Anwältin und zwei Frauen von *Nemesis* recherchieren währenddessen im Netz über die Banden, die Kinder entführen. Sie verfolgen die Spuren der Hintermänner von Akif Kaplan, ehemaliger Mitarbeiter bei der türkischen Botschaft in Berlin. Der Mann, den ich vor vier Jahren erschossen habe. Die Umstände waren in dem Gerichtsprozess, der mir drei Jahre wegen Totschlags eingebracht hat, ausgebreitet worden.

Kata hat mir gestern eine Nachricht geschickt. *Hallo Helena.* Hallo Helena. Seit der Zeit in der psychiatrischen Klinik in der Charité sagt sie nicht mehr Mama zu mir, noch nicht mal Mutter. Für sie bin ich Helena. Eine Freundin. Eine Bekannte. Vielleicht noch nicht mal das. *Ich komme nachher vorbei. Ich muss mit dir über was reden.*

Sie hat nicht gesagt, über was sie reden will, und sie ist natürlich nicht vorbeigekommen. Ich habe das Wachpersonal stündlich gefragt, ob Kata sich gemeldet hat. Ich habe sie angerufen, aber sie ist nicht ans Telefon gegangen. Ich habe ihr über WhatsApp Nachrichten geschickt, sie hat nicht geantwortet. Und nicht etwa, weil sie zu viel zu tun hat oder es vergessen oder es sich anders überlegt hat. Sie macht es, um mich zu bestrafen, weil sie genau weiß, dass ich im Knast zum Warten verurteilt bin. Wahrscheinlich hat sie nie vorgehabt, mich zu besuchen. Sie hat mich gelockt, hat mit der süßen Frucht des Gebrauchtwerdens gewedelt. Ich habe mich auf die Hinterpfoten gestellt und nach ihrer Liebe gehechelt. Bis ich verstanden habe, dass es diese Liebe nicht mehr gibt. Sie ist immer noch wütend. Was ich natürlich akzeptiere, weil ich eine gute Mutter bin, die bereit ist, alles für ihr Kind zu tun, die sich aufgibt und hingibt. Drei Jahre für den Totschlag an Akif Kaplan. So steht es in dem Urteil. Die Richterin, der Staatsanwalt Serner und die Forensiker sind nicht hundert Prozent sicher, dass nicht doch jemand anderes geschossen haben könnte. Aber ich habe es ausgesagt, und was können sie schon gegen so ein Geständnis machen, wenn es keine eindeutigen Zeugenaussagen, Beweise oder Indizien gibt, die für das Gegenteil sprechen? Das ist meine Opfergabe dafür, dass ich nicht zur Stelle war, als meine beiden Töchter entführt wurden. Dass ich Kata befreien konnte und Sophie nicht. Was mir Kata nicht verzeihen kann. *Warum hast du mich gerettet, warum nicht Sophie?*, hat sie mich immer wieder gefragt. Hat in tiefer Verzweiflung nach mir geschlagen. Sich selbst verletzt, weil sie sich selbst noch weniger als mir verzeihen kann, dass Sophie in den Händen irgendwelcher kranker Dreckschweine ist.

Ich lebe mit der Schuld und der Strafe. Seit drei Jahren hat mein Leben einen beständigen Rhythmus. Wecken, Morgentoilette, Frühstücken, Arbeiten, Mittagspause, Arbeiten, Hofgang, Abendessen, Lesen. Der Knast ist ein Sandkasten, in dem wir alle jeden Tag aufs Neue unter staatlicher Aufsicht ein Theaterstück aufführen.

Ich habe darüber nachgedacht, warum der Strafvollzug die Gefangenen in diesen Rhythmus zwingt. Geschieht es, weil es verwaltungstechnisch gesehen bequem ist? Bestimmt ist es so. Aber vor allem soll mich das Projekt Resozialisierung darauf vorbereiten, dass mein Leben nach dem Gefängnis genau so und nicht anders sein muss. Ich werde geschliffen. Alles, was vor dem Knast selbstbewusst, laut, wütend und stark war, wird aus mir herausgeschnitten, als sei es ein Krebsgeschwür. Bei Daniela hat die Resozialisierung vier Tage vor ihrer Entlassung besonders große Fortschritte gezeigt. Mit zweiundfünfzig und im Knast eine Bienenkönigin, hat sie gewusst, dass sie in Freiheit nichts wert ist. Sie hat gewusst, dass sie draußen nicht so weitermachen kann wie hier im Bau. Hier drinnen war sie ein Mann. *Ich bin nicht hübsch,* sagte sie. *Ich habe einen dicken Hintern, und mir fallen die Haare an der Stelle aus, wo ich sie brauche; und sie wachsen da, wo sie stören. Ich bin in den Wechseljahren, ich werde von Schweißausbrüchen heimgesucht wie von einer schweren Krankheit. Meine Füße tun weh, und meine Möse ist trocken. Kein Mann wartet auf mich um mich in seine Wohnung zu führen, wo meine Kinder warten und mir Geschenke machen. Und auf dem Strich kriege ich nur Hipster, die mich ficken, weil sie ihre Mama nicht ficken dürfen. Oder die Perversen, die auf ATM stehen und auf mich draufpinkeln wollen.* Ich habe ihr gesagt, dass sie selbst darüber entscheidet, wer sie sein wird. Und dass sie sich nicht über die Männer definieren soll, die sie nicht haben wollen. *Hör auf, dich als Opfer zu sehen,* habe ich gesagt. *Hast ja recht,* hat sie geantwortet.

Letzte Nacht hat sie sich erhängt.

Es gab kein Geschrei, keinen Aufruhr, der kommt später, wenn wir uns dem Gift widersetzen können, das von dieser Tat ausgeht. Jetzt sind wir erst mal alle wie gelähmt. Keine fragt, warum ausgerechnet Daniela? Warum jetzt, was sind die Gründe? Wir fragen uns eher, warum nicht wir? Warum bin ich zu feige? Ist das, was sie gemacht hat, nicht die perfekte Resozialisierung? Eine zweiundfünfzigjährige Frau verschwindet aus dem Leben. Das ist es doch, worauf es hier drinnen wie auch draußen hinausläuft. Weil wir in dieser Welt keinen Nutzen mehr haben, sollen wir unsichtbar und stumm werden. Weil wir keine Kinder mehr kriegen können, weil wir Männer nicht mehr zum Träumen bringen, weil wir nicht mehr jung und schlank sind, mit einer makellosen Haut ohne Schwangerschaftsstreifen. Stattdessen sitzen wir im Supermarkt an der Kasse, wo man den letzten Tropfen Lebenskraft aus uns herausquetscht, und tun so, als wäre es das Normalste auf der Welt.

Es wird eine Untersuchung geben. Die Videos aus den Überwachungskameras müssen ausgewertet und die Frauen in den Nachbarzellen befragt werden. Die Trachtengruppe muss erklären, wieso das passieren konnte und ob es Hinweise gegeben habe. Hat vielleicht eine von den anderen Frauen nachgeholfen? War es eine Bestrafung? Eine Rachegeschichte? Das wäre die angenehmste Erklärung, sie würde in das Knastsystem passen. Ich weiß das noch aus der Zeit bei der Staatsanwaltschaft. Wir sagten immer, ein Mord passiert eben, niemand kann so etwas verhindern. Die Menschen sind Raubtiere. Ein Selbstmord allerdings verweist immer auf das Versagen des Systems. Das willst du nicht hören, das versuchst du mit allen Mitteln abzuwehren.

Wir treffen uns im Gemeinschaftsraum und warten darauf, dass eine nach der anderen zur Vernehmung abgeholt wird. Keine von uns wird singen. Es wird keine Absolution von unserer Seite geben. Alles, was es geben wird, sind weitere Selbstmorde oder zumindest die Versuche. Wenn eine sich umbringt, ist es wie ein Virus, der sich im Knastkörper ausbreitet. Wie nach Goethes *Werther*, als es kurz in Mode war, sich aus Verzweiflung in ein Messer zu stürzen.

Yasemin von der Trachtengruppe ruft mich ans Telefon. Sie ist ungewöhnlich freundlich und nett. Das hängt mit Danielas Suizid zusammen. Sie haben Angst, dass eine von uns auf die gleiche Idee kommt. Kata ist am Apparat.

»Wie geht es dir?«, frage ich. »Du wolltest vorbeikommen.«

»Keine Zeit. Luzie und ich haben uns gestritten. Ich glaube, sie will sich trennen.«

»Okay, du weißt ja, aufstehen, Krönchen geraderücken und weiter.«

»Den Scheiß kannst du stecken lassen.«

Was soll ich ihr denn sonst sagen? Wie kann ich sie denn aufmuntern? Aus dem Knast heraus. Will sie überhaupt aufgemuntert werden? Sie schweigt.

»Wie schlimm ist es?«

»Scheiß schlimm.«

»Es hört irgendwann auf, scheiß schlimm zu sein, und dann ist es nur noch schlimm und dann noch nicht mal mehr das.«

»Sprichst du von Sophie?«, fragt sie.

Sie weiß, wie sie mir ein Messer in den Rücken rammen kann. Nachdem ich ein paar Mal tief ein- und ausgeatmet habe, muss ich nicht mehr auflegen.

»Wieso machst du das?«, frage ich sie.

Sie schweigt.

»Was willst du? Ein Geständnis? Okay. Ich war eine schlechte Mutter. Ich habe nicht gut genug auf euch aufgepasst. Ich war zu wenig zu Hause, ich wollte Karriere machen, ich wollte beweisen, dass ich beides kann, Mutter und Job. Ihr Mädchen wart geduldiger, also hab ich euch hintangestellt. Manchmal. Oft. Was noch?«

Sie schweigt. Das heißt, sie ist noch nicht zufrieden.

»Ich wollte, dass ihr gut seid. In der Schule, beim Sport, am Klavier. Ich hab zu euch gesagt, dass ich euch liebe, aber wenn ihr das Haus verlasst, liebt euch keiner. Das war hart, ich weiß. Aber ich glaube bis heute, dass es die Wahrheit ist. Mehr?«

Immer noch Schweigen. Kein Problem. Ich kann das endlos. Im Schuld-über-mich-ausschütten habe ich eine Eins.

»Wir waren keine Familie. Robert und ich sind den einfachen Weg gegangen. Eine Ehe ist Arbeit, heißt es. Was für ein Unsinn. Das Leben ist Arbeit. Arbeit ist Arbeit. Nicht die Ehe. Entweder es passt oder es passt nicht. Entweder die Neurosen sind kompatibel oder sie sind es nicht. Ich hab nicht gewusst, was ich erwarte. Ich habe gehofft, dass dein Vater mich rettet, dass die Beziehung mich heilt. Aber das hat sie nicht. Er hat mich geliebt. Wahrscheinlich liebt er mich immer noch. Nur war es nicht die Art von Liebe, die ich gebraucht habe. Und was Robert angeht, falle ich ohnehin immer noch aus allen Wolken, wenn ich mir vorstelle, wie es für ihn war, Verantwortung für eine Familie zu übernehmen. Er hat es gemacht, so gut er konnte. Und als er nicht mehr konnte, ist er gegangen.«

»Ich habe zu Luzie gesagt, dass ich euch hasse. Aber das stimmt nicht«, sagt sie. »Oder nur manchmal.«

Ich höre, wie sie sich die Nase schnäuzt. Und dann, aus heiterem Himmel, erzählt sie von den alten Zeiten, wenn wir im Wohnzimmer gesessen haben und sie mir einen Aufsatz vorgelesen hat und ich mit Kritik vorsichtig sein musste. Sie hat jedes Wort persönlich genommen. Ich weiß, dass sie keine Tipps will. Nicht was ihr Leben, ihre Liebe und ihre Zukunft angeht. Keine Ermutigung. Was könnte ich ihr auch sagen? Sie erzählt mir, dass sie sich in der U-Bahn geprügelt hat. Nicht richtig geprügelt, nur jemandem den Finger ausgekugelt, weil derjenige ein Mädchen belästigt hat. Ein Mädchen wie Sophie. Irgendwann frage ich sie, ob sie etwas von Fatima gehört hat. Angeblich ist sie in der Türkei, um nach verschwundenen Mädchen zu suchen. Mädchen wie Sophie.

»Von Fatima?«, fragt sie. »Nein, wieso?«

Wieso? So wie sie es sagt, ist es eine Lüge. Ich weiß es. Ich kenne meine Tochter. Ich ahne, dass sie mir eigentlich etwas anderes erzählen will. Etwas, das mich erschreckt. Etwas, das mit Sophie zu tun hat. Aber bevor ich sie fragen kann, legt sie auf und lässt mich hier stehen. In einem Meer von Angst und Sorgen. Der Boden unter mir schwankt. Ein Erdbeben. Ich schaue mich um. Niemand reagiert. Sie benehmen sich wie immer. Da weiß ich, es bebt nur in mir. In mir tut sich eine Schlucht auf, die mich verschlingt.

Verzweiflung

Ich nenne sie die überzeugendste aller Gemütsverfassungen, um sich aus einem qualvollen Leben in die wollüstigsten aller Todesarten, den Selbstmord, zu verabschieden. Denn im Gegensatz zu den vernünftigen Gründen wie etwa eine wirtschaftliche Pleite oder Scham angesichts eines Versagens, hat die Verzweiflung ihren Grund in der tiefen Erkenntnis, dass dem fühlenden Menschen auf Erden nicht zu helfen ist. Es gibt keinen nobleren Seelenzustand. Und deshalb nenne ich den menschlichsten Menschen denjenigen, der sich in Verzweiflung selbst das Leben nimmt.

Rashid Gibran, *Das Buch Dionysos,* S. 89

Nadeen

März 2021

Sie muss sich beeilen. Keine Schminke, keine Applikationen an der Abaya, kein Strass, keine Pailletten, keine Spitzen. Schwarz. Und einen Niqab, den sie sonst nie trägt. Nur wenn sie zum Gericht muss. Heute steht ein Prozess an, bei dem es um die Verhängung der Todesstrafe gegen eine junge Frau geht, die sich angeblich unsittlich verhalten hat. Wobei unsittlich meint, dass sie eine Sexsklavin im Palast von Qassim bin Laden war und dort geschwängert wurde, woraufhin Qassim sie in der Wüste hat aussetzen lassen, damit sie verdurstet und verhungert. Das ist in den Augen der Staatsanwaltschaft noch kein unsittliches Verhalten. Als unsittlich wird angesehen, dass Sara Karmakar drei Tage lang aus der Wüste zurück nach Dschidda gelaufen ist. Dabei hat sie sich Verbrennungen zweiten Grades zugezogen und das Baby verloren, was die Staatsanwaltschaft nun als Abtreibung und damit unsittlichen Akt wertet. Und auf Abtreibung steht die Todesstrafe. Saras Mutter Amal ist zu Dr. Nadeen al Sharif gegangen und hat sie angefleht, die Verteidigung ihrer Tochter Sara zu übernehmen. Die Mutter betreibt ein kleines indisches Restaurant in al-Salamah. Sie könne Nadeen bezahlen, und Nadeen sei die beste und mutigste und klügste Anwältin in ganz Saudi-Arabien, hat sie gesagt. Das hat Nadeen nicht geschmeichelt, weil die Absicht hinter dem Kompliment so offensichtlich war. Und dass

Nadeen, um studieren zu können, gegen ihre ganze Familie aufbegehrt habe, ist auch übertrieben. In Wahrheit ist es so, dass Nadeens Vater ihr vor zehn Jahren das Jurastudium erlaubt hat. Er hat zu seiner Tochter gesagt: *Wenn du Jura studieren willst, dann studierst du Jura.* Das wird sie ihm nie vergessen. Er hat sich durchgesetzt, obwohl alle in der Familie und auch der örtliche Imam gesagt haben, dass das gegen Gottes Gebot sei und dass zuerst Nadeens Bruder Mahmud studieren müsse, bevor sie auf eine Universität gehen dürfe. Aber das war Nadeens Vater egal.

Irrwitzig dabei war, dass ausgerechnet ihre Mutter entschieden dagegen stand, dass sie studiert. Manchmal sind es die Frauen, die sich länger an die Traditionen klammern als die Männer. Vielleicht liegt es daran, dass Frauen die Ordnung suchen und sich lieber in einer Diktatur unterordnen, als das Chaos der Veränderung erleben zu müssen. Sie nehmen Gewalt nicht als Ungerechtigkeit wahr, sondern als Normalität. Sie haben sich daran gewöhnt, so wie Völker, die jahrelang im Krieg leben, sich an das Sterben gewöhnen.

Eine Stunde später steht Nadeen vor dem Gerichtsgebäude an der Kreuzung King-Fahd-Road und Baladeya Street. Sie hat sich gut vorbereitet, hat ein Plädoyer verfasst, das jeden vernünftigen Menschen davon überzeugen muss, dass die Anklage gegen Sara Karmakar wegen unsittlichen Verhaltens völliger Unsinn ist. Aber Nadeen kennt den Staatsanwalt von früher. Er war eine Zeit lang ein hohes Tier bei der Religionspolizei. Als der König dann aber die Haiaa, so heißt die oberste moralische Instanz in Saudi-Arabien, um ein paar Rechte beschnitten hat, hat er umgesattelt. Er ist das Paradebeispiel für einen verklemmten Betonkopf. Er war auch der Moralapostel, der eine Fatwa vorschlug, dass Frauen keine Gurken oder Bananen essen sollen – weil die dem männlichen Geschlechtsteil ähneln.

Heute ist der erste Prozesstag. Es wird vermutlich keinen zweiten geben, weil das Urteil bereits feststeht. Bevor es losgeht, darf Nadeen großzügigerweise mit ihrer Mandantin sprechen. Sie wird von einem Gerichtsdiener in den Keller und dort durch einen langen Gang geführt. Rechts und links stehen Türen offen. In den Büros sitzen Religionsgelehrte, die den ganzen Tag nichts anderes machen, als den Koran und die Hadithen auf Stellen zu überprüfen, aus denen die Scharia abgeleitet werden kann. Das Problem bei diesem ganzen Unternehmen ist, dass der Koran zwar die Quelle der Scharia ist, aber kaum Anweisungen enthält, die als Grundlage für eine Gesetzgebung dienen können. Also nimmt man die Hadithen zu Hilfe, Berichte über die Worte und das Verhalten Mohammeds. Damit wird die Sache aber nicht besser, weil beides aus dem sechzehnten Jahrhundert stammt und es zu einigen Problemen keine Antworten gibt, weil die Phänomene und die dazugehörigen Fragen zu dieser Zeit noch nicht existierten. Es gab keine Computer, keine Autos, kein Fernsehen und keine Handys. Und es gab keine Globalisierung, die heute dazu führt, dass jeder weiß, wie die Menschen in Europa und Amerika leben.

Als Nadeen die Tür öffnet, schreckt sie für einen kurzen Moment zurück. Sara erinnert sie an ihre eigene Schwester Daria. Sie wurde nur sieben Jahre alt. Eine alte Frau hatte sie auf einer Rolltreppe gestoßen, weil sie keinen Schleier trug. Sie war mit den Haaren in den Spalt geraten, in dem die gezackten Stufen verschwinden. Sie wurde skalpiert. Nadeen hofft, der Moment war kurz genug, damit Sara nicht bemerkt, wie sehr ihr Anblick sie bestürzt hat. Sara trägt die Abaya, aber offensichtlich hat man ihr erlaubt, den Gesichtsschleier abzunehmen. Ihr Gesicht und ihre Hände sind von Brandblasen überdeckt. Auf der Nase schält sich die Haut. Sie ist so mager, dass Nadeen sich fragt, wie sie sich aufrecht hält. Nur ihre Augen strahlen eine Entschlossenheit aus, die bezeichnend ist für all die Frauen in Saudi-Arabien, die sich zum Kampf gegen ein elendes System von Gewalt und Unterdrückung entschlossen haben. Sie sitzt aufrecht, empfängt ihre Anwältin mit einem feinen Lächeln, das ihr mit Sicherheit Schmerzen verursacht. Nadeen wird von einem Gefühl der Trauer und Wut angeweht. Sie weiß nicht, was von beiden stärker ist. Aber sie weiß, wenn sie sich jetzt nicht zusammenreißt, kommen ihr die Tränen.

»Hallo, ich bin Nadeen al Sharif.«

»Ich bin Sara. Meine Mutter hat mir von dir erzählt.«

Sie reicht Nadeen die Hand, die Nadeen vorsichtig ergreift.

»Wie geht es dir?«

»Ich habe starke Schmerzen. Aber meine Mutter versorgt mich mit Tabletten. Es geht schon.«

»Wurdest du ärztlich untersucht?«

»Nein, das Gericht erlaubt es nicht.«

»Das ist gegen das Gesetz«, sagt Nadeen. »Wenn wir hier fertig sind, kümmere ich mich sofort darum, dass du von einem Arzt untersucht wirst.«

Sara nickt. Ihr Gesicht bleibt dabei unbewegt, weil jede Mimik starke Schmerzen verursacht.

»Willst du mir erzählen, was passiert ist?«

Sara zögert einen Augenblick lang, dann fließen die Worte aus ihr heraus. Ein langsamer Lavastrom, der nichts unversehrt lässt. Sie erzählt, wie sie im Palast von Qassim bin Laden als Küchengehilfin angefangen hat. Dann sind angeblich Lebensmittel verschwunden, und die Security hat sie beschuldigt. Dabei waren es die Männer der Security selbst, die damit einen Handel betrieben haben. Qassim hat sie zu sich kommen und sofort einsperren lassen. Nach drei Wochen wurde sie erneut zu ihm gebracht, und er hat sie wochenlang vergewaltigt. Danach hat er sie in das Haus bringen lassen, in dem die anderen Sklavinnen wohnen. Nadeen fragt sie, wie viele Frauen oder Mädchen dort leben. Sie weiß es nicht genau, es ist ein ständiges Kommen und Gehen. Sie weiß von einer Indonesierin, die eine Weile Tarik, einem von Qassims Söhnen gehört hat. Von zwei Mädchen aus Thailand. Und es gibt noch eine Deutsche. Sie heißt Samira. Sie ist zwar keine Sklavin, sondern die Lieblingsfrau von Ilias, dem mittleren der drei Söhne, doch sie lebt ebenfalls in dem Haus. Sie ist schon seit drei Jahren da und kommt aus Berlin, ist noch ziemlich jung. Nadeen macht sich eine kurze Notiz, damit sie nicht vergisst, Fatima davon zu erzählen. Soweit sie sich erinnert, hat Fatima eine Weile nach einem deutschen Mädchen gesucht. Nadeen fragt Sara, wie es dann weitergegangen ist. Die junge Frau stockt. Tränen laufen über ihre Wangen, und sie stöhnt auf, weil die salzige Flüssigkeit in den Wunden brennt. Nadeen reicht ihr ein Taschentuch, damit sie die Tränen wegtupfen kann.

»Ich bin dann schwanger geworden.«

»Von Qassim?«

»Er wollte, dass ich das Kind abtreibe. Aber das wollte ich nicht, weil es eine Sünde ist. Daraufhin hat er mich angeschrien und verprügelt. Er hat mir in den Bauch getreten. Vielleicht hat er gedacht, dass ich das Kind dann verliere. Aber das Baby in meinem Bauch ist stark gewesen. So wie ich.«

Der Stolz in ihren Augen ist so ungebrochen und strahlend, dass Nadeen sie am liebsten umarmen würde.

»Und dann?«

»Als ich im fünften Monat war, haben sie mich morgens aus dem Bett geholt. Sie haben gesagt, wir würden ins Krankenhaus fahren, um zu überprüfen, ob das Baby gesund ist. Ich habe mich natürlich gefreut, weil ich Angst hatte, dass dem Baby was passiert ist, als der Scheich mich getreten hat.«

»Ihr seid aber nicht ins Krankenhaus gefahren.«

»Wir sind zu einem Flugplatz gefahren.«

»Da hast du gewusst, was passiert?«

»Nein, noch nicht. Sie haben mir gesagt, wir würden nach Riad in die King Abdul Aziz Medical City fliegen. Aber wir sind nach Osten geflogen. In die Wüste. Nach zwei Stunden sind wir gelandet. Es war dunkel. Sie haben gesagt, ich solle aussteigen. Ich wollte nicht. Ich habe gewusst, dass ich das nicht überleben würde. Da haben sie mich geschlagen und aus dem Hubschrauber gezerrt. Einer der Männer hat mir eine Flasche Wasser zugesteckt, als die anderen nicht hingesehen haben.«

»Wie hast du es geschafft, drei Tage durch die Wüste zu laufen?«

»Es waren zwei Tage und drei Nächte. Ich bin nur nachts gelaufen, weil ich mich dann an den Sternen orientieren konnte. Und weil man da nicht so viel Wasser verbraucht. Und dann hat es einmal geregnet. Ich habe mich ausgezogen und meine nasse Abaya über der Flasche ausgewrungen. Tagsüber habe ich mich, so tief es ging, in den Sand eingegraben. Ich wollte unbedingt zurück. Aber dann habe ich am Abend des zweiten Tages angefangen Dinge zu sehen, die nicht da waren. Wasser und Palmen und Tiere. Ich bin ohnmächtig geworden und erst gegen Mitternacht wieder aufgewacht. Ich habe total die Orientierung verloren. Aber ich bin einfach am Straßenrand weitergelaufen. Und dann hat mich ein Polizist aufgelesen. Als er mich gesehen hat, hat er geweint. Er hat mich ins Krankenhaus gebracht.«

Sie erzählt das so, als habe sie im Fernsehen zwei Stunden lang einem Bericht über die Wagenflotte des Königs zugeschaut. Keine Klage, kein Jammern. Als würde es sie nicht betreffen. Erst als Nadeen sie darauf anspricht, dass sie im Krankenhaus ihr Baby verloren hat, erwacht eine stille Wut in ihr.

»Qassim hat mich vergewaltigt, er hat mich verprügelt, weil er wollte, dass ich das Baby verliere, er wollte mich umbringen, und jetzt soll ich bestraft werden, weil ich mein Baby verloren habe? Ist das die Scharia? Ist es das, was im Koran steht?«

Nein. Ist es nicht. Es ist die spezielle Auslegung des Korans und der Hadithen, die ein Mann verlangt, der zu den Mächtigsten in diesem Land gehört.

Nadeen sorgt dafür, dass Sara in ihrem Beisein von einem Arzt untersucht wird. Er rät dazu, sie sofort in ein Krankenhaus zu bringen. Der Richter lehnt ab, weil er befürchtet, dass sie von dort fliehen könnte. Also schlägt

Nadeen vor, einen Polizisten vor ihr Zimmer zu stellen. Auch das lehnt der Richter ab, weil in dem Bereich des Krankenhauses, in dem Sara behandelt werden würde, nur Frauen liegen. Dort darf sich kein Mann aufhalten, auch kein Polizist. Als Nächstes schlägt Nadeen vor, Sara eine elektronische Fußfessel anzulegen. Das lehnt der Richter ebenfalls ab, die Mühe einer Begründung macht er sich nicht mehr. Seine Geduld ist ohnehin schon überstrapaziert.

Als Nadeen zwei Tage später ihr Plädoyer halten darf, kann Sara nicht anwesend sein. Die Verbrennungen in ihrem Gesicht haben sich entzündet, und sie hat hohes Fieber. Zwar ist ein Arzt bei ihr, aber ins Krankenhaus darf sie immer noch nicht. Es gibt Momente, in denen Nadeen daran denkt, eine Bombe zu nehmen und das Gericht in die Luft zu sprengen. Es gibt einen neuen Richter. Er ist klein, dick, schwitzt und riecht nach Parfüm. Aber nicht, weil er es sich auf die Haut sprüht, um den modrigen Geruch, der aus dem unteren Bereich seines Körpers entströmt, zu überdecken, sondern weil er es trinkt. Das ist nicht unüblich, wenn man das Alkoholverbot umgehen will.

»Hohes Gericht«, beginnt Nadeen, »das, was wir Gesetz nennen, ist nicht das, was der Koran und die Hadithen uns lehren. Es ist das, was jemand wie Scheich Qassim uns diktiert, weil er die Macht hat, sich über das Gesetz zu stellen. Damit handelt er gegen die Botschaft des Propheten, der gesagt hat, dass der Islam eine Religion der Menschen sei und nicht nur der Männer. Sara Karmakar wurde vergewaltigt und geschlagen. Man hat versucht, sie umzubringen. Sie hat die Angriffe nur überlebt, weil sie eine unfassbar tapfere Frau ist. Wenn das Gericht sie wegen Abtreibung zum Tode verurteilt, dann ignoriert es die Realität, nur weil sie mit der Religion nicht übereinstimmt …«

Weiter kommt sie nicht, weil der Richter die Hand hebt. Sein Handy verkündet ihm, dass es Zeit für das Mittagsgebet ist. Die Verhandlung wird am nächsten Tag fortgesetzt. Auf dem Flur begegnet Nadeen Qassim bin Laden und seinem Sohn Tarik. Qassim sagt ihr, dass sie sich den Weg sparen kann, weil das Urteil so oder so feststeht. Es gäbe Zeugen, die schwören, dass Sara Karmakar die Abtreibung unbedingt wollte.

Nadeen steht wieder vor dem Palast. Sie wartet auf ein Uber-Taxi. Auf ihrem Handy leuchtet die Nummer von Fatima auf. Sie weiß, dass Fatima immer noch Kontakt zu den saudischen Frauen hat, die zu Nemesis gehören.

Katharina
Juni 2021

Wir rennen durch die Mall in der Leipziger Straße. Ein Cocktail aus Angst und Euphorie rauscht durch uns hindurch, und ausgerechnet jetzt klingelt mein Handy. Ich sehe aufs Display. *Fatima*. Very unpassend. Wo wir doch gerade von der Security gejagt werden. Vier Typen, die normalerweise nur rumstehen, in Klamotten, die ihnen entweder zu groß sind oder zu eng sitzen. Witzfiguren, absolut ungeeignet für jeden anderen Job. Fühlen sich wahnsinnig wichtig. Wenn sie losgelassen werden, bricht der Hass aus ihnen raus. Wahrscheinlich wählen sie AfD. Kleine *SS*-Wichser.

»Kann jetzt nicht, ruf dich gleich zurück«, schreie ich ins Telefon.

Jetzt kommen die Arschlöcher auch noch von vorne. Hier muss ein Nest sein, aus dem sie rausschlüpfen wie Ameisen. Wir rempeln Leute an. Essen fliegt durch die Luft. Ich fange im Lauf eine Pommes und stecke sie in den Mund. Die Rolltreppe entgegen der Laufrichtung runter. Die *SS* ruft, dass jemand uns festhalten soll. Am Fuß der Rolltreppe versucht einer den Helden zu spielen und will mich festhalten. So ein Hipsterbart mit Glatze und Tattoo. Vielleicht ist er auch ein Libanese oder Türke. Ich finde, die ähneln sich inzwischen verblüffend, wahrscheinlich gehen sie zu demselben Friseur. Wo kommt das her mit dem Bart? Bei den Arabern verstehe ich es ja noch, hat mit dem Koran und den Beautyvorschlägen zu tun. Aber die Hipster? Wollen die auf Holzfäller machen? Zurück zur Natur, wo Männer noch Männer sind? Ich hebe das Knie hoch und erwische den Bart mitten in der Kultstätte seiner Männlichkeit. Er lässt mich los, und ich renne weiter. Ich höre, wie er schreit und mich in einer Sprache beschimpft, die ich nicht verstehe. *Wir müssen uns trennen*, rufe ich den Mädels zu. Wir sind vier Mädchen. Frauen. Rasta, die Älteste, ist 22, Katze mit 14 die Jüngste. Dazwischen liege ich. Und Mona. Keine Ahnung, wie alt sie ist. Wir sind keine Freundinnen, keine BFF. Wir treffen uns ab und zu, hängen rum. Dann trinken wir oder rauchen was. Kennengelernt haben wir uns in der Geschlossenen. Danach haben wir überlegt, was wir machen können, weil immer wieder Mädchen eingeliefert wurden, die den absoluten Scheiß erlebt hatten. Also haben wir beschlossen, dass wir perversen Säcken auflauern, die ihre Kinder missbrauchen, und ihnen in die verschrumpelten Ärsche treten. Wobei ich finde, dass Missbrauch ein ekelhafter Begriff ist, weil Missbrauch heißt, dass es auch einen *Gebrauch* gibt, aber Rasta besteht darauf. Wir sehen uns als *Rape Squad* mit coolen Tarnnamen. Mona hat sich für Harley Quinn entschieden, ein Wortspiel mit dem Begriff Harlekin. Rasta sieht sich als die Braut aus *Kill Bill*. Und Katze konnte sich eine Weile nicht zwischen *Wonder Woman* und *Black Widow* entscheiden. Ich sehe mich eher als Heidi auf Crack. Frau braucht Vorbilder aus der eignen Geschlechtswelt. Also, wir lassen uns von anderen Frauen erzählen, wer sie belästigt hat, und stechen den Scheißkerlen die Reifen platt oder zünden gleich ihre Karren an. Dazu brauchst du nur ein paar Anzündwürfel, diese Dinger, die du fürs Grillen benutzt. Aber nicht die Öko-Teile, am besten sind die chemischen. Die zündest du an und legst sie auf die Hinterreifen. Und dann marschierst du locker weiter. Manchmal locken wir die Schweine auch in ein Gebüsch und verprügeln sie. Einem haben wir ein R auf die Stirn geritzt, so wie es Brad Pitt in *Inglorious Basterds* bei Christoph Waltz mit dem Hakenkreuz macht. Zuerst wollten wir dem Scheißkerl ein V reinritzen, aber das kann statt für Vergewaltiger auch für Victory stehen. R steht für Rapist. Jedenfalls muss das Schwein jetzt ein Stirnband tragen.

Heute ist es ausnahmsweise eine persönliche Sache. Mona hat bei H&M in eine der Kabinen gekackt. Die kleinen Türkenmädchen im Laden haben gekreischt und ihren Slang abgelassen. H&M war diesmal dran, weil Mona den Typen kennt, der den Laden führt. Er hat sie mal auf einer Party angemacht, hat ihr was zu trinken spendiert, und als sie aufgewacht ist, hat sie hinter dem Schuppen auf einer Wiese gelegen. Ihr Slip zwei Meter weiter. Mona geht wegen so was nicht mehr zu den Bullen, weil sie keinen Bock auf das ganze Theater hat. Zum Beispiel die Fragen, warum sie so rumläuft, warum sie Männer anmacht, warum sie sich betrinkt, bis sie nicht mehr laufen kann. Die Antwort ist ganz einfach: Mona tritt in einem *Ultimate Fight* gegen das Leben an. Keine Gefangenen. Weiß geschminktes Gesicht, Lippen so rot wie ihre Muschi, zwei Zöpfe, Löcher im T-Shirt, bauchfrei und Netzstrümpfe. So zieht sie los. Flirtet hemmungslos. Macht die Typen heiß wie eine Fritteuse. Wenn sie dann Bock hat, schleppt sie die Kerle ab. Wenn nicht, zeigt sie ihnen den Finger. Ich persönlich finde das grenzwertig, weil dann die Probleme erst losgehen, aber das ist ihr Ding. Sie sagt, nein heißt nein. Egal wie geil der Kerl ist. *Nur, in so einer Welt leben wir nicht,* sage ich zu ihr. Noch nicht.

Im ersten Stock stürme ich zu Douglas rein. Durch den Laden hindurch bis zum Hinterausgang. Von da die Treppe runter ins Parterre. Und dann ins Parkhaus. Hinter einem roten SUV gehe ich in die Hocke. Beobachte die Tür zum Shoppingbereich. Eine Minute, zwei, drei. Nichts. Kann sein, dass die *SS* sich auf die anderen drei konzentriert hat. Ich hoffe, sie haben sie nicht erwischt. Ich höre Schritte. Bullenstiefel. Und weiche Sohlen. Irgendwie unregelmäßig. Ich hebe den Kopf. Es ist der Typ, dem ich das Knie reingerammt habe. Er geht breitbeinig wie ein Cowboy. Hinter ihm geht ein Bulle. Ein richtiger, keiner von den Wachmannwitzbolden. Was wollen die zwei hier? Und was mache ich jetzt? Ich schaue mich um. Ein paar Schritte weiter hängt ein Feuerlöscher an der Wand. Ich schnappe mir das Ding. Wenn die näher kommen, kriegen sie eine Ladung ab. Ich bin bereit, Leute. Aber bevor sie mich erreichen, biegen sie ab zu einem Mercedes mit Camouflage-Lackierung. Hellgrün, grün, dunkelgrün. Oh, man, geht es auch mal ohne Klischee? Was soll mir das sagen? Dass wir im Krieg sind? Oder dass er ein ganz Harter ist? So eine Art Rambo mit Bart? Rambo macht die Tür auf, nimmt etwas heraus und gibt es dem Bullen. Wahrscheinlich Papiere. Dann greift er sich in den Schritt. Ich schaue ihn genau an. Er sieht aus wie diese Clan-Typen aus Neukölln, wie einer von Abu Chaker, der eine Zeit lang mit Bushido ganz dicke war. Oberarme wie meine Oberschenkel, fette Uhr, Undercut, Tattoo am Hals. Okay. Ich kann ganz ruhig bleiben. Ich muss nur warten, bis die sich wieder verziehen. Der Bulle nimmt ein Handy aus der Jacke und tippt eine Nummer. Und ausgerechnet in dem Moment klingelt mein Handy schon wieder. Und schon wieder ist es *Fatima*. Was mache ich nur? Eigentlich muss ich das Gespräch annehmen. Aber das geht natürlich nicht, wenn Rambo und der Bulle in der Nähe sind. Also drücke ich den Anruf weg. Zu spät. Der Bulle schaut sein Handy an, schaut sich um. *Wieso klingelt es in der Tiefgarage, wenn ich anrufe?*, fragt er sich wohl. Er scheint keiner von der schnellen Truppe zu sein. Doch als er realisiert, dass es die Kleine sein könnte, von der Rambo gesprochen hat, marschiert er los. Er ist schon älter. Älter als mein Vater. Fünfzig? Rambo bleibt mit zusammengekniffenen Augen an seiner Karre stehen. Ich renne los. Der Bulle hinter mir her. Aber er hat keine Chance, es sei denn, er ruft das SEK. Aber wegen einer Vandalismus-Braut rücken die nicht aus. Auf den Ausgang zu, die Rampe hoch. Einem Lieferwagen ausweichen. Rechts in die Voßstraße, links in die Wilhelm, wieder links in die Behrenstraße. Die Bullen vor der britischen Botschaft gucken kurz zu mir hin. Und schon bin ich im Tiergarten verschwunden. Ich bleibe stehen, atme durch. Jetzt fällt mir ein, dass Fatima angerufen hat. Ich rufe sie zurück, nach zweimal Klingeln ist sie schon dran.

»Hey, Fatima, alles klar?«, sage ich.

»Ich glaube, ich habe deine Schwester gefunden.«

Ich glaube, ich habe deine Schwester gefunden. Es fühlt sich an, als würde die Erde stillstehen. Die absolute Stille um mich herum. Kein Geschrei, als hätten die Touris mitgehört. Kein Auto, die Vögel erstarren mitten im Flug, die Sekundenzeiger wagen es nicht vorzurücken. Meine Synapsen verknoten sich, weil sie nicht mit so einem Satz gerechnet haben. Es ist zwei Jahre her, dass jemand das letzte Mal so etwas gesagt hat, und das war mein Vater. Er hatte einen Typen aufgetan, der angeblich wusste, wo Mädchen aus Europa gefangen gehalten werden. Aber dann war es doch falscher Alarm. Als ich wieder atmen kann, geht das Leben um mich herum weiter.

»Wie sicher bist du?«, frage ich.

»Jemand hat mich angerufen. In einem Palast in Dschidda wird eine aus Berlin festgehalten.«

»Weiß dieser jemand den Namen?«

»Samira. Aber das muss nichts heißen. Die geben den Mädchen sofort andere Namen, damit sie sich leichter dran gewöhnen. Du weißt schon.«

Ja, ich weiß.

»Wie alt ist das Mädchen?«

»Fünfzehn.«

Das könnte Sophie sein.

»Sie ist seit drei Jahren da.«

Meine Muskeln verkrampfen. Tränen laufen über meine Wangen. Wir schweigen. Ich weiß nicht, wie lange. Fünf Minuten?

»Du musst es Helena sagen. Und Robert«, sagt Fatima.

»Ja.«

»Ich rufe dich wieder an, wenn ich mehr weiß.«

»Ja.«

Als ich auflege, sind meine Fingerkuppen weiß. Ich kann keinen Schritt machen. Alles ist erstarrt. Wie aus Beton.

Robert

Juni 2021

Die Zeit ist sehr hartnäckig, wenn sie in den Schichten deines Gehirns zu den dunklen Winkeln gräbt, an denen du deine Schuld vergraben hast. Du hörst ein Klopfen, dann ein leises Kratzen. Es kommt von tief drinnen. Du fängst an zu trinken, um es zum Verstummen zu bringen. Wenn eine Flasche Wodka nicht mehr wirkt, erhöhst du auf eineinhalb und dann auf zwei Flaschen. Bei der dritten Flasche innerhalb von vierundzwanzig Stunden ist der Zeitpunkt gekommen, sich zu entscheiden. Dann bist du nämlich auf einem guten Weg, das Pochen ein für alle Mal zum Schweigen zu bringen. Ich bin den Weg gegangen. Ich wollte es wissen. Ob es Mut oder Feigheit ist. Wer mich kennt, kennt auch die Antwort. Sie hat sich über Wochen durch den Nebel, den drei bis vier Promille erschaffen, hindurchgekämpft, bis sie wie eine hässliche alte Hexe vor mir stand. *Ein Mann muss seine Schuld begleichen*, hat sie gesagt. *Ja*, habe ich geantwortet. Und dass sie für jeden, der sich davor drückt und sich eine Kugel in den Kopf jagt oder sich sonst wie davonmacht, nichts als Verachtung übrig hat. *Du hast die Wahl*, hat sie gesagt. *Such dir einen sicheren Platz. Bete zu Gott, glaube an Wiederauferstehung und Nirwana, treibe Sport, bis du nur noch aus Muskeln bestehst, aber bezahle deine Schuld.*

Ich habe in der Müllhalde, die früher mal meine Küche war, acht Flaschen Wodka in den Ausguss der Spüle geschüttet. Ich habe die Wohnung aufgeräumt, ich war beim Friseur. Ich habe meine Klamotten in den Waschsalon geschleppt und mir von der Frau, die dort arbeitet, zeigen lassen, bei wie viel Grad man Hemden und Jeans wäscht, und dass man Socken separat waschen muss, weil sonst alles nach Socken riecht. Ich bin vier Mal da gewesen. Sie hat mir jedes Mal geholfen, weil ich das mit den Waschprogrammen und Temperaturen vergessen hatte. Nach dem fünften Mal habe ich sie zum Essen eingeladen und sie gefragt, ob sie ein sicherer Platz sein könnte. Sie hat mich lange angesehen. Da ahnte ich, dass sie weiß, wovon ich spreche. Sie hat gezögert.

»Vielleicht«, hat sie geantwortet. »Aber damit aus dem *vielleicht* ein *ja* wird, gibt es eine Bedingung.«

Sie heißt Esmée. Kommt aus Ostende. Ich habe es von Anfang an gewusst. Vielleicht war es ihr Akzent. Ostende. Der Ort, an dem Helena Sophies Anhängerkette gefunden hatte. Der Ort, an dem das Mädchen aus Berlin erzählt hat, was mit ihr gemacht und was auch mit meinen Töchtern gemacht wurde. Esmée ist neun Jahre jünger als ich. Blaugraue Augen, blonder Kurzhaarschnitt, schmale Lippen. Ein fülliger Körper, gerade so, dass es sich für mich gut anfühlt. Große Brüste, für die sie sich schämt. Wer behauptet, dass das oberflächliche Scheiße ist und nichts über den Menschen aussagt, hat noch nie eine Vernehmung durchgeführt. Du erkennst einen Menschen daran, wie er sich in seinem Körper fühlt. Mit einem Blick auf die Bereiche des Körpers, die derjenige nicht mag, kannst du seine Selbstgewissheit erschüttern.

Die Bedingung ist, dass ich ihr erzähle, was ich die letzten drei Jahre gemacht habe. Die Zeit davor interessiert sie nicht. Esmée wohnt im Wedding, Müllerstraße. Ich begleite sie nach Hause. Wir gehen die Panke entlang, machen unterwegs an einem der heruntergekommenen Fabrikgebäude Halt, in denen sich jetzt irgendwas mit Kultur eingenistet hat. Typen, die aus Schrott eine Kneipe gebastelt haben und nur bar und ohne Rechnung abkassieren.

»Ich kann mir vorstellen, dass das kein Ort für einen Ex-Bullen ist«, meint Esmée. »Zu wenig Anarchie, zu wenig Ordnung.«

Sie hat völlig recht. Ich brauche entweder Chaos oder Ordnung. Zwischentöne machen mich nervös, weil ich dann Sophie sehe. Irgendwo in einem dreckigen Hinterhof. Angekettet wie ein Hund. Fleisch für ein paar verdreckte, perverse Arschlöcher. Oder in der Gosse, tot, Futter für Ratten und Krähen. Ein Vater hat seine Familie zu beschützen. Punkt. Du musst nicht im Restaurant bezahlen, du musst ihr nicht die Tür aufhalten und aus dem Mantel helfen. Kannst du, aber darauf kommt es nicht an. Du musst derjenige sein, der den Typen, der deine Frau beleidigt, zur Rede stellt. Du musst zu dem Arschloch gehen, das deiner Tochter Nacktbilder von sich schickt, und ihm sagen, dass er damit aufhören soll. Und zwar in aller Deutlichkeit. Du musst deinen Job als Polizist machen und diejenigen erwischen, die deine Töchter entführen.

Ich erzähle ihr, was sich in den letzten drei Jahren ereignet hat. Sie nimmt mich mit in ihre Wohnung. Sie hat zwei Kinder, zwei Jungs, zum Glück. Paul und Jon. Sie sind misstrauisch, als sie mich sehen. Esmée erzählt mir, dass der Vater der beiden Soldat war und bei einem Einsatz ums Leben gekommen ist. Sie zeigt mir ein Foto. Ein

Typ wie ich. Äußerlich. Deswegen hat sie mich mitgenommen. Ich bleibe für eine Nacht, schlafe auf der Couch. In den nächsten Tagen räumt Esmée das Zimmer leer, in dem Gitarren und Verstärker und anderes Zeug stehen. *Bruno war Hobbymusiker und hatte eine Band. Sie haben die alten Hits gespielt. Stones und Doors und AC/DC und Police,* sagt sie. Ich weiß nicht, ob ich in das Zimmer einziehen soll. Es ist, als müsste ich die ungewaschenen Klamotten von jemand anderem auftragen. Eines Abends hat sie das Zimmer weiß gestrichen, ein Bett, einen Tisch, einen Schrank bei eBay gekauft. Es dauert noch zwei Wochen, bis ich einziehe. Wir kommen uns vorsichtig näher. Ich will sie nicht verletzen, weil es jederzeit sein kann, dass ich vom Stuhl aufspringe und losrenne, wenn irgendjemand etwas von Sophie gehört hat. Sie weiß das. Die Tage vergehen. Mein Körper ist seit zwei Jahren wieder in Berlin. Endlich kommt auch der Rest von mir an. Ich habe eine Arbeit bei einer Wachschutzfirma gefunden. Anfangs habe ich einen Supermarkt in der Müllerstraße bewacht, von wo aus ich mich bis zum Kudamm hochgearbeitet habe. Jetzt stehe ich bei Chanel. Für zweihundert mehr im Monat. Nicht, weil es die feinere Adresse ist, sondern weil die Typen, die hierher zum Klauen kommen, ein anderes Kaliber sind als die Alkis, die bei Rewe eine Flasche Doppelkorn mitgehen lassen. Manchmal lässt mein Chef mich auch als Personenschützer ran.

Ich strenge mich wirklich an, ein normales Leben zu führen. Nicht zu oft und nicht zu viel an das zu denken, was passiert ist. Helena versteht nicht, wie ich das fertigbringe. Aber wenn ich das nicht könnte, hätte ich keine drei Wochen bei der Polizei ausgehalten. Wenn ich bei

Chanel bin, wiederhole ich bestimmt ein Dutzend Mal am Tag ein Gebet. *Gib mir die Gelassenheit, Dinge hinzunehmen, die ich nicht ändern kann, den Mut, Dinge zu ändern, die ich ändern kann, und die Weisheit, das eine vom anderen zu unterscheiden. Einen Tag nach dem anderen zu leben, einen Moment nach dem anderen zu genießen. Entbehrung als einen Weg zum Frieden zu akzeptieren, sie anzunehmen, diese Welt, wie sie ist, und nicht, wie ich sie gern hätte.* Die Zeilen kenne ich von meiner Zeit beim Bund. Es war der Wahlspruch des Zentrums Innere Führung.

Ich gehe morgens zur Arbeit, komme abends nach Hause. Dann ein, zwei Stunden fernsehen, dann schlafen. Samstags gehe ich mit den Jungs zum Fußball, oder wir machen Ausflüge. Der Sonntag gehört Esmée. Vor ein paar Tagen hat sie mich gefragt, ob ich keinen Tag für mich haben will. Das hat mich überrascht. Ich habe nie darüber nachgedacht, ob ich einen Tag für mich brauche. Ob ich den überhaupt haben will. Manchmal, wenn ich bei Chanel bin und ein oder zwei Stunden schaut niemand im Laden vorbei, spüre ich, was passieren würde, wenn ich einen Tag für mich hätte. Ich würde abstürzen. Also ist es gut so. Und so wird es auch bleiben. Es ist Freitagabend. Auf Sky läuft Hertha gegen Dortmund. Esmée holt die Jungs von einem Kindergeburtstag ab. Es steht eins zu null für Hertha. Ich höre, dass es an der Tür klingelt, aber ich habe keine Lust zu öffnen. Esmée hat einen Schlüssel. Aber dann denke ich, dass sie ihn vielleicht vergessen hat. Ich öffne die Tür. Katharina steht davor.

»Ich brauche Geld«, begrüßt sie mich.

»Komm rein.«

Sie hat sich den Kopf frisch rasiert und sich dabei über

dem rechten Ohr geschnitten. Das Tattoo an ihrem Hals ist seit unserer letzten Begegnung gewachsen. In der Unterlippe hat sie ein drittes Piercing. Ich könnte heulen, mein Mädchen so zu sehen. Aber immerhin schafft sie es, am Leben zu bleiben. Und sie nimmt keine harten Sachen. Das hat sie mir versprochen.

Wir sitzen in der Küche. Ich trinke Bier, sie trinkt Wasser. Wir sehen uns an, schweigen. Vor allem schweigen wir über Sophie. Stattdessen erzählt sie mir, dass sie mit zwei Freundinnen wegfahren will. Eine Weltreise zu ihrem achtzehnten Geburtstag. Sie sagt, sie braucht noch dreitausend Euro. Zwei hat sie angespart. Ich sehe sie lange an.

»Fünftausend für eine Weltreise?«

Sie hält meinem Blick stand. Da weiß ich, dass sie mich anlügt.

»So viel habe ich nicht.«

»Okay.« Sie steht abrupt auf. »Kann ich noch auf Toilette?«

»Ja. Zweite links.«

Ich höre Schritte im Hausflur. Paul und Jon trampeln die Treppe hoch und in die Wohnung hinein. Sie stürmen an mir vorbei in ihr Zimmer, als wäre ich nicht vorhanden. Esmée betritt nach ihnen die Wohnung, sie hat eingekauft. Stellt die schweren Taschen vor mir ab.

»Den nächsten Einkauf machst du«, sagt sie.

Dann sieht sie an mir vorbei, ihr Blick gleicht einer Frage.

Katharina kommt aus dem Bad.

»Das ist meine Tochter Katharina«, sage ich.

Esmée lächelt, reicht Katharina die Hand.

»Das ist Esmée«, sage ich. »Ich wohne bei ihr.«

»Dein Vater ist ein guter Mann«, sagt Esmée.

Als Katharina zu mir hinsieht, hat sie Tränen in den Augen. Dann geht sie.

»Alles okay?«, fragt Esmée.

Wann ist je alles okay?

»Nein«, antworte ich. »Sie sagt, sie braucht Geld für eine Weltreise. Aber ich weiß, dass sie mich anlügt. Katharina würde niemals eine Weltreise machen, solange sie nicht weiß, was mit ihrer Schwester ist.«

»Was denkst du, wofür sie das Geld braucht?«

Katharina

Juli 2021

Helena wird in zwei Wochen entlassen. Und sie will, dass ich was für sie organisiere. Sie wird mir eine Liste in die Hand drücken, die ich abzuarbeiten habe. Aber das kann sie vergessen. Wieso schickt sie nicht Natalia, ihre Rechtsanwältin, los? Ich weiß genau, wie es ablaufen wird. Sie wird mich anschauen und fragen, wieso ich schon wieder ein neues Tattoo habe, wieso es Stacheldraht sein muss, wieso der um meinen Hals gewickelt sein muss. Ob ich mir nicht wieder die Haare wachsen lassen will, weil ich mit Glatze so brutal aussehe. Und ob unbedingt *Hass Blut Fotze* wie ein Mantra auf meinem Arm stehen muss. Als ich vor zwei Wochen das letzte Mal bei ihr war, hat sie mich gefragt, ob ich noch zur Therapie gehe. Nein, ich gehe nicht mehr zur Therapie. Weil mir das nichts bringt, wenn die Psychotante sagt, dass ich nicht schuld bin. Weil es keinen Unterschied macht. Weil jeder beschissene Tag damals in dem scheiß Bunker in mein Gehirn eingebrannt ist, als habe jemand die Synapsen neu verlegt, wie das Bett eines Flusses, damit sie immer an derselben schwarzen Stelle ankommen. Wie er reinkommt und sich nimmt, was er haben will, als wäre ich ein Ding, eine Puppe ohne Seele. Und wie ich es geschehen lasse, weil ich Angst habe, dass er mich wieder schlägt. Und wie ich irgendwann froh bin, wenn er nach drei oder vier Tagen, die er mich allein gelassen hat, zurückkommt. Manchmal mit den Männern, die vor dem Brandenburger Tor verbrannt sind. Wie ich so tue, als hätte ich nur mit ihm Spaß, weil ich will, dass er länger bleibt und mich nicht allein lässt. Ist er erst mal weg, weiß ich nie, ob er mich vergisst, und ich verhungere und verdurste. Und weil ich will, dass er mich ein bisschen lieb hat, dass er mich vielleicht gehen lässt, wenn ich sage, dass ich es schön finde. *Kannst du dir vorstellen, wie sehr ich mich dafür schäme? Und wie sehr ich mich hasse für alles, was ich zu ihm gesagt habe? Und wenn du nicht willst, dass ich mich umbringe, dann lass mich in Ruhe!*, habe ich sie angeschnauzt.

»Hast du was von Sophie gehört?«, fragt Helena, als ich ihr gegenüber in dem Besucherzimmer Platz genommen habe.

Das fragt sie ausgerechnet jetzt. Als ob sie einen speziellen Riecher für so etwas hätte. Sie sieht mich an, und sie weiß es. Ohne dass ich antworte.

»Wann?«, fragt sie.

»Gestern.«

»Wie? Von wem?«

»Fatima. Sophie ist in Dschidda. Saudi-Arabien.«

»Ich weiß, wo Dschidda liegt. Hast du es Robert gesagt?«

»Nein.«

»Warum nicht?«

»Weil er nicht ans Telefon gegangen ist. Und weil ich es dir zuerst sagen wollte.«

Sie weiß, dass ich lüge, und ich weiß, dass sie weiß, dass ich lüge. Und sie weiß, dass ich weiß, dass sie weiß, dass ich lüge. Trotzdem sagt sie nichts. So ist es zwischen uns beiden. Mutter und Tochter. Sie sieht mich an und durch mich hindurch an einen Punkt, der in der Zukunft liegt. Sie befindet sich jetzt im Combat-Readiness-Modus. Ich kenne das aus der Zeit, als sie noch Staatsanwältin war. Wenn es Messgeräte für so was gäbe und man die Anspannung nachweisen könnte, würde es jetzt hundert Prozent anzeigen. Ich weiß genau, sie stellt sich vor, dass sie sofort aus dem Knast raus und nach Dschidda fliegen und Sophie befreien muss. Ihr Blick kommt zurück. Jetzt bin ich dran. Sie fixiert mich, als ob sie ahnen würde, dass ich dieselben Gedanken habe.

»Was hast du vor?«, fragt sie mich. Es ist der Tonfall, mit dem sie einen Serienmörder fertigmachen würde.

»Was meinst du?«

»Du hast doch irgendwas vor.«

»Nein, habe ich noch nicht drüber nachgedacht.«

»Was jetzt? Hast du noch nichts vor, oder hast du noch nicht drüber nachgedacht?«

Sie kann einem echt auf die Eierstöcke gehen. »Ich habe noch nicht drüber nachgedacht.«

»Du wartest, bis ich hier raus bin. Und du unternimmst nichts ohne meine Einwilligung. Vor allem unternimmst du nichts wegen Sophie. Hast du mich verstanden? Ich will nicht noch einmal …«

Sie bricht ab, weil sie das Unsagbare noch nicht mal denken will. Ich bin achtzehn. Ich brauche ihre Einwilligung nicht. Aber das sage ich nicht, weil jede Diskussion Zeitverschwendung ist.

»Hast du mich verstanden?«

Wir starren uns an. Visuelles Armdrücken: Wer gibt zuerst nach? Sie. Aber nicht, weil sie meinem Blick nicht standhält, sondern weil sie etwas vorhat. Sie steht auf.

»Okay«, sagt sie. »Danke für deinen Besuch. Ich habe jetzt keine Zeit mehr. Ich muss mit Natalie reden.«

Natalie ist ihre Anwältin. Ein Pitbull. Wenn ich jemals jemanden umbringe und fünfhundert Leute haben es gesehen, und es ist völlig klar, dass ich schuld bin, würde ich sie als Strafverteidigerin engagieren. Sie holt jede raus. Außer meiner Mutter. Aber die wollte auch unbedingt in den Knast. Aus den bekannten Gründen.

Sophie
Juli 2021

Ich muss nicht mehr mit den anderen Frauen zusammenwohnen. Da gab es nur Streit und Missgunst und Eifersucht. Wer ist der Liebling von Qassim, wen hat Tarik in der letzten Woche zweimal geholt, wer musste bei ihm über Nacht bleiben, wen hat er nicht geschlagen. Wie in GNTM.

Ich habe vier Zimmer. Im Wohnzimmer stehen ein total riesiges Sofa und vier Sessel und ein Tisch. Der Fernseher nimmt fast die ganze Wand ein. Alles ist hier groß und übermäßig. Sogar die Kissen, auf denen ich sitze. An den Wänden hängen goldglänzende Vorhänge. Anfangs habe ich gedacht, die Fäden wären aus Lametta oder so was. Aber das ist richtiges Gold, das muss man sich mal vorstellen! Ich habe mal im Hof eine Kiste gesehen, darin haben bestimmt dreißig iPhones gelegen. Die hat niemand mehr benutzt. Ist das nicht pervers? Ein bisschen erinnert es mich an Weihnachten, wie wir es früher gefeiert haben. Wenn Kata und ich Berge von Geschenken unter dem Weihnachtsbaum auspacken durften. Wir haben uns natürlich wahnsinnig gefreut. Puppen und Klamotten und Schulsachen und Bücher und CDs und das ganze Zeug. Aber am ersten Weihnachtsfeiertag haben wir meistens nur mit einer Sache gespielt, das ganze andere Zeug hat uns nicht mehr interessiert. Aber das ist ganz normal, wenn man alles hat. Niemand kann solche Mengen wertschätzen.

Im Schlafzimmer steht ein Bett, das so groß ist, dass drei Leute darin schlafen könnten. Und ich habe ein eigenes Badezimmer. Im dritten und vierten Zimmer werden irgendwann mal meine Tochter und mein Sohn wohnen. Hoffe ich zumindest. Der Rest des Hauses ist Ilias' Bereich. Das sind noch mal dreißig Zimmer mit Bädern und Kinosaal und Schwimmbad im Keller. Den Bereich darf ich nicht betreten. Und das Haus gehört zu einem Palast, der so groß ist wie ein ganzes Dorf bei uns zu Hause. Dauernd kommen Lieferwagen, die irgendwelches Zeug bringen. Und Autos fahren aus der Tiefgarage. Irgendwelche Sportwagen, die einen wahnsinnigen Lärm machen. Manchmal feiern sie eine Party, die dann zwei oder drei Tage dauert. Die Musik dröhnt so laut, dass die Kanarienvögel in der riesigen Voliere anschließend für eine ganze Woche verstummen.

Ich weiß, dass meine Tochter gesund ist und dass sie wächst. Ilias hat mir ein Foto von ihr gezeigt. Sie sieht so süß aus. Und ich glaube, sie hat meine Augen.

Gestern Abend ist ein neues Mädchen gekommen. Sie heißt Hanan. Ursprünglich hat sie Tarik gehört. Aber die beiden haben sich nicht vertragen. Ilias hat gesagt, Tarik würde Hanan am liebsten wegschicken, aber seine Mutter ist dagegen. Fida will, dass sie hierbleibt. Ilias hat keine Ahnung, wieso. Hanan und ich müssen uns jetzt meinen Bereich teilen. Wieso? Ilias hat doch gesagt, die vier Zimmer würden nur mir gehören. Und jetzt kommt doch noch jemand dazu? Ist sie seine Zweitfrau? Oder bin ich jetzt seine Zweitfrau? Und was ist, wenn ich sie nicht leiden kann? Wenn sie doof ist. Aber vielleicht kommt sie ja wie ich aus Deutschland. Oder Österreich oder der Schweiz.

Oder sie spricht englisch, damit wir miteinander reden können. Ich hoffe, ich kann mich irgendwie mit ihr verständigen. Auf alle Fälle ist es besser, wenn ich nicht mehr so viel alleine bin. Ilias muss ja den ganzen Tag total viel arbeiten. Manchmal ist er sogar mehr als eine Woche weg.

Hanan war die ganze Nacht in dem Zimmer, das ich für Abidah vorgesehen habe. Sie ist wahrscheinlich sehr müde. Oder sie hat Angst und weint, wie ich am Anfang. Gegen elf Uhr kommt sie aus dem Zimmer. Sie sieht nicht so aus, als ob sie geweint hätte. Sie geht an mir vorbei in die Küche und nimmt Falafel und Oliven aus dem Kühlschrank. Und eine Literflasche Pepsi. Dann setzt sie sich zu mir auf das Sofa.

»Was guckst du?«, fragt sie und deutet auf den Fernseher.

»*Hopelessly in Love.*«

»Hab ich früher auch geguckt.«

Wir starren den Bildschirm an, wo zwei in ein Zimmer gehen und die Tür zumachen. Ich verstehe kein Wort, was die sagen. Aber es ist schon klar, was da drinnen passiert.

»Die vögeln jetzt«, sagt Hanan.

»Ja.«

Die Serie ist stinklangweilig. Aber ich darf nur Sachen gucken, die bei Al Arabiya und Saudi-Arabien 1 und 2 laufen. Die meiste Zeit zeigen sie Leute beim Gebet und was für tolle Sachen der König wieder gemacht hat.

»Tarik guckt alles«, sagt Hanan. »Amerikanische Filme, französische. Sogar Pornos. Dann will er, dass du es wie in den Pornos machst. Weißt du, was Golden Shower ist?«

»Nein.«

»Willst du es wissen?«

Ich tue so, als würde ich mich auf die Serie konzentrieren. Jetzt fliegen sie mit einem Hubschrauber irgendwohin, wo ein Mann etwas singt. Die Frau weint.

»Mit wie vielen hast du es schon gemacht?«

»Was?«

»Mit wie vielen du es schon gemacht hast?«

»Ich bin fünfzehn.«

»Wie viele?«

Was denkt sie von mir? Wie kommt sie überhaupt auf so eine Frage?

»Nur mit Ilias«, antworte ich.

Sie nickt. Aber so, als ob sie mir nicht glauben würde. Sie steht auf, geht in ihr Zimmer und kommt mit einer Zigarette zurück, die aussieht wie selbst gedreht. Sie zündet die Zigarette an, zieht daran und hält die Luft an. Ist das ein Joint? Im Ernst? Raucht sie in meiner Wohnung einen Joint? Sie hält ihn mir hin. Ich schüttele den Kopf.

»Wo kommst du her?«, fragt sie.

»Berlin.«

Wenn Ilias erfährt, dass sie hier geraucht hat und dazu noch Haschisch, wird er bestimmt sauer sein.

»Berlin! Da wollte ich immer mal hin. Hab ich im Fernsehen gesehen. Soll eine coole Stadt sein.«

»Ja.«

»Was kennst du da denn so?«

»Was meinst du?«

»Na, alles.«

»Es gibt ganz tolle Museen und Kinos und Burgerläden und so was.«

»Ich meine keine Burgerläden. Ich meine Clubs, wo was los ist.«

Wir hören Schritte auf dem Flur, sie klingen nach einem von der Security. Hanan fährt mit Zeigefinger und Daumen über die Zunge und löscht den Joint. Dann wedelt sie mit der Hand durch die Luft, um den Geruch zu verteilen.

»Ich weiß, wir sollen hier nichts rauchen. Aber jede macht es. Und Tarik pfeift sich noch ganz anderes Zeug rein.«

Ich nicke, als wüsste ich Bescheid. Wir lauschen den Schritten, die sich schnell wieder entfernen.

»Und wo kommst du her?«

»Neu-Delhi.«

»Indien.«

»Ja, Indien. Neu-Delhi liegt in Indien.«

Sie ist genervt von mir. Wieso ist sie genervt? Ich will doch nur mit ihr reden. Außerdem ist sie in meiner Wohnung. Sie zündet den Joint wieder an.

»Ist es schön da?«, frage ich.

»Kommt drauf an, wo du wohnst. Wenn du Kohle hast, ist es cool. Wenn du keine Kohle hast, so wie meine Mutter, lebst du eben da, wo es scheiße ist.«

»Und seit wann bist du hier?«, frage ich.

»Seit ich acht bin. Mein Vater ist nach der Geburt von den Zwillingen abgehauen. Und meine Mutter hat mich hierher verkauft. Sie hat das Geld gebraucht, weil die Zwillinge krank waren.«

»Mein Papa ist bei der Polizei, und meine Mama ist Staatsanwältin.«

»Wie lange bist du denn schon hier?«

»Drei Jahre.«

Ich wechsele das Thema.

»Hanan ist ein schöner Name.«

»Ist nicht mein richtiger.«

»Und wie ist dein richtiger?«

»Wieso willst du das wissen?«

»Weiß nicht.«

»Lovepreet.«

Lovepreet. Ist eigentlich auch ein schöner Name. Aber so, wie sie ihn ausspricht und wie sie das Gesicht verzieht, scheint er ihr nicht zu gefallen.

»Und wie alt bist du?«

»Zwölf.«

Sie sieht viel älter aus.

»Bald habe ich Jubiläum.«

»Was für ein Jubiläum?«, will ich wissen.

»Fünfhundert Tage. Da veranstalten die hier eine riesige Party, und du kriegst Geschenke. Und am Tag drauf lassen sie dich frei, und du fliegst erste Klasse nach Hause, und du darfst alle Geschenke mitnehmen.«

»Echt? Hab ich gar nicht bekommen.«

»Bist du blöde? Natürlich nicht. Dummerchen. Die behalten dich so lange hier, bis keiner dich mehr haben will.«

»Und dann?«

»Fährt dich jemand in die Wüste. Sechs, sieben Stunden lang, und dann schmeißt er dich aus dem Auto. Oder sie machen mit dir einen Ausflug auf Qassims Yacht und sie schmeißen dich über Bord.«

»Das stimmt nicht.«

»Hab ich gehört.«

»Aber es gibt doch die Polizei.«

»Meinst du, die macht was gegen Qassim? Der ist ein Scheich und gehört zur Regierung. Der kann machen, was er will. Außerdem weiß keiner, dass wir hier sind. Die lassen uns ja nicht raus. Und wenn, dann nur verschleiert.«

»Nein, das stimmt nicht«, widerspreche ich. »Ilias hat versprochen, dass ich wieder zurück nach Hause darf.«

Sie drückt den Joint in einem Teller aus, dann knäuelt sie eine Serviette darum und steckt sie ein.

»Wenn du mal irgendwann damit anfängst, musst du die immer gut verschwinden lassen, damit Fida nichts merkt. Die kann unheimlich brutal sein. Wenn die dich nicht leiden kann, hast du verspielt. Alle kuschen vor ihr. Nicht nur das Personal. Sogar ihre Söhne. Tarik nicht so, aber Ilias und Baal. Wenn sie was sagt, wird das gemacht. Keine Widerrede. Der Einzige, der über ihr steht, ist Qassim.«

Ich versuche, mir alles zu merken, was sie mir sagt. Aber es ist so viel, dass ich bestimmt die Hälfte davon vergesse.

»Wie alt warst du, als du hierhergekommen bist?«

»Zwölf.«

»Ja, stimmt. Wenn du jetzt fünfzehn bist, bist du vor drei Jahren hierhergekommen. Du warst bestimmt teuer.«

»Ich weiß nicht. Es war bei so einer Versteigerung. Und ich habe nur gehört, dass sie für andere Mädchen hunderttausend und mehr geboten haben.«

»Dollar?«

»Ich glaube schon.«

»Wow. Ich war, glaube ich, nicht so teuer. Vielleicht die Hälfte. Oder noch weniger.«

Sie sagt das so, als wäre sie neidisch.

»Warst du Jungfrau?«

»Na klar«, sage ich.

»Für Männer im Orient ist nämlich nichts so wichtig, wie dass du noch Jungfrau bist, wenn sie es zum ersten Mal mit dir machen. Sogar wenn du nicht die erste oder zweite Frau bist, sondern eine wie wir. Die würden auch nie eine Frau heiraten, die schon mal was mit einem anderen hatte. Da würde sogar die eigene Familie, also die der Frau, Stress machen. Die haben da so ein Ding mit der Ehre. Ist bei uns zu Hause genauso. Die denken dann, dass die Männer in ihrer Familie nicht genug auf sie aufgepasst haben. Die Frau muss immer den heiraten, mit dem sie zum ersten Mal was hatte, sogar wenn der Mann sie vergewaltigt hat. Oder irgendeinen, dem es nichts ausmacht, dass sie schon benutzt ist. Meistens sind das irgendwelche alten Säcke, die genug Geld haben. Oder sie bringen die Frau um. Oder du lässt dir das Jungfernhäutchen neu machen. Es gibt sogar künstliche, die können bluten, dann denken die Männer und ihre Familie, dass du noch Jungfrau warst.«

Ich weiß nicht, ob ich noch länger mit ihr reden will. Sie erzählt diese ganzen Sachen doch nur, um mir Angst zu machen. Das habe ich noch nie gehört, das mit dem Jungfernhäutchen.

»Bei uns in Neu-Delhi ist es auch schlimm, wenn du keine Jungfrau mehr bist, aber nicht so wie hier. Wenn sie dich hier erwischen, dass du mit einem Mann was hast, mit dem du nicht verheiratet bist, wirst du gesteinigt. Stell dir das mal vor! Die haben voll die Meise. Du darfst als Frau nur einen Mann heiraten, und ein Mann darf vier Frauen haben und noch seine Sklavinnen. Die dürfen die Frauen auch schlagen, ohne dass jemand was sagt.«

Wir hören schon wieder die Schritte. Es klopft an der Tür.

»Den Schleier«, befiehlt Hanan. »Zieh den Schleier über den Kopf!«

Sie hilft mir, den Niqab festzubinden. Und ohne dass wir etwas sagen, wird die Tür geöffnet. Ein Mann kommt herein. Er deutet auf Hanan. Sie soll aufstehen und mitkommen.

»Shit«, sagt sie leise.

»Wo gehst du hin?«

»Keine Ahnung.«

Sie umarmt mich. Verlässt zusammen mit dem Mann das Zimmer.

Ich bin völlig leer, als ob ich nicht mehr denken könnte. Dann spüre ich etwas in der linken Tasche meiner Abaya. Sie hat mir ihr Handy zugesteckt. Kann ich von hier aus telefonieren? Ich schaue aufs Display. *No service.* Aber wenn ich in Ilias' Räume gehe, habe ich ein Netz.

Katharina
Juli 2021

Ich habe mit Mona telefoniert und ihr gesagt, dass ich aus *Rape Squad* raus bin. Von mir aus können die anderen weitermachen und den alten Säcken eins auswischen. Es ist Sonntag. Von irgendwoher wird Kirchengeläut herbeigeweht. Luzie hat mich nicht verlassen. Und wenn sie jetzt bei mir liegt, vollkommen nackt in einem See aus weißen Laken und Decken, und wenn die Sonne auf ihren Körper scheint und ihn glänzen lässt, als wäre er aus purem Gold, dann habe ich Hemmungen, sie zu berühren. Ich habe Angst, dass sie nicht echt ist und sich bei der kleinsten Berührung in Engelsstaub auflöst, einfach weil etwas so Vollkommenes nicht real sein kann. Sie ist wie eine Welle, bestehend aus Tälern und Kämmen, die für einen Augenblick innehält, weil sie sich an sich selbst berauscht. Diesen Augenblick halte ich fest, brenne ihn in mein Gedächtnis ein, damit ich mich für alle Zeiten daran erinnern kann, wie perfekt ein Mensch sein kann, wenn die Liebe ihn umkreist und erfüllt. Seit dem Tag vor vier Jahren, als das Glück sich von uns abgewendet hat, habe ich so etwas nicht mehr gefühlt. Ich habe überhaupt noch nie so intensiv und durchdringend gefühlt.

Heute Morgen habe ich endlich die Bestätigungsmail bekommen, dass ich mit der Studienreisegruppe nach Dschidda fliegen kann. Ich war schon panisch, weil ich nichts von denen gehört habe. Aber dann lag das Scheißding im Spam-Ordner. Luzie liegt zwischen meinen Beinen, ihr Rücken an meinem Bauch und meiner Brust. Ich halte sie fest, als ob ich mich selbst festhalten müsste. Der Rest der WG schläft noch. Wir hatten gestern eine Party, dreißig Leute waren da. Gegen Mitternacht kannte ich die meisten nicht mehr. Sie waren von der Straße hochgekommen, weil sie gehört hatten, dass es kostenlos Alkohol gibt. Die üblichen Streuner. Ich mag diese Leute nicht. Sie kommen rein und behaupten, sie würden jemanden kennen. Sie nennen einen Namen, den ich noch nie gehört habe, und saufen das Bier weg. Ich erzähle Luzie von der blasierten Alten, die aussah, als wäre die Party unter ihrer Würde, und die versucht hat, sich mit einer Flasche Wodka aus dem Staub zu machen. Ich habe sie an der Tür aufgehalten und gesagt, dass mir das Etikett so gut gefällt und ich die Flasche deswegen behalten möchte, dass sie aber auch den Inhalt einfach austrinken kann. Sie hat mir einen Blick aus der Schublade affektlose Langeweile geschenkt und ist abgedampft.

»Auf der Treppe hat sie was geträllert, das wie *blöde Fotze* geklungen hat.«

»Ist doch gut, wenn man die Erfahrung macht, dass auch Frauen Arschlöcher sein können. Nicht nur Männer.«

»Ich weiß«, flüstere ich Luzie ins Ohr, »aber ich fühle es nicht. Ich glaube, ich brauche noch ein paar Jahre, bis es so weit ist. Vorausgesetzt, es passiert in der Zeit nichts, das den Lernerfolg gefährdet.«

»Du meinst ein Konzert von Justin Bieber?«

Ich grinse.

»Es tut so gut, wenn die Person, die man liebt, einen hundert Pro versteht.«

»Ich weiß. Das nennt man Physik.«

»Du meinst Chemie.«

»Nein, Chemie ist auf einer subatomaren Ebene auch nur Physik.«

»Hält das einer wissenschaftlichen Überprüfung stand?«

»Natürlich, Dummerchen. Stand Wort für Wort in der In-Touch. Dem angesagten Magazin für kleine, süße Physikerinnen. Willst du Kaffee?«

Sie schält sich aus mir heraus. Sofort wird es kalt, und ich krieche unter die Decke. Wenn alles gut geht, fliege ich morgen früh los. Tegel, Istanbul, Dschidda. Das Schöne an der Sache ist, ich habe keinen Plan, was ich in Dschidda machen werde. Außer mit einer Studienreisegruppe rumzugurken und mir ausgewählte Schönheiten im Labor des Frauenhasses anzuschauen. Ist es Wahnsinn, was ich mache? Absolut. Wie stehen die Chancen, dass ich Sophie finden werde? Wohl bei null. Werde ich meine Schwester befreien, wo auch immer sie festgehalten wird? Ohne jeden Zweifel. Wo bleibt Luzie?

»Kaffee!«, rufe ich in Richtung Küche.

»Komm mal«, ruft Luzie.

Aha. Die Kaffeemaschine spinnt mal wieder. Und das ist natürlich für eine Physikerin zu kompliziert, die die Formel Energie gleich Masse mal Geschwindigkeit zum Quadrat für eine sexistische Gleichung hält, weil die Lichtgeschwindigkeit männliches Gebaren namens Schnelligkeit und Dominanz ausdrückt. Luzie spinnt, aber wer tut das nicht. Und wer es nicht tut, spinnt total. Ich wickle mich in die Bettdecke ein und torkele auf Zehenspitzen in die Küche. Jemand hat schon angefangen aufzuräumen. Das hat es noch nie gegeben. Acab sitzt in der Küche auf dem Sofa, hat die Beine hochgenommen und hält sie mit beiden Armen fest. Acab heißt eigentlich Emma, aber sie hasst diesen Namen. Sie hat niemandem den Grund dafür verraten. Und weil ihr Vater bei den Bullen ist, so wie mein Vater früher, hat sie auf jede Klamotte, die sie trägt, *ACAB* drauf genäht: *All Cops Are Bastards.* Sie wohnt erst seit einem halben Jahr bei uns. Luzie sitzt neben ihr und hat den Arm um ihre Schultern gelegt.

»Was ist?«, frage ich.

»Sie ist gestern in der S-Bahn angemacht worden.«

»Und?«

»Was und?«

»Ich werde jeden zweiten Tag in der U-Bahn angemacht.«

Acab hebt den Kopf und sieht mich an, als wollte ich ihr ein Playboy-Abo verkaufen.

»Kannst du wenigstens ab und an ein bisschen sensibel sein?«, schnauzt Luzie mich an. »Das waren Typen nach einem Hertha-Spiel.«

»Interessant. Jede Frau weiß, dass sie nach Hertha nicht mit der S-Bahn fahren soll.«

»Aber Acab hat vergessen, dass gestern ein Spiel war.«

»Kann Acab auch sprechen, oder stehe ich sozial so weit unter ihr, dass es nicht genehm ist?«

»Was ist los mit dir, verdammte Scheiße?«

Luzie brüllt, Acab glotzt, und ich werde wütend.

»Wie kann man so was vergessen? Jede Frau weiß, was samstags nach einem Spiel in den Öffis los ist. Die Jungs spritzen mit Testosteron nur so um sich. Und wenn Hertha verloren hat, was in der Rückrunde ziemlich häufig passiert, sind sie frustriert und lassen ihre Wut an der Inneneinrichtung der Waggons aus. Und für manche zählen Frauen auch zur Inneneinrichtung. Das ist absolut scheiße. Wissen wir. Gehört zum Bildungskanon, kommt gleich nach Schiller und Fack ju Göhte. Wissen wir. Aber ich finde es zum Kotzen, wenn wir uns immer und immer wieder darüber beschweren. So ist die Welt nun mal. Und so wird sie noch eine Weile bleiben. Gewöhn dich dran. Das heißt nicht, dass wir es akzeptieren sollen. Aber wir müssen aufhören, uns wie kleine Mädchen zu verhalten. Die böse Welt da draußen und wir mittendrin, die armen Opfer.«

Ich sehe, dass Acab den Tränen nahe ist, und sofort tut es mir leid, dass ich so energisch war. Also senke ich die Lautstärke und stelle meinen Tonfall auf Verständnismodus.

»Ganz ehrlich Acab, ich will davon nichts mehr hören. Du bist gestern in die S-Bahn eingestiegen. Du weißt sofort, was los ist, weil es so eine spezielle Stimmung gibt. Also steigst du am besten wieder aus und läufst oder wartest. Aber rumzuheulen, weil dich niemand beschützt, ist einfach dumm.«

»Einer hat auf sie draufgepinkelt.«

»Ja, Scheiße. Ist ein Wichser. Ist ein Arschloch. Gehört kastriert. Was noch?«

Jetzt ist Luzie wütend und brüllt, dass man dem Typen die Fresse einschlagen müsste. Dass der die unterste Stufe des Homo sapiens ist. Ordnung der *Wichser*, Familie der *Arschlöcher*, Gattung *Dumm wie Brot* und Art *Untherapierbare*. Die muss man einknasten und einmauern.

Aber niemand knastet sie ein, und niemand mauert sie ein. Ich knie vor Acab. Nehme ihre Hände, wische ihr die Tränen aus dem Gesicht. Himmel! Sie ist so dünn und verletzlich. Ein kleiner, rotzfrecher Engel, den du die ganze Zeit beschützen willst. Wenn du die Begriffe kleine Schwester googelst, ist sie der erste Eintrag. Wie kann jemand auf ein so süßes Herz treten? Sogar Tiere haben eine Tötungshemmung.

»Ich weiß, wie sich das anfühlt«, sage ich zu ihr. »Und ich weiß, wie schlimm es ist. Und ich weiß, dass der ein Scheißkerl ist. Aber du weißt auch, was für ein Risiko es ist, an bestimmten Orten in der Stadt zu sein, die nicht unsere Orte sind. Das sind Männer-Räume. Und wenn du aus irgendeinem unverzeihlichen Grund doch dort warst und sie dich fertiggemacht haben, stehst du auf und gehst weiter. Es ist wie beim Boxen. Du hast eine Runde verloren, aber nicht den Kampf. Der geht über eine Million Runden. Du bist nicht persönlich dafür verantwortlich. Es ist passiert, weil unsere Welt so ist. Aber wir sind keine Opfer, wir sind Kriegerinnen.«

»Du redest so, als wären wir im Krieg«, sagt Luzie.

Ich höre nicht auf sie, sondern schaue Acab in die Augen. Und jetzt merke ich, wie schön sie ist. Und wie sehr ein Mann sich von so einer verletzlichen Schönheit beleidigt fühlen muss, weil sie nicht ihm gehört.

»Ich hab's dir schon mal gesagt. Hör auf mit Yoga. Das kannst du immer noch machen, wenn du fünfzig bist und merkst, dass dich keiner mehr haben will. Aber bevor das passiert, musst du lernen, wie du dich in so einer Situation wehren kannst. Mach Taekwondo, steck dir Pfefferspray ein. Ich kann dich zu Krav Maga mitnehmen. Es dauert eine Weile, bis du es kannst, und es kostet einige Überwindung, bis du dich traust, es anzuwenden. Wir Mädels wollen niemandem wehtun. Hat man uns jahrhundertelang eingetrichtert. Wir sollen auf Siegfried warten, damit er den Drachen erschlägt. Deswegen ist der erste Schritt, dass wir selbst dem Drachen in die Eier treten. Dass wir aufhören, Opfer zu sein. Das ist nicht leicht. Es ist so, als versuchst du, aus einem reißenden Fluss an Land zu schwimmen. Aber du probierst es immer und immer wieder. Und du schaffst es.«

Acab sieht Luzie an. Luzie ist immer noch sauer auf mich. Wahrscheinlich weiß sie, dass ich recht habe.

»Wir hören jetzt auf, lieb und nett und sanft und freundlich zu sein. Wir warten nicht mehr auf Zustimmung oder Einverständnis. Du weißt doch, *Don't ask for permission, don't ask für forgiveness*. Wir sind nicht mehr kokett und spielen mit den Klischees des hilflosen Mädchens. Wir nehmen es selbst in die Hand. Ist doch scheißegal, wenn es heißt, wir wären Schwanzmädchen und verbissen und verbittert und all der Quatsch, und dass man uns nicht mehr lieb hat. Aber es ist doch ohnehin wichtiger, dass wir uns selbst lieben. Okay?«

Pause.

»Okay?«

Ich öffne die Arme, Acab kommt näher, wir umarmen uns. Ich spüre, wie ich meine kleine Predigt über den Umweg Acab an mich selbst gerichtet habe. Ich fühle mich gut. Und im selben Moment weiß ich, dass es nicht lange anhalten wird. Das ist die Krux mit netten, kleinen pathetischen Referaten. Sie haben eine Halbwertzeit, die nur bis zum letzten Wort reicht. Dann zerfallen sie.

»Du auch«, sagt Acab zu Luzie.

Luzie klettert innerlich über den Zaun. Wir knien zu zweit vor Acab. Wir sind ein urzeitliches Wesen mit sechs Armen, sechs Beinen und drei Köpfen, und aus unseren

Köpfen sprießen die Schlangen wie bei der heiligen Medusa.

»Gracie«, sagt Acab. »Aber du musst mir noch sagen, wer Siegfried ist.«

Wir lachen. Ein Handy klingelt. Es ist meins.

»Jetzt nicht«, sagt Luzie.

Ich rutsche auf Knien zum Küchentisch, fische das Handy aus einer Bierlache. Ich will den Anruf wegdrücken, aber irgendetwas hält mich zurück. Mein Daumen landet auf dem kleinen grünen Punkt.

»Hallo?«, frage ich so vorsichtig, als wüsste ich noch vor dem ersten Wort, dass sie es ist.

»Katharina?«

»Sophie?«

»Ja.«

Ein Stromschlag. Eine Million Volt. Vom Bauch ins Gehirn. Ich bin wie gelähmt. Sie ist es. Sie ist es! Sophie. Meine Schwester.

»Oh Scheiße.«

Ich nehme das Handy mit beiden Händen, halte es fest. Ich darf sie nicht mehr loslassen.

»Wie geht's dir?«

Mein Hals ist ein einziger Krampf. Meine Stimme ein raues Krächzen. »Wo bist du? Fatima hat mir gesagt, du bist in Dschidda, in so einem Palast.«

»Ja, stimmt.«

»Wo ist der? Wem gehört der?«

»Qassim bin Laden.«

»Bin Laden? Hat der mit Osama bin Laden zu tun?«

»Weiß ich nicht.«

»Bist du okay?«

»Ja.«

»Wirklich?«

»Wie geht es dir? Und Mama und Papa?«

»Alle okay.«

Wir schweigen. Ich weiß nicht, was ich sagen soll. Seit Jahren warte ich auf diesen Moment, und jetzt fällt mir nichts ein. Oder zu viel. Luzie und Acab sehen mich entsetzt an, sie kennen meine Geschichte. Und sie kennen die Geschichte von Sophie.

»Ihr habt nicht nach mir gesucht, oder?«, fragt Sophie.

»Was? Doch! Natürlich! Papa ist ein Jahr lang wie ein Verrückter durch die halbe Welt geflogen. Aber irgendwann haben wir deine Spur verloren. Er hat zuletzt nur noch gewusst, dass du in Saudi-Arabien bist.«

»Ach so. Ich hab nur gedacht … Ist ja auch egal.«

»Und du bist okay?«

»Ich … ich habe zwei Kinder.«

Scheiße. Zwei Kinder. Meine kleine Schwester Sophie hat zwei Kinder. Mit fünfzehn. Welches Arschloch hat das getan? Ich bringe ihn um. Egal, wer es ist, ich bringe ihn um.

»Sophie?«

»Ja?«

»Ich hole dich. Ich verspreche es dir. Du musst nur noch ein bisschen aushalten.«

Keine Antwort.

Sie hat aufgelegt.

»Ruf sie zurück.«

Ich wähle die Nummer. *The person you've called is temporarily not available.* Noch mal. *The person you've called is temporarily not available.*

Ich schüttele den Kopf. Sie öffnen die Arme. Ich rutsche auf Knien zurück zur Medusa.

»Du musst es deiner Mutter und deinem Vater erzählen«, sagt Luzie.

Ich nicke, aber ich bin nicht sicher. »Wenn ich es den beiden sage, werden sie sofort losfliegen. Ohne mich.«

»Woher willst du das wissen?«

»Ich weiß es. Ich kenne Helena. Sie wird sagen, dass das Risiko zu groß ist.«

»Womit sie recht hat.«

»Ich will es alleine machen.«

»Verstehe ich nicht«, sagt Acab. »Es geht doch darum, dass deine Schwester frei kommt. Ist doch egal, wie. Oder?«

»Nein, ist es nicht.«

»Warum nicht?«

Ich habe keine Ahnung. Vielleicht weil ich etwas gutmachen muss. Verdammt noch mal.

Nadeen
Juli 2021

Wenn Fatima ankündigt, dass eine junge Frau aus Deutschland nach Dschidda kommt und eventuell Nadeens Hilfe braucht, ist das keine gute Idee. Nadeen kennt Fatima seit zwei Jahren. Damals war sie anlässlich einer Konferenz zum Thema Menschenrechte in Dschidda. Natürlich sind solche Veranstaltungen in Saudi-Arabien ein Witz und ungefähr so sinnvoll, als würde frau in einem krokodilverseuchten Fluss den Reptilien einen Vortrag über die Vorzüge einer vegetarischen Ernährung halten. Nach der Konferenz hat Fatima in Nadeens Haus in privater Runde von *Nemesis* erzählt, eine in gewissem Sinne terroristische Organisation, die ausschließlich aus Frauen besteht. Die meisten sind über dreißig Jahre alt und mit den Biografien ausgestattet, die für frau in speziellen Ländern Pflichtprogramm ist. Körperverletzung, Vergewaltigung, Freiheitsberaubung. Oder das ganz harte Programm. Genitalverstümmelung, Säureattentate und Folter.

Erschreckend, aber auch in gewisser Weise interessant war, welche Aktionen diese kleine Guerilla-Truppe seit ihrem Bestehen durchgeführt hatte. Zum Beispiel die Hinrichtung von vier Personen am Brandenburger Tor in Berlin, die in den internationalen Mädchenhandel verstrickt waren. Nadeen hatte den Bericht auf CNN gesehen. Oder die Entführung von zwei belgischen Politikern im Dezember 2017, die an Weihnachten mit einem Brandzeichen auf der Stirn aufgefunden wurden. Die hiesige Presse fühlte sich bemüßigt, im Einklang mit dem Königshaus die Tat als ein Zeichen der Gottlosigkeit und Dekadenz des Westens anzuprangern. Das Brandzeichen bestand aus einem R, das in einem Kreis eingefasst war. Gewisse Ähnlichkeiten mit einem internationalen Warenzeichen waren unübersehbar. Oder der Fall des hochrangigen Mitgliedes einer internationalen Kinderschutzorganisation, dem sie den After mit einem Sekundenkleber verschlossen hatten. Er hatte seinen Auftrag fehlinterpretiert.

Nun könnte man sagen, dass diese Taten über alle Maßen grausam, sadistisch, unmenschlich und dem friedliebenden Charakter des weiblichen Geschlechts unziemlich seien. Aber für Nadeen kommt es ein wenig auf die Sichtweise an. Denn wer je einen Snuff-Porno gesehen hat, von denen es auf Websites im Darknet nicht wenige zu besichtigen gibt, vorausgesetzt man gehört zum eingeweihten Kreis, wird die Messlatte für *unziemlich* weit nach oben verschieben. In solchen Filmen werden Frauen und Kinder vergewaltigt und dabei umgebracht.

Als Fatima von diesen Maßnahmen erzählte, dachte Nadeen, so etwas sei nur im Westen möglich. Schließlich leben die Frauen dort ohne Vormund, ihnen ist es gestattet, ohne Erlaubnis eines Mahram handeln zu dürfen. Und welche Frau fragt schon gerne ihren gewalttätigen Ehemann, ob sie ihn – ihren Peiniger – umbringen dürfe. Selbst wenn sie es täte, wäre die Antwort eindeutig. Nadeen hat dann trotzdem noch ein paar Monate gebraucht, um sich darüber klar zu werden, ob sie weiterhin den offiziellen Rechtsweg gehen will oder vielleicht nur offiziell den

Weg des Rechts und nebenbei die radikalen Frauen von *Nemesis* unterstützen soll. Als dann vor einem Monat der Minister für Islamische Angelegenheiten, fromme Stiftung, Verkündung des Islams und Orientierung, Scheich Mohammed ibn al Wahhab, durch eine Bombe in seinem MacBook Air aus dem Amt befördert wurde, erlebte Nadeen die islamische Variante des Damaskuserlebnisses. In der hitzigen Diskussion, die nach dem Ereignis stattgefunden hat, inklusive Verhaftung, Folter und Auspeitschung von Personen, die die Regierung schon lange als Abschaum und vom Ausland gelenkte Ratten ansah, wurde allerdings übersehen, dass der Scheich sich regelmäßig Frauen aus dem Dhaban-Gefängnis nahe Mekka in seinen wunderschönen Palast hatte bringen lassen. Die wenigsten sind lebend zurückgekehrt.

In ihrer Funktion als Menschenrechtsanwältin nimmt Nadeen al Sharif nun schon lange vehement am gesellschaftlichen Leben teil. Sie hat an der Princess Nora bint Abdulrahman University in Riad studiert, der weltweit größten Universität nur für Frauen. Sie besteht aus zweiunddreißig Campussen und einer Bibliothek, die eines Tages 4,5 Millionen Bände beherbergen wird. Das Problem ist, dass jede Studentin fünfzig Prozent ihrer Zeit an der Uni damit verbringt, zu studieren, um für eine spätere Karriere im Haushalt bereit zu sein. Die restlichen fünfzig Prozent sind dazu da, um zu feiern und zu vögeln. Was natürlich an einer Frauen-Universität nicht geht, es sei denn, man ist lesbisch, was Nadeen nicht ist. Nun hätte sie nach den Vorlesungen zu einer der vielen Partys gehen können, die die Töchter der Prinzen und Scheichs jedes Wochenende in ihren Villen gaben. Aber da hätten ihr

Vater oder ihr Bruder sie fahren müssen, weil der Weg zu Fuß zu weit ist und eine Frau und ein Fahrrad in Saudi-Arabien nicht zusammenpassen. Darüber hinaus existiert bis heute nichts, das sich öffentliche Verkehrsmittel schimpfen könnte. Und für Taxis fehlte ihr das nötige Kleingeld. Also blieb Nadeen zu Hause und lernte, damit sie wenigstens die Jahrgangsbeste sein konnte. Das hilft ihr heute, weil sie im Gegensatz zu den meisten Richtern und Staatsanwälten sowohl die Hadithe als auch die meisten wissenschaftlichen Abhandlungen darüber kennt. Sie kann daher Urteile, die auf der Basis der Scharia gefällt werden, anfechten. Es hilft ihr natürlich nicht gegen die staatliche Willkür, die Arroganz der Macht und die Selbstherrlichkeit der Täter, die wissen, dass sie unangreifbar sind. Aber daraus und aus den Aktionen, die *Nemesis* zugeschrieben werden, zieht sie nun ihre Schlüsse. Sie weiß, sie muss eine Entscheidung treffen. Sie muss die Frage beantworten, ob der staatlichen Apartheitspolitik und dem institutionellen Terrorismus mit Liebe und dem Verweis auf die universell gültigen Menschenrechte begegnet werden kann, oder ob es besser ist, den Tyrannen zu ermorden. Dieser Zwiespalt erfordert all ihre geistige, emotionale und körperliche Kraft. Und da ist es keine gute Idee, wenn Fatima ankündigt, dass eine junge Frau aus Deutschland namens Katharina Faber nach Dschidda kommen will. Und warum ist das so? Nun, Nadeen ist weit entfernt davon, sich selbst zu loben (wieso eigentlich?), aber sie befindet sich nicht nur in einer schweren persönlichen Krise, sondern ist auch noch die bekannteste Menschenrechtsanwältin in ganz Saudi-Arabien. Sie ist wegen Aufrufen zur Befreiung der Frau und der Verwendung von

Begriffen wie patriarchal, gewalttätig und unfrei, mit denen sie die saudische Gesellschaft beschrieben hat, angeklagt und zu Geldstrafen verurteilt worden. Und sie hat einen Tweet geteilt, in dem ein Foto zu sehen ist, auf dem ein Mann die Hand eines bärtigen Mullahs küsst. Unter dem Tweet stand geschrieben: *Beachtet die Eitelkeit und den Stolz auf seinem Gesicht, jetzt, wo er einen Sklaven gefunden hat, der ihm die Hand küsst.*

Wenn die junge Frau hierher nach Dschidda kommt, sollte sie sich unauffällig, brav und absolut still verhalten, sonst kann sie damit rechnen, in weniger als einem Tag im Gefängnis zu sitzen.

Helena

Juli 2021

Ich liege in meiner Zelle im Bett. Zwei Finger spazieren mutwillig über meine Haut. Tasten sich vorwärts. Zögern, gehen einen Schritt zurück, spielen mit meinen Erwartungen. Marschieren durch die kleine Pfütze, die sich in meinem Bauchnabel gesammelt hat, über die Rippen, die wie Furchen hervorstehen zu den Brüsten. Klettern die Wölbung hoch als würden sie einen Berg erklimmen, tanzen um die Brustwarze herum, tippen sie an, streicheln sie, drücken sie, bis es schmerzt. Es ist ein schöner, lustvoller, lebendiger Schmerz. Weiter zum Hals hin. Eine kurze Rast an der Kuhle, die das Schlüsselbein anbietet. Dann über das Kinn zu den Lippen. Die Finger trippeln ungeduldig, als würden sie sich beschweren, dass sie keinen Einlass erhalten. Wenn ich den Mund leicht öffne, dringen sie vorsichtig ein, werden von meiner Zunge begrüßt und umschmeichelt. Sie schmecken leicht säuerlich. Sie schmecken nach mir. Und während ich an ihnen sauge wie ein Baby, dringen zwei weitere Finger tiefer in mich ein. Böse, fordernd, ungeduldig. Bewegen sich hin und her, wenden sich, als würden sie den richtigen Platz suchen. Jetzt die Hand in mir. Ein Daumen wälzt sich auf meiner Klitoris. Schnell und hart. Ich komme zusammen mit dem Klingeln. Mein Stöhnen vermischt sich mit dem metallenen Rasseln. Es ist halb sechs Uhr morgens. In fünfzehn Minuten kommen zwei Beamtinnen und werden die

Gemeinschaftsräume aufschließen. Sie werden kurz in die Zimmer schauen, um zu sehen, ob wir die Nacht unversehrt überstanden haben. Sie nennen es Lebenskontrolle. Das alles erlebe ich heute zum letzten Mal in diesem Bruchstück meines Lebens.

Heute werde ich entlassen. Ich habe die Nacht unversehrt überstanden. Soweit man das, was soeben passiert ist, unversehrt nennen kann. Kristin klettert von mir herunter. Während sie sich provozierend langsam anzieht, lächelt sie mich triumphierend an. Sie ist erst seit zwei Wochen hier, aber sie wusste von der ersten Minute an, dass sie mich kriegen wird. Sie erobert mit ihrem Selbstbewusstsein und ihrer überbordenden Ausstrahlung, die sie wie eine Bugwelle vor sich herschiebt, jede hier im zweiten Trakt. Ich habe gesagt, dass ich nicht mit einer Frau zusammen sein will. Daraufhin hat sie mir wortlos das Foto von Sophie gereicht, das ich so sehr vermisst habe.

»Man sieht sich«, sagt sie.

»Glaube ich nicht«, antworte ich.

»Wann?«

»Wenn alles gut geht, heute.«

»Hier drinnen ist noch nie was gut gegangen.«

Ich warte, bis sie das Zimmer verlassen hat, dann mache ich mich fertig; ich wasche mich, putze Zähne, versuche, meine Haare zu etwas zu richten, das einer Frisur ähnelt. Wir frühstücken in der Gemeinschaftsunterkunft. Acht Frauen, wie in einer Kommune. Nach dem Frühstück gehe ich zur Arbeit. In Gedanken bin ich im Gericht.

Meine ganze Hoffnung liegt auf der Person, die meinen Werdegang studiert und dann entscheidet. Es ist wie früher in der Schule, als es noch Kopfnoten gab. Betragen, Aufmerksamkeit, Ordnung, Fleiß. Alles *Sehr gut*. Ich habe an den Gruppensitzungen teilgenommen und vermittelt, dass ich die Unrechtmäßigkeit meiner Tat einsehe und bereue, was ich getan habe. Meine Rechtsanwältin Natalia Eisenstein sagt, es sähe gut aus, weil es eine Richterin ist. Ich bin da nicht so sicher, Frauen können die schlimmsten Feindinnen von Frauen sein.

Ich arbeite seit dem ersten Tag in der Wäscherei. Meistens kriegen wir Hotelwäsche. Die Laken und Bezüge erzählen Geschichten, die mit Blut, Sperma, Urin und Kot beginnen. Oder enden. Ich fasse die Wäsche nur mit Handschuhen an. Andere in meiner Truppe sagen, ich sei eine zimperliche Fotze. Fotze ist hier kein Schimpfwort, eher synonym für eine Untergebene. So wie ich eine bin. Ich habe mich an den Umgangston gewöhnt. Woran ich mich nie gewöhnen konnte, sind die kleinen Angriffe, die Gemeinheiten, die jede erwischen, die nicht stark genug ist. Ich bin stark. Verbal, nicht körperlich. Manchmal hilft es. Meistens nicht. Vor allem nicht, weil ich früher Staatsanwältin war. In einem Leben, das so weit zurückliegt, dass ich mich kaum noch daran erinnere.

Es riecht nach Sprühstärke und abgestandenem Schweiß. Kleine schwarze Fliegen schwirren durch den Raum. An den hellgrün gestrichenen Wänden hängen Poster von Brad Pitt und George Clooney. Es ist heiß, und wir tragen T-Shirts und blaue Latzhosen. Die Maschinen machen einen Höllenlärm. Ich stehe an der Mangel. Laken auf den Tisch legen, Enden glattziehen, die Walze mit dem Pedal starten, darauf achten, dass das Laken gerade eingezogen wird. Wenn es Falten gibt, muss es zurück in die Wäsche. Dann gibt es Ärger mit der Chefin. Sie kommt aus Bulgarien und hat ihre beiden Kinder ertränkt, weil ihr Mann sie betrogen hat. Wer denkt, dass Medea eine Geschichte aus vergangenen Zeiten ist, soll zu uns kommen.

Ich schaue häufiger auf die Uhr, als der Minutenzeiger Gelegenheit hat, sich zu bewegen. Ich verdächtige ihn, dass er sich gegen mich verschworen hat und absichtlich trödelt. Um zwei Uhr ruft Natalia an. Dann werde ich wissen, wie die Richterin entschieden hat. Ich kann nicht eine weitere Woche warten, bis ich mich auf die Suche nach Sophie machen werde. Und ich muss Kata davon abhalten, Dummheiten zu begehen. Ich konzentriere mich auf die Arbeit, spreche mit niemandem, vermeide es, auf die Uhr zu sehen. Eine Stunde später werde ich zum Telefon gerufen. Natalia ist bei Gericht. Meine Entlassung wurde noch nicht bewilligt. Die Staatsanwaltschaft hat eine neue Zeugenaussage vorgelegt, die den Ablauf der Tat, wie ich sie beschrieben habe, anzweifelt. Wie bitte? Wo kommt das denn her? Natalia versucht herauszufinden, was da läuft und wieso die Richterin die Zeugenaussage angenommen hat, ohne bekannt zu geben, von wem sie stammt? Angeblich ist es eine Frau, die gesehen hat, wie ich Akif Kaplan ins Gesicht geschlagen und mit Gewalt gezwungen habe, in den Bunker zu gehen. Wer ist diese Frau? Warum behauptet sie so etwas?

Es gibt ein Zitat von Madeleine Albright, der ehemaligen amerikanischen Außenministerin. *In der Hölle gibt es einen speziellen Platz für Frauen, die anderen Frauen nicht helfen.*

Hass

Ich habe ihn oft beobachtet, den Hass eines Mannes auf diejenigen, die ihm alles genommen, seine Familie zerstört haben, seinen Ruf beschädigt haben. Es ist ein beliebtes Märchen aus der Mythenwelt des männlichen Helden. Es wird in unzähligen Varianten erzählt und braucht stets die unvorstellbarste Tat, damit der Hassende ermächtigt wird, sich zu rächen, seinem Hass freien Lauf zu lassen und den Mörder, Folterer, Vergewaltiger, Betrüger zu töten. Allerdings unterschlägt das Märchen die Erkenntnis, dass der Hass umso heller brennt, je stärker wir den Grund für den Hass in uns selbst finden. Denn wer von uns ist in den geheimsten Phantasien nicht auch ein Mörder, Folterer, Vergewaltiger? Und so töten wir Hassenden in dem Verbrecher auch das Verbrechen in uns selbst. Recht so.

Rashid Gibran, *Das Buch Dionysos,* S. 136

Robert

Juli 2021

Der Anruf hat mich um vier Uhr morgens aus dem Bett geworfen. Ich habe eine Weile gebraucht, um zu begreifen, dass sie es ist. Wie Helena es fertigbringt, morgens um vier aus dem Gefängnis anzurufen, ist mir ein Rätsel. Vermutlich hat sie ein Handy. Und wenn sie ein Handy hat, dann weiß sie, wie die Dinge im Knast laufen. Dann hat sie sich hochgearbeitet, hat Geld und Verbindungen. Wahrscheinlich gehört sie zu irgendeiner Gang. Noch wahrscheinlicher ist, dass sie die Gang anführt. Ich weiß es nicht. Vielleicht täusche ich mich.

Wir haben früher oft einen Satz aus einem amerikanischen Krimi zitiert. *Der Erste ist der Erste, der Zweite ist ein Niemand.* Eine Frau wie Helena gibt sich nicht mit dem zweiten Platz zufrieden. Nie. Vielleicht im Knast, aber nicht in einer Ehe. Dabei funktioniert eine Ehe nur, wenn einer der Erste ist, und das ist seit Jahrhunderten der Mann. Ich weiß, dass das heute von einigen Frauen anders gesehen wird. Und auch von ein paar opportunistischen Kerlen. Aber das ist Blödsinn. Wenn die Gleichberechtigung fordern, vergessen sie, dass Gleichberechtigung nicht funktioniert, unabhängig davon, wer der Erste ist, ob Mann oder Frau. Deswegen gibt es Hierarchien. Weil immer jemand etwas besser kann als ein anderer, weil er klüger oder schneller oder stärker oder von mir aus auch sensibler ist. Sogar in Teams stellt sich sofort raus, wer der

Anführer ist. Du musst nur zu Hertha ins Stadion gehen und dann weißt du, wer auf dem Platz der Anführer ist. An wen die anderen den Ball geben, wenn sie nicht weiterwissen. *Lead, follow or get out of the way.* Noch so ein Satz, den wir immer zitiert haben.

In unserer Ehe war Helena der Anführer. Einfach weil sie Dinge schneller durchblickt hat als ich. Ich war derjenige, der die Fahrräder repariert hat, und sie hat darauf geachtet, dass die Reparatur eine Garantieleistung ist und die Ersatzteile nichts kosten dürfen. Verträge mit Versicherungen, die Schule der Mädchen, Gespräche mit der Bank. Alles Helena. Weil sie sich alles merken kann. Geburtstage und Urlaubsreisen. Wann wer was gesagt hat. Wo welche Unterlagen abgeheftet sind. Sie hat ein phänomenales Gedächtnis. Das klingt gut, wie ein Geschenk des Himmels. Aber wenn du mit so jemandem zusammen bist, hast du ein Problem. Sie vergisst nämlich auch nicht, wann du etwas versprochen hast. Was du in einem Streit gesagt hast. Ich zum Beispiel vergesse sogar den Streit. Ich habe zu ihr gesagt, *nichts vergessen heißt nichts verarbeiten.* Das hatte ich irgendwo gelesen, aber natürlich vergessen, wo. Sie wusste es. Und dann hat sie mich angeschrien. *Meinst du, ich hab mir das ausgesucht? Meinst du, es macht mir Spaß, wenn ich mich an jeden Moment meines Lebens erinnern kann?* Wahrscheinlich macht es keinen Spaß. Aber du kannst dir dein Leben nicht aussuchen. Du kannst dir deine Wünsche aussuchen, das schon. Aber woher sie kommen, kannst du dir nicht aussuchen. Du weißt auch nicht, wieso du manche Sachen gut kannst und andere nicht. Anfangs hat sie mir leidgetan. Später habe ich zu ihr gesagt, dass sie damit klarkommen muss und mich in

Ruhe lassen soll. Das war natürlich dumm von mir, weil das nicht geht, wenn du eine Familie hast. In einer Familie kannst du keine Grenzen zwischen dir und den anderen ziehen. Vor allem nicht, wenn du Kinder hast. Wir haben uns getrennt.

Helena will wissen, wer die Aussage bei Gericht gemacht hat, wegen der ihre Entlassung abgeblasen wurde. Ihre Anwältin hat bei Gericht auf Granit gebissen. Die Richterin hat gemauert. Irgendwelche Vorbehalte. Was eigentlich nicht geht. Ich hab nachgeschaut. Laut Paragraph 185 im Gesetz über den Vollzug der Freiheitsstrafe und der freiheitsentziehenden Maßregeln der Besserung und Sicherung – Strafvollzugsgesetz (StVollzG) heißt es: *Der Betroffene erhält nach Maßgabe des § 19 des Bundesdatenschutzgesetzes Auskunft und, soweit eine Auskunft für die Wahrnehmung seiner rechtlichen Interessen nicht ausreicht und er hierfür auf die Einsichtnahme angewiesen ist, Akteneinsicht.* Das eigenständige Akteneinsichtsrecht des Verteidigers geht nicht über das Recht des Gefangenen hinaus. Trotzdem ist die Akteneinsicht verweigert worden.

Es ist kurz nach zwei nachmittags. Ich warte in einem der drei Besucherzimmer. Abstrakte Bilder an den Wänden, also nichts, was an die Welt jenseits der Mauern erinnert. Ein Tisch, zwei Stühle. Mehr nicht. Ich muss wissen, was damals passiert ist, als sie in dem Bunker das Dreckschwein Akif Kaplan erschossen hat. Und zwar die Wahrheit, die sie mir und allen anderen verschwiegen hat, und nicht irgendeine Version. Als Helena von einer fetten Beamtin durch die Tür geführt wird, erschrecke ich. Sie sieht schlecht aus. Schmal, grau, müde. Ihre Haare sind struppig. Ich besuche sie das erste Mal seit knapp einem

Jahr. Sie nickt mir mit zusammengepressten Lippen zu. Eine knappe Begrüßung. Wir setzen uns. Die Beamtin verlässt das Zimmer.

»Hallo«, beginne ich.

»Hallo.«

Wir werden in den nächsten Minuten nur das Nötigste reden. Wie immer.

»Wie geht es dir?«

»Beschissen.«

»Nicht zu übersehen.«

»Hast du was von Kata gehört?«

»Sie hat meine Kreditkarte geklaut und dreitausend Euro abgehoben.«

»Wofür?«

»Angeblich eine Weltreise.«

»Verdammt noch mal, Robert. Wie kann sie von deiner Kreditkarte Geld abheben?«

»Weil sie die Geheimnummer hat.«

»Das glaube ich jetzt nicht. Du weißt, was sie vorhat, oder?«

»Nein.«

»Fatima hat sich bei Kata gemeldet.«

»Davon weiß ich nichts.«

»Wahrscheinlich will Kata nach Dschidda fliegen. Deswegen braucht sie das Geld.«

»Wieso Dschidda?«

»Fatima glaubt, dass Sophie da ist.«

»Wie bitte? Wieso sagst du mir das nicht?«

»Ich dachte, Kata hätte es dir gesagt. Außerdem sag ich's dir ja jetzt.«

Wir sitzen uns gegenüber. Wir sind uns so fremd, wie

sich nur zwei Menschen, die sich einmal geliebt haben, fremd sein können.

»Ich brauche den Namen der Person, die die Aussage gemacht hat«, sagt sie.

»Was ist mit deiner Anwältin?«

»Die Richterin macht dicht.«

»Mit was für einer Begründung?«

»Die Aussage tangiert angeblich ein anderes Verfahren.«

»Blödsinn.«

»Du musst rausfinden, wer die Aussage gemacht hat.«

»Wie soll ich das machen?«

»Du kennst doch Leute.«

»Ich kannte einmal Leute, aber die reden nicht mehr mit mir.«

»Du könntest ins Gericht einbrechen.«

»Nein.«

»Warum nicht?« Helena braust auf. »Weil du jetzt eine neue Familie hast? Wie ist sie denn so? Wie heißt sie?«

Sie kennt den Namen. Sie kennt ihn ganz genau. Ich habe ihn ihr gesagt.

»Esmée, richtig? Ist sie so eine, wie du es dir immer gewünscht hast? Brav, meckert nicht, macht immer genau das, was du willst …«

»Okay«, sage ich. »Ich wünsch dir noch einen schönen Tag.«

Ich stehe abrupt auf. Der Stuhl kippt nach hinten und landet scheppernd auf dem Fußboden.

»Scheiße! Bleib hier!«, zischt Helena mich an.

»Warum? Damit du deinen Hass über mich auskippen kannst?«

»Das ist kein Hass. Es ist nur die nüchterne Feststellung, dass du nicht mehr nach deiner Tochter suchst, weil du einen Ersatz gefunden hast.«

Einen Ersatz. Es gibt keinen Ersatz, wenn du einem Mann das Kind wegnimmst.

»Du wirfst mir vor, dass ich sie nicht gefunden habe? Was machst du denn? Sitzt hier im Knast und lässt dir die Pussy lecken!«

Sie schlägt mir ins Gesicht. Aber das ändert nichts. Es beweist mir nur, dass ich recht habe.

»Du hast doch gewusst, was das heißt, als du für Kata ins Gefängnis gegangen bist.«

»Was heißt es denn?«

»Sophie wird drei weitere Jahre von irgendeinem Arschloch vergewaltigt. Das heißt es.«

»Was hätte ich denn tun sollen? Kata einem Prozess oder sogar dem Knast ausliefern?«

»Sie hätte es überstanden. Und du hättest zusammen mit mir nach Sophie suchen können. Aber das hast du nicht. Du hast dich lieber hier einsperren lassen und jammerst, dass sich niemand um dein Kind kümmert. Du hast dich davongeschlichen.«

Ihr Blick ist von einer Leere, die alles bedeuten kann. Wie im Zoo. Schau einem Panther in die Augen. Er wird dir nicht zeigen, was er als Nächstes tun wird. Es kann sein, dass er noch eine Stunde lang so steht. Oder er zerfetzt dir mit einem Schlag seiner Pranke das Gesicht, so schnell, dass du sie nicht kommen siehst. Im Zoo sind Gitterstäbe zwischen dir und dem Panther, hier ist es Helenas Pragmatismus, der sie ausbremst. In den ersten Monaten ihrer Haft hat sie sich keine Mühe gegeben, ihre Wut zu verstecken. Sie hat mich beschimpft, hat mich geschlagen. War alles nicht schlimm. Doch mit Worten kann sie einen hinrichten.

»Ich weiß, du hast alles getan«, sagt sie. »Vielleicht ist es auch vergeblich. Aber ich will es versuchen. Sie ist unsere Tochter. Wir dürfen nicht aufhören, nach ihr zu suchen, bis wir sie gefunden haben. Du hast alles getan. Jetzt bin ich eben dran.«

Ich setze mich wieder ihr gegenüber. »Ich kann nicht irgendwo einsteigen, das weißt du. Aber ich kann rausfinden, wer die Person ist.«

Helena nickt.

»Aber dafür muss ich wissen, was in der Nacht passiert ist.«

Helena sieht mich an. Ihr Blick ist scharf gestellt, als wollte sie durch meine Augen in meinen Kopf hineinsehen.

»Das ist die einzige Chance, die wir haben, Helena.«

Langsam senkt sie den Blick. »Diese Frau aus der Nachbarschaft. Sie sagt, sie wäre nicht vor dem Bunker gewesen. Aber jemand hat durch die Tür reingesehen.«

»Bei der Vernehmung hat sie gesagt, dass sie das Haus nicht verlassen hat.«

»Ja. Hast du gelesen, was in dem Protokoll über ihre Schuhe steht?«

Vor Jahren, doch jetzt erinnere ich mich nicht mehr.

»Ihre Hausschuhe waren nass, also hat sie sehr wohl das Haus verlassen. Schau nach, es steht so wortwörtlich im Protokoll.«

»Gut. Mach ich. Was ist mit Fatima?«

»Die neue Aussage ist nicht von ihr. Sie war nicht dabei, als ich ihn erschossen habe.«

»Aber Katharina war dabei.«

Während sie schweigt, weicht sie meinem Blick aus. Ich war lange genug Polizist, um zu wissen, was das bedeutet. Jemand kratzt sich im Nacken, jemand fasst sich an den Mund, jemand wendet den Blick ab. Es bedeutet jedes Mal das Gleiche. Die Person sagt nicht die Wahrheit. Und jetzt sind wir wieder an dem Punkt. Ich habe Helena immer wieder gefragt, wie es möglich war, dass sie schießen konnte, wenn Akif Kaplan hinter ihr saß und sie gewürgt hat. Der Mann war kein Amateur. Er wusste, was er tun muss, um sie auszuschalten. Wie also konnte sie die Waffe nehmen? Wie konnte sie ihm hinten in den Hals schießen? Die Antwort wurde schon vor drei Jahren gegeben und nie ausgesprochen. Und außer Helena weiß nur noch Katharina, was damals passiert ist. Warum? Weil Katharina es war, die geschossen hat.

Die erste Frage lautet, ob Katharina noch in Berlin ist, die zweite, wie ich sie dazu bringen kann, die Zeugenaussage zurückzunehmen. Die dritte, ob ich sie davon zurückhalten kann, nach ihrer Schwester zu suchen. Die vierte, was wir von unserer Tochter wissen. Wir reden nicht miteinander. Wenn wir es täten, wäre manches einfacher. Alles wird einfacher, wenn man redet. Es hat lange gedauert, bis ich das verstanden habe. Aber ich habe auch verstanden, dass Reden nur der Anfang ist. Und meistens fürchten wir uns vor dem, was dann kommt.

»Geh jetzt«, sagt sie, »und beeil dich!«

Sophie

Juli 2021

Im Schlafzimmer finde ich unter meinem Kopfkissen einen Zettel. In schön geschwungenen Buchstaben steht darauf:

> *Die Tage sind ein toter See. Nichts fließt hinein, nichts heraus. Kein Regen füllt ihn, keine Sonne trocknet ihn. Seine Ufer reichen über den Horizont der Stunden hinaus, als sei er die Zeit selbst. Unsterbliche Insekten schwirren auf immer gleichen Bahnen umher, betäuben die Luft mit ihrem Sirren. Und mitten in dem See treiben wir wie müde Seerosen, gehalten von Wurzeln, die in eine Tiefe reichen, von der wir nichts wissen. Nichts dringt zu uns durch von der Welt, jenseits des Spiegels. Wir dämmern dem Vergessen entgegen, bis wir uns irgendwann langsam, unendlich langsam auflösen und eins mit dem See werden. Da ahnen wir, dass schon viele vor uns diesen Weg gegangen sind.*

Hanan hat ihn geschrieben. Ich weiß nicht, wann. Ich weiß auch nicht, wann sie das Gedicht unter mein Kissen gelegt hat. Ich weiß noch nicht mal, welcher Tag heute ist. Es ist auch unerheblich, weil es lediglich ein Datum ist, das total keine Bedeutung hat. Die Tage fließen zäh dahin. Sie haben mir Hanans Handy abgenommen. Hoffentlich finden sie nicht heraus, dass ich mit Kata telefoniert habe. Ich würde so gerne wissen, was sie jetzt macht. Ob Mama und Papa zur Regierung gehen und verlangen, dass man mich freilässt. Hanan ist nicht zurückgekommen. Wo ist sie? Ich höre Schritte, schnell, laut, stürmisch. Plötzlich wird die Tür aufgerissen. Tarik kommt herein. Er ist rasend vor Wut. Ich kenne ihn seit drei Jahren, ich weiß, dass er so ausrasten kann. Hanan hat mir die Wunden und blauen Flecken gezeigt. Aber dass er so außer sich sein kann, habe ich nicht gewusst. Jetzt bin ich dran.

Er prügelt auf mich ein. Immer wieder schlägt er mit den Fäusten auf meinen Körper und die Hände, die ich vors Gesicht lege. Mit den Füßen tritt er gegen meinen Bauch und die Beine. Ich flüchte mich unter das Bett, er greift nach meinem rechten Bein. Ich halte mich an den Bettfüßen fest. Ich schreie um Hilfe. Ich schreie nach Ilias. Nach Fida. Ich trete gegen seine Hände. Er brüllt, dass er mich töten wird. Dass ich eine verdammte Hure bin. Dass ich den Tod verdiene. Jemand klopft an die Tür, aber Tarik lässt sich davon nicht stören. Er packt meine Abaya und zieht mich unter dem Bett hervor. Dann tritt er gegen meinen Kopf. Es ist, als wollte er mir so viele Verletzungen zufügen wie nur möglich, oder mich umbringen, bevor ihn jemand aufhalten kann. Dann wird die Tür aufgebrochen. Weil mein Niqab verrutscht ist, kann ich nichts sehen. Aber ich höre die Stimme von Ilias und zwei anderen Männern. Der mit dem rauen Krächzen ist von der Security. Sie brüllen Tarik an. Die Schläge und Tritte hören mit einem Mal auf, aber Tarik ist immer noch rasend.

»Sie ist eine verdammte Hexe«, schreit er. »Du hast keine Ahnung, was die Schlampe alles macht.«

Hände greifen nach mir. Ich schlage um mich.

»Ich bin's«, sagt Ilias. »Alles ist gut.«

Er fährt über meinen Kopf.

»Alles ist gut.«

Dann nimmt er meinen Niqab ab. In seinem Gesicht spiegelt sich Entsetzen wider. Er steht auf und dreht sich zu Tarik herum. Die beiden von der Security wenden sich ab, als sie mich sehen. Sie tun das nicht wegen dem Blut und der Schwellungen oder so, sondern weil sie nicht zur Familie gehören und mich deshalb nicht ohne Schleier sehen dürfen.

»Bist du wahnsinnig, du verdammter Idiot?«, schreit Ilias.

Er hebt die rechte Faust, schlägt aber nicht zu. Wieso nicht? Traut er sich nicht? Tarik hat sich getraut. Aber ich bin auch eine Frau.

»Ich bin kein Idiot. Du bist der Idiot, weil du nicht merkst, was hier läuft. Wahrscheinlich hat sie dich auch verhext.«

»Raus hier!«, brüllt Ilias.

Die Männer von der Security wollen Tarik zur Tür bringen. Er reißt sich von ihnen los. Stellt sich vor Ilias.

»Frag sie, was sie mit Hanan gemacht hat.«

»Was meinst du damit, *was sie mit Hanan gemacht hat*?«

»Frag sie.«

Er sieht mich voller Verachtung an. Das Grinsen verzerrt sein Gesicht zu einer hässlichen Fratze. Bevor er sich wegdreht, spuckt er noch auf mich. Die Tür fällt hart ins Schloss. Ilias und ich sind alleine. Er kniet sich neben mich.

»Wie geht es dir?«

»Ich weiß nicht.«

Ich spüre keine Schmerzen. Mein ganzer Körper ist taub. So als würde er nicht zu mir gehören. Ich sehe mich selbst, wie ich zusammengekrümmt am Boden liege. Vielleicht fühlt es sich so an, wenn man stirbt.

»Ist was gebrochen? Kannst du atmen?«

»Ja.«

Nein. Ich kann kaum atmen. In der rechten Brust spüre ich ein Stechen. Vielleicht ist eine Rippe gebrochen. Ich weiß es nicht. Ilias legt sich neben mich. Er sieht mich an. Wir weinen beide.

»Er ist total verrückt, so war er schon als Kind. Ich weiß nicht, wieso.«

»Ich habe nichts getan«, beteuere ich. »Ich bin keine Hexe.«

»Ich weiß. Es gibt keine Hexen.«

»Warum sagt er das?«

»Ich glaube, er denkt, dass du Hanan verhext hast.«

»Was meinst du mit verhext?«

»Er kann nicht mehr mit ihr schlafen.«

»Wieso nicht?«

»Es geht nicht. Er kriegt keinen mehr hoch.«

»Und daran soll ich schuld sein?«

Ilias lächelt mich an. Es ist so verrückt, dass Tarik denkt, ich hätte was damit zu tun.

»Was wird jetzt?«, frage ich.

»Ich weiß nicht. Kannst du aufstehen?«

Er nimmt mich an der Hand und zieht mich vom Fußboden hoch. Jede Bewegung ist ein Heer von Stichen. Ich kann kaum laufen.

»Ich rufe einen Arzt«, sagt Ilias. »Vielleicht musst du ins Krankenhaus zum Röntgen.«

Er hilft mir bis zum Bett. Ich setze mich auf den Rand.

»Ich bin gleich wieder da«, sagt Ilias.

Als er geht, bleibt die Tür halb offen stehen. Ich sehe, wie Tarik zurückkommt, und gerate in Panik. Aber dann merke ich, dass es nur Einbildung ist. Ich weiß, beim nächsten Mal wird er mich bestimmt umbringen. Und vielleicht wünsche ich es mir sogar. Dann wäre es vorbei. Dann wäre ich tot. Ja, das wäre gut. Ich spüre eine seltsame Ruhe, als wäre gar nichts passiert, oder das, was passiert ist, vollkommen unwichtig. Benommen stehe ich vom Bett auf, jeder Schritt brennt wie Feuer in meinen Muskeln. In einem Blumentopf habe ich ein kleines Messer deponiert, um Triebe abzuschneiden. Ich reinige es von der Erde, die daran klebt. Dabei muss ich nicht nachdenken. Es geschieht automatisch. Als gäbe es einen Plan in mir, von dem ich nichts weiß, der mich lenkt und mir sagt, dass es gut so ist. Ich bin fünfzehn Jahre alt. Und obwohl ich mich in den letzten Monaten hier eingerichtet und Frieden mit meinem neuen Leben gemacht habe, gibt der Plan vor, dass ich es machen muss. Es ist besser zu sterben, als noch einmal so etwas zu ertragen, so hilflos zu sein, so verachtet zu werden. So kann kein Mensch leben.

Meine Beine tragen mich zurück zum Bett. Mein Körper setzt sich mit dem Rücken zur Wand. Das Stoffkamel schaut unter dem Kopfkissen hervor und setzt sich in meinen Schoß. Es schaut mich aus schwarzen Knopfaugen an. Sein Maul lächelt mich an. Das tut es immer. Das Messer setzt sich auf mein linkes Handgelenk. Die Klinge weiß, was zu tun ist. Mit sanftem Druck öffnet sie die Haut. Tiefer und tiefer. Ich spüre keinen Schmerz. Ich schaue nur dabei zu, wie sie in einen Körper eindringt, der nicht mir gehört. So sicher und entschlossen, als habe sie nur auf diesen Augenblick gewartet. In kleinen Fontänen schießt das Blut hervor. Immer weiter und weiter. Bis ich müde werde. Ganz ruhig und glücklich. Ich denke an Ilias. Was er wohl sagen wird?

Nadeen

Juli 2021

Die Zeiten, an denen sie betet, sind genau vorgegeben. Fadschr, Zuhr, Asr, Maghrib und Ischa. Morgendämmerung, Mittag, Nachmittag, Sonnenuntergang und Abend. Ihre Mutter hat es ihr beigebracht, als sie drei Jahre alt war. Seitdem betet sie jeden Tag. Anfangs fünf Mal, inzwischen weniger. Sie muss ihre Nähe zu Gott nicht durch das Gebet beweisen. An manchen Tagen betet sie gar nicht, weil sie einen Schriftsatz verfassen muss und keine Zeit hat. Da holt sie das Gebet am nächsten Tag nach. Oder auch nicht. Sie erinnert sich, wie es war, als sie zum ersten Mal vergessen hatte zu beten. Es war am Morgen nach ihrem zwölften Geburtstag. Sie wachte morgens auf und fing sofort an zu weinen, weil sie abends ohne das Gebet eingeschlafen war. *Gott wird mich hassen*, dachte sie, und dass sie bestimmt sterben würde. Ihre Mutter machte sich große Sorgen, weil sie glaubte, dass etwas Schlimmes passiert sei. Aber recht bald ahnte sie, um was es ging. Und sie konnte ihre Tochter beruhigen. *Gott hasst dich nicht,* sagte sie, *und du wirst auch nicht sterben*. Es dauerte Wochen, bis Nadeen ihrer Mutter glaubte.

Als sie in Oxford studierte, wohnte sie einem Vortrag von Malek Chebel bei, der sie zutiefst bewegte. Er sprach davon, dass Sex in den Anfängen des Islam kein Tabu war, sondern als Quelle der Seelenruhe und des Glücks angesehen wurde. Dass es nicht nur um Fortpflanzung ging, sondern auch um Lust. Dass der Koitus einem Gebet gleichkommt und der Orgasmus ein Vorgeschmack auf das Paradies ist. *Wie kann etwas, das Gott geschaffen hat, unrein sein?*, fragte er die Studenten. Sie fühlte sich damals mit einem Mal befreit, weil Chebel genau das ausgesprochen hatte, was sie fühlte. Er sprach davon, dass Jesus kein Sexualleben gehabt hätte, der Prophet Mohammed aber umso mehr. Auch wenn die Erzählungen um Aischa das freudige Bild trüben. Denn Aischa wird als Erlaubnis benutzt, Mädchen und Frauen seelisch zu zerstören. Sie werden dazu erzogen, dass ihr Körper etwas ist, für das sie sich schämen sollen. Sie müssen ihn verhüllen, um keine Sünde zu begehen. Denn sie allein tragen die Schuld, wenn sie berührt werden, und sie werden ununterbrochen berührt. In den Familien, in der Mall, sogar auf dem Hadsch. Sie sind die Schuldigen, nicht die Männer.

Nach dem Vortrag haben sie in einem Pub zusammengesessen, sie und ein paar Studentinnen aus Katar, Bahrein und Kairo. Sie haben Bier getrunken und sich über den mittelalterlichen Theologen al-Suyuti lustig gemacht, den Chebel erwähnt hatte. Jasmina hatte aus der Bibliothek ein Exemplar der Schrift aufgetrieben. *Jedes Mal, wenn wir mit einer Huri schlafen, verwandelt sie sich danach wieder in eine Jungfrau. Der Penis eines Mannes wird nie erschlaffen. Die Erektion hält ewig, und der Genuss bei der Vereinigung ist unendlich süß und nicht von dieser Welt. Jeder Auserwählte wird siebzig Huris haben neben seinen Frauen, die er auf der Erde hatte. Alle werden eine köstlich verlockende Vagina besitzen.* Sie hatten so laut gelacht, dass der Kellner sie bat, sich ein wenig zurückzuhalten, weil ein paar der männlichen Gäste sich gestört fühlten. Jasmina, deren Vater einer der reichsten Männer in Ägypten war, hatte daraufhin eine Lokalrunde ausgegeben und war von da an Star des Abends. Damals hatte Nadeen in einer Hausarbeit darüber geschrieben, dass al-Suyuti aus dem Himmel ein Bordell machen würde, in dem die Erlösung des Menschen in der völligen Entfesselung des männlichen Sexualtriebes bestünde. Die Frauen seien zwar von der Last der Periode und des Gebärens befreit, müssten aber dafür dem Mann jederzeit als Vagina zur Verfügung stehen. Ihr Professor hatte die Hausarbeit als ungenügend zurückgewiesen. Vielleicht, weil sie aus *Der duftende Garten* des Scheik Nefzaui zitiert hatte. *Ein männliches Glied, das Weibern gefallen soll, darf höchstens zwölf Fingerbreiten oder drei Handbreiten lang sein; mindestens aber muss seine Länge sechs Fingerbreiten oder anderthalb Handbreiten betragen. Es gibt Männer mit Gliedern von zwölf Finger- oder drei Handbreiten; andere mit Gliedern von zehn Finger- oder zweieinhalb Handbreiten. Andere erreichen nur ein Maß von acht Finger- oder zwei Handbreiten. Ein Mann, dessen Glied nicht die Länge von sechs Fingerbreiten erreicht, kann den Weibern nicht gefallen.*

Ob er an sich selbst nachgemessen hatte?

In den letzten Tagen ist Nadeen nun klar geworden, dass sie noch so viele Vorträge an der Universität halten kann, es wird sich nichts ändern. Nicht, solange ein Qassim bin Laden derart einflussreich ist. Der König kann ihr erlauben, ohne Niqab Auto zu fahren, er kann erlauben, dass Frauen zur Wahl gehen dürfen oder sich sogar für Gremien wählen lassen können, es ändert nichts. Bei der nächsten Krise wird alles wieder rückgängig gemacht. Sie ist eine Doña Quichotte im Kampf gegen Windmühlen. Und damit muss jetzt Schluss sein.

Sie ist mit Faiza verabredet, um mit ihr über das Urteil gegen Sara Karmakar zu sprechen. Sara soll einhundert Stockschläge erhalten und für fünf Jahre ins Gefängnis gehen. Qassim bin Laden hat es ihr im Gericht so prophezeit. Er wusste es. Nadeen wird zweitausend Rial zahlen, damit die Strafe auf fünfzig Stockschläge reduziert wird, was immer noch das Maß übersteigt, das jemand ertragen kann, der so krank wie Sara ist. Nadeen weiß, wovon sie spricht. Als sie nach ihrem Vortrag in der KAUST mit fünf Stockschlägen belohnt wurde, konnte sie tagelang nicht auf dem Rücken schlafen.

Faiza kommt etwas zu spät und entschuldigt sich hundert Mal. Ihr Uber-Fahrer hat einen Unfall gebaut. Sie wollte ein anderes Uber-Taxi nehmen, aber der Fahrer hat darauf bestanden, dass sie den ganzen Fahrpreis bezahlt. Sie hat es gemacht, um keinen Ärger zu bekommen. Jetzt gehen sie durch den Souk in Al-Balad, weil sie hier in der Menschenmenge verschwinden können. Niemand kümmert sich um sie. Sie sind nur zwei weitere unsichtbare Frauen. Insofern haben die Abaya und der Niqab etwas Gutes. Sie erreichen ein kleines Café am Osteingang. Weit hinten in dem Laden sitzt niemand. Der Kellner stellt einen Paravent vor ihren Tisch, damit andere Gäste, vor allem die Männer, sie nicht sehen können. Sie nehmen die Niqabs und Tarhas ab. Der Kellner sagt nichts, wenn sie ihm ein paar Rial extra geben. Außerdem ist er von Faizas Aussehen wie hypnotisiert. Ihr Gesicht ist so ebenmäßig, als wollte Gott mit ihrer Erschaffung angeben. Augen, Nase, Lippen, Ohren, alles ist derart perfekt, dass es eigentlich nur mit Photoshop zu erklären ist. Nadeen spricht zum ersten Mal davon, dass sie eine Aktion plant, mit der sie die Regierung selbst angreift.

»Ich vermute, du hast auch schon eine Vorstellung, wie diese Aktion aussehen soll«, sagt Faiza.

Sie nimmt Nadeen zu diesem Zeitpunkt noch nicht richtig ernst. Für sie ist die Menschenrechtsanwältin eine tapfere Aktivistin, die immer noch daran glaubt, dass das Leben der Frauen durch Reformen verbessert wird.

»Ja, habe ich«, sagt Nadeen.

Sie sieht sich um. Hinter ihnen liegt die Tür zur Toilette. Nadeen steht auf, öffnet sie und sieht hinein. Da ist niemand. Sie setzt sich wieder. Der Kellner fragt, ob sie Kaffee wollen oder Tee oder Cola. Er hat allerdings nur Pepsi. Sein Chef hat ihm verboten, Coca-Cola zu verkaufen, weil niemand die Zusammensetzung von Coca-Cola kennt und ein Muslim nichts trinken sollte, von dem er nicht einmal weiß, was drin ist. Sie bestellen Nescafé. Dann erzählt Nadeen von dem Verlauf des Gerichtsverfahrens gegen Sara Karmakar. Wie wütend sie war, als sie nach der Begegnung mit Qassim und Tarik bin Laden nach Hause fuhr. Wie ihr plötzlich klar wurde, dass sie aus sich eine Närrin gemacht hat. Sie protestiert gegen die Regierung, und die Regierung sorgt dafür, dass der Protest im Ausland wahrgenommen wird und sie dafür gelobt wird. Und gleichzeitig werden Dutzende Aktivisten verhaftet, und jemand wie Qassim kann bestimmen, wie ein Prozess ausgeht.

»Willst du mir nicht sagen, wie deine Aktion aussehen soll?«

»Ich will Qassim und seinen Sohn aus dem Verkehr ziehen.«

»Das heißt?«

»Das heißt, was es heißt.«

Faiza sieht Nadeen erstaunt an. Damit hat sie nicht gerechnet. Wahrscheinlich hat sie gedacht, Nadeen würde eine Demonstration organisieren wollen oder einen Hackerangriff auf die Regierung und den König. Aber aus dem Verkehr ziehen?

»Und wie soll das funktionieren?«

»Das weiß ich noch nicht. Deswegen treffen wir uns hier.«

Jetzt ist es Faiza, die sich nervös umsieht. Der Kellner ist nirgends zu sehen. Hat er sie einfach nur vergessen, oder hat er sie belauscht und holt bereits die Polizei?

»Werdet ihr mir helfen?«

»Wen meinst du mit *ihr*?«

»Nemesis.«

»Lass uns gehen«, sagt Faiza.

Sie legen den Niqab wieder an. Als sie das Café verlassen, sehen sie, wie der Kellner mit einem Gast ein Schwätzchen hält. Und dass er ihnen hinterherschaut, als sie in den Strom der Souk-Besucher eintauchen.

Hat er sie doch belauscht?

Robert

Juli 2021

Ich habe Katharina angerufen, ich habe ihr eine SMS geschickt, ich habe sie auf WhatsApp kontaktiert. Zwei blaue Häkchen zeigen, dass sie die Nachricht gelesen hat. Sie hat nicht geantwortet. Deshalb fahre ich zu der letzten Adresse, die ich von ihr habe. Mariannenstraße 17, nahe dem Kottbusser Tor in Kreuzberg 36. Türkische Restaurants, Studenten, Szenekneipen. Ein ausgebrannter Audi A8, ein Mann, der sturzbetrunken am Straßenrand pinkelt, Kinder, die ihn auslachen und leere Coladosen nach ihm werfen. Eine Frau mit einem vollbeladenen Einkaufswagen, der in Plastiktüten verpackt ihre gesamte Habe beherbergt. Sie sieht mich an und durch mich hindurch. Jemand hat seinen alten Sessel auf den Bürgersteig gestellt. Die Bürgersteige sind voller Müll. Ich verstehe nicht, wie Katharina freiwillig hier wohnen kann. Vielleicht will sie uns damit zeigen, dass sie hier besser zurechtkommt als in der Westendallee, wo sie mit Helena und Sophie gewohnt hat. *Hier gibt es keine Lügen,* steht in der letzten Nachricht, die sie mir auf WhatsApp geschickt hat. *Wenn du dich da mal nicht täuschst,* habe ich ihr geantwortet. Die Lügen sind hier nicht so sauber, adrett und teuer, aber es sind trotzdem Lügen.

Drei Polizeiwagen rasen mit Blaulicht an mir vorbei und halten auf der anderen Straßenseite vor einem Spielsalon. Die Polizisten springen aus den Wagen und laufen mit gezogenen Waffen in den Salon. Ich biege nach links ab in die Mariannenstraße. Die Hausfassaden sind von Tags übersät, eine Botschaft über der anderen, immer wieder neu. So wie Hunde ihr Revier markieren, indem sie das Bein an jedem Baum heben, scheinen ein paar Leute an den Wänden deutlich machen zu wollen, dass man sich in ihrem Kiez befindet. Aber es ist nicht mehr *ihr* Kiez, es ist bereits der Kiez von Spekulanten aus aller Welt. Das kann man wissen, wenn man die Zeitung liest. Man kann aber auch weiterhin im Sandkasten spielen. Das Klingelschild an der Nummer 17 ist mit schwarzer Farbe übersprüht. Ich warte, bis jemand das Haus verlässt, und laufe dann hoch in den fünften Stock. Vier Personen wohnen in der Wohnung auf der linken Seite. Ich drücke auf die Klingel und warte. Niemand öffnet. Als ich die Treppe hinuntersteige, höre ich, dass die Tür geöffnet wird. Ich sprinte zurück. Eine junge Frau steht in der Tür, barfuß; die Haare zerzaust, der Blick müde. Sie ist klein und wirkt verletzlich. Sie trägt ein T-Shirt, auf dem in schwarzen Buchstaben *ACAB* steht.

»Ist Katharina da?«, frage ich.

»Wer will das wissen?«

»Ich bin ihr Vater.«

»Und?«

»Ich muss mit ihr sprechen.«

»Sie ist nicht da.«

»Aber sie wohnt hier, oder?«

»Nein.«

»Weißt du, wo sie jetzt wohnt?«

»Nein.«

»Kannst du ihr etwas von mir sagen?«

»Nein.«

Die junge Frau will die Tür schließen, doch ich stelle den Fuß dazwischen und drücke die Tür auf. Die Frau geht rückwärts und stolpert über ein Dutzend Schuhe. Ein Paar davon kenne ich. Ich habe es letzten Winter gekauft und per Post an Katharina geschickt.

»He, du Wichser, spinnst du!«

»Welches Zimmer?«

Die junge Frau sieht mich verwirrt an.

»Ich welchem Zimmer wohnt Katharina?«

»Hinten rechts.«

Das Zimmer sieht anders aus, als ich erwartet habe. Es ist aufgeräumt, so wie früher, wenn Helena mit Katharina geschimpft und gedroht hat, ihr das Handy wegzunehmen, wenn sie nicht Ordnung hält. Ein Bett, ein Schrank. Möbel aus den Sechzigern. Die Wände in Rot, die Decke in Schwarz. Auf dem Fußboden ein weißer Teppich. Am Schrank hängt ein rotes Kleid. Ich glaube, man nennt es Etuikleid. Im Schrank hängen noch mehr davon. Ich kenne mich nicht aus, aber die Kleider sehen aus, als wären sie teuer. Ein T-Shirt aus Leder, ein Minirock aus Lack. Hochhackige Schuhe. Wer ist das Mädchen, das hier wohnt und das ich für meine Tochter halte? Ein unbekannter Impuls führt meinen Blick zur Decke. Ein weißes Plakat hängt dort. DIN A2. Darauf steht in großen Buchstaben: *Katharina? Ich bin's, Sophie.*

Ich verlasse die Wohnung. Die junge Frau brüllt mir hinterher, dass sie die Bullen rufen wird. Ich sage ihr, dass ich die Bullen bin. Vielleicht sollte sie sich vor dem Anruf noch schnell ein neues T-Shirt anziehen.

Seit dem Tag, an dem wir Katharina befreien konnten,

ändert meine Tochter ihr Aussehen so schnell, dass ich nicht begreifen kann, was in ihr vorgeht. Als sie aus der Psychiatrie entlassen wurde, wartete ich am Tor auf sie. Sie war in Weiß gekleidet und sah aus wie eine der Ärztinnen, die sie behandelten. *Du kannst bei mir wohnen*, habe ich gesagt. Sie kam mit und verschwand noch am selben Abend. Seitdem ist kein Monat vergangen, an dem sie mich nicht anbettelt oder beschimpft. Manchmal höre ich tagelang nichts von ihr, dann klingelt sie nachts um drei und schläft im Wohnzimmer auf dem Fußboden. Sie umarmt mich, und wir weinen zusammen. Eine Stunde später verflucht sie mich und verwünscht mich in die Hölle. Sie ließ sich die Haare lang wachsen, drehte sie zu Dreadlocks. Als ich sie nach dem Grund fragte, meinte sie, dass die Dreadlocks ein Zeichen für die direkte Verbindung zu Shiva seien, dem indischen Gott der Zerstörung. Einen Monat später hatte sie alles abrasiert und sich mit Filzstift einen Totenkopf auf den Schädel gemalt. Einen weiteren Monat später hatte sie einen Hund und saß zusammen mit ein paar abgefuckten Typen vor dem Supermarkt *Ulrich* am Bahnhof Zoo. Sie hatten Decken ausgebreitet, drei Schlafsäcke lagen ineinandergerollt, Rucksäcke waren wie eine Barriere aufgerichtet, als sollten sie die kleine Welt gegen Feinde schützen.

Sie tranken billigen Wein, bettelten und pöbelten die Passanten an, die achtlos an ihnen vorbeigingen. Katharina streichelte ununterbrochen den Hund, küsste ihn auf die Schnauze, flüsterte ihm etwas ins Ohr. Ich beobachtete sie von der anderen Seite der Straße, drückte Leuten Geldscheine in die Hand, Fünfer, Zehner, und bat sie, dem Mädchen mit dem Hund das Geld zu geben. Katharina schaute sich dann jedes Mal um. Einmal entdeckte sie mich und verbrannte den Geldschein.

Als jetzt mein Handy klingelt, stehe ich auf der Brücke am Kottbusser Damm und schaue auf die Enten, die im Landwehrkanal nach Essbarem suchen. *Unbekannt* steht auf dem Display. Ich nehme das Gespräch an.

»Was willst du?«, schreit eine Stimme.

Es ist Katharina.

»Ich will mit dir reden.«

»Warst du deswegen in meiner Wohnung und hast überall herumgeschnüffelt?«

»Es geht um Helena.«

Ich höre, wie sie tief ein- und ausatmet.

»Hast du die Zeugenaussage gemacht?«

»Was für eine Aussage?«

»Du weißt, was du damit anrichtest? Außerdem hast du meine Kreditkarte gestohlen.«

Ich höre Geräusche, die nicht zu Berlin gehören. Ein Muezzin ruft.

»Wo bist du? Kata? Katharina?«

Sie beendet das Gespräch, bevor ich ihr noch sagen kann, dass ich mir Sorgen um sie mache, dass ich sie nicht verlieren will, dass ich sie liebe.

Jemand tippt mir auf die Schulter. Eine Frau sieht mich besorgt an.

»Warum weinen Sie?«

Sie deutet hinunter, auf das Wasser im Landwehrkanal.

»Wenn man sein bisheriges Leben beenden will, gibt es noch ein paar andere Möglichkeiten, als sich umzubringen.«

Ich nicke und sage, dass ich zur Zeit der Letzte bin, den

ich umbringen würde. Sie drückt mir eine Broschüre in die Hand, auf der mir versichert wird, dass Jesus mich liebt. Das kann sein. Aber das ist dann sein Problem.

Das Handy klingelt. Na also. Sie hat ein schlechtes Gewissen. Sie ist doch nicht das herzlose Wesen, für das Helena sie hält.

»Kata?«

Es ist Helena. Als ob sie Gedanken lesen könnte.

»Kata hat die Aussage gemacht«, sage ich. »Aber warum macht sie das?«

»Weil sie nach Dschidda fliegen und Sophie befreien will.«

»Als ich eben mit ihr telefoniert hab, war im Hintergrund ein Muezzin zu hören.«

Stille. Nur Helenas Atem. Ich weiß, dass sie fieberhaft nach einer Lösung sucht. Aber wie wollen wir Kata jetzt noch aufhalten? Es gibt nur eine Möglichkeit.

»Erinnerst du dich an diesen Typen, der in den Iran fliehen wollte?«, frage ich Helena.

»Wieso?«

»Du hattest damals die Idee mit der Botschaft. Daraufhin konnten wir ihn am Flughafen schnappen.«

»Stimmt. Aber dann darf sie noch nicht in Saudi-Arabien sein.«

»Ich kümmere mich drum«, sage ich und beende das Telefonat.

Wenn es gelingt, wird Kata uns noch mehr hassen, als sie es ohnehin schon tut.

Katharina
Juli 2021

Helena vergisst, dass ich nicht mehr das kleine Mädchen bin, das in dem Bunker stand, die Pistole in der Hand hielt und auf den Mann schoss, der sie erwürgen wollte. Sollte sie in den nächsten Tagen entlassen werden, wird sie alles tun, um mich davon abzuhalten, nach Saudi-Arabien zu fliegen. Deshalb musste ich verhindern, dass sie aus dem Knast kommt. Und deshalb meine getürkte Zeugenaussage, die irgendwann auffliegen wird. Aber bis es so weit ist, bin ich längst weg. Ich werde Sophie finden und sie retten. Es gibt keine Alternative, keinen Plan B. Ich muss es tun, weil ich geschworen habe, dass ich sie finde, egal wo das Schwein sie versteckt hält, dass ich ihn töte und sie mit nach Hause nehme.

Ich bin auf dem Weg. Beinahe kann ich es selbst nicht glauben. Ich habe Luzie nicht gesagt, dass ich nach Dschidda fliege, um meine Schwester zu befreien. Ich ertrage keine Abschiede, am besten, man geht einfach. Es wird sowieso nicht mehr so, wie es war. Mit jedem Abschied stirbt etwas in dir. Das ist ein Naturgesetz. So wie man nicht zweimal in denselben Fluss steigen kann, begegnet man auch nicht zweimal demselben Menschen.

Fahren Sie an die Küste nach Dschidda, der wichtigsten Hafenstadt Saudi-Arabiens, wo luxuriöse Strandhotels darauf warten, ihre Gäste zu verwöhnen. So verspricht es *Reisen & Lernen* auf seiner Homepage. *Bummeln Sie über die hübsche*

Corniche, vorbei an Springbrunnen, Statuen und grünen Parks – direkt am Roten Meer. Vor dieser Kulisse ist der Sonnenuntergang gleich noch mal so schön. Im historischen Stadtkern Al-Balad können Sie alte Häuser aus echten Korallen bewundern. Im Nassif-Haus aus dem 19. Jahrhundert sind alte Kunstwerke und Möbel ausgestellt.

Ich habe ein Visum. Ich habe ein Ticket für den Flug über Istanbul nach Dschidda in der Tasche. Ich gehöre zu einer Reisegruppe, die sich die kulturellen Highlights des Landes ansehen will. Den König-Fahd-Brunnen, dessen Fontäne dreihundert Meter hoch spritzt, die Felsengräber von Mada'in Salih und natürlich die Altstadt von Dschidda. Dort machen wir einen Tag Pause, bevor wir das Ruinenviertel von Diriyya besuchen.

Außer mir sind alle Teilnehmer der Studienreise sechzig und älter. Wir haben uns eine Woche, bevor es losging, in Berlin in einem Hotel getroffen. Ein Lehrerehepaar aus Solingen, das sich den ganzen Abend als Musterschüler aufgeführt hat; ein lesbisches Pärchen aus Magdeburg, das sich ununterbrochen gestritten hat; ein Ex-Bulle, der mich permanent anmachen wollte; ein Friseur mit Pferdeschwanz; ein verkniffener Hobbyschriftsteller, der seine Bücher im Selbstverlag rausbringt; und eine übergewichtige Witwe aus Stuttgart, die sich den ganzen Abend darüber ausgelassen hat, wie toll es sei, dass ihr Mann unter der Erde liegt. Ich kann mir vorstellen, dass sie dabei nachgeholfen hat. Sie hat diese hohe, laute und quäkende Stimme, mit der sie ihre gute Laune wie Unkrautvernichtungsmittel versprüht. Ich habe mir eine Perücke gekauft, damit ich so aussehe wie die Person in meinem Reisepass. Das war ein anderes Leben.

Wir sitzen seit zehn Stunden am Flughafen, Bereich B. Um uns herum Männer in weißen Umhängen, die hektisch telefonieren und den Typen anschreien, der ihnen zu erklären versucht, dass er für die Stornierung des Fluges nichts kann. Ich frage mich, warum er dann überhaupt hier steht. Er trägt eine Uniform der *Turkish Airlines*, die irgendwann mal seinem großen Bruder gehört haben muss und die er jetzt wahrscheinlich aufträgt. Seinen Oberlippenbart hat er sich bestimmt von seinem Opa ausgeliehen. Eine Maschine nach der anderen startet. Abu Dhabi, Paris, Rio de Janeiro, Shanghai.

Jetzt heißt es, der Flieger, der uns nach Dschidda bringen soll, sei nicht gelandet. Dabei steht das Ding direkt vor uns wie in einem Schaufenster. Dann heißt es, die neue Crew sei noch nicht angekommen, was Heiterkeit auslöst bei der Crew, die zwischen uns Wartenden sitzt. Kurz darauf erhält der Kapitän einen Anruf, woraufhin er sich mitsamt seinem ersten Offizier aus dem Staub macht. Dann liegt es an den Saudis, dann an der Technik, dann wieder an den Saudis. Die Reaktionen der Leute, die mit uns warten, sind wie Ebbe und Flut. Mal brausen sie auf und wollen den Mann mit dem Opa-Schnauzbart verklagen oder mit Dollars bestechen; dann wieder starren sie apathisch auf die Maschine, die seit gestern bereitsteht. Vielleicht hat jemand vergessen, dass sie da steht. Vielleicht steht sie schon immer da und ist nur ein Ausstellungsstück. Ich könnte mich wie die anderen Passagiere auch aufregen. Ich könnte mein Repertoire an Beschimpfungen öffnen und loslegen. Aber was würde das nützen? Außer dass alle, die deutsch sprechen, beeindruckt wären und mir applaudieren würden.

Irgendwann habe ich mich daran erinnert, was mein Vater immer gesagt hat, wenn wir auf dem Weg zum Flughafen waren und in einem Stau steckten. Oder wenn ich wusste, ich würde zu spät zu einem Spiel kommen, oder wenn meine Freundin sich zwei Wochen lang nicht gemeldet hatte. *In Panik geraten wir erst, wenn wir alle anderen Möglichkeiten ausprobiert haben.* Also beschließe ich, mich zu entspannen. Ich hole mir ein Sandwich und noch eine Cola. Das Sandwich ist weich, und die Serviette könnte man knusprig nennen. Besser wäre umgekehrt. Ich habe die Kopfhörer in meine Ohren gesteckt und höre Orla Gartland, dann muss ich nicht mit meiner Reisegruppe reden. Wenn ich gefragt werde, was ich höre, sage ich Wagner. Das schreckt alle ab, und keiner will mit dir darüber reden. Orlas Stimme wühlt sich so sehr in mein Herz, dass ich ununterbrochen jauchzen könnte. *I'm an outcast, to be left behind/I'm an extrovert with an anxious mind.* Ich liebe Orla. Ich stalke sie auf YouTube, seit sie ihr erstes Video gepostet hat.

Luzie hat mich gefragt, wie mein Plan aussähe. *Ich habe keinen Plan*, war meine Antwort. Wie soll ich etwas planen, wenn ich keine Ahnung von den Umständen habe. Das ist in etwa so, als hätte man Christoph Columbus gefragt, ob er schon weiß, was er in Indien essen wolle. *We cross the bridge, when we get there.* Noch so ein Satz aus der Dein-Mantra-des-Tages-Sammlung meiner Familie. Wir hatten Dutzende davon. Alle zum Trost verzweifelter und Erbauung verlorener Seelen. Das Verrückte ist, dass es wirkt. Man kann sich hinter so einem Satz sammeln und fühlt sich nicht mehr so hoffnungslos allein.

Plötzlich kommt Bewegung in die Sache. Rita von der

Reiseleitung ist zusammen mit einem Polizisten eingetroffen. Irgendwas scheint nicht in Ordnung zu sein. Rita winkt Dirk zu sich. Die beiden flüstern und schauen verstohlen in meine Richtung. Ich drehe mich um. Hinter mir ist niemand. Also müssen sie mich meinen. Ich schaue weg, als könnte ich dadurch die Bedrohung ausblenden. Gehe ein paar Schritte zum Fenster. Aus den Augenwinkeln bemerke ich, wie Dirk auf mich zukommt. Ich nehme die Kopfhörer aus den Ohren.

»Alles klar?«, frage ich, obwohl ich spüre, dass überhaupt nichts klar ist.

»Die Saudis haben deine Einreiseerlaubnis zurückgezogen.«

Ich nicke, als hätte er gesagt, dass es auf dem Flug kein veganes Mittagessen gibt. Es dauert eine Weile, bis die Nachricht in den relevanten Bereichen meines Gehirns angekommen ist. Der Bulle hat schon in der ersten Sekunde begriffen, was das heißt.

»Wieso?«, fragt er. Sein Beschützerinstinkt ist angesprungen.

»Keine Ahnung«, sagt Dirk und legt einen Blick auf, mit dem er jeden Mitleidswettbewerb gewinnen würde.

»Bis vor einer Stunde war auch alles in Ordnung. Und dann hat Rita eine Mail vom saudischen Innenministerium gekriegt, dass Katharina nicht einreisen darf.«

»Diese verdammten Kameltreiber«, flucht der Bulle. Seine großzügige Toleranz für fremde Kulturen ist so belastbar wie ein feuchtes Tempotaschentuch.

Rita kommt dazu und zeigt mir die Mail. Und jetzt erst wird mir die ganze Dimension der Nachricht bewusst. Ich werde nicht nach Dschidda fliegen, ich werde Sophie nicht treffen können, wir werden keinen Weg finden, wie sie aus dem verfickten Land rauskommen kann.

»Hast du eine Reiserücktrittsversicherung abgeschlossen?«, fragt Rita.

Ob ich eine Reiserücktrittsversicherung abgeschlossen habe? Natürlich nicht. Weil ich mir keinen Grund ausmalen konnte, warum ich die Reise nicht antreten würde.

»Nein«, antworte ich.

»Okay. Dann versuchen wir wenigstens deine Hotelzimmer zu stornieren. Das spart dir rund achtzehnhundert Euro.«

Es fühlt sich mit einem Mal an, als würde ich krank werden. Ein Virus breitet sich rasend schnell in meinem Körper aus. Ich kann kaum noch atmen. Schweiß rinnt mir in die Augen, ich muss sofort zur Toilette.

»Entschuldigung«, murmle ich und stürze los.

»Die Kleine hat null Frustrationstoleranz«, höre ich noch den Bullen sagen.

Nein, habe ich nicht, du Wichser. Nicht, wenn es um Sophie geht.

Sophie

Juli 2021

Als ich die Augen öffne, sitzt ein Mann, den ich nicht kenne, auf einem Stuhl neben meinem Bett. Er ist kein Arzt, jedenfalls ist er nicht in Weiß gekleidet. Mein Handgelenk ist dick bandagiert. Der Mann hebt den Zeigefinger und droht mir, allerdings mit einem verständnisvollen Lächeln auf den Lippen. Er sagt etwas, das ich nicht höre. Jemand muss die Lautstärke runtergedreht haben. Merkt er nicht, dass er nicht zu verstehen ist? Jetzt sehe ich Ilias, der am Fußende des Bettes steht. Neben ihm Fida. Sie hat den Niqab abgenommen und schaut mich gütig an. Sie reden auf mich ein. Ich bin müde. Ich bin so müde, dass ich am liebsten die Augen schließen und weiterschlafen möchte. Der Mann hält den Koran in den Händen. Ich sehe Ilias verwirrt an.

»Was sagt er?«, frage ich.

»Er will dich auf den rechten Weg zurückbringen«, sagt Fida. »Du darfst so etwas nie wieder machen. Selbstmord ist eine Sünde, weißt du das nicht?«

»Aber nicht, wenn man ein Märtyrer ist.«

Das hat Ilias mir erklärt, als wir über das Mädchen gesprochen haben, das sich in Bagdad in die Luft gesprengt hat.

»Du bist aber keine Märtyrerin«, sagt sie. »Du bist eine junge Frau, die verzweifelt ist, weil sie den rechten Pfad noch nicht gefunden hat.«

Es klingt total freundlich. Als würde sie mich tatsächlich verstehen. Vielleicht hat sie dasselbe durchgemacht, was mir passiert ist. Es klopft an der Tür. Bevor noch jemand etwas sagen kann, kommt ein Arzt herein. Er ist groß, hat dunkle Augen und sieht aus wie ein Filmschauspieler. Wie George Clooney. Er beachtet mich kaum, nur ein kurzer Blick, dann wendet er sich Ilias und Fida zu. Er spricht Arabisch, aber mit einem britischen Akzent. Er fragt Ilias, was passiert ist. Und Ilias zuckt mit den Schultern, als wüsste er es nicht, obwohl er dabei war. Nicht die ganze Zeit, aber er hat gesehen, wie Tarik geschrien hat, dass er mich umbringen will. Fida sagt, dass sie mit ihrem Sohn gesprochen hat.

»Er wird so etwas nicht noch mal tun«, beteuert sie.

Sie sagt nicht Tarik. Sie sagt Sohn. Ich glaube, sie wollen Tarik schützen. Obwohl er dauernd seine Frauen schlägt. Der Arzt hört missmutig zu, er ist besorgt, weil ich beinahe verblutet wäre. Aber als Fida auf Qassim verweist, gibt er nach. Qassim wird dem Krankenhaus eine größere Summe spenden.

Alle gehen, nur Ilias bleibt. Er erzählt mir, dass Fida Tarik gewarnt hat. Qassim wird ihn verstoßen, wenn er nicht aufhört, die Frauen zu verprügeln. Ich habe trotzdem Angst, wieder in den Palast zu gehen. Ilias scheint mich zu verstehen.

»Ich weiß, dass du telefoniert hast«, sagt er. Und dass Tarik gedacht hat, ich hätte Hanan aufgehetzt und sie gezwungen, mir ihr Handy zu geben. Die ganze Sache mit der Hexerei und Hanan war also nur gespielt. Jedenfalls hat sie es Tarik so erzählt. Ich schwöre bei dem Propheten, dass ich überhaupt nicht mit Hanan über das Handy gesprochen habe. Und dass sie ihr Handy vergessen hat. Ilias glaubt mir. Er will mit Tarik reden.

»Willst du wieder zurück nach Hause?«

»Ja. Aber was ist, wenn Tarik wieder wütend wird?«

Er zögert. Sein Mund nähert sich meinem Ohr.

»Ich meine zu deinen Eltern.«

Zu meinen Eltern? Meint er das ernst? Ich weiß nicht, was ich darauf antworten soll.

»Ich weiß nicht«, antworte ich.

Ilias nickt. Er wird nicht wütend. Eher traurig. Und das macht es mir noch schwerer.

Abends bringt er mir etwas zu essen. Es sind die leckersten Falafel, die ich je gegessen habe. Und Schawarma und Tabouleh. Während ich esse, liest er mir aus dem Koran vor und übersetzt für mich.

»Beim lichten Tag! Und bei der dunklen Nacht, wenn sie still wird! Dein Herr hat dich nicht verlassen und Er verabscheut dich nicht! Und wahrlich, das Jenseits ist besser für Dich als das Diesseits. Und dein Herr wird dir gewiss bald geben, und du wirst zufrieden sein. Fand Er dich nicht als Waise und nahm dich auf? Und fand Er dich nicht verirrt und leitete dich? Und fand Er dich nicht arm und machte dich reich?«

Es ist eigenartig. So wie er spricht, wie die Worte wie Musik klingen, trösten sie mich.

»Haben wir dir nicht die Brust geweitet, und haben wir nicht die Bürde von dir genommen, die deinen Rücken niederdrückte, und haben wir nicht dein Ansehen erhöht? Mit dem Schweren kommt Leichtes, mit dem Schweren kommt Leichtes! Wenn du nun frei bist, so mühe dich und strebe deinem Herrn zu!«

Er erklärt mir, dass wir im Leben mit guten und schlechten Zeiten konfrontiert werden. Als er das sagt, müssen wir beide lachen, weil es wie die Serie auf RTL klingt. Er sagt, dass nach einer Zeit der Mühsal und der Qual auch immer wieder eine Zeit des Trosts und der Freude kommt. Wir alle müssen schwierige Zeiten durchmachen, aber auch darauf vertrauen, dass sie nicht ewig andauern. Es kommen bessere Tage, so wie der Tag auf die Nacht folgt, der Sommer auf den Winter. Und wenn wir uns an den Propheten halten, werden wir nie die Hoffnung verlieren. Er erzählt mir, dass er in den ersten Wochen, als er in Berlin studiert hat, so einsam war, dass er jede Nacht geweint hat. Weil ihn niemand dort mochte, weil alle nur ihr eigenes Ding gemacht haben. Wäre er gestorben, hätte es niemand gemerkt.

»Ich will nicht mehr zurück«, sage ich.

»Bist du sicher?«

»Ich glaube schon.«

Helena

Juli 2021

Seit offiziell bekannt ist, dass die Aussage von Kata stammt, muss ich unverzüglich entlassen werden. Ich habe mich von niemandem verabschiedet. Ich atme die Berliner Luft ein. Das Gemisch aus Hektik, Lärm und Abgasen. Ich bin in einer Zwischenwelt. Die drei Jahre haben mich verändert. Trotzdem fühlt es sich nicht so schlimm an, wie ich erwartet habe. Am liebsten möchte ich die Arme ausstrecken und den Moment umarmen. Ihn festhalten.

Natalia wartet neben ihrem Wagen in der Alfredstraße. Sie ist eine zierliche, drahtige Mittfünfzigerin mit einer blonden Betonfrisur, grellrot geschminkten Lippen und einer überdimensionalen, rotumrandeten Brille. Sie trägt, um ihre Gegner zu warnen, ausschließlich rote Kleidung. Ihr intellektueller Biss erinnert mich an Pitbulls, denen man, wenn sie einmal zugeschnappt haben, den Kiefer brechen muss, damit sie wieder loslassen. Sie ist eine unerträgliche Nervensäge und hat es sich zur Lebensaufgabe gemacht, Frauen gegen den Machismo in den Köpfen der Staatsanwälte und Richter zu verteidigen. Ihre Klienten sind ausschließlich Frauen, die wegen Totschlages oder Mordes angeklagt sind. *Frauen töten aus Notwehr, Männer töten aus allen anderen Gründen*, lautet der erste Satz ihres Glaubensbekenntnisses. Das stimmt so zwar nicht, aber in seiner Radikalität führt es dazu, dass sie kostenloses Marketing durch ihre vor Wut schäumenden Gegner erhält.

»Es hat geklappt. Die Saudis haben Katas Visum gestrichen.«

»Ich weiß.«

Robert hat über einen Kollegen bei der Polizei eine Mail an die saudische Botschaft geschickt und geschrieben, dass Kata bei einer Demonstration gegen die Verhaftung von Samar Badawi teilgenommen hat. Allerdings wissen wir nicht, wo sie sich jetzt aufhält. Und ich bin sicher, dass sie weiterhin alles unternehmen wird, um zu Sophie zu gelangen.

»Hast du eine Ahnung, wo sie ist?«

»Sie geht nicht ans Telefon.«

Wir fahren die Frankfurter Allee entlang, auf der Leipziger durch die Stadtmitte, biegen am Potsdamer Platz in die Eberstraße ein und dann in den 17. Juni. Ich sauge jeden Meter in mich ein. Schaue in die Autos, die neben uns vor den Ampeln halten, verfolge die Fahrradfahrer, die der Kälte trotzen und weiße Wölkchen ausatmen. Wir kommen an der Siegessäule vorbei.

»Hier hat es begonnen«, murmele ich vor mich hin.

»Was?«

»Dionysos. Vor vier Jahren. Sie hieß Ursula Reuben. Dann kamen die anderen Frauen.«

Die Viktoria schaut in Richtung Westen. Wir fahren einen Umweg über den Theodor-Heuss-Platz. Hier habe ich die Mädchen zum letzten Mal gesehen. Hier hätte ich den Entführer erschießen können. Ich habe gezögert, und dann war es zu spät. Seitdem träume ich diesen Moment immer wieder. Und jedes Mal schieße ich. Wenn es ein guter Traum ist, treffe ich den Mann mit der Maske, wenn es ein Albtraum ist, treffe ich Sophie.

Bei H&M am Kudamm Ecke Joachimsthaler kenne ich mich aus. Die waren jahrelang unser Haus- und Hofcouturier. Ich kaufe zwei Hosen, vier Blusen, Socken, Slips, T-Shirts und BHs. Ich reiße alles vom Ständer herunter, was halbwegs gut aussieht. Drängle mich vor den Umkleidekabinen nach vorne. Ich schlüpfe in die Bluse. Sie hängt an mir wie ein Sack. Ich habe keine 40 mehr, sondern eine knappe 38. Für irgendwas muss der Knast ja gut sein. Also raus aus der Kabine und die andere Größe holen, Natalia hält solange den Platz frei. Sie will mir einen Koffer leihen, aber ich entscheide mich für einen schwarzen Rucksack. Ich muss mobil sein.

Als ich an der Kasse stehe, ruft Natalia quer durch den Laden. Ich drehe mich herum. Sie hält ihr Handy in die Höhe.

»Fatima. Für dich.«

Fatima, meine geliebte Freundin. Sie hatte die unlösbare Aufgabe übernommen, auf Katharina aufzupassen. Irgendwann, es war kurz nachdem Kata aus der Psychiatrie entlassen worden war, saß Fatima mir gegenüber und meinte, dass es wahrscheinlich leichter sei, das Ebola-Virus im Zaum zu halten. Außerdem rückte ihr der Oberstaatsanwalt Serner auf die Pelle. Das war zu erwarten, nachdem eine Untergrundorganisation namens Nemesis die Verantwortung für die Hinrichtung von Kassandra Diener und drei Männern übernommen hatte, die dem Club der Humanisten angehörten. Fatima war untergetaucht und meldete sich einmal pro Monat, um mir zu sagen, dass sie nichts Neues über den Aufenthaltsort von Sophie wüsste. Natalia reicht mir das Handy.

»Ja?«, sage ich.

»Du willst wissen, wo Katharina ist?«

»Ist sie bei dir?«

»Noch nicht. Aber sie hat mich angerufen. Die Saudis lassen sie nicht rein.«

»Ich weiß. Kannst du dich um sie kümmern?«

»Ja.«

»Wo bist du überhaupt?«

Sie nennt mir eine Adresse in Antakya, dem früheren Antiochien unweit der Grenze zu Syrien.

Katharina

August 2021

In Panik geraten wir erst, wenn wir alle anderen Möglichkeiten ausprobiert haben. Ich habe Fatima angerufen und ihr gesagt, dass sie mir helfen muss, nach Saudi-Arabien zu kommen. *Die Fahrt mit dem Bus von Istanbul nach Antakya dauert fünfzehn Stunden*, hat der Mann am Ticketschalter gesagt. Sie kostet, je nachdem, was für einen Bus ich nehme, zwischen 19 und 34 Euro. Der teure Bus hat Schlafsitze. Ich stehe an der nördlichen Seite des Enseler. Es ist der größte Busbahnhof Europas, hat der Ticketschalter gesagt. Zwölftausend Busse kommen hier jeden Tag an und fahren wieder ab. Ich entscheide mich für die Schlafsitze. In einer halben Stunde ist Abfahrt. Ich packe meinen Rucksack und marschiere los. Es gibt unzählige Bussteige. Der Mann vom Ticketschalter hat mir zwar den Weg beschrieben, aber ich habe mich schon nach wenigen Metern verlaufen. Jetzt stehe ich hier zwischen Dönerbuden, Frisören und Klamottenläden und weiß nicht weiter. Leute rempeln mich an, jemand schreit. Es ist zu viel, und ich bin müde und frustriert, und ich weiß nicht, was jetzt werden soll, wenn ich kein Visum für Saudi-Arabien habe. Ich spüre Blicke im Nacken. Hinter und neben mir stehen Typen herum. Vielleicht warten sie ebenfalls auf ihren Bus, vielleicht wollen sie mich beklauen, vielleicht sind es Zivilbullen. Ich schaue einen von ihnen herausfordernd an. Er lächelt mich an. Ein anderer will meinen

Rucksack nehmen. Ich brülle ihn an, er soll mich in Ruhe lassen.

»I will dir nur helfe«, sagt er in breitestem Schwäbisch.

Er lächelt mich an, und ich entschuldige mich.

»Wo willscht na?«

»Bitte?«

Es ist absurd. Ich bin in Istanbul, werde von einem Türken auf Schwäbisch angesprochen und verstehe kaum ein Wort.

»Wo du hin willscht.«

»Antakya.«

»Ha, so ein Zufall. Da fahr i na. Soll i di mitnemma?«

»Nein, danke. Ich habe schon ein Ticket für den Bus.«

Es stellt sich heraus, dass er der Busfahrer ist, und er nimmt mich mit zum richtigen Bussteig. Er riecht nach Rasierwasser, offensichtlich kommt er gerade vom Frisör.

»I han beim Daimler gschafft, woisch.«

»Okay.«

»In Gaggenau. Getriebe für die A-Klass.«

Wir laufen und laufen, und ich frage mich, wieso ich so vertrauensselig war, einfach mit ihm zu gehen. Woher weiß ich denn, ob er wirklich Busfahrer ist? Als wir die Hallen mit den Geschäften verlassen, wird es unerträglich laut. Busse kommen an und fahren ab. Fliegende Händler verkaufen Kebab und Tee. Koffer und Kartons, die mit Kordeln verschnürt sind, warten darauf, eingeladen zu werden. Aus einem Karton ist das leise Gackern von Hühnern zu hören. Es stinkt nach Abgasen, Öl und Urin.

»Des isch mein Bus«, sagt der Mann.

Pamukkale steht auf der Seite. Wie auch auf meinem Ticket. *VIP-Bus. Istanbul – Antakya.* Ich steige ein und bin überrascht. Die Sitze sind breit, und jeder Platz hat einen eigenen Bildschirm. Es gibt sogar einen Steward! Er stellt sich als Djengiz vor. Braune, fast schwarze Augen, lange Koteletten, bestimmt noch keine dreißig. Er trägt eine Uniform wie die Stewards in den Flugzeugen. Die oberen Hemdknöpfe sind offen, auf seiner Brust baumelt eine goldene Kette, die sich gegen die dichte Brustbehaarung durchsetzen muss, sonst sieht man sie nicht. Ist das eine Perücke? Welcher Mann hat so viele Haare auf der Brust? Als Djengiz mich begrüßt, weiß ich, warum er diese Macho-Nummer aufführt. Er ist eindeutig schwul. Was mich beruhigt. Wenn ich etwas brauche, soll ich mich an ihn wenden. Ich frage ihn, ob es während der Fahrt Internet gibt. Er lächelt mich mitleidig an.

»Natürlich gibt es Internet.«

Als der letzte Passagier eingestiegen ist, geht es los. Heraus aus dem zweistöckigen Busbahnhof, hinein in den Moloch Istanbul. Djengiz sagt uns, wie lange die Fahrt dauern wird, dass wir über Ankara, Aksaray und Adana fahren, dass wir Stopps an firmeneigenen Restaurants machen, wo die Fahrgäste beten, essen und aufs Klo gehen können.

Ich wähle die Nummer, von der Sophie mich angerufen hat. Wieder die Ansage. *The person you've called is temporarily not available*. Also schreibe ich ihr über WhatsApp, dass ich nicht wie geplant in New York lande, weil mein Visum annulliert wurde. Sie wird schon verstehen, was mit New York gemeint ist. Es ist besser, vorsichtig zu sein. Schließlich weiß ich nicht, wer alles mitliest. Ich schaue aufs Display. Ein graues Häkchen, dann ein zweites, aber die Häkchen werden nicht blau. Das heißt, Sophie liest meine Nachricht nicht. Vielleicht schläft sie. Vielleicht macht sie einen Ausflug, oder sie hat ihr Handy irgendwo liegen lassen, oder sie kümmert sich um ihre Kinder.

Als sie mir gesagt hat, dass sie Mutter geworden ist, dachte ich, ich müsste auf die Straße hinausgehen und jeden Kerl erschießen, der mir begegnet. In einer ruhigen Minute fange ich eine Diskussion mit Djengiz zu dem Thema an. Zu meiner Überraschung stimmt Djengiz mir zu. Ich hatte mir zwar ein bisschen Gegenwehr erhofft, aber er ist ja auch schwul. Und das in einem Land, in dem du auf die Fresse kriegst, wenn du mehr machst als Händchen halten. Was hier wahnsinnig viele Typen machen.

»Früher, im Osmanischen Reich, waren homosexuelle Beziehungen völlig normal. Inzwischen musst du ganz schön aufpassen«, flüstert er mir zu. Er hat sich neben mich gesetzt.

»Und du weißt es nicht, wenn du einen von ihnen triffst«, flüstert er. Er will nicht, dass der Busfahrer hört, worüber wir sprechen.

»Ich finde, bei einigen weißt du es sofort«, sage ich. »Und am Schlimmsten sind die, die so tun, als würden sie dich verstehen.«.

»Du meinst so wie ich?«

Wir lächeln uns an.

Ich lösche auf WhatsApp alle Verbindungen, damit nur Nachrichten von Sophie und Fatima durchkommen. Dann kippe ich die Rückenlehne meines Sitzes nach hinten. Djengiz spielt abwechselnd eine Viertelstunde lang orientalische Musik, dann eine Viertelstunde westliche Musik. Irgendwann haben wir Istanbul hinter uns gelassen und fahren durch eine ländliche Einöde. Rechts und links stehen Ruinen von Häusern, die nie fertig gebaut wurden. Jemand treibt eine Herde Ziegen über die Straße. Unser Busfahrer steigt in die Eisen. Er fährt das Fenster herunter und brüllt den Ziegenhirten an, was den aber nicht im Geringsten interessiert. Ich schließe die Augen. Nur für ein paar Minuten. Ausruhen. Doch kaum habe ich die Welt um mich herum ausgeschlossen, überfällt mich ein Sturm von Bildern und Geräuschen. Ich versuche Ordnung in das Chaos zu bringen. Die Angst zurückdrängen und den Gedanken, dass ich scheitern werde, auslöschen. Es gelingt mir nicht. Stattdessen sehe ich Sophie, wie sie irgendwo in der Wüste bis zum Hals eingegraben ist. Ich stehe ein paar Meter entfernt und weiß nicht, was ich tun soll. Sophie ruft nach mir. Jetzt bemerke ich, dass sie immer tiefer in dem Sand versinkt. Ich stehe, als seien meine Füße Wurzeln, die sich wie Schlangen in den Sand graben. Als die Wüste Sophie verschluckt, schreie ich auf. Jemand fasst mich an der Schulter. Ich öffne die Augen. Es ist Djengiz.

»Du hast geträumt«, sagt er. Er reicht mir einen Becher Tee und ein Bounty.

»In einer Viertelstunde sind wir in Ankara. Dann machen wir Pause.«

Der Tee ist heiß und schwarz mit viel Zucker. Ich bedanke mich. Djengiz lächelt mich an.

Die Männer holen ihre Gebetsteppiche aus den Gepäckfächern über den Sitzen. Sobald wir anhalten, stürmen sie aus dem Bus, trampeln übereinander her, während Lautsprecher von allen Seiten »Allahu Akbar« brüllen. Sie schimpfen mit Djengiz, weil der Bus nicht rechtzeitig angehalten hat. Dabei kann er doch nichts für den Stau, in dem wir eine Stunde lang gesteckt haben. Djengiz deutet in eine bestimmte Richtung. Wahrscheinlich liegt dort Mekka. Die Männer rollen die Teppiche aus, schütten sich eilig Wasser aus Plastikflaschen über die Hände, waschen Gesicht und Ohren, ziehen Schuhe und Socken aus, waschen die Füße und beginnen zu beten.

Ich schaue auf mein Handy. Immer noch keine Nachricht von Sophie. Als es plötzlich klingelt, erschrecke ich und lasse es fallen. Ich krieche unter den Sitz und taste danach, bis ich es mit spitzen Fingern aus einem Lüftungsschlitz befreien kann.

»Sophie?«, schreie ich ins Handy.

»Nein. Ich bin's. Fatima.«

»Okay.«

»Wo bist du?«

»Im Bus. Wir sind gerade in Ankara.«

»Ankara? Wenn du Zeit hast, musst du dir unbedingt das Atatürk-Mausoleum ansehen.«

»Wir haben nur eine halbe Stunde.«

»Dann besser nicht. Geht es dir gut?«

»Ja.«

Ich weiß, es klingt nicht sehr überzeugend.

»Okay. Dachte ich mir schon. Ich habe telefoniert. Es sieht gut aus mit Saudi-Arabien.«

Notwehr

Was unterscheidet den Mord des Eiferers, Revolutionärs oder Terroristen von dem Mord, den diejenigen begehen, die die religiöse oder weltliche Macht in den Händen halten? Die Herrscher legitimieren ihr tödliches Handeln stets mit Religion, Weltanschauung, Lebensweise. Doch frage ich, was ist der Tod eines Herrschers gegen den von ihm befohlenen tausendfachen Tod von Soldaten im Krieg, Frauen in der Sklaverei und allen zusammen in Elend, Hunger und Zerstörung? Wer nie den dringenden Wunsch hatte, mit einer Pistole in der Hand in das Parlament zu marschieren und um sich zu schießen, ist ein gefesselter Geist, ein schwacher Mann, eine devote Untertanin und trägt, anstelle eines Herzens, einen Stein in der Brust.

Rashid Gibran, *Das Buch Dionysos,* S. 201

Fatima

August 2021

Sie wartet auf Katharina, die vor einer Stunde am Busbahnhof von Antakya ankommen sollte. Es ist der größte Busbahnhof in der Region. Von hier aus kann man umliegende Orte wie Iskenderun, Mersin oder Adana per Reisebus erreichen. Stolze Städte mit einer Geschichte, die bis in die Antike zurückreicht. Sie läuft zwischen den Dutzenden Bussen umher, weil sie nicht sicher ist, mit welchem Katharina ankommt. Touristen stolpern ihr mit schwerem Gepäck entgegen, dazwischen Einheimische, die in Ankara oder Istanbul arbeiten und fürs Wochenende nach Hause kommen. Sie hat Katharina seit zwei Jahren nicht gesehen. Eigentlich wollte sie sich um sie kümmern. Katharina hat auch tatsächlich ein paar Monate bei ihr im Wedding gewohnt. Aber es war von Anfang an klar, dass das Mädchen sie nicht braucht. Katharina wollte ihren eigenen Weg gehen, und der konnte nicht in der Wohnung einer Frau beginnen, die selbst zu viele Probleme mit sich herumschleppt. Fatima hat unterschätzt, was es bedeutet, für ein vierzehnjähriges Mädchen da zu sein. So etwas ist schon schwer genug, wenn dieses Mädchen sich lediglich in der ganz normalen Horrorshow namens Pubertät befindet. Aber es ist unmöglich, wenn ein Mädchen das erlebt hat, was Katharina erleben musste. Jemand ruft ihren Namen. Sie dreht sich herum. Und da steht sie. Beinahe hätte Fatima sie nicht erkannt. Katharina trägt eine Sonnenbrille, die Haare sind maximal einen Millimeter lang, und unter ihrem Tanktop treten ihre Muskeln hervor. Sie trägt verwaschene Jeans, ihre Füße stecken in schweren Boots. Alles an ihr strahlt Entschlossenheit aus, am meisten aber ihr Blick, als sie die Brille abnimmt.

»Hey, alles gut? Hattest du eine angenehme Reise?«

»Total.«

Sie umarmen sich, und Fatima spürt, wie hart Katharina ist. Sie schmiegt sich nicht an, sie will nur so viel Körperkontakt wie nötig.

»Hast du Hunger?«

Fatima führt sie ins Avlu, ihrem Lieblingsrestaurant. Sie essen Sigara böreği mit gebratenen Zucchini, Knoblauchjoghurt, Mercimek köftesi und Künefe, eine süße Spezialität Antakyas. Katharina fragt, ob Fatima schon einen Weg gefunden habe, wie sie nach Saudi-Arabien kommen kann. Fatima erzählt ihr von einem Kontakt zur Außenhandelskammer.

»Aber es wird noch ein paar Tage dauern«, erklärt sie.

»Wieso?«

»Weil hier alles ein paar Tage dauert. Du weißt doch, wie es im Orient heißt: Ihr habt die Uhren, wir aber haben die Zeit.«

Katharina zieht die Stirn in Falten. Für einen Moment ist sie ein trotziges Kind, das sich gleich auf dem Fußboden wälzen wird, weil es seine Wünsche nicht erfüllt bekommt.

»Ich hab keine Zeit.«

»Wir tun, was wir können«, sagt Fatima.

»Wer ist *wir*?«

»Das musst du nicht wissen.«

Sie trinken Tee und reden darüber, warum Fatima Deutschland verlassen hat, wieso es wichtiger ist, hier, im Osten der Türkei, die Frauen zu unterstützen.

»Wer ist das bei der … Wie heißt das Ding?«

»Außenhandelskammer. Es ist jemand, den wir als Informanten benutzen.«

»Informant wofür?«

»Das musst du auch nicht wissen.«

Baklava und Mokka in einem kupfernen Kännchen werden gebracht.

»Ich gehe ein hohes Risiko ein, Fatima. Ich will nicht in eine Falle tappen, ich will nicht in Dschidda von der Polizei verhaftet werden, wenn ich vor Sophie stehe.«

»Der Mann gibt uns Material, damit wir die Leute an den Pranger stellen können, die in den Mädchenhandel involviert sind.«

Es ist ein riskantes Unterfangen. Am Anfang haben sie viele Fehler gemacht. Sie haben über ein PHP-Script kommuniziert, das temporär nutzbare E-Mail-Adressen generiert. Die Website stellt Mailadressen zur Verfügung, die nach einer Stunde gelöscht werden. Aber die Polizei hat sie trotzdem ausfindig gemacht. Zwei Frauen von Nemesis mussten nachts Hals über Kopf fliehen, weil die Polizei vor ihrer Tür stand. Inzwischen kapern sie die Mailaccounts von türkischen Regierungsmitgliedern, einmal sogar bei Erdoğan.

»Warum macht der Mann das?«

»Weil wir Fotos haben.«

»Ihr erpresst ihn.«

»Wir helfen ihm, Buße für seine Sünden zu tun.«

»Und was soll er machen?«

»Er soll dich als ein Mitglied der Außenhandelskammer beim saudischen Wirtschaftsministerium registrieren lassen. Du kannst dann als Begleitung von irgendwelchen Firmen einreisen.«

»Aber die haben meinen Namen. Ich bin registriert.«

»Dann kriegst du einen neuen Pass.«

»Woher?«

»Darum kümmere ich mich.«

Sie trinken den Mokka.

»Wie lange dauert das?«

»Eine Woche, vielleicht weniger.«

»Eine Woche! Ich kann nicht so lange warten.«

Inzwischen sind sie die Attraktion des Lokals geworden. An den Nachbartischen wird geflüstert, der Kellner kommt und legt Fatima die Rechnung vor wie eine Einladung, das Restaurant zu verlassen. Sie zahlt bar, um so wenig Spuren wie möglich zu hinterlassen. Als sie das Avlu verlassen, bemerkt sie einen Mann in einem alten Mercedes auf der anderen Straßenseite. Sie weiß nicht, ob es Paranoia ist, aber sie rechnet jeden Tag damit, dass irgendjemand ein Messer zieht und ihr in den Rücken stößt, um Akif Kaplan zu rächen.

Helena

August 2021

Der Flug von Berlin nach Antakya ist unspektakulär. Ein Taxi bringt mich vom Flughafen Hatay, der angeblich die längste Landebahn der Welt besitzt, vorbei an einem kleinen Industriegebiet in das Zentrum von Antakya. Ich weiß nicht, wie Kata reagieren wird, wenn sie mich sieht. Eine ungewohnte Nervosität erfasst mich, und ich schaue aus dem Fenster, um mich abzulenken. Antakya ist alt. Die Stadt wurde schon dreihundert vor Christus als Antiochien gegründet, erzählt mir der Taxifahrer. Ich bin auf alles gefasst. Wir überqueren den Fluss Orontes, der Antakya in einen neuen und einen alten Teil trennt, und biegen in die Altstadt ein, wo die Häuser Zeugnis ablegen von den Kulturen und Herrschern, die das Stadtbild geprägt haben. Fatima hat zwar angeboten, mich vom Flughafen abzuholen, doch ich halte es für besser, wenn ich einfach vor der Tür stehe. Katharina soll uns nicht zusammen sehen, sie wird sich dann noch mehr verraten fühlen. Moscheen neben Kirchen neben Häusern im französischen Baustil um die vorletzte Jahrhundertwende. Griechische, römische, arabische Geschichte springt mir an jeder Ecke entgegen. Irgendwann werden die Gassen zu schmal, um hindurchzufahren. Ich bezahle und steige aus. Es gibt keine Hausnummer. *Halte nach dem Haus mit dem roten Balkon Ausschau,* hat Fatima gesagt.

Ich habe lange mit ihr telefoniert. *Es ist Wahnsinn, was*

Katharina vorhat, meinte sie. *Du kannst nicht einfach so nach Saudi-Arabien reisen und jemand aus einem Palast rausholen, der einem der wichtigsten Männer in der saudischen Regierung gehört. Vor allem nach dem Zwischenfall in Istanbul.*

Wenn wir Sophie tatsächlich finden wollen, und wenn wir sie aus dem Land herausholen wollen, müssen wir jeden Schritt genau planen. Wir müssen nicht nur bestmöglich vorbereiten, wie wir in das Land kommen, sondern auch wieder hinaus. Das wird schwierig werden. Vor allem, wenn wir Sophie finden und sie außer Landes schaffen wollen. Wir brauchen einen gefälschten Pass für sie. Wo kriegen wir den her? Können wir das Land per Flugzeug verlassen? Müssen wir den Weg über Land nehmen? Was ist mit den Grenzkontrollen? Vielleicht ist es besser, ein Boot zu chartern, das uns übers Rote Meer bis nach Ägypten bringt. Und selbst, wenn uns all das gelingt, wissen wir nicht, was mit Sophie ist. Sie befindet sich seit drei Jahren in den Händen eines Scheichs. Vielleicht hat sie inzwischen eine Hirnwäsche erhalten, vielleicht ist sie zum Islam konvertiert. Wir müssen geduldig sein, und wir brauchen Hilfe und Unterstützung. Fatima meint, dass es nicht so schwer sei, weil viele Frauen, die in Saudi-Arabien arbeiten, aus Indien, Indonesien und Pakistan kommen. *Hier werden wir Verbündete finden*. Ich hoffe, sie hat recht.

Als ich vor der hölzernen Eingangstür stehe, pocht mein Herz so laut, dass ich das Gefühl habe, jeder im Umkreis von zehn Metern kann es hören. Ich klopfe. Nichts geschieht. Ich klopfe noch einmal. Dann höre ich Fatimas Stimme. »Kannst du aufmachen?«, fragt sie jemanden. Kurz darauf steht Kata in der Tür. Keine Spur von Überraschung in ihrem Gesicht. Als wüsste sie schon lange, dass ich komme.

»Mama«, sagt sie.

Sie lächelt angestrengt, und dann umarmt sie mich. Und dann weinen wir beide.

»Ich weiß, wo Sophie gefangen gehalten wird. Sie hat zwei Kinder. Ein Mädchen und einen Jugen. Ich habe mit ihr telefoniert. Sie wird uns sagen, wie wir an sie herankommen. Aber wir müssen uns beeilen.«

Fatima taucht hinter Kata auf. Wir haben uns seit ewigen Zeiten nicht gesehen.

»Wie geht's dir an der frischen Luft?«, fragt sie.

»Es ist ein bisschen ungewohnt, aber gut.«

»Kommt rein. Brenner, unser Mann von der AHK, hat eine Idee, wie ihr nach Saudi-Arabien reinkommt.«

Ich weiß nicht, wer Brenner ist, und ich weiß nicht, was AHK ist. Aber zum ersten Mal seit Langem habe ich das Gefühl, dass alles wieder gut werden wird. Zumindest so gut, wie es überhaupt noch möglich ist. Sophie hat zwei Kinder. Ein Mädchen und einen Jungen. Wer glaubt, die Hölle wäre endlich, kennt meine Familie nicht.

Sophie

August 2021

Heute ist ein großer Tag, der größte Tag seit der Geburt meines Sohnes Abdul. Ich darf meine Tochter sehen. Ilias hat Fida davon überzeugt, dass es nicht gut ist, wenn ich meine Kinder nicht sehen kann. Daraufhin hat sie klein beigegeben. Jetzt soll ich einmal pro Woche Abidah und Abdul sehen dürfen. Ich weiß nicht, wie ich mich verhalten soll. Natürlich freue ich mich, aber ich kenne Abidah nicht, und sie kennt mich nicht. Sie ist drei Jahre alt. Wir sind uns seit ihrer Geburt nur ein paar Mal begegnet. Zuletzt hat Ilias mich vor fünf Monaten nachts zu den Zimmern geführt, in denen noch mehr Kinder wohnen. Sie werden von total gläubigen Frauen erzogen. Das ist auch der Grund, warum Abidah nicht bei mir sein darf. Fida befürchtet, dass ich sie falsch erziehe. Dass ich ihr nicht beibringe, wie sich ein braves Mädchen zu benehmen hat. Angeblich kann Abidah schon ein paar Suren aus dem Koran auswendig. *Sie ist ein sehr kluges Kind*, hat Ilias mir versichert. Ich kann es kaum erwarten. Vor einer Stunde sollte es so weit sein, aber es ist noch niemand gekommen. Vielleicht hat Fida es sich anders überlegt. Niemand ist so streng und hart wie sie. Immer wieder trichtert sie uns ein, dass Allah diejenigen liebt, die demütig sind und beten und so. Und dass wir den Männern zur Verfügung stehen müssen, weil es Allahs Wille ist. Und dass die unter uns, die ungläubig sind, nicht mehr wert sind als Hunde und geschlagen werden sollen, um für ihre Sünden zu büßen. Sie kommt! Mit Abidah an der Hand und Abdul auf dem Arm.

Meine Tochter trägt eine rote Abaya, die auf dem Boden schleift, und einen weißen Hidschab, der ihr schönes Gesicht einrahmt. Sie sieht mich ängstlich an, als wüsste sie nicht, wer ich bin. Ihr kleines, schmales Gesicht ist von Sommersprossen übersät, sie hat die Augen von meiner Mutter. Ich stürze auf sie zu, falle vor ihr auf die Knie und umarme sie. Drücke sie fest an mich und küsse ihr Gesicht. Wie groß sie geworden ist. Bestimmt mehr als einen Meter. Aber sie ist so dünn. Kriegt sie etwa nicht genug zu essen? Meine Tochter.

»Wie geht es dir?«, frage ich.

Abidah macht sich von mir los und sieht Fida an.

»Sie spricht nur englisch und arabisch«, sagt Fida und will meine Tochter von mir wegziehen. Ich halte Abidah fest. Fida zieht fester, bis ich meine Tochter loslasse, damit ihr nicht wehgetan wird. Abidah sieht mich verunsichert an. Was haben sie ihr über mich gesagt? Weiß sie nicht, dass ich ihre Mutter bin?

»Ich bin deine Mutter«, erkläre ich ihr auf Englisch.

»Ich habe ihr gesagt, dass sie mehrere Mütter hat.«

»Wieso?«

Sie packt Abidah und stellt sie vor sich. »Abidah, willst du Samira sagen, was Allah, gepriesen sei er, über die Ungläubigen in der Sure 3, Vers 119 sagt?«

Meine Tochter richtet sich auf. Ein Lächeln erscheint auf ihren Lippen.

»O ihr, die ihr glaubt, nehmt euch keine Vertrauten unter denen, die nicht zu euch gehören. Sie werden euch kein Unheil ersparen. Sie möchten gern, ihr würdet in Bedrängnis geraten. Der Hass hat sich aus ihrem Munde kundgetan und das, was ihre Brust verbirgt, ist schlimmer«, rezitiert Abidah.

»Sie ist sehr klug. Klüger als alle anderen Kinder. Sie kennt die gesamte zweite Sure auswendig. Deswegen können wir sie nicht bei dir lassen. Sie muss den Koran auswendig lernen, damit sie später den Platz einnehmen kann, den Allah, gepriesen sei er, für sie vorgesehen hat.«

Ich nicke nur. Vielleicht sieht es so aus, als sei ich einverstanden, aber das bin ich nicht. Überhaupt nicht. Aber ich will auch nicht vor meiner Tochter darüber streiten, was ich für gut befinde. Ich muss warten, bis ich mit Ilias sprechen kann. Also schlucke ich meine Tränen hinunter.

»Es freut mich, dass du so ein kluges Mädchen bist. Das hast du bestimmt von deiner Oma. Die ist auch eine sehr kluge Frau«, erkläre ich ihr.

»Es ist allein Allahs Wille, ob ein Mensch klug oder stark oder in der Musik begabt ist. Du solltest aufhören, ihn zu lästern.«

Sie nimmt Abidah an der Hand und will sie aus dem Raum ziehen.

»Warte!«, rufe ich.

Ich gehe noch einmal auf meine Tochter zu. Knie vor ihr nieder. Aber dann weiß ich nicht, was ich tun soll. Als sei sie ein zerbrechliches Wesen, wage ich nicht, sie zu berühren.

»Schön, dass wir uns gesehen haben. Ich liebe dich.«

Die schwere Tür fällt hinter ihnen zu.

Ich befinde mich an einem Ort totaler Leere, als sei das alles nicht passiert. Ich schleppe mich in mein Zimmer und sinke auf das Bett. Ich kann nicht weinen, und ich kann nicht schreien. Ich kann auch nicht denken. Abends kommt Ilias in mein Zimmer. Ich denke zuerst, er wird wieder mit mir schlafen wollen.

»Wir fahren an die Corniche«, sagt er.

Ich soll meine schönste Abaya anziehen und den Schmuck, den er mir zur Geburt von Abdul geschenkt hat.

Der riesige Maybach gleitet durch die Straßen von Dschidda. Überall sind Menschen, die stehen bleiben und zu uns hinsehen. Weil die Scheiben verdunkelt sind, können sie uns nicht erkennen. Polizisten machen hupend den Weg für uns frei. Nur selten kann ich sehen, was außerhalb des Palastes geschieht. Es ist eine völlig andere Welt. So, als würde ich in einem Film leben und das hier draußen sei die richtige Welt. Die Straße wird von Palmen und Plastiken gesäumt, die fünf oder mehr Meter hoch sind. Wir fahren an schneeweißen Moscheen, Luxusvillen, Sandstränden und Vergnügungsparks vorbei. Dann halten wir an einem Platz, der nur für Mitglieder der Familie bin Laden reserviert ist. Zum Meer sind es weniger als fünfzig Meter. Unser Bereich ist die schönste Stelle am Strand. Die Palmen sind gepflegt, es gibt Sessel und Tische, auf denen für das Abendessen gedeckt ist. Ich rieche die kühle, salzige Brise, die vom Meer herbeigeweht wird. Die Wellen brechen leise am Strand, begleitet vom Geschrei der Möwen. Ich frage mich, wieso wir hierhergefahren sind, aber Ilias macht keine Anstalten einer Erklärung. Erst als wir gegessen haben, rückt er seinen Sessel näher an meinen heran. Seine Stimme wird leise und hart. So kenne ich ihn nicht.

»Jemand von der Mabahith war gestern bei Qassim.«

»Wer ist Mabahith?«

»Der Geheimdienst.«

Er sagt das so, als sei etwas Schlimmes passiert. Aber ich verstehe nicht, wieso er mir das erzählt. Wir sprechen doch sonst nicht über solche Dinge.

»Du weißt, was die uns gesagt haben?«

»Ich? Nein, wieso?«

»Deine Schwester ist auf dem Weg zu dir.«

Katharina
September 2021

Ich habe keine Ahnung, warum ich Helena umarmt habe, warum ich *Mama* zu ihr gesagt habe, warum ich geweint habe, als sie vor der Tür stand. Ich weiß nur, dass ich in dem Moment wieder zu dem kleinen Mädchen geworden bin, das mit seinen Hausaufgaben nicht klarkommt oder in der Schule gedisst wird oder Zahnschmerzen hat und hofft, dass Mama ihm zur Seite steht. Wenn ich ehrlich bin, war es ein schönes Gefühl. So warm und heimelig. Für einen Moment dachte ich, dass alles wieder gut wird. Ich habe mich beschützt und geborgen gefühlt. Heute Morgen hasse ich mich dafür, dass ich so reagiert habe. Ich darf diesen Gefühlen keinen Raum geben.

Wir sitzen in Fatimas Küche beim Frühstück. Helena und ich. Fatima hat Gurken, Tomaten, Honig und Sesamringe auf den Tisch gestellt. Sie hat gestern bis spät in die Nacht telefoniert. Heute Morgen ist sie schon früh aus dem Haus, weil sie den Informanten von der AHK treffen will. Ich habe ihr gesagt, dass sie sich beeilen soll. Wenn die Botschaft mein Visum annulliert hat, kann es sein, dass die Saudis etwas über mich wissen. Helena hält ihr Handy nahe vor die Augen.

»Ich brauche eine Brille«, sagt sie. »In den letzten Monaten sind meine Augen so viel schlechter geworden. Das liegt an dem verdammten Fraß, den sie dir im Knast vorsetzen.«

Smalltalk, um Anlauf für das eigentliche Thema zu nehmen, nämlich den Grund für meine Fake-Zeugenaussage, wegen der sie beinahe noch eine ganze Weile länger im Knast geschmort hätte. Sie weiß, dass ich es war. Hundertprozentig.

»Spiegel Online schreibt, dass in Dschidda vier Frauen verhaftet worden sind, weil sie einen Polizeikommissar wegen sexueller Übergriffe angezeigt haben.«

Jetzt kommt sie dem Thema langsam näher. Ich gehe zum Herd und hole die kleine Kanne mit dem heißen Mokka.

»Willst du noch?«, frage ich Helena.

Sie nickt. Ich setze mich. Wir sehen uns schweigend an. Dann macht sie den nächsten Schritt.

»Ich war in deiner WG.«

»Okay.«

»Gehören die Klamotten in dem Schrank dir?«

»Die hab ich für was gebraucht.«

»Die sind teuer.«

»Was willst du hören?«

»Die Wahrheit.«

»Ich habe die Klamotten gebraucht, weil ich eine Zeit lang auf den Strich gegangen bin.«

Sie sieht mich entgeistert an. Es dauert eine Weile, bis es zu ihr durchdringt.

»Ich hab Geld gebraucht.«

Es ist unfassbar. Ich wollte sie damit verletzen, aber jetzt schäme ich mich. Scheiße. Wieso schäme ich mich? Ich habe mich doch auch nicht geschämt, als ich es gemacht habe.

Sie atmet tief ein. Das kenne ich von ihr. Sie versucht

die Tränen zurückzuhalten, schaut zur Decke hin, zu der kleinen Lampe aus grünem Mosaik. Es gelingt ihr nicht. Dabei haben wir über die eigentliche Sache noch gar nicht geredet.

»Du hättest Robert fragen können.«

Ihre Stimme zittert.

»Das hab ich. Aber er hat nicht genug gehabt.«

»Und dann hast du ihn beklaut.«

»Ich hab ihn nicht beklaut, ich hab es mir geliehen.«

»Wir hätten das Geld doch auch anders auftreiben können«, meint sie.

Das Zittern in ihrer Stimme ist verschwunden. Sie wischt die Tränen mit einer Papierserviette weg. Ihr Blick wird hart. Ich kann den Vorwurf spüren. Beklaut ihren Vater, geht auf den Strich. Aber so leicht lass ich mir kein schlechtes Gewissen einreden. Du willst Krieg? Kannst du haben.

»Was meinst du? Statt mich für Geld ficken zu lassen?«

Sie zuckt erneut zusammen. Ficken gehört nicht zu den Wörtern, die sie aus dem Mund ihrer Tochter hören will.

»Entspann dich. Es ist nicht so, wie du dir das vorstellst. Die Kerle waren meistens ganz okay. Und außerdem, wenn du als Vierzehnjährige in alle Löcher, die dein Körper zu bieten hat, gefickt worden bist, ist das irgendwann kein Problem mehr. Anfangs ist es ein bisschen unangenehm, weil die Typen fett sind und überall behaart. Und sie riechen meistens nach irgendwelchem billigen Deo, das sie sich in die Achseln sprühen.«

»Hör auf.«

»Aber keiner von denen hat mich verachtet. Nicht so wie dieses Arschloch vor vier Jahren. Im Gegenteil. Wenn sie fertig waren und wenn ich mir das Sperma aus dem Gesicht gewischt habe, hatten sie Mitleid. Manchmal hat einer sogar noch was draufgelegt. Ich glaube, die waren traurig und einsam. Und wahrscheinlich wollten sie einfach nur frisches, junges Fleisch haben, damit sie für einen Moment denken können, sie wären begehrenswert. Trotz der kleinen Schwänze unter ihren dicken Bäuchen. Manchmal hab ich mich sogar wie eine Heilige gefühlt, die gnädig und gütig ist und barmherzig.«

»Hör auf.«

»Warum? Weil du nicht ertragen kannst, wie ich mit der Scheiße klargekommen bin? Tut mir leid, aber du hast gefragt, was ich so gemacht habe. Ich kann mir vorstellen, dass es dich entsetzt. Aber du kennst das doch auch. Du hast doch auch deinen ehemaligen Chef Paulus gefickt. Zwar nicht für Geld, aber für die Karriere, und damit eigentlich doch wieder für Geld. Ist doch nicht schlimm. So machen Frauen das. Im Grunde hast du es mir und Sophie beigebracht.«

Sie schaut mich entsetzt an. Was ich da eben gesagt habe, ist mehr, als sie erwartet hat und ertragen kann. Es gibt jetzt zwei Möglichkeiten: Sie scheuert mir eine, oder sie bricht heulend zusammen. Ich bin auf beides gefasst. Ich schaue sie an. Ihre Augen werden zu schmalen Schlitzen.

»Okay. Wenn ich schon an allem schuld bin, dann sollst du auch wissen, dass ich dafür gesorgt habe, dass die Saudis dein Visum annulliert haben.«

Was?

»Warum?«

»Weil du keine Ahnung hast, worauf du dich einlässt.«

Jemand klopft an der Haustür. Wir erschrecken.

»Geh zur Hintertür«, sagt Helena. »Falls es die Polizei ist, rennst du weg. Nimm mein Handy.«

Von einem Moment auf den anderen ist sie wieder meine Mutter, die mir sagt, was ich zu tun habe, weil sie glaubt zu wissen, was gut für mich ist. Ich zögere.

»Worauf wartest du?«

Ich nehme ihr Handy. Als ich mich abwende, hält sie meine Hand fest.

»Wir werden Sophie finden und mit uns nach Hause nehmen«, sagt sie. »Und jetzt geh.«

Ich schleiche auf Zehenspitzen über den Holzboden, versuche kein Geräusch zu machen. Meine Mutter wartet, bis ich die Tür geöffnet habe, die zum Hof hinausführt. Weit und breit ist niemand zu sehen.

Ich sehe, wie sie die Haustür öffnet. Ein Mann steht davor. Seine Nase steht schief, das Gesicht ist blutverschmiert.

Fatima

September 2021

Sie wird nie verstehen, wie man so Auto fahren kann. Als ob eine rote Ampel ein Angriff auf das Ego oder die Autonomie darstellt. Es ist grün. Eindeutig. Und dann rast dieser Penner am Archäologischen Museum bei Rot über die Kreuzung, und Fatima kracht ihm in die Seite. Und was macht er? Steigt aus und beschimpft sie, sie könnte nicht Auto fahren und sie solle zu Hause bleiben. Dann kommt die Polizei und stellt fest, dass der Kerl seit Jahren ohne Führerschein fährt. Er ist allerdings der Meinung, dass er den nicht braucht, weil er weiß, wie man fährt, und dass Verkehrsregeln eher Vorschläge sind, die für ihn nicht gelten. Manchmal wünscht Fatima sich so ein Selbstbewusstsein, das knapp an der Idiotie vorbeischrammt.

Brenner war nicht angeschnallt und ist mit dem Kopf gegen die Windschutzscheibe geknallt. Jetzt sitzt er vor Fatima und jammert, weil sie gesagt hat, sie hätten keine Zeit für das Krankenhaus. Sie kann ihm die Nase genauso gut richten wie ein Arzt.

»Reiß dich zusammen«, faucht sie ihn an. »Ich weiß, was ich tue. Du zählst bis drei, dann gibt es einen kleinen Ruck, und alles ist wieder wie vorher.«

Helena und Katharina stehen in der Tür zum Badezimmer und schauen Fatima skeptisch an.

»Fang an«, sagt Fatima.

Brenner holt tief Luft. »Eins, zwei, …«

Ein kurzer Ruck nach rechts, ein deutlich hörbares Knacken, und die Nase steht wieder wie eine Eins.

»Ich war erst bei zwei«, jammert Brenner.

Blut schießt ihm aus der Nase und tropft auf seine Krawatte und das weiße Hemd. Fatima gibt ihm zwei Tampons, die er sich in die Nasenlöcher stecken muss.

»In einer Minute hört die Blutung auf«, sagt sie. »Im Bad habe ich ein Hemd für dich rausgelegt.«

Sie geht ins Wohnzimmer. Helena und Katharina folgen ihr. Zu dritt sitzen sie um die kleine Platte aus Zinn, die Fatima neu auf dem Souk in der Altstadt erstanden hat. Helena schenkt Tee ein, und sie trinken. Die Süße tut ihnen gut.

»Brenner wird euch beide für eine Konferenz in Dschidda akkreditieren lassen. Ihr seid offiziell Referentinnen der Außenhandelskammer und müsst dem deutschen Wirtschaftsministerium über die Konferenz berichten.«

»Aber ich kann nicht mit meinem Pass einreisen.«

Katharina ist unruhig, beinahe in Panik.

»Du kriegst einen neuen, sowieso besser, wenn ihr da nicht als Mutter und Tochter hinfahrt.«

Brenner kommt ins Wohnzimmer. Er sieht wieder halbwegs passabel aus, nur um die Augen herum schimmert es grün und blau. Außerdem ist seine Nase so stark geschwollen, dass er durch den Mund atmen muss. Er setzt sich ächzend zu den Frauen auf den Fußboden. Wie er später mit seinen bestimmt mehr als zwei Zentnern ohne Hilfe wieder hochkommen will, ist ein Rätsel.

»Wie weit bist du mit der Akkreditierung?«, fragt Fatima.

»Die liegt beim saudischen Handelsministerium.«

»Das kann ewig dauern.«

»Wird es aber nicht. Die Saudis sind nicht mehr so streng, weil sie momentan international schlecht dastehen. Sie haben noch nie gut dagestanden, aber seit der Sache mit Kashoggi und dem Tod der französischen Reporterin sind sie die Parias.

»Die Konferenz beginnt in zwei Tagen.«

»Ich weiß.«

»Und?« Fatima wird ungeduldig.

»Ich hab da einen Kontakt.«

»Was für einen Kontakt? Nein, sag es mir nicht. Ich will es nicht wissen.«

Fatima ahnt, was für ein Kontakt das ist. In Saudi-Arabien geschieht nichts, wenn du nicht jemanden kennst, der jemanden kennt, der jemanden kennt.

»Wie lange?«, fragt Katharina.

»Eine Woche.«

»Das ist zu lang.«

»Sie kennen Saudi-Arabien nicht, junge Frau. Normalerweise dauert so etwas zwei Monate. Die einzige Chance, die wir haben, ist eine Mitarbeiterin im Handelsministerium. Außerdem brauch ich von Ihnen einen gültigen Pass.«

»Der Pass ist kein Problem«, sagt Fatima.

»Sondern?«, fragt Katharina.

Fatima schaut Brenner an, reibt Zeigefinger und Daumen aneinander. Er zieht die Stirn in Falten, als wüsste er bereits, dass die gebrochene Nase sein geringstes Problem ist.

»Wie viele?«, will er wissen.

»Zehntausend.«

»Dollar?«

»Bestimmt keine Lira.«

»Für einen Pass?«

»Brenner, sieh es mal so: Wir arbeiten mit dir zusammen, weil du die unmöglichsten Dinge möglich machst.«

Er schüttelt den Kopf.

»Woher soll ich zehntausend Dollar nehmen?«

»Du hast doch sicher noch etwas von deinen Nebengeschäften irgendwo vergraben.«

Er ächzt und stöhnt derart laut, dass Helena und Katharina ihn sorgenvoll ansehen.

»Da wir nicht viel Zeit haben, würde ich sagen, du holst schon mal den Spaten raus. Und jetzt ruf dir ein Taxi.«

Er rollt zur Seite, stützt sich auf Hände und Knie, hält sich an der Wand fest und wuchtet seinen massigen Körper in die Höhe. Die Frauen sehen ihm zu, wie er sich zur Tür hinausschleppt. Fatima spürt förmlich Helenas Blick.

»Was läuft da mit ihm?«

Fatima schaut sie zweifelnd an. Kann sie ihr sagen, wer Brenner ist und warum sie so mit ihm redet?

»Fatima! Ich will wissen, was da läuft!«

»Es ist bestimmt ein Fehler, wenn ich euch das sage, aber was soll's.«

Sie schenkt Tee nach, um etwas Zeit zu gewinnen.

»Du erinnerst dich an die Versteigerung in Istanbul?«, fragt sie mit Blick auf Helena.

»Meinst du, ich vergesse so etwas?«

»Vor drei Jahren haben wir einen anonymen Hinweis aus Brenners Büro bei der AHK erhalten. Die Person muss in seinem unmittelbaren Umfeld arbeiten. Sie hat uns Notizen zukommen lassen, wonach Brenner Akif Kaplans

Kontaktmann nach Saudi-Arabien, Katar und Abu Dhabi war.«

»Und was heißt das genau?«, fragt Helena.

»Das heißt, dass er wahrscheinlich derjenige ist, der für Sophies Entführung nach Saudi-Arabien verantwortlich ist.«

»Wie bitte?« Katharina springt auf, als wollte sie sich auf Fatima stürzen. »Und du lässt ihn einfach so frei herumlaufen?«, schreit sie.

»Ja. Weil wir durch ihn die Zahl der Mädchen, die nach Saudi-Arabien verkauft werden, halbieren konnten.«

»Halbieren? Wovon sprichst du?«

»Ich spreche von zwölf Mädchen, die wir retten konnten. Ich spreche von acht Männern, die in dieses Geschäft verwickelt und die aufgeflogen sind. Geschäftsleute, Polizisten, Imame. Ich spreche davon, dass vier von denen im Gefängnis sitzen, drei haben Selbstmord begangen.«

»Und Nummer acht ist Brenner?«, fragt Helena.

Katharina sieht zu ihrer Mutter hin. Wahrscheinlich versteht sie nicht, warum Helena so ruhig bleibt. Dabei ist die Antwort ganz einfach. Als ehemalige Staatsanwältin kennt Helena diese Art von taktischem Handeln. Manchmal musst du dich mit dem Bösen verbinden, um das Böse zu bekämpfen. Manchmal musst du Deals machen. Fatima nickt.

»Seitdem erpresst ihr ihn?«, fragt Helena.

»Sagen wir es so, wir helfen ihm, Buße zu tun.«

Katharina steht immer noch. Jetzt zwischen Fatima und ihrer Mutter.

»Habt ihr vor, ihn irgendwann an die Polizei auszuliefern?«

»Wenn wir ihn der Polizei übergeben, wird der Nächste, der bereit ist auszusteigen, nicht mehr mit uns zusammenarbeiten.«

»Obwohl er … Ohne mich.«

Katharina stampft wütend aus dem Wohnzimmer. Die Hintertür, die zum Orontes hinausführt, knallt so hart ins Schloss, dass die Wände zittern.

»Was hat sie vor?«, fragt Fatima.

»Sie ist ein Hitzkopf. Wie ihr Vater. Wahrscheinlich rennt sie so lange, bis sie nicht mehr kann. In einer Stunde ist sie wieder da.«

»Bist du sicher?«

Nadeen

September 2021

Die neue Nachricht von Fatima, dass die junge Frau namens Katharina Faber nun auch noch in Begleitung ihrer Mutter nach Dschidda kommt, lässt Nadeen keine Ruhe. Sie hat sich von Fatima die Hintergründe dieser ganzen Geschichte erzählen lassen. Die Mutter, Helena Faber, war bis vor ein paar Jahren Staatsanwältin in Berlin. Nachdem es ihr gelungen war, eine Gruppe von Mädchenhändlern zur Strecke zu bringen (in diesem Zusammenhang stand auch das Autodafé am Brandenburger Tor, als vier Menschen in einem Lkw verbrannt wurden), waren ihre beiden Töchter entführt worden, von denen sie nur eine, Katharina, befreien konnte. Dabei kam der Kopf der Bande ums Leben, und Helena Faber musste für drei Jahre ins Gefängnis. Nun ist sie raus und befindet sich zusammen mit ihrer Tochter auf einem Rachefeldzug und will ihre bis heute verschwundene Tochter Sophie zurückholen.

Nadeen hält das für ein äußerst tapferes, mutiges, um nicht zu sagen halsbrecherisches Vorhaben, das mit neunundneunzigprozentiger Wahrscheinlichkeit missglücken und entweder zum Tod aller drei Frauen oder ihrer öffentlichen Auspeitschung auf dem Hinrichtungsplatz führen wird, mitten in der idyllischen Altstadt Al-Balad. Aber das soll nicht ihr Problem sein. Sie wird die Frauen in Empfang nehmen, falls es ihnen tatsächlich gelingt, nach

Dschidda zu kommen. Und das war's dann. Um Katharina und Helena nicht kopflos in ihr Verderben rennen zu lassen, hat sie eine Art Vademekum vorbereitet, das sie anhalten soll, sich in Saudi-Arabien so zu benehmen, dass sie nicht schon nach den ersten Schritten auffallen.

Erstens: Wenn ihr nicht wisst, wer euer schlimmster Feind und ärgster Albtraum sein wird, solltet ihr je verraten und verhaftet werden, dann schaut auf die unzähligen Bilder, von denen der König an jeder Ecke und in jedem Restaurant und in jeder Behörde auf euch herabschaut. Deshalb müsst ihr euch zweitens so verhalten, als würdet ihr nicht existieren. Denn das ist es, was in diesem Land von Frauen erwartet wird. Wir sollten den Haushalt führen, Kinder kriegen, unseren Vätern, Brüdern, Männern zu Diensten sein. Am besten ist es drittens, ihr tragt die Abaya und darüber den Niqab. Die Abaya ist ein bisschen so wie das Ding, das Harry Potter 1991 von seinem Vater geschenkt bekommt. Frau wird unsichtbar. Leider verhindert die Abaya auch, dass ihr den Idioten seht, der mit hundertzehn durch die Straße brettert, gerade wenn ihr sie überqueren wollt. Frauen in Saudi-Arabien sind wahre Weltmeister, was Ausfallschritte angeht. Viertens steht eine Frau in Saudi-Arabien jederzeit unter der Aufsicht eines Mahram. Das kann ihr Vater, Bruder, Ehemann, Sohn, ja sogar ein vom Gericht bestellter, wildfremder Mann sein. Ohne Mahram kann sie keinen Miet- oder Arbeitsvertrag abschließen, ja noch nicht mal einen Handyvertrag. Verreisen, studieren oder gar ins Krankenhaus darf sie ebenfalls nur mit seiner Erlaubnis. Gerechtfertigt wird diese Entmündigung durch einen Koranvers, der da heißt: *Die Männer stehen über den Frauen, weil Gott sie von Natur vor diesen ausgezeichnet hat.* Aber das ist nur die eine Seite unseres Lebens. Die andere besteht aus Frauen, die sich nehmen, was sie brauchen, und nicht mehr warten, bis es ihnen gegeben wird. Die in Dschidda die Abaya und den Niqab abgelegt haben und mit Basecap und in Hosen joggen gehen. Die sich weigern, den zu heiraten, den man ihnen in den Schoß legt. Die an ihren Arbeitsplätzen die faulen Kerle hinter sich lassen. Die die Obrigkeit in Frage stellen, die aufmüpfig und modern sind, die gebildet sind und sich widersetzen. Leider sind es immer noch zu wenige.

Nadeen hat sich mit Faiza in dem kleinen libanesischen Lokal nahe der Corniche verabredet. Schwere Wolken ziehen über das rote Meer heran.

»Was ist so dringend?«, fragt Faiza.

»Können wir über Nemesis reden?«

»Kommt darauf an, was du vorhast.«

In der nächsten Stunde beschreibt Nadeen, dass sie müde ist. Der Kampf, den sie als Anwältin führt, ist nur ein Alibi, das vom König ins Scheinwerferlicht gestellt wird, damit das Ausland ihn mit Lob überschüttet. Und gleichzeitig erhält eine junge Frau wie Sara Stockschläge und wird für fünf Jahre ins Gefängnis geworfen. Als Faiza ihre Frage wiederholt, erklärt Nadeen nun, dass sie den Palast von Qassim bin Laden in die Luft sprengen will. Faiza sieht Nadeen entsetzt an.

»Den ganzen?«, fragt sie flüsternd.

»Den ganzen.«

»Auch alle, die dort arbeiten und unschuldig sind?«

»Auch die, weil niemand unschuldig ist, der für diesen Verbrecher arbeitet.«

»Was ist mit denen, die dorthin verschleppt wurden und wie Sklavinnen gehalten werden?«

»Auch die.«

»Du meinst, es sind Kollateralschäden, die sich nicht vermeiden lassen?«

»So in etwa.«

Faiza ist von diesem Plan nicht überzeugt. Sie versteht Nadeens Wut, sie weiß, dass sie ihren Grund in Hilflosigkeit und Frustration hat. Wie jeder Aufstand und jeder Plan von der Abschaffung der Herrschaft. Faiza besäße auch keine Hemmungen, jemanden wie Qassim oder seinen Sohn Tarik zu töten. Die Gruppe, der sie lose verbunden ist, Nemesis, kann auf eine beeindruckende Liste von Morden zurückschauen. Aber sie sieht keinen Grund, viele unschuldige Menschen ebenfalls in den Tod zu schicken, nur weil sie sich in der Nähe eines Tyrannen aufhalten. Sie wird mit jemandem darüber sprechen. Und dann wird man sehen. Es geht um ein Zeichen, das groß genug ist, um das Land zu erschüttern. So viel hat sie jedenfalls verstanden. Ein Fanal. Aber es soll auch eines sein, dessen Botschaft die Menschen verstehen und sie nicht in Angst und Schrecken versetzt. Denn davon haben sie schon genug.

»Es muss das Zeichen zu einem Aufbruch sein«, erklärt Nadeen.

»Das verstehe ich«, antwortet Faiza.

»Dann sag mir, wie wir das machen.«

»Druck hilft nicht. Du weißt doch, die Muße küsst nur die, die geduldig sind. Aber vielleicht habe ich eine bessere Idee.«

Und dann beugt sie sich vor und spricht so leise, dass

Nadeen sie kaum hören kann und es ihr vorkommt, als sei es nur das Räuspern des Windes in den Palmen.

»Was wäre, wenn wir nicht nur Qassim und seine Söhne, sondern auch den König erwischen?«

Sophie

September 2021

Ich darf mit Erlaubnis des Imams nach Mekka reisen, obwohl ich erst fünfzehn bin. Ich bin so aufgeregt, dass ich letzte Nacht kein Auge zugemacht habe. Es ist wichtig, dass ich die Reise mache, weil im Islam jeder diese Reise einmal im Leben machen sollte. So steht es im Koran. Fida sagt, wer den Hadsch begangen hat, kommt bis zu seinem Tod nicht mehr vom rechten Pfad ab. Und genau das will ich. Nie mehr vom rechten Pfad abkommen. Ich will eine gute Muslima werden. Ich will Ilias eine gute Frau sein. Und ich will meinen Kindern eine gute Mutter sein.

Weil unsere Familie sehr reich ist, müssen wir nicht wie die anderen Pilger mit Bussen fahren, sondern nehmen einfach das Auto bis zum Vorplatz der Heiligen Moschee. Ich habe mich vorbereitet. Ich habe alles gelesen, was es über den Hadsch zu lesen gibt. Die Moschee heißt Al-Haram und ist das heiligste Bauwerk für uns Moslems. Sie ist im sechzehnten Jahrhundert gebaut worden und so groß, dass über eine Million Pilger gleichzeitig Platz finden und beten können. In der Mitte steht die Kaaba. Das ist der Würfel, der von einem schwarzen Tuch bedeckt ist. Wir nennen es das Haus Gottes. Auf das Tuch sind in goldener und silberner Schrift Suren aus dem Koran und Ornamente gestickt. Wir treffen erst am Mittag vor der Moschee ein, weil wir eine Wagenpanne hatten. Ilias hat geflucht, obwohl er das nicht darf. Vor allem nicht an so einem Tag. Es ist so wahnsinnig heiß, dass ich Angst habe, gleich ohnmächtig zu werden. Fida nimmt mich an der Hand und zeigt mir, was ich tun muss. Zuerst muss ich mich den Vorschriften gemäß waschen, dann ziehen wir die Schuhe aus und streifen spezielle Kleidung über. Ilias hat ein Gewand aus zwei Baumwolltüchern. Das eine bindet er um die Hüfte, und das andere legt er über die linke Schulter. Wir Frauen dürfen keinen Schleier und keine Handschuhe tragen. Dann gehen wir mit Tausenden anderen sieben Mal gegen den Uhrzeigersinn um die Kaaba herum. Das ist so ergreifend, dass ich still weine. Ich weiß nicht, wie ich es beschreiben soll, aber ich habe wirklich das Gefühl, dass Allah bei mir ist. Und ich bin kein Individuum mehr, sondern Teil von etwas Größerem. Wir sind ein Körper und ein Geist. Das einzig Unangenehme ist, dass mir irgendwelche, noch dazu fast nackte Pilger dauernd an Hintern und Brust greifen. Ich weiß nicht, ob sie das absichtlich machen oder ob es ihnen passiert, weil sie in so einem heiligen Rausch sind. Abends im Hotel erfahren wir, dass zwölf Pilger gestorben sind, aber Ilias meint nur, dass jedes Mal ein paar krepieren. Entweder sie kriegen einen Herzinfarkt oder sie stürzen und werden dann zu Tode getrampelt. Weil wir den ganzen Tag nichts gegessen haben, schaufeln wir riesige Portionen Reis und Huhn in uns hinein. Ilias hat keine Lust mehr auf den Rest der Reise. Aber er darf nicht zurückfahren, weil Fida droht, es Qassim zu sagen. Als wir im Bett liegen, will Ilias Sex haben, aber ich weigere mich.

»Kannst du nicht warten, bis wir zu Hause sind?«, frage ich.

»Nein, kann ich nicht. Wieso verweigerst du dich mir überhaupt? Ich habe das Recht, es mit dir zu machen, wann immer ich will.«

»Aber nicht beim Hadsch.«

»Ist doch egal.«

Er fängt an, sich an mir zu reiben.

»Wenn du nicht aufhörst, sage ich es Fida«, drohe ich ihm.

»Ach, leck mich doch.«

»Auch das darf man nicht.«

Wir lachen beide über den Witz. Dann steht er auf, nimmt sein Handy und geht ins Badezimmer. Ich kann leise hören, wie er stöhnt. Nach ein paar Minuten kommt er wieder zurück. Ich wundere mich jedes Mal, wie schnell das bei ihm geht.

»Heute haben mich den ganzen Tag andere Pilger betatscht. Einem habe ich sogar eine runtergehauen. Wieso machen die das? Können die sich noch nicht mal in der Moschee beherrschen?«

Ilias zuckt nur mit den Schultern. »Das sind verdammte Nigger, die haben hier eigentlich nichts verloren«, antwortet er. »Ich weiß sowieso nicht, wieso der König die hierherkommen lässt.«

Dann dreht er sich zur Seite. Ilias kann, egal wo er ist, sofort einschlafen. Ich warte, bis sein Atem sich beruhigt und er leise röchelt. Im Badezimmer setze ich mich auf die Kloschüssel und lese im Koran. Ich bin total froh, dass Fida mich mit auf die Reise genommen hat, dass ich vor lauter Aufregung erst gegen Morgen einschlafe. Dann geht es zum Berg Arafat, der fünfundzwanzig Kilometer von Mekka entfernt liegt.

Wir trinken nur Kaffee und Tee. Eigentlich müssten wir den Weg zu Fuß zurücklegen, aber weil Fida Rückenschmerzen hat, dürfen wir wieder mit dem Auto fahren. Es gibt sogar einen speziellen Weg, den wir nehmen können. Ein Stück entfernt von den hunderttausend Pilgern, die sich mühsam voranschieben. Von Weitem sieht es so aus, als hätte es geschneit. Als wir kurz vor dem Berg sind, kippen die ersten Wallfahrer ohnmächtig um. Überall liegen kleine, leere Plastikflaschen und so herum. Vielleicht ist das nicht wichtig, aber mich stört die Achtlosigkeit. Wir beten zwei Stunden und bitten Allah um Vergebung für unsere Sünden. Mehr und mehr werde ich von einem heiligen Gefühl erfüllt. Ich weiß nicht, wie ich es genau beschreiben soll, aber es ist so, als wäre ich auf einmal geborgen und beschützt. Nichts um mich herum macht mir Angst. Nicht so wie vor ein paar Monaten noch, als ich dauernd an Mama und Papa und Kata gedacht habe. Ich denke natürlich immer noch an sie. Aber nicht mehr so oft. Und ich bin jetzt auch nicht mehr traurig, dass ich nicht bei ihnen sein kann. Es ist gut so, wie es ist.

Ilias drängt schon wieder darauf, dass wir zurückfahren. Irgendwas muss passiert sein, ich habe ihn noch nie so nervös gesehen. Aber das ist unmöglich, weil wir hier das zentrale Ritual des Hadsch begehen. Wenn man nicht lange genug auf dem Arafat gebetet hat, ist die ganze Pilgerfahrt umsonst, weil hier der Prophet kurz vor seinem Tod seine Abschiedspredigt gehalten hat.

Wir fahren dann doch früher in das heilige Tal von Muzdalifah. Ilias hat eine Stunde lang telefoniert. Als Fida ihn etwas gefragt hat, hat er ihr den Hörer gegeben. Danach war sie auch ganz schön unruhig. Wir kommen schnell voran. Wieder sind es Abertausende, die in der glühenden Sonne rechts und links der Autobahn auf die Reisebusse warten, die sie abholen sollen. Vor einem riesigen Zelt des Roten Halbmondes hat sich eine Schlange gebildet, die bestimmt einen halben Kilometer lang ist. Alte Männer und Frauen werden von ihren Verwandten gestützt. Ich bin fasziniert, wie wichtig den Menschen diese Reise ist. Ich muss daran denken, dass ich zu Hause nur einmal in einer Kirche war, bei der Heirat einer Kollegin von Mama. Ich durfte eines der Blumenmädchen sein. Das hat Spaß gemacht, aber die meiste Zeit habe ich mich gelangweilt. Und jetzt frage ich mich, wieso wir nicht so etwas wie den Hadsch haben. Ich glaube, dann wären wir nicht so einsam und verloren. Als wir in Mina ankommen, hängt Ilias schon wieder am Telefon. Fida steht daneben und zieht und zerrt an ihm. Ich weiß immer noch nicht, was passiert ist. Und jedes Mal, wenn ich frage, heißt es, das würde mich nichts angehen. Um uns herum werden Ziegen geschlachtet. Ich kann das Blöken kaum ertragen, vor allem, weil die Tiere ja nicht sofort getötet werden, sondern weil man ihnen in den Hals schneidet und sie ausbluten lässt. Ich finde, man muss nicht alles so wie früher machen. Jetzt ist auch Fida wie auf glühenden Kohlen. Sie sagt, dass wir den Hadsch abbrechen. Wir sammeln jeder noch schnell sieben Steine und werfen sie gegen die Dschamarat-Brücke. Die nochmalige Umrundung der Kaaba muss ausfallen. Fida sagt, dass wir die Umrundung wie auch das Abschneiden der Haarsträhne nachholen werden. Worüber ich froh bin. Ich habe mich die ganze Zeit gefragt, wie viel dabei abgeschnitten wird. Auf der Rückfahrt wird kein Wort gesprochen. Es ist eine bedrohliche, gespenstische Stille. Noch nicht mal das Radio ist an. Wir heizen mit einer Polizeieskorte, die mit Blaulicht und heulender Sirene die Autos vor uns zur Seite drängt, über die Autobahn. Was ist nur los? Warum sind Ilias und Fida so aufgeregt? Ist es wegen Kata? Ist sie schon in Dschidda? Hat die Polizei sie verhaftet? Warum sagt mir niemand, was los ist?

Helena
September 2021

Fatima hat ein Klappbett im Wohnzimmer aufgestellt, sodass Kata und ich nicht mehr zu zweit auf dem engen Sofa schlafen müssen. Wir wechseln uns ab. Ich wollte Kata das Sofa überlassen, weil es bequemer ist. Ich habe es, in Ironie verpackt, mit mütterlicher Liebe und Sorge um die Brut begründet. *Ich weiß, dass es Liebe und Sorge ist*, hat Kata gesagt, *aber es ist auch der Versuch, mich wieder unter Kontrolle zu bekommen, indem du mich bemutterst, damit ich wieder zur kleinen Kata werde.*

Nachdem sie aus dem Haus gestürmt war, hat es dann doch gedauert, bis sie wieder aufgetaucht ist. Verheult, dreckig, die Haare zerzaust, als sei sie durch Dornenhecken gekrochen. Auf meine Frage, wo sie war und was mit ihr passiert ist, zuckt sie nur mit den Schultern.

»Wieso hat sich dieser Wichser immer noch nicht gemeldet?«, ruft sie in Richtung Schlafzimmer.

»Weil er die richtigen Leute braucht, damit ihr akkreditiert werdet. Du weißt doch, was sie alle sagen: Ihr im Westen habt die Uhren, wir im Osten haben die Zeit«, ruft Fatima zurück.

Bei ihr brennt immer noch Licht. Seit wir hier sind, liest sie bis spät in die Nacht und steht trotzdem morgens mit dem ersten Ruf des Muezzins auf. Ich weiß nicht, ob sie betet. Jedenfalls habe ich noch nicht gesehen, dass sie einen Teppich ausrollt. Und sie ist auch kein einziges Mal in die Moschee gegangen, seit ich hier bin. Vielleicht betet sie heimlich.

»Wenn die sich da mal nicht täuschen. Die haben keine Zeit mehr, diese Arschlöcher. Und die sollten sich mal besser Uhren anschaffen und langsam von zehn runterzählen. Ich werde nämlich nach Dschidda gehen, Sophie befreien und den ganzen verfickten Palast abfackeln. Ich schwöre es«, murmelt Kata.

»Und was ist mit den Frauen, die im Palast wohnen?«, frage ich sie.

»Die müssen vorher raus.«

»Also müssen die Männer sterben, und die Frauen bleiben am Leben.«

»Ja. Wie in dem Theaterstück, in das du mich und Sophie geschleppt hast.«

»Penthesilea.«

»Genau. Am Schluss frisst Penthesilea den Mann auf, der sie vergewaltigt hat.«

»Er heißt Achill. Und Kleist sagt nichts über Vergewaltigung.«

»Aber du hast uns erzählt, dass die Amazonen Männer nur ranlassen, um Kinder zu zeugen, und dass sie die männlichen Nachkommen umbringen.«

»Es ist ein Theaterstück, das auf einem Mythos basiert!«, entgegne ich und mache mir Vorwürfe, weil die Mädchen vielleicht zu jung für so eine Geschichte waren.

»Bei Allah, was seid ihr doch für Bildungsbürger«, ruft Fatima aus der Küche.

»Niemand sucht sich seine Eltern aus. Und auch nicht die Theaterstücke, in die sie geschleppt werden«, ruft Kata zurück.

Ich bin erschüttert. Mir war nicht bewusst, dass dieser eine Theaterbesuch Kata bis heute verfolgt.

»Als wir im Berliner Ensemble waren, hast du hinterher gesagt, dass die Amazonen eine grausame Vorgeschichte hätten und sie deshalb keine Männer dulden würden. Nur um neue Kriegerinnen zu zeugen. Die männlichen Babys bringen sie um, weil sie wissen, dass aus ihnen diejenigen werden, die die Amazonen später bedrohen, vergewaltigen und töten. Deine Worte. Ich finde, das ist die einzig richtige Strategie.«

»Ja, um ins Gefängnis zu kommen«, ruft Fatima rein, die uns immer noch aus dem Schlafzimmer zuhört.

»Kann sein«, antwortet Kata. »Aber ich spreche nicht von individueller Strategie. Ich spreche von einer Bewegung, der die Frauen überall in der Welt angehören werden. Der Terror ist nicht für die Männer reserviert.«

»Richtig!«, schallt es aus dem Schlafzimmer.

Fatima lacht. Ich weiß nicht, warum.

»Ihr seid total verrückt. Was soll Terrorismus bringen?«

»Zum Beispiel das Ende des *Club der Humanisten,* nachdem vier von ihnen am Brandenburger Tor in einem Lieferwagen verbrannt sind.«

Fatima taucht in der Tür auf, lehnt sich an den Türrahmen. Sie trägt nur einen Slip und ein Tanktop. Die Spuren der Verbrennungen, die ihr Mann ihr zugefügt hat, bilden ein seltsames Narbenmuster.

Ich höre ein Geräusch auf der Straße. Autotüren werden geschlossen. Es sind mehrere. Und sie werden leise geschlossen, nicht wie üblich mit einem lauten Knall. Als wollten diejenigen nicht, dass die Nachbarn geweckt werden. Aus Rücksichtnahme. Oder weil … Ich verliere den Gedanken wieder, weil ein anderer sich nach vorne drängt.

»Wollen wir nicht besser sein als diejenigen, die Gewalt ausüben?«

»Ich nicht«, sagt Kata.

Fatima setzt sich zu mir aufs Klappbett. Wieder höre ich die Autotüren. Sie werden leise geöffnet und wieder geschlossen. Ein Motor wird gestartet. Was haben die gewollt?, frage ich mich.

»Wir verurteilen den Terroristen. Dabei ist er der Einzige, der den Mut hat, sich dem Schweigen, der Lüge, der Bequemlichkeit entgegenzustellen. Die Öffentlichkeit hat sich vor vier Jahren wahnsinnig aufgeregt, als die drei Männer und die Galeristin am Brandenburger Tor verbrannt sind, aber die gleichen Leute regen sich nicht darüber auf, wenn Frauen und Kinder vergewaltigt und getötet werden. Es gibt weltweit sieben Mal mehr Organisationen, die sich um Tiere als um Kinder kümmern.«

Bevor ich noch etwas sagen kann, werden wir von einer riesigen Faust getroffen und aus den Betten geworfen. Aus Fatimas Schlafzimmer schlägt Feuer heraus. Steine und Staub fliegen umher. Die Wände zittern, und im Nu ist alles voller Rauch.

»Raus hier!«, flüstert Fatima.

Ihre Stimme klingt seltsam kraftlos. Sie sieht mich verwundert an. Blut läuft über ihr Gesicht. Dann kippt sie vornüber. In ihrem Rücken ragt ein Stück des Türrahmens wie ein Ast, der schon ewig dort wächst. Kata und ich packen sie und schleppen sie in Richtung Hintertür. Wir können nichts sehen, stolpern einfach weiter, über umgestürzte Regale, Schuhe, Steine. Wir husten. Die Wände zittern immer noch. Aus der Gasflasche in der Küche schlagen Flammen. Als wir an der Hintertür ankommen, zögere ich.

»Wir müssen hier raus!«, schreit Kata.

»Was ist, wenn die da draußen auf uns warten?«

Sie lässt Fatima los, schiebt mich beiseite und öffnet die Tür.

Sophie

September 2021

Ich weiß jetzt, warum alle so aufgeregt sind. Der König war bei Quassim, während wir auf dem Hadsch waren. Er ist unzufrieden. Seiner Ansicht nach geht es nicht schnell genug mit den Kinos voran. Dabei arbeitet Ilias Tag und Nacht. Aber was soll er machen, wenn es keine Häuser gibt, die er zu Kinos umbauen kann? Gebäude wie die Oper, die vor Jahren im Finanzdistrikt von Riad gebaut wurde und dann ungenutzt verfiel, gibt es nicht beliebig viele. Und alles andere dauert und dauert, weil die Leute, auf deren Unterstützung er angewiesen ist, die letzten lahmarschigen Schwachköpfe sind, sagt Ilias. Und dann schimpft er auf die Religionspolizei, die nur sittliche Filme zulassen will und so. Einmal konnte er sich mit der Unterstützung seines Vaters durchsetzen und hat *Black Panther* gezeigt, weil der Film den Aufstieg eines Prinzen zeigt, so wie damals beim König. Als Nächstes soll Avengers folgen, und dann noch mehr Filme, die wie Märchen sind. Aber auf keinen Fall so was wie *Lady Bird* oder *I, Tonya* oder *Four Billboards*, was die Frauen heimlich auf ihren Handys gucken, wenn Fida nicht da ist.

Heute darf ich Abidah sehen. Es ist schwierig, mich mit ihr zu unterhalten, weil sie nur Arabisch und ein bisschen Englisch spricht und mein arabischer Wortschatz noch recht klein ist. Aber wir können uns schon irgendwie verständigen. Ich gehe mit ihr in die Koranschule, die sich in einer Moschee innerhalb des Palastes befindet. Der Unterricht ist auf Englisch. Also kann ich verstehen, was die Lehrerin sagt. Aber der Stoff ist total schwer zu ertragen. Sie sagt, dass Christen Ungläubige sind und weniger wert als Muslime, die zu dem einzigen Gott beten. In der Sure 112 steht, dass Allah der Einzige ist, der Unabhängige, der von allen Angeflehte, der nicht zeugt und nicht gezeugt wurde und dem keiner gleich ist. Und dann erklärt sie, dass Muslime die Feste der Ungläubigen nicht feiern und sie nicht wie Menschen behandeln dürfen, weil Gott alle Christen in die Hölle schicken würde. Ich kann nicht glauben, dass sie das ernst meint. Meint sie wirklich alle Männer und Frauen, alte und junge, selbst kleine Kinder? Was ist, wenn jemand nichts von Mohammed oder Allah oder dem Koran weiß? *Wer den Koran nicht kennt, ist schuldig vor Allah und kommt in die Hölle,* sagt sie mit einer derartigen Kälte und Härte, dass ich erschrecke. Und dann kommt sie zum Thema Frau im Islam.

Der Körper einer Frau sei etwas, für das wir, die Mädchen, uns schämen sollen. Deshalb müssten sie sich komplett verhüllen, weil sie sonst die Männer reizen und sie verführen. Meint sie das ernst? Ein dreijähriges Mädchen soll einen Mann reizen und verführen? Es sind doch die Männer, die sich nicht beherrschen können. So als wären sie willenlose Opfer ihrer Triebe. Wie Hunde, die am Hintern eines anderen Hundes riechen und ihn dann bespringen. Als die Lehrerin den Mädchen dann sagt, dass sie einen Jungen niemals berühren dürfen, weil es unsittlich ist und Allah das nicht möchte und sie bestraft, und dass sie zuerst verheiratet sein müssen, weil sie sonst in der Hölle zusammengebunden werden und auf ewig im Feuer brennen, kann ich nicht mehr an mich halten. Ich sage, dass in Deutschland Mädchen und Jungen sehr wohl miteinander spielen und dass ich genau weiß, dass sie trotzdem nicht in der Hölle landen und bestraft werden. Die Lehrerin grinst mich herablassend an, als sei ich die letzte Idiotin. Sie deutet auf mich und fragt, woher ich das wisse, ob ich in der Hölle nachgesehen hätte? Die Mädchen lachen mich aus. Auch Abidah lacht. Das schmerzt mich am meisten.

Später sagt die Lehrerin, dass es darum geht, die Mädchen zu schützen. Was ein totaler Selbstbetrug ist. Weil allein meine Geschichte der Beweis für die Heuchelei ist.

Als ich zurück in mein Zimmer komme, wartet Ilias auf mich. Er wirkt sehr nervös.

»Es kann sein, dass wir den Palast verlassen müssen«, sagt er.

»Wieso?«, frage ich. »Habe ich was falsch gemacht?«

»Du nicht.«

»Wer dann?«

»Ich.«

»Du? Was hast du denn falsch gemacht?«

»Das verstehst du nicht.«

Was heißt das, dass wir den Palast verlassen müssen? Wo sollen wir dann hingehen? Und was soll aus Abidah und Abdul werden? Er gibt mir ein Handy. Dann geht er. Ich halte das Handy in der Hand. Will er, dass ich Kata anrufe?

Katharina

September 2021

Der Rettungswagen ist eine halbe Stunde mit Blaulicht kreuz und quer durch Antakya gerast, bis ein Krankenaus bereit war, uns aufzunehmen. Überall standen Menschen in langen Schlangen vor den Notaufnahmen. Als wir endlich in einer Privatklinik aufgenommen wurden, hat es trotzdem noch drei Stunden gedauert, bis Fatima operiert werden konnte.

Jetzt stehen wir in einem langen Gang neben dem Getränkeautomaten und warten darauf, dass ein Arzt uns sagt, wie es um sie steht. Wird sie wieder auf die Beine kommen? Wird sie gelähmt sein? Helena fragt mich, ob ich auch denke, dass es sich um einen Bombenanschlag gehandelt hat. Woher soll ich das wissen.

»Money?«

Ein Junge, noch ein halbes Kind, mit Augen, in die sich der Horror eingegraben hat, hält die rechte Hand ausgestreckt und deutet mit der linken auf den Automaten. Ich werfe eine Münze in den Schlitz, eine Cola-Dose purzelt in das Ausgabefach. Der Junge greift danach. Für einen Moment leuchtet in seinem Gesicht Freude auf, verdrängt die Angst und den Schmerz. Er ist wahrscheinlich noch keine zehn Jahre alt, aber er wird die nächste Generation derer bilden, die ohne Hoffnung sind und nur einen Zweck im Leben kennen. Kämpfen, Töten, Sterben.

Um uns herum sitzen und stehen Männer mit Verbänden

an Armen, Beinen und Köpfen. Die Schwerverletzten liegen auf dem Fußboden zwischen Plastiktüten, in denen sie das wenige transportieren, das ihnen geblieben ist. Bei einem Mann uns gegenüber sickert Blut aus einem Verband. Er bemerkt meinen Blick und wischt es mit seinem Jackenärmel vom Fußboden weg, als würde er sich schämen. Jetzt sieht der Fußboden aus wie ein abstraktes Gemälde, rote Schlieren mäandern über eine schwarze Grundierung. Blut auf Schmutz. Alle halten die Köpfe gesenkt. Ihre abgemagerten Körper sind geschunden, ihre Blicke leer, als seien sie einer Naturkatastrophe entronnen. Aber es ist keine höhere Gewalt, die über sie gekommen ist, meint Helena, es ist schlicht und einfach ein Diktator wie Baschar al-Assad.

Erst jetzt fällt mir auf, dass hier keine Frauen sind, außer den wenigen Krankenschwestern, die hochgeschlossen durch den Gang laufen. Wieso keine Frauen? Sind die alle tot? Oder duldet der Koran keine Männer und Frauen im selben Krankenhaus? Jemand ruft nach Helena Faber. Ein Arzt in einem Anzug, von dem ich nicht sagen kann, ob er weiß oder rot ist, kommt auf uns zu. Fatima habe großes Glück gehabt, weil das Holzstück nach dem Eindringen in den Rücken am neunten Brustwirbel abgerutscht ist und keine lebenswichtigen Organe beschädigt hat. Wir müssten sie allerdings wieder mitnehmen, es sei ein Irrtum, dass sie überhaupt hier aufgenommen wurde. Wir könnten sie auch zu Hause pflegen. Das Problem ist nur, das es kein Zuhause mehr gibt.

Es dauert einen Augenblick, bis wir Fatima in dem völlig überfüllten Krankenzimmer entdecken. Sie sitzt auf einem Stuhl am Fenster, hält einen Brief in den Händen und liest darin. Ihr Gesicht und ihre Haare sind gezeichnet von den Spuren der Explosion.

»Du musst hier raus«, sage ich. »Wir sollen dich zu Hause pflegen.«

»Gute Idee.«

Ihr Grinsen zeigt uns, dass sie ihren Kampfeswillen nicht verloren hat.

»Gib mir dein Telefon.«

Sie wählt mit zittrigen Fingern eine Nummer. Helena und ich helfen ihr aus dem Stuhl hoch und stützen sie rechts und links, während sie auf dem Weg nach draußen leise mit jemandem am anderen Ende der Leitung spricht. Ich spüre, wie ihr jeder Schritt wehtut. Der Körper zieht sich zusammen. Die Muskeln wehren sich gegen die Bewegungen. Als wir in der kühlen Nacht stehen, lässt sie sich von einem der Männer eine Zigarette geben.

»Ihr nehmt euch ein Taxi und fahrt zur Saydam Caddesi Nummer 33. Am Klingelschild steht Ajax. Dort kriegt ihr Katharinas Pass. Ich weiß nicht, wann Brenner die Akkreditierungen hat. Es kann ein, zwei Tage dauern. Solange müsst ihr in ein Hotel gehen.«

»Und du?«, fragt Helena.

»Was meinst du?«

»Wo willst du in deinem Zustand hin?«

»Ich werde von jemandem abgeholt.«

»Von wem?«

»Braucht euch nicht zu interessieren.«

Wir stehen eine Weile zu dritt, sehen, wie Krankenwagen unablässig Verwundete ankarren, als sei der Tod eine gierige Bestie, die auf Nachschub wartet. Fatima zieht gierig an der Zigarette.

»Meinst du, es war jemand, der von uns weiß?«, frage ich.

»Möglich. Aber es nützt nichts, wenn ihr euch darüber Gedanken macht. Man darf sich nicht mit den Strategien der Gegenseite befassen, sonst läuft man den Arschlöchern immer nur ins Messer. Man muss seine eigene Strategie entwickeln und verfolgen.«

Als ein Taxi vor der Notaufnahme hält, eine Frau ihren schwer verwundeten Sohn vom Rücksitz nimmt und auf Armen in das Krankenhaus trägt, wendet sich Fatima an den Fahrer und nennt ihm die Adresse.

»Los, steigt ein«, sagt sie.

Helena umarmt sie vorsichtig. Ich küsse sie rechts und links auf die Wange. Ihre Haut schmeckt nach Salz und Rauch. Dann steigen wir in das Taxi ein.

Eine halbe Stunde später stehen wir vor einer Wohnungstür in einem dieser Wohnblocks, deren Klone überall auf der Welt verteilt sind. Graue Betonquader, die an Särge erinnern. In der Nummer 33 ist der Aufzug kaputt. Wir laufen in den fünften Stock hoch. Vorbei an kaputten Kinderwagen und Mülltüten, die aussehen, als würden sie schon seit Wochen hier stehen. Auf das Klingelschild hat eine Kinderhand *Ajax* geschrieben. Ajax ist der griechische Gott des Krieges, der von Athene mit Wahnsinn geschlagen wird. Ich weiß nicht mehr, warum. Helena drückt auf den Klingelknopf. Nach dem fünften oder sechsten Versuch hören wir endlich Schritte hinter der Tür. Eine Überraschung. Wir haben erwartet, dass der Pass von einem Mann angefertigt wird, so wie man es aus Hunderten Filmen kennt. Irgendein verschlagener Typ in einem versifften Büro drückt dem Helden den Pass in die

Hand und versichert, dass keine Grenzpolizei der Welt die Fälschung bemerken wird. Aber hier steht kein verschlagener Typ vor uns, sondern eine zierliche Frau in Jeans und einem T-Shirt mit dem Aufdruck *The future is female*, was uns einigermaßen überrascht. Sie ist höchstens Ende zwanzig. Ihre hellblonden Haare hat sie wie eine Karikatur von Pippi Langstrumpf zu zwei Zöpfen gebunden, an den Händen trägt sie weiße Baumwollhandschuhe. Mein Blick klebt in ihrem Gesicht fest.

»Ist was?«, fragt sie in gebrochenem Englisch.

»Nein«, stammele ich.

Ich bin nur sprachlos, weil sie die schönsten Augen hat, die ich je gesehen habe. Schwarz, groß und so tief, dass man darin abstürzen könnte. Dass der Rest des Klischees dann wieder stimmt, bemerken wir, als sie uns hereinbittet. Die üblichen Pizzaschachteln, Bierdosen, Weinflaschen, die mit zusammengeknüllten Klamotten um die besten Plätze auf Sofa und Sesseln ringen. Sie nimmt das Zeug und wirft es auf das Bett, auf dem lediglich eine Matratze und ein Schlafsack liegen. Sie scheint meinen Blick zu bemerken.

»Ich wohne hier nicht. Ist die Wohnung von einem Freund. Aber der sitzt gerade im Knast, weil er den Präsidenten beleidigt hat.«

»Was hat er gesagt?«

»Er hat ihn auf Twitter mit Gollum verglichen. Wollt ihr Bier?«

Sie geht zum Kühlschrank, nimmt drei Dosen Bier heraus und wirft uns zwei davon zu.

»Wenn ihr was essen wollt, kann ich Döner bestellen. Aber so lang wollt ihr wahrscheinlich nicht bleiben.«

Dann geht sie zu einem wackeligen Schreibtisch, auf dem ein neues Apple Notebook thront. Aus einer Schublade, die sich an der Rückseite befindet, holt sie einen Umschlag heraus.

»Der ist für dich, vermute ich.«

Ich nehme den Umschlag und ziehe den Pass heraus. Er fühlt sich echt an, als wäre er schon benutzt worden.

»Du kannst mit diesem Pass überall hinreisen, weil die Person darin wirklich existiert, okay? Es fällt sofort auf, wenn man den Namen eines Toten verwendet, weil die Interpol-Datenbanken dann anschlagen.«

Ich seufze tief, als ich den Pass aufblättere.

»Was ist?«, fragt Helena.

Ich gebe ihr das Dokument. Foto, Geburtstag, Körpergröße und Augenfarbe stimmen. Nur der Name ist überraschend. Sophie Faber. Ich sehe die Frau irritiert an.

»Was soll das?«

»Das war Fatimas Idee«, antwortet sie. »Die saudischen Behörden wissen ja nicht, dass deine Schwester im Land festgehalten wird.«

»Aber sie wird international gesucht.«

»Muss sich um eine andere Sophie Faber handeln. Wisst ihr, wie viele Frauen und Mädchen jedes Jahr verschwinden?«

Ja, ich weiß es. Es sind Hunderttausende. Ich war eine davon.

»Die Leute an den Passkontrollen haben Probleme mit eurem Alphabet. Der Computer wird ihnen sagen, dass du als vermisst eingestuft bist. Aber da du vor ihnen stehst, handelt es sich entweder um eine Verwechslung, oder du bist wieder aufgetaucht, oder die Daten sind nicht mehr aktuell. Und wenn du im Auftrag der Außenhandelskammer einreist, wird es sowieso keine Fragen geben.«

»Bist du sicher?«, fragt Helena.

Die Frau neigt den Kopf zur Seite und lächelt. In ihren Augen liegt etwas Zärtliches.

»Nein, bin ich nicht. Aber wer kann sich in dieser beschissenen Welt schon sicher sein?«

Sie beugt sich nach vorne und gibt mir einen Kuss auf die Wange.

»Ihr müsst jetzt gehen. Da unten steht ein Wagen, den ich hier noch nie gesehen habe.«

Sie deutet zum Fenster. Als ich nachschauen will, hält sie mich zurück.

»Willst du, dass die dich hier bei mir sehen?«

»Nein, natürlich nicht.«

Wie kann ich nur so blöd sein!

»Am besten, ihr nehmt die Treppe bis in den Keller. Da gibt es einen Ausgang zu den Mülltonnen. Ihr könnt ihn nicht verfehlen, weil es ziemlich stinkt.«

Ihr Grinsen soll uns Mut machen. Mal sehen.

»Danke«, sagt Helena. »Darf ich fragen, wie du heißt?«

»Warum?«

»Nur so, damit wir später einen Namen haben, wenn wir uns an diesen Moment erinnern.«

»Und den du dann unter der Folter verraten wirst, was dazu führt, dass ich verhaftet und ebenfalls gefoltert werde.«

Als wir auf der Straße stehen, betrachtet Helena meinen Ausweis. Sie nickt anerkennend. Offensichtlich ist sie zufrieden. Es kann losgehen. Nein, es könnte losgehen, wenn nicht mein Handy klingeln würde. Die Nummer beginnt mit den Ziffern +9662. Inzwischen weiß ich, dass der Anruf aus Dschidda kommt. Ich sehe Helena an. Falten kräuseln sich auf ihrer Stirn.

»Hallo?«, frage ich vorsichtig.

Sie ist es. Bevor ich noch etwas sagen kann, hat Helena mir das Telefon aus der Hand genommen. Es ist das erste Mal seit drei Jahren, dass sie mit ihrer Tochter spricht.

»Sophie?«

Sie sagt nichts. Hört nur zu. Ihr Gesicht drückt Besorgnis aus.

»Was ist?«, frage ich.

»Sophie, wir sind aber schon auf dem Weg!«, ruft sie.

Dann gibt sie mir das Telefon zurück. Sie sieht aus, als würde sie gleich anfangen zu weinen.

»Sophie?«

Sie hat das Gespräch beendet.

»Was hat sie gesagt?«, frage ich.

»Dass sie Dschidda verlassen.«

»Wer?«

»Sie und ihr Mann.«

»Wohin?«

»Das weiß sie nicht.«

Gier

Ich hatte schon als Kind ein unstillbares Verlangen nach immer neuen Dingen, nach mehr und mehr. Meine Großmutter hat mich oft ermahnt. Gott missfalle die Habgier, sagte sie. Doch der Imam sah mein Streben mit Staunen und Bewunderung. Ist es nicht die Natur der Dinge, zu wachsen und zu erobern?, fragte er. Und müssen wir nicht, wie jede Pflanze und jedes Tier das Eroberte verteidigt, selbst auch das verteidigen, was Gott uns gegeben hat? Mit allen Mitteln. Denen des Wortes und denen des Schwertes. Im Alter von dreißig Jahren erschlug ich einen einflussreichen Mann, der sich durch einen Betrug mein Haus aneignen wollte. Ich warf ihn ins Meer und bediente mich seines gesamten Besitzes. War das eine Handlung wider die Natur? Nein, es war eine Handlung gegen die Gesetze, die die Natur vergewaltigen.

Rashid Gibran, *Das Buch Dionysos,* S. 287

Ilias

Oktober 2021

Er ist nicht sein Lieblingssohn. Er erfüllt nicht die Bedingungen, die sein Vater an den Erstgeborenen stellt, den er sich von seiner Lieblingsfrau gewünscht hat. In seinen Augen ist Ilias ein Versager. Nicht durchsetzungsfähig, konfliktscheu, nicht hart genug, nicht schlau genug. Und weil er als Baby eine Gaumenspalte hatte, wollte Qassim ihn loswerden, irgendwo aussetzen oder einer der Frauen geben, die für ihn arbeiteten. Ilias' Mutter hat ihren Sohn an ihre Brust gedrückt und Qassim gedroht, ihn umzubringen, wenn er Ilias auch nur anrührt. Aber was wie Mutterliebe aussieht, war keine Mutterliebe. Sie hat Ilias gebraucht, als ewige Anklage und ewigen Vorwurf. Der Krüppel, den Qassim gezeugt hat und niemandem zeigen kann, weil alle denken, dass Allah ihn damit bestrafen will. Die göttliche Strafe. Ilias gibt sich Mühe, es sich nicht anmerken zu lassen. Aber er spürt es jedes Mal, wenn er seinem Vater zeigt, wie weit er mit dem Projekt ist. Schon seit er ein Kind war. Er wusste, es war nie genug, wenn er aus der Schule gute Noten nach Hause brachte. Als er in Harvard Jura mit summa cum laude abschloss, hat Qassim sich die Urkunde nicht mal angesehen.

Eine halbe Stunde lang hat Qassim den Bericht studiert, den Ilias mit einem Team von mehr als zwanzig Mitarbeitern erstellt hat. Stand der bisherigen Investitionen, Verhandlungen mit institutionellen Partnern, Grundstückskäufe, verzögerte und abgelehnte Genehmigungen, Probleme mit den internationalen Architekten, weil das Ministerium für Öffentliche Arbeiten rigide dazwischengeht, wenn wichtige Elemente der Baupläne nicht mit den Rechtsgrundsätzen der Scharia übereinstimmen. Die Architekten behaupten, dass ein wesentlicher Teil des Kinovergnügens erst dann überhaupt entsteht, wenn Männer und Frauen sich einen Film gemeinsam ansehen. Der Minister für Öffentliche Arbeiten hat sich Unterstützung bei Salih ibn Abd, dem Minister für Islamische Angelegenheiten, geholt. Salih befürchtet, dass nicht nur verheiratete Paare in die Kinos gehen werden und es im abgedunkelten Kinosaal zu körperlichem Kontakt kommen könnte. Natürlich wird das passieren. Das ist unter anderem der Zweck eines Kinos. Dort, wo sie bereits mit dem Bau beginnen konnten, gibt es Schwierigkeiten, weil das Arbeitsministerium ausgerechnet die ausländischen Arbeitskräfte nach Hause schickt, die Erfahrung haben und die Ilias dringend braucht. Die Leute, die sie Ilias stattdessen zugewiesen haben, sind entweder unbegabt oder erscheinen erst gar nicht oder haben Angst, dass es ihnen irgendwann Probleme bereitet, wenn sie sich gegen die orthodoxen Hardliner stellen. Das alles weiß sein Vater.

Er weiß auch, dass hinter den religiösen Gründen handfeste politische Interessen stehen. Als sein Vater ihn zu sich rufen ließ, dachte Ilias zuerst, sein Vater wüsste, dass er Geld beiseite geschafft hat. Es gibt Gerüchte, dass der König acht Mitglieder der königlichen Familie und fast dreißig ehemalige hochrangige Würdenträger hat verhaften lassen. Er hat sogar aktive Minister gefeuert, weil sie im Verdacht stehen, eine Palastrevolte zu planen. Ein unerhörter Vorgang, den sich die Zurückgewiesenen nicht einfach so gefallen lassen wollen. Natürlich sind sie alle korrupt, aber wer ist das nicht in der Regierung? Sogar Qassim steckt sich von jedem Auftrag erst mal zwanzig Prozent *upfront* in die eigene Tasche.

Qassim steht von seinem riesigen Schreibtisch auf und geht zu dem Fenster, das einen herrlichen Blick auf Dschidda gewährt. Er winkt Ilias zu sich.

»Was siehst du?«, fragt er.

Wieder so eine Frage, die ihn in Not bringt und zu Schweißausbrüchen führt. Was soll er schon sehen?

»Dschidda.«

»Ja. Aber was ist das Wesentliche der Stadt?«

»Was meinst du? Dass Menschen darin leben?«

»Das ist zweitrangig. Das Wesentliche ist, dass sie ein Abbild des menschlichen Körpers darstellt. Die Straßen sind die Blutbahnen, die Häuser und Gebäude sind die Organe, wobei die Moschee das Herz darstellt und der Königspalast das Gehirn. Die Menschen sind die Zellen, von denen alles ausgeht, die sich vermehren, die absterben, sich neu bilden. Einige davon können zu Krebszellen mutieren, die den Organismus bekämpfen und töten wollen. Warum tun sie das?«

»Weil sie Macht und Geld haben wollen.«

»Sie tun es, weil sie ins Paradies eingehen wollen. Wenn Krebszellen den Organismus, dessen Teil sie sind, zerstört haben, sterben sie doch auch, oder etwa nicht? Und trotzdem wuchern sie und zerstören die Organe. Aber weißt du, welches Organ Krebszellen nie befallen?«

Er wendet Ilias den Blick zu. Er will, dass sein Sohn die eine richtige Antwort gibt.

»Ich weiß es nicht.«

Qassim nickt. Lange. Er kann seine Enttäuschung nur schwer verbergen.

»Das Herz. Also die Moschee. Der Ort, an dem wir wie nirgends sonst Allah verbunden sind, an dem wir uns vor ihm zu Boden werfen und ihm unsere Liebe schenken. Warum wird das Herz niemals vom Krebs befallen?«

Weil er sich und Ilias einen weiteren peinlichen Moment ersparen will, beantwortet er die Frage lieber selbst. »Weil es heilig ist. Weil es Allah ist. Allah ist das Herz, und das Herz ist Allah.«

Er schleppt sich zurück zu seinem Schreibtisch.

»Der König unternimmt so viele Dinge, die unser Herz angreifen. Dass Frauen nicht mehr verschleiert sein müssen, dass sie Auto fahren dürfen, dass sie in der beratenden Versammlung sitzen dürfen.«

Und dass er Kinos bauen lässt und Filme zeigen will, denkt Ilias. Mit einem Mal versteht er, dass sein Vater hinter den Schwierigkeiten steckt, die das Projekt blockieren. Er gehört zu denen, die den König loswerden wollen. Mit allen Mitteln. Auch mit Gewalt. Der Anschlag von letzter Woche war eine Warnung. Kurz nachdem der König die Red-Sea-Mall besucht hatte, war eine Bombe gefunden worden. Sie war nicht hochgegangen, weil der Zünder nicht richtig verkabelt war. Es heißt offiziell, dass die Bombenleger zu blöde waren, zwei Drähte richtig anzuschließen. Inoffiziell wissen alle, dass es eine Warnung war. Genauso wie die Geschichte mit dem Journalisten in der Botschaft in Istanbul vor drei Jahren.

»Du hast recht«, sagt Ilias. »Und was soll ich jetzt machen?«

»Nichts. Sei einfach nur bereit.«

Ilias lächelt. Offensichtlich hat sein Vater noch nicht herausbekommen, dass er aus dem Gesamtetat von 1,3 Milliarden Dollar fünfzig Millionen auf ein Schweizer Konto beiseite geschafft hat. Wenn er das entdeckt, wird er durchdrehen. Aber das wird nichts gegen den Augenblick sein, wenn er erfährt, dass sein Sohn ihn verraten und das Land mitsamt Samira und den Kindern verlassen wird.

Robert

Oktober 2021

Seit Helena und Kata sich auf den Weg gemacht haben, stehe ich wieder jede Nacht auf. Zwei Uhr, drei Uhr, vier Uhr. Laufe umher wie ein Tier im Zoo. Der Krebs ist wieder ausgebrochen. Ich schalte den Computer an und rufe die Ermittlungsakten auf, die ich schon Dutzende Male gelesen habe. Ich studiere sie wieder und wieder. Wer war bei der Versteigerung von Sophie anwesend? Neun Personen. Zwei davon sitzen im Gefängnis. Pierre Garcia, Unternehmensberater aus Brasilien, und Josef Gerwald, Kardinalbibliothekar des Archivio Segreto Vaticano, dem Vatikanischen Geheimarchiv. Sie schwören, dass sie Sophie nicht ersteigert haben. Kann ich ihnen glauben? Nein. Was kann ich tun? Warten, bis sie freigelassen werden und sie mir dann greifen und foltern, bis sie mir die Wahrheit sagen? Dann ist da noch Dimitri Lebedew von der russischen Botschaft, er befindet sich derzeit in St. Petersburg. Er steht für Befragungen nicht zur Verfügung. Karl Gebauer ist ein hochrangiger Nato-Militär, der entlassen wurde und seitdem untergetaucht ist. Faris Darzi, ein Bauunternehmer aus Katar, hat sich erhängt. Bei drei weiteren ist die Beteiligung an dem Verbrechen für das Gericht nicht erwiesen. Ich bin da anderer Meinung. James Gallagher ist ein amerikanischer Filmproduzent. Er war zu dem Zeitpunkt in Istanbul und ist gesehen worden, wie er die Industriehalle an der Savcı Bey Sokak verlassen hat.

Er behauptet, er sei zusammen mit zwei Mitarbeitern auf Motivsuche für einen Film gewesen (die beiden Mitarbeiter wurden entlassen und sind nicht auffindbar). Der Film wurde nie gedreht. Domenico da Costa ist ein hochrangiger Polizist bei Interpol, auf dessen Handy ich eine Nachricht mit der Adresse der Versteigerung entdeckt habe. Er behauptete damals, seit Jahren hinter Akif Kaplan her gewesen zu sein. Angeblich wurde er niedergeschlagen und ausgeraubt. Er ist heute stellvertretender Direktor von Europol. Zurzeit wird er wegen Aktenmanipulation angeklagt. Die dritte Person gehört zur erweiterten Familie der Saud, die seit Generationen in Saudi-Arabien herrschen. Sein Name ist Qassim Ibn Laden. Es gibt diesen Namen dreiundneunzig Mal in der Liste der fast sechstausend Prinzen. Ich habe keinen einzigen von ihnen persönlich zu Gesicht bekommen. Die neunte Person ist Helena. Meine Ex-Frau. Die Mutter von Sophie und Katharina. Ich habe beschlossen, die Realität zu akzeptieren und ins Leben zurückzukehren. Es ist wie ein kalter Entzug.

In zwei Wochen hat Esmée Geburtstag. Ich hole sie von der Arbeit ab, und wir gehen in ein Reisebüro. Mein Geschenk sind zwei Wochen Mallorca. Wir streiten im Reisebüro darüber, was das Hotel kosten darf. Esmée sieht die Obergrenze bei hundert Euro pro Nacht. Die Frau im Reisebüro sagt, dass man dafür ganz gute Hotels kriegt. Im Grunde ist es mir egal. Ich würde auch unter einer Brücke schlafen. Hauptsache, ich bin weit genug weg von Berlin, wo jede verdammte Ecke ein Stich in den Bauch ist. Aber Esmée und die Jungs sollen es schön haben.

Danach sitzen wir bei Mc Donalds. Eines der Restaurants, das mich nicht an die Mädchen erinnert, weil

Helena ihnen unter Strafandrohung verboten hatte, je diesen Laden zu betreten.

»Hast du was von ihnen gehört?«, fragt Esmée.

»Nein.«

Sie fragt nicht, warum ich nicht mitgeflogen bin. Aber ich sehe es in ihren Augen.

»Katharina ist eine Wilde, oder?«

»Ja.«

Sie ist eine Wilde, die die Biografien von Gudrun Ensslin und Ulrike Meinhof gelesen und sich zum Geburtstag eine Maschinenpistole gewünscht hat. Ich dachte, es wäre nur ein Spleen und sie würde sich aus jugendlicher Rebellion gegen das System mit zwei Terroristinnen beschäftigen. Aber es ist mehr. Für Katharina war nichts je nur ein Spleen. Alles, was sie unternommen hat, hat sie mit einhundert Prozent verfolgt. Basketball, Tiere retten, Verzicht auf Fleisch, Essstörungen. Sogar Jungs verprügeln, die andere in ihrer Klasse gemobbt haben, hat sie so weit getrieben, dass sie zum Psychologen musste. Die Schule war der Meinung, sie hätte ein Aggressionsproblem. Aber Katharina hat kein Aggressionsproblem, sondern ein Perfektionismus-Problem oder wie auch immer man das nennt. Sie erträgt keine Fehler und nörgelt an allem und jedem gnadenlos herum. Sie kann nicht akzeptieren, dass die Welt nicht perfekt ist. Die Ärztin, bei der Katharina damals in Behandlung war, nannte sie einen dysfunktionalen Perfektionisten. Katharina korrigierte sie und meinte, dass es Perfektionistin heißen müsse, da sie ja ein Mädchen sei.

»Bist du sicher?«, fragt Esmée.

»Was meinst du?«

»Mallorca.«

»Ja.«

Nein, ich bin nicht sicher. Eine Stimme in mir sagt, ich müsste sofort losfliegen und zusammen mit Helena und Kata nach Sophie suchen. Eine andere Stimme sagt, dass es sinnlos ist. So wie es die letzten Jahre sinnlos gewesen ist. Wenn diese Schweine einen Menschen verschwinden lassen wollen, dann tun sie es. Eine dritte Stimme will, dass ich Helena und Kata beschütze. Aber versuch mal, Helena zu beschützen. Oder Kata. Außerdem habe ich beschlossen, ein neues Leben mit einer neuen Familie zu beginnen.

Esmée umarmt und küsst mich.

»Gut. Manchmal habe ich Angst, dass du wieder zu ihnen zurückgehst.«

»Mach dir keine Sorgen«, sage ich.

Wir sitzen noch eine Weile und reden darüber, ob Mc Donalds oder Burger King besser ist. Als Esmée mit den Jungs losgeht, um noch etwas einzukaufen, starre ich das Handy an.

Bei Helena meldet sich die Mailbox.

Katharina

Oktober 2021

Wir haben uns gestritten. Helena und ich. Was sollen wir jetzt tun? Dann haben wir überlegt, was der Anruf bedeuten könnte. Vielleicht weiß Sophies Mann, dass wir auf dem Weg nach Dschidda sind. Vielleicht hat er sie gezwungen zu sagen, dass sie Dschidda verlassen. Vielleicht hat sie Angst, dass uns etwas passiert. Dass wir genauso wie sie in einem Palast landen, wo wir versklavt werden. Und am Schluss waren wir uns einig. Vielleicht werden wir uns von Sophies Ankündigung nicht beeindrucken lassen.

Heute Morgen hat Brenner angerufen. Er hat die Akkreditierungen. Endlich. Auf dem Weg zum Flughafen schwört er, dass er nichts mit der Explosion in Fatimas Haus zu tun hat. Angeblich geht die Polizei davon aus, dass eine Propangasflasche hochgegangen ist. Stattdessen jammert er uns auf der halbstündigen Fahrt die Ohren voll, was es ihn gekostet hat, die Papiere zu bekommen. Er lamentiert, dass er Versprechungen machen musste, die er niemals einhalten kann. Als ich ihn frage, was für Versprechungen das sind, wird er schmallippig und faselt etwas von einem geheimen Nachtclub in Dschidda. Ich beobachte sein gezwungenes Grinsen im Rückspiegel und sehe, dass er lügt.

»Was für Versprechungen?«

»So ein Nachtclub. Mit Striptease und so weiter. Das

übliche Programm. Die Saudis sind arme Schweine, weil Prostitution verboten ist.«

»Zum Glück«, sage ich.

»Ich weiß, dass ihr da anders denkt. Fatima macht mir jedes Mal einen Einlauf, wenn ich so was sage. Aber sie vergisst dabei, dass Männer das brauchen, weil wir anders drauf sind, was Sex angeht.«

Das muss er mir nicht sagen. Ich habe es erlebt.

»Und was passiert in dem Nachtclub?«

»Das Übliche.«

»Das Übliche? Was ist das Übliche?«

»Separees.«

»Das ist alles?«

»Klar ist das alles.«

Ich glaube ihm nicht. Ich weiß nicht, wieso. Vielleicht, weil er so dämlich grinst oder weil er mir in die Augen schaut, ohne zu blinzeln. Oder weil er sich an die Nase greift. Meine Mutter hat Sophie und mir gezeigt, woran man erkennt, wann jemand lügt. Wir waren noch klein und hatten uns gewundert, dass sie es sofort wusste, wenn wir ihr etwas vorgaukelten. Wie lange wir ferngesehen hatten, wenn sie bei der Arbeit war, oder wenn wir uns Cola gekauft hatten, obwohl sie es verboten hatte.

»Halt an.«

Brenner sieht mich irritiert an.

»Was ist, wieso soll er anhalten?«, fragt Helena.

»Halt an!«, brülle ich.

Brenner erschrickt und tritt so hart auf die Bremse, dass wir gegen die Vordersitze geschleudert werden. Die Staubwolke, die der Wagen hinter sich hergezogen hat, überholt uns, und für einen Moment ist es um uns herum gelb und rot, als würden wir uns auf einem anderen Planeten befinden.

»Was ist los?«, fragt Helena.

»Was für ein scheiß Nachtclub ist das in Dschidda?«, brülle ich Brenner an.

Er zuckt zusammen. Meine Mutter sieht mich verwundert an. Weil ich nicht reagiere, sondern meinen Blick auf Brenners Augen genagelt habe, schaut sie nun auch ihn an.

»Was für ein Nachtclub ist das?«, fragt sie.

Brenner schlägt mit den Händen so fest aufs Lenkrad, dass ein lautes Knacken zu hören ist.

»Ihr blöden Weiber geht mir so was von auf den Sack. Verdammt noch mal. Ich denke, ihr wollt nach Saudi-Arabien und das Mädchen entführen? Also habe ich euch Akkreditierungen besorgt. Und dafür muss man zahlen. Das ist nun mal so üblich. Mit Geld und ein paar besonderen Gefälligkeiten. Oder was glaubt ihr, wie das hier funktioniert?«

Ich nehme das Lederband vom Handgelenk, das Luzie mir geschenkt hat, und lege es von hinten um Brenners Hals. Dann ziehe ich zu. Brenner reißt die Augen auf. Ein raues Krächzen entfährt seinem Mund. Er versucht mit den Händen zwischen seinen Hals und das Band zu kommen. Ich ziehe noch fester.

»Ich schwöre dir, du verdammter Wichser, ich bring dich um, wenn du uns nicht sagst, was das für ein Laden ist.«

»Lass los«, sagt meine Mutter.

»Nein.«

»Lass los!«, schreit sie mich an.

Ich lasse nicht los.

»Hast du schon wieder vergessen, was Fatima gesagt hat? Dieser Scheißkerl war dabei, als Sophie verkauft worden ist.«

Meine Mutter packt meinen rechten Arm. Es ist eine ruhige, beinahe zärtliche Berührung, die mich verunsichert. Eigentlich bin ich wütend, ich würde den Scheißkerl am liebsten umbringen. Aber ich gebe nach, als sie mir den Lederriemen aus der Hand nimmt. Brenner japst nach Luft und reibt sich die Stelle an seinem Hals, in die das Band sich tief eingegraben hat.

»Bist du irre, du blöde …?« Er schluckt das Schimpfwort im letzten Moment herunter. Was auch besser ist. »Was soll das?«

»Schalt den Motor aus.«

Helenas Befehlston. Ich kenne ihn nur zu gut. Sie könnte auch eine Herde Nashörner kommandieren.

»Schlüssel.«

Brenner gibt ihr den Zündschlüssel. Sie drückt ihn mir in die Hand und steigt aus. Geht um den Wagen herum. Für einen Moment kann ich nur ihre Umrisse sehen, weil die Sonne tief steht. Sie ist ein schwarzer Engel mit rotglühender Silhouette. Sie öffnet die Fahrertür. Zieht Brenner an den Haaren aus dem Wagen bis zum Kühler und drückt ihn mit dem Rücken auf die Motorhaube. Der ausgestreckte rechte Zeigefinger schwebt vor seinem Gesicht wie ein Meteorit, der sich jeden Moment in ihn hineinbohren wird, die linke Hand liegt um seinen Hals.

»Meine Tochter hat ein äußerst sensibles Sensorium für Lügen, weil sie so viele davon gehört und mit ihrer Kindheit bezahlt hat. Wir werden keinen Meter weiterfahren, wenn du mir nicht sagst, was mit Gefälligkeiten gemeint ist. Okay?«

Brenner nickt. Ich sehe, dass er die Lippen bewegt. Aber er spricht so leise, dass ich kein Wort verstehe. Ich sehe nur, wie meine Mutter erstarrt. Die Wut entweicht aus ihrem Gesicht, und etwas anderes zeigt sich. Ich weiß nicht, wie ich es nennen soll. Ich habe sie noch nie vorher so gesehen. Es ist die Metamorphose einer Frau in einem gelben Kleid mit hochgesteckten Haaren und rot geschminkten Lippen in ein erbarmungsloses Tier. Ich kann sehen, wie Hass von ihr Besitz ergreift. Und dann schlägt sie zu. In Brenners Gesicht. Auf die Nase, die schon gebrochen war, die Augen, den Mund. Immer wieder. Als Brenner von der Motorhaube rutscht und ich ihn nicht mehr sehen kann, als meine Mutter Anlauf nimmt und nach ihm tritt, immer wieder, da reiße ich die Tür auf und stolpere aus dem Wagen. Etwas ist anders. Ich weiß nicht, was, und ich weiß nicht, warum so plötzlich.

»Mama!«, schreie ich. »Mama! Hör auf.«

Meine Stimme überschlägt sich. Woher kommt dieser Ton? Bin ich das? Als ich vor dem Wagen stehe, tritt sie wie besinnungslos von oben auf Brenners Kopf. Und mit einem Mal weiß ich, was anders ist. Ich habe Angst. Nicht um ihn, sondern um sie. So habe ich meine Mutter noch nie gesehen. Und ich habe Angst, dass sie nicht aufhören kann, dass sie nicht mehr zurückkommt, dass sie diese Furie bleiben wird. Für immer. Als Blut aus Brenners Mund auf meine Schuhe spritzt, ist es, als würde ich erwachen. Ich packe meine Mutter von hinten und ziehe sie ein paar Schritte von Brenner weg. Ich kann sie kaum halten, so sehr windet sie sich in meinen Armen, tritt weiter.

Beide stürzen wir zu Boden, rutschen in einen Graben, der sich neben der Straße entlangschlängelt, landen in Unrat. Meine Mutter richtet sich auf, will aus dem Graben klettern. Ich halte sie am rechten Bein fest, krieche zu ihr und lege mich mit dem ganzen Gewicht meines Körpers auf sie. Da kann ich ihre Hitze spüren, den Zorn.

»Hör auf«, flüstere ich. »Hör bitte auf. Ich hab Angst.«

Und langsam, ganz langsam werden ihre Muskeln weich, und die Spannung verlässt ihren Körper. Helena verwandelt sich zurück in die Frau, die ich kenne.

Brenner lebt. Sein Gesicht ist eine Landschaft aus Blut und Rotze, abgebrochenen Zähnen und Schwellungen. Er lebt. Wir sehen ihn an. Langsam zieht das Adrenalin sich in unseren Körpern zurück. Macht Platz für das, was unser größtes Unheil ist. Schuld und Scham.

»Was jetzt?«, frage ich.

Meine Mutter reagiert nicht. Starrt vor sich hin. Ich frage mich, was Brenner ihr gesagt hat, dass sie so durchgedreht ist. Ist es wegen Sophie? Oder ist da noch etwas anderes, von dem ich nichts weiß?

Brenner ächzt und stöhnt.

Helena

Oktober 2021

»Sie binden dich fest. Mit gespreizten Beinen. Manchmal waren sie zu viert oder zu fünft. Aber meistens war er allein. Er ist immer abends gekommen. Vielleicht nach der Arbeit. Einmal ist er eingeschlafen, und ich habe seine Sachen durchsucht. Er hat einen Vertrag in der Tasche gehabt, in dem stand, dass er ein Bild für eine halbe Million verkauft hat. Und da war ein Foto von seiner Familie. Er hatte zwei Kinder. Auch Mädchen. Er hat gesagt, dass er seine Mädchen nicht anfasst, weil er mich hat. Und dass ich eigentlich was Gutes tun würde. Und so war es wirklich. Ich hab jedes Mal gedacht, dass ich ein Opfer für seine beiden Töchter bringe.«

Es zerreißt mich, wenn Kata davon erzählt. Wenn sie die Tür einen Spalt öffnet, um sich und mir einen Blick auf das Grauen zu gewähren. Sie ist, wenn sie erzählt, weit entrückt. So als ginge es gar nicht um sie, während sie von sich berichtet. Als würde sie aus einem unsichtbaren Buch vorlesen.

Wir haben Brenner in den Graben gerollt. Wir haben gewartet, bis es dunkel wurde. Wir konnten nicht weiterfahren. Wir konnten nicht schlafen. Wir sitzen nebeneinander. Schweigen. Als sei ein Bann über uns gelegt. Was habe ich getan? Wieso hatte ich mich nicht unter Kontrolle? Ich habe unsere Mission aufs Äußerste gefährdet. Wir sind ein Stück gefahren.

»Wir lassen ihn verschwinden, und dann fahren wir zum Flughafen«, sage ich irgendwann. »Diese Anwältin wartet auf uns. Wenn wir nicht rechtzeitig da sind, denkt sie vielleicht, wir hätten es uns anders überlegt.«

Kata hört mir nicht zu. Sie blickt in die Nacht hinaus, als würde sie dort einen Film sehen.

»Wir haben ein Mädchen geopfert, um Sophie zu retten«, sagt sie mit einer leeren, hellen Stimme, die ich noch nie von ihr vernommen habe.

Ich weiß, was jetzt kommt. Sie ist bereit, die Tür weiter zu öffnen. Wie zu Anfang, als sie in der Psychiatrie war. Sie ist bereit abzustürzen. Das darf nicht passieren.

»Nein, nicht wir«, antworte ich. »Brenner hat es gemacht.«

»Meinst du, das macht für das Mädchen einen Unterschied?«

»Für das Mädchen nicht, aber für uns.«

»Bist du sicher? Wir sind nicht besser als die. Wir sind genauso schuldig.«

Schuld. Endlich sind wir bei der Frage angekommen, die uns niederdrückt, die uns sagt, dass wir nicht mehr sind als Tiere, wenn auch mit zweifelhafter Moral. Das Gespräch erstirbt. Irgendwann schlafe ich ein.

Als hinter uns die Sonne aufgeht, rote Spitzen durch die Bäume stechen und sich in der Frontscheibe auflösen, wache ich auf. Katas Kopf liegt auf meiner rechten Schulter. Sie atmet tief. Ich warte eine Weile, bis sie sich regt.

»Wir müssen weiter«, sage ich leise.

Kata nickt. Sie schreibt eine Nachricht an Sophie, dass wir auf alle Fälle kommen. Ich stoße zurück und fahre zu der Stelle, an der wir Brenner im Graben zurückgelassen haben. Es ist kaum Verkehr auf der schmalen Landstraße. Der Plan lautet, Brenner auf den Fahrersitz zu setzen und das Auto anzuzünden und irgendeinen Abhang hinunterrollen zu lassen. Es muss wie Selbstmord aussehen. Dann per Anhalter zum Flughafen fahren. Uns dort waschen. Dann einen Flug nach Dschidda buchen und dort die Anwältin Nadeen treffen, von der Fatima uns erzählt hat. Der Plan ist zwar nicht der beste des Jahrzehnts, aber er ist der einzig Verbliebene, der uns zu Sophie bringt.

Das Problem ist nur, dass ein Polizeiwagen an der Stelle steht, an der wir Brenner zurückgelassen haben. Was jetzt? Mein Blick wird von dem Polizisten, der neben seinem Wagen steht und telefoniert, wie von einem Magneten angezogen. Ich werde nervös. Nehme den Fuß vom Gas.

»Was machst du? Fahr einfach weiter«, sagt Kata.

Als ich wieder beschleunige, hebt der Polizist die linke Hand. Die rechte liegt auf dem Holster an seinem Gürtel.

Sophie

Oktober 2021

Während ich bete, spüre ich die leise Vibration. Einen kurzen Augenblick lang denke ich, dass mich die Heiligkeit Allahs erfasst hat, so wie Hanan es mir vorgeschwärmt hat. *Du spürst es im Herzen, im Bauch. Und manchmal auch tiefer,* hat sie gesagt und dabei gekichert. Aber es ist keine Heiligkeit, es ist eine Nachricht von Kata auf WhatsApp. Ich unterbreche das Gebet. *Helena und ich kommen heute mit dem Flugzeug in Dschidda an,* schreibt sie. Was? Ich will gerade zurückschreiben, dass sie wegbleiben sollen, als plötzlich eine ungeheure Aufregung vom Innenhof heraufdringt. Es hört sich genauso an wie auf dem Souk, dem alten Markt, zu dem Ilias mich letzte Woche mitgenommen hat. Ich hatte ihm gesagt, dass ich zugrunde gehe, wenn ich den ganzen Tag im Palast rumhänge. Ich gehe zum Fenster und sehe schwer bewaffnete Polizisten der Nationalgarde in martialischen Uniformen vor den Eingängen. Frauen laufen umher. Da ist sogar Fida. Ohne Niqab! Ihre schwarzen Haare hängen bis zu den Hüften über der Abaya. Sie hat auch die schwarzen Handschuhe ausgezogen. Sie steht vor einem Mann in einem dunkelblauen Anzug und schreit ihn an. Droht ihm mit der Faust. Ihre Fingernägel sind blutrot angemalt. Ihre Stimme ist schrill, voller Wut. Oder ist es Angst? Ich kann es nicht unterscheiden. Fida ist völlig außer sich. Ihre Schreie hallen von den Wänden zurück. Ihre Schläge prasseln auf den Mann nieder. Schnell laufe ich in den Salon. Auch die anderen Frauen haben ihr Gebet unterbrochen. Wir spähen durch die geschlossenen Fensterläden nach draußen. Immer mehr Polizisten tauchen auf, einige von ihnen halten Maschinenpistolen in den Händen. Irgendwo hoch am Himmel kreist ein Hubschrauber, den wir hören, aber nicht sehen können.

»Was ist passiert?«, frage ich.

Aida weiß es nicht. Nur, dass angeblich noch mehr Polizei vor dem Palast steht. Sogar die Königsgarde in ihren riesigen schneeweißen SUVs mit dem goldenen Royal-Guard-Logo auf den Türen sollen vorgefahren sein. Was wollen die hier?

»Wahrscheinlich hat es wieder einen Anschlag gegeben«, vermutet Aida.

Sie hat es inzwischen zu Qassims Zweitfrau gebracht, was eine riesige Ehre ist. Sie darf mit, wenn der Scheich geschäftlich verreist, darf mit in den Urlaub fahren. Sie darf sogar in Zürich und New York shoppen, hat sie uns erzählt und ist dabei vor Stolz fast übergelaufen.

»Kannst du nicht rübergehen und nachhören, was los ist?«

Aida schüttelt den Kopf.

»Aber hast du verstanden, was Fida gesagt hat?«

»Es ist wegen Qassim.«

Sie darf ihn beim Vornamen nennen, was ein totales Privileg ist. Wir anderen, also die meisten von uns, dürfen ihn überhaupt nicht ansprechen. Wir dürfen ihn noch nicht mal anschauen.

»Was ist mit ihm?«

»Er hat Ärger mit dem König.«

Scheiße, denke ich. Das ist gar nicht gut. Ilias hat mir erzählt, dass der König jetzt richtig aufräumt.

»Da ist er«, ruft Aida.

Sie deutet in den Innenhof. Wir pressen die Nasen an die Fensterscheiben. Und tatsächlich. Qassim wird von zwei Männern in den schwarzen Uniformen der königlichen Garde begleitet, die ihn rechts und links an den Armen festhalten. Aber nicht, weil er weglaufen könnte, sondern um ihn zu stützen. Immer wieder sieht es so aus, als würde er zusammenbrechen. Fida läuft schreiend und zeternd hinter den dreien her. Sie schlägt sogar einen der Männer, der daraufhin stehen bleibt und sich herumdreht. Dann nimmt er eine Pistole hoch und erschießt sie. Der erschießt sie! Einfach so! Wir schreien auf. Totale Panik.

»Scheiße, was machen die denn?«, fragt Aida.

»Siehst du doch«, sage ich.

Aida wendet sich ab und lässt sich auf ein Kissen fallen. Sie weint. Erst denke ich, sie macht eine Show. Sie rudert mit den Armen, schlägt auf das Kissen und so und schreit die ganze Zeit.

»Reg dich wieder ab, Aida«, sage ich.

Aber dann merke ich, dass es diesmal keine Show ist.

»Bist du blöd?«, brüllt sie. »Weißt du nicht, was das bedeutet? Wenn die Qassim abholen und Fida einfach so abknallen, dann war es das auch mit uns.«

»Was meinst du damit?«

»Die werden hier alles beschlagnahmen, und uns werden sie entweder an jemand anderen verkaufen oder rausschmeißen. Wir werden zu denen gehören, die am Straßenrand hocken und betteln. So lange, bis die Polizei kommt und uns mit Stockschlägen vertreibt.«

In dem Moment klopft es an der Tür. Das typische Tack, Tack, Tack, Tacktack der Security. Schnell ziehen wir die Niqabs über die Köpfe. Als Aida fertig ist, öffne ich die Tür. Einer der Wachmänner kommt herein. Ich kenne ihn, aber es wundert mich, dass ausgerechnet er Dienst hat, denn er arbeitet eigentlich nur am Wochenende. Er sieht aufgebracht aus. Seine Augen sind gerötet, als ob er geweint hätte. Aida richtet sich auf. Wahrscheinlich soll sie mitkommen, weil sie die zweite Lieblingsfrau ist. Und jetzt, wo Fida tot ist, hat sie echt Karriere gemacht, denke ich und schäme mich im selben Augenblick. Aber der Wachmann schickt sie mit einer ungeduldigen Handbewegung zurück. Er hat sie an ihrer Abaya erkannt. Er schaut zu mir.

»Samira, du.«

Ich? Wieso ich?

»Komm schon!«, faucht er.

Seine Ungeduld macht mir Angst. Soll ich auch sterben?

»Wo gehen wir hin?«

Er antwortet nicht, sondern schiebt mich in den langen Flur, der vom Frauentrakt in die Haupthäuser führt. Ich bin schon ein paar Mal hier entlanggegangen und habe die wunderschönen Zeichnungen an den Wänden bestaunt, die golden eingerahmt sind und von der Reise Mohammeds von Mekka nach Medina erzählen. Jedes Mal habe ich die Zeichnungen angesehen, um mich abzulenken, weil ich ja nie wusste, was mich am Ende des Ganges erwartet. Eigentlich ist es verboten, Allah oder den Propheten in Bildern darzustellen, aber die Darstellungen hier sind älter als das Verbot. Qassim hat sie aus einer Moschee hierherbringen lassen.

»Beeil dich!«, faucht der Wachmann erneut.

Er hat einen Namen, aber den habe ich vergessen. Wenn ich ihn wüsste, würde er vielleicht freundlicher mit mir umgehen.

»Wie heißt du?«

»Mein Name ist nicht mehr wichtig.«

Wieso sagt er das? Und wieso klingt es, als würde er wieder weinen? Was passiert mit uns? Wir biegen nach rechts ab, gehen eine gewundene Treppe hoch zu dem Büro, in dem Ilias arbeitet. Durch die Fenster kann ich in den Innenhof sehen. Das totale Chaos ist ausgebrochen. Alle rennen umher, schreien, heulen.

»Was ist mit denen?«, frage ich den Wachmann.

»Sie wissen, dass sie verloren sind, wenn der Scheich weg ist. Niemand wird sie retten, sie werden keine neuen Jobs bei anderen Prinzen kriegen. Nur die besten Köche, vielleicht der Butler, aber sonst sind sie jetzt auf sich gestellt.«

Endlich erreichen wir die große, zweiflügelige Tür. Normalerweise stehen immer zwei Wachmänner davor, aber jetzt ist das Portal verwaist. Der Wachmann, der mich hierhergeführt hat, klopft an die Tür. Als niemand antwortet, tritt er ein.

»Samira.«

Ilias kommt aus dem riesigen Salon herbeigeeilt.

»Was ist los?«, frage ich.

»Wir müssen verschwinden.«

»Wann? Jetzt gleich?«

Im Hof fallen Schüsse.

Katharina

Oktober 2021

Während wir mit unserem Gepäck den Weg zur Abflughalle entlangmarschieren, amüsieren wir uns immer noch über die Situation mit dem Polizisten. Für einen Moment dachten wir, es wäre alles aus. Wir dachten, irgendein blöder Bauer hat uns gesehen, hat die Bullen angerufen, und die verhaften uns jetzt wegen schwerer Körperverletzung. Aber dann war lediglich der Akku vom Bullen-Handy leer. Und sein Kollege hatte seines im Büro liegen lassen. Und das Funkgerät funktionierte auch nicht. Es war ihm peinlich, dass er zwei Touristinnen um Hilfe bitten musste. Ich habe ihm mein Handy gegeben, er hat mit irgendwem telefoniert, und wir durften weiterfahren. Als wir außerhalb der Sichtweite waren, haben wir angehalten und wie die Verrückten gebrüllt. Irgendwie mussten wir den Druck loswerden.

Wieso antwortet Sophie nicht? Ich schaue immer wieder aufs Handy. Die zwei blauen Häkchen zeigen mir, dass sie die Nachricht gelesen hat. Aber jetzt ist sie nicht online. Vielleicht hat auch jemand anderes die Nachricht gelesen, jemand, der sie auf keinen Fall lesen darf.

Der Direktflug Antakya – Dschidda kostet hin und zurück pro Person dreihundertachtzig Dollar. Wir möchten one-way buchen, aber das geht nicht. Die Saudis wollen sicher sein, dass man genug Geld hat, um das Land auch wieder zu verlassen. Während Helena am Schalter von

Anadolujet die Tickets bar bezahlt, gehe ich los und kaufe zwei Billo-Handys und zwei Prepaid-Sim-Karten für WhatsApp. Ich bin unruhig, weil ich sehen kann, dass Sophie eine Nachricht schreibt, aber es kommt keine Nachricht durch. *Alles okay?*, will ich wissen. Keine Reaktion. *Was ist los, Sophie?* Ich spüre den dünnen Faden aus Schweiß, der zwischen meinen Schulterblättern herabrinnt.

Wir gehen in ein kleines Café gegenüber dem Check-In. Außer uns hocken nur noch vier Männer an einem Tisch und schauen uns finster an. Der Wirt bringt türkischen Mokka und frische Simit, dazu gibt es Honig, Schafskäse und Oliven. Es riecht verführerisch. Helena macht sich darüber her, als habe sie seit Wochen nichts gegessen, vielleicht will sie aber auch nur nach drei Jahren Knast ihre Geschmacksnerven reanimieren. Helena ruft Fatima an und erzählt ihr, was mit Brenner passiert ist. Fatima ist außer sich.

»Brenner war unsere wichtigste Verbindung in die Szene!«, schreit sie so laut, dass die Männer am Nachbartisch zu uns rübersehen.

Dann legt sie auf. Ich habe einen Kloß im Hals, der sich sträubt, heruntergeschluckt zu werden. Immer wenn ich zum Fenster hinaussehe, steht da Brenner und glotzt mich grinsend an. Wenn ich blinzele, verschwindet er. Aber nach einer Weile steht er wieder da. Helena wählt noch dreimal Fatimas Nummer, aber erst als ich es versuche, ist sie bereit, mit uns zu reden. Wir gehen vor die Tür, damit die Finsterlinge uns nicht hören können. Fatima hat sich inzwischen ein wenig beruhigt.

»Irgendwann wäre er sowieso aufgeflogen«, meint sie.

»Frag sie, ob sie etwas von ihm gehört hat«, nuschelt

Helena mit dem letzten Stück Simit zwischen den Zähnen.

Fatima hat noch nichts gehört. Keine Ahnung, ob das gut oder schlecht ist.

»Wo seid ihr jetzt?«

»Am Flughafen.«

»Okay. Es ist jetzt halb eins. Die nächste Maschine nach Dschidda geht um halb vier. Nadeen hat schon zweimal angerufen und gefragt, wo ihr bleibt. Ich sag ihr, dass sie euch am Flughafen abholen soll.«

»Wie geht es dir?«

»Am liebsten gut.«

»Danke für alles.«

»Es ist noch nicht zu Ende.«

»Ja.«

Um halb drei reihen wir uns in die lange Schlange vor der Sicherheitskontrolle ein. Kinder toben herum. Männer in weißen Thwabs telefonieren, Frauen in schwarzen Abayas stehen regungslos. Wenn ich ihnen in die Augen sehe, weicht ihr Blick aus. Ich merke, wie ich schon wieder wütend werde. Helena nimmt meine Hand und drückt sie. Eine Geste aus meiner Kindheit, die mich jetzt noch wütender macht. Ich reiße meine Hand los.

»Mach jetzt keinen Ärger«, flüstert sie.

»Ich mache keinen Ärger.«

»Dann ist ja gut.«

Wir rücken ein Stück vor und legen unsere Rucksäcke auf das Band; die Flüssigkeiten in kleinen Plastikbeuteln daneben, Telefone und Münzen in Plastikschalen. Helena vor mir wird gründlich abgetastet. Neben mir transportiert das Band meine Sachen zu dem schwarzen Schlund. Kurz bevor die Plastikschale mit meinem Handy in dem Scanner verschwindet, gibt mein Handy einen Signalton von sich. Die Nachricht von Sophie muss endlich angekommen sein. Ich will das Handy nehmen, aber es ist zu spät. Es verschwindet in dem Scanner. Helena bemerkt meine Unruhe. *Sophie schreibt,* formen meine Lippen wortlos. Helena nickt. Ich marschiere durch den Scanner. Es piept. Wieso piept es? Die Frau von der Security winkt mich zur Seite. Füße auseinander, Arme nach rechts und links ausstrecken. Mit diesem Plastikstab fährt sie an meinem Körper entlang. Sie geht dabei ziemlich rabiat vor. Aber das ist mir in diesem Moment egal. Ich will so schnell wie möglich mein Handy haben. Das Piepen macht mich unruhig. Ich habe doch alle Piercings entfernt und in meinen Kulturbeutel gelegt. Sie findet eine Münze in der hinteren Tasche meiner Jeans, drückt sie mir in die Hand und lächelt.

Ich nehme Gepäck und Handy in Empfang. Öffne WhatsApp. Na, endlich. *Sie haben Fida erschossen. Überall im Palast ist Polizei,* schreibt sie. Ich zeige meiner Mutter die Nachricht.

»Wer ist Fida?«, fragt sie.

Woher soll ich das wissen?

Ein Polizist scheucht uns weiter zur Passkontrolle, wo uns ein weiterer Polizist mit verspiegelter Brille erwartet. Ich bin so nervös, dass ich kaum aufrecht stehen kann. Meine Beine zittern. Er schaut sich meinen Pass genau an. Die Perücke sitzt schief. Ich rücke sie gerade.

»Sind Sie okay?«, fragt er in tadellosem Englisch.

»Ja«, antworte ich und versuche ein freundliches Lächeln. »Nur zu wenig geschlafen. Wir haben uns stundenlang in Antakya herumgetrieben.«

Mein Lächeln missglückt. Er ist, wie alle Grenzbeamten geschult, die Personen, die vor ihm stehen, zu lesen. Augen, Mund, Hände. Ich schwitze.

»Wieso tragen Sie eine Perücke?«

»Damit ich so aussehe wie auf dem Foto.«

»Nehmen Sie sie ab.«

Ich nehme die Perücke herunter. Er vergleicht mein Gesicht mit dem Foto. Ich weiß, dass er es nicht versteht. Wieso rasiert die sich den Kopf? Sie ist doch ein hübsches Mädchen.

»Was heißt das, herumgetrieben?«

»Bitte?«

»Sie haben gesagt, Sie haben sich in Antakya herumgetrieben.«

»Sehenswürdigkeiten angeschaut, Restaurants besucht.«

»Welche Restaurants?«

Woher soll ich das noch wissen? Ich sehe ihn ratlos an.

»Waren Sie im *Troja*?«

Was ist mit dem Laden?

»Nein. Ich glaube nicht.«

»Müssen Sie das nächste Mal hingehen. Das Restaurant gehört meinem Schwager. Die machen das beste Adana Yogurtlu der Welt. Was ist mit Israel?«

Ich erschrecke. Wieso fragt er das? Steht in meinem Pass etwas darüber?

»Waren Sie da?«

»Nein«, antworte ich.

»Die Saudis erschießen Sie sonst bei der Einreise.«

Er grinst breit. Wahrscheinlich hält er den Spruch für einen guten Witz. Er winkt mich weiter. Mein T-Shirt ist völlig durchnässt und mir ist schlecht vor Aufregung. Bei

Helena geht es viel schneller. Der Polizist weist sie lediglich darauf hin, dass ihr Pass in sechs Monaten abläuft.

Auf der Toilette machen wir uns frisch. Wir stehen nebeneinander vor dem Waschbecken und putzen Zähne. Es ist wie früher, nur mit dem Unterschied, dass wir falsch stehen. Sie müsste sich am rechten Waschbecken frischmachen, denn Sophie und ich haben immer nur das linke benutzt. Wir tauschen die Plätze, und es fühlt sich warm und zugleich so traurig an, dass wir beide weinen. Eine Stimme aus einem Lautsprecher teilt uns mit, dass unser Flug drei Stunden Verspätung hat. Ich weiß, was drei Stunden Verspätung heißt. Wir fliegen gar nicht mehr.

Als meine Mutter eine Angestellte von Anadolujet nach den Gründen fragt, druckst die ziemlich herum. Kurz darauf erfahren wir, dass es einen Bombenalarm gab, deswegen hängt die Maschine in Dschidda fest. Es kann sein, dass wir heute überhaupt nicht mehr aus Antakya wegfliegen. Wenn es so weit kommt, kriegen wir einen Voucher für ein Hotel in der Nähe des Flughafens. Verdammte Scheiße, ich will keinen verfickten Gutschein für ein verficktes Hotel. Helena bleibt ruhig.

»Warum soll ich mich über etwas aufregen, das ich nicht ändern kann?«

»Das kann ich dir nicht sagen. Aber was ist, wenn Sophie nicht mehr in Dschidda ist, wenn wir endlich ankommen?«

Nadeen

Oktober 2021

Fatima hat sie angerufen und ihr mitgeteilt, dass sie Helena und Katharina Faber vom Flughafen abholen soll. Sie kommen offiziell als Vertreter der deutschen Außenhandelskammer, also hat Fatima wieder einmal ihren Informanten Brenner angezapft. Nadeen hat sie gewarnt, dass so etwas nicht lange gut gehen wird. Entweder die Mädchenhändler kommen ihm auf die Schliche und bringen ihn um, oder er schießt sich selbst eine Kugel in den Kopf, weil er sich nicht mehr an die kleinen Mädchen ranmachen kann. Das wäre immerhin eine angemessene Sühne.

Nadeen steht vor dem Ausgangsbereich des Nord-Terminals des König-Abd-al-Aziz-Flughafens, so benannt nach dem Gründer Saudi-Arabiens, Abd al-Aziz ibn Saud. Es sei der schönste Flughafen der Welt, heißt es. Wobei Nadeen das nicht nachprüfen kann, weil die Regierung ihr nicht mehr erlaubt, das Land zu verlassen. Nein, das ist nicht ganz korrekt, sie erlaubt es ihr schon, aber dann lässt sie Nadeen nicht mehr rein. Auf einer Videowand wird die Eröffnung des neuen Terminals angekündigt. Dann werden im Check-in filigrane weiße Säulen in den Himmel ragen, sich verzweigen und verästeln, sodass es sich wie das Dach eines Palmenwaldes ausnimmt. Im Shoppingbereich wird dann ein riesiges, glänzendes Pendel von der Decke hängen und fortwährend die Rotation der Erde beweisen. Einige der frommen Führer haben sich bereits auf Al-Dschasira darüber aufgeregt. Sie glauben nicht an Rotation. Sie sind nach wie vor der Meinung, dass die Erde eine Scheibe ist und das Pendel den Atem Allahs anzeigt, was andere wiederum für Gotteslästerung halten und Erstere am liebsten ins Gefängnis stecken wollen. Es ist kompliziert, man muss höllisch aufpassen, was man sagt.

Durch die sich immer wieder öffnende und schließende Schiebetür schaut Nadeen auf die Passagiere, die in die Ankunftshalle strömen. *Du wirst sie schnell finden,* hat Fatima gesagt. *Katharina hat eine Glatze, und sie tragen westliche Kleidung.* Davon gibt es zurzeit nicht viele. Seit das Königshaus mit dem Rest der Welt im Clinch liegt, reisen nur noch wenige aus dem Westen in das Land. Da hat sich nicht viel geändert, weil der König nicht will, dass die seelisch labilen Saudis schlechten Einflüssen wie freie Presse, Emanzipation der Frau, Alkohol und Pornografie ausgesetzt sind. Die letzten beiden haben die Prinzen für sich reserviert, weil sie die Einzigen sind, die über die nötige moralische Stärke verfügen, um bei der filmischen Darstellung expliziten Geschlechtsverkehrs, verbunden mit dem übermäßigen Genuss von Alkohol, nicht vom Glauben abzufallen. Frauen dürfen inzwischen Auto fahren, aber nur mit der Erlaubnis ihres Mahrams reisen, bei Blutvergiftung ins Krankenhaus gehen, sich scheiden lassen und das Kopftuch ablegen, bevor sie in Ohnmacht fallen.

Es gibt im Internet noch mehr hilfreiche Fatwas. Zum Beispiel, wie man das Problem Mann und Frau gemeinsam in einem Büro zu lösen hilft, was nach der saudischen Version des Koran eigentlich streng verboten ist. Die Frau sollte dem Mann die Brust geben. Warum? Weil die beiden sich dann wie Mama und Söhnchen fühlen. Niemand weiß, ob diese Fatwas ernst gemeint sind oder nicht doch von Feinden des Islam ins Netz gestellt wurden, um das Vertrauen in die religiösen Autoritäten zu untergraben.

Der Flug Anadolujet 343 ist gestrichen, liest Nadeen auf der Anzeigetafel. Das heißt, heute kommt niemand mehr aus Antakya hier an, auch die beiden Frauen aus Deutschland nicht. Fatima wollte nicht so recht damit rausrücken, um was es geht. Nadeen hat sie gefragt, ob die beiden Frauen vorhaben, das Mädchen zu befreien oder sogar aus dem Land zu schmuggeln. Das wäre nämlich der blanke Wahnsinn und unter keinen Umständen durchführbar. Fatima hat geschwiegen, was Nadeen zeigt, dass es genau darauf hinausläuft. *Das ist ein Himmelfahrtskommando,* hat sie zu Fatima gesagt. *Und du weißt, wie so was endet. Sag den Frauen, dass sie den Plan vergessen sollen.* Ihre lapidare Antwort lautete, *du kennst die beiden nicht.* Doch Nadeen weiß es besser. *Wir werden sehen*, hat sie geantwortet. *Wenn sie geschnappt werden, werden sie sich noch wünschen, dass man sie erschießt.*

Nadeen fährt zurück in die Stadt. Sie will Faiza treffen, um zu hören, wie weit sie mit der Vorbereitung gekommen ist. Es wird eine Bombe sein, angefertigt im Institut für Physik der King-Abdulaziz-University. So viel weiß sie bereits. Aber sie brauchen ja auch jemanden, der oder die eine Bombe in den Palast und dort in das Haus des Scheichs bringen kann. Oder soll es auf der Straße passieren, wenn der Scheich zur Corniche fährt oder zum Flughafen? Mit Autobomben haben sie keine gute Erfahrung gemacht. Außerdem fährt der Scheich mit einem halben Dutzend Limousinen durch die Gegend, sodass niemand weiß, in welcher er sitzt. Es ist die totale Paranoia. Und sie ist berechtigt. Wie in dem Buch *Catch 22: Nur weil du paranoid bist, heißt das nicht, dass sie nicht hinter dir her sind.* Faiza hat sich tagelang nicht gemeldet. Das ist nichts Besonderes, weil sie sich manchmal wochenlang von den Freundinnen zurückzieht und ihrer Arbeit bei der Generaldirektion für Appellationen nachgeht.

Das Königshaus in die Luft sprengen. Auch wenn der Gedanke in eine Reihe mit der Erfindung des Penizillins, der Entdeckung des weiblichen Orgasmus und der Mondlandung zu stellen ist, bleibt doch die Frage, wie sie das Attentat durchführen sollen. Und vor allem, wann es endlich so weit ist.

Ilias

Oktober 2021

Als die Schüsse gefallen sind, hat Ilias Samira befohlen, in sein zweites Schlafzimmer zu gehen und dann weiter zum Ankleidezimmer. Wenn sie vor dem verspiegelten Schrank an der Kopfseite steht, muss sie die rechte Tür öffnen. Oben an der Schrankdecke gibt es einen kleinen Knopf. Man kann ihn nicht sehen, nur ertasten. Sie muss einen Stuhl nehmen, damit sie drankommt. Wenn sie den Knopf drückt, öffnet sich eine Tür auf der Rückseite des Schrankes. Dahinter liegt ein Gang, der zu einem weiteren Zimmer führt. Außer dem engsten Familienkreis weiß niemand von diesem Zimmer. Dort soll sie auf ihn warten. Wenn alle Stricke reißen, können sie über eine Wendeltreppe, die direkt zu einem unterirdischen Gang führt, den Palast verlassen.

Ilias geht durch den Wirtschaftstrakt. Er will sehen, was außerhalb des Palastes geschieht. Ein Hubschrauber kreist in geringer Höhe über ihnen, die Palmen biegen sich unter den Luftwirbeln. Staub wird aufgewirbelt. Polizisten der Geheimpolizei Mabahith sitzen mit Gewehren im Anschlag in den geöffneten Türen. Sie sollen jeden erschießen, der sich zur Wehr setzt oder Waffen aus einem Versteck holt und losstürmt. Die Frage ist nur, wohin soll jemand stürmen. Das hier ist kein Einsatz wegen Falschparkens. Sie alle wissen, wer hinter dieser Aktion steht.

Der König hat seine Drohung wahrgemacht. Obwohl

Qassim ein geistlicher Führer ist, haben sie ihn wie einen Schwerverbrecher aus seinem Büro gezerrt, ihm Handschellen angelegt und ihn aus dem Palast gebracht. Jemand hat gefragt, wo Ilias sei. Da hatte er das Büro gerade verlassen und konnte sich, als er die Polizisten sah, in dem Serverraum verstecken. Es war zwar keine gute Idee, weil kurz darauf zwei Polizisten hereinkamen und mit einer Maschinenpistole auf die Computer schossen. Aber sie haben ihn nicht entdeckt, und verletzt wurde er zum Glück nicht. Dann hat er gehört, wie im Innenhof ein Schuss gefallen ist. Einer vom Wachpersonal hat ihm gesagt, dass sie seine Mutter erschossen hätten. Sind die verrückt geworden? Eine Frau erschießen, ausgerechnet seine Mutter? Warum?

Ilias sieht, wie die Angestellten zusammenraffen, was sie in die Finger kriegen. Wenn sie ihm begegnen, sehen sie ihn kurz an, halten inne und machen dann weiter. Sie wissen, dass er sie nicht aufhalten wird. Und sie wissen, dass der Untergang des Hauses Qassim bin Laden beschlossene Sache ist. Das goldene Geschirr wird aus den Schränken geholt, Wasserhähne werden aus den Wänden gebrochen, Stereoanlagen und Fernseher weggetragen. Die Zimmer sehen aus wie im Krieg. Und für jeden, der hier gearbeitet hat, kommt es auch einem Krieg gleich. Weil sich von jetzt an, außer der Geheimpolizei, niemand mehr für sie interessiert. Also holen sie sich die Prämie für jahrelange Knochenarbeit.

Von der Küche aus sieht Ilias, wie ein zweiter Hubschrauber vor dem Palast landet. Staub und Dreck werden aufgewirbelt, als sei der schlimmste Sandsturm über sie hereingebrochen. Überall stehen die bewaffneten Spezialeinheiten der Königsgarde. Eine Armada von SUVs hat den Palast zur Straße hin abgeriegelt. Immer neue Polizisten stürmen durch das große Tor herein. Was soll er jetzt machen? Sie werden ihn suchen. Sie werden ihn verhaften, genauso wie seinen Vater und die elf anderen Prinzen und vierzig Ex-Minister und die Obersten der Nationalgarde und der Marine, die bereits im Ritz Carlton ihren goldenen Hausarrest genießen. Hier findet das große Aufräumen statt, bis es niemanden mehr gibt, der dem König gefährlich werden kann.

Qassim wird in Handschellen zu dem Hubschrauber geschleift. Die Rotoren beschleunigen ihre Drehung. Ilias schaut ihm nach, wie er sich in die Höhe hebt, leicht nach vorne kippt und in Richtung Osten einschwenkt. Vielleicht bringen sie ihn ins al-Ha'ir-Gefängnis in Riad und behaupten, dass er dort auf seinen Prozess wegen staatsfeindlicher Umtriebe und Vergehen gegen das Königshaus warten muss. Sie könnten ihn im Prinzip auch sofort über der Wüste aus dem Hubschrauber werfen. Ilias wird von einem Schauder erfasst. Er zittert so sehr, dass er kaum gehen kann. Was soll jetzt werden? Was wird aus ihm? Aus dem Palast? Aus den Geschäften? Er möchte sich am liebsten in eine Ecke hocken und losheulen. Aber das darf er nicht, er muss sich zusammenreißen. Er muss sich konzentrieren. Er muss ein Mann sein. Entscheidungen treffen. Die richtigen.

Samira sitzt im zweiten Schlafzimmer auf dem Bett. Sie zittert, ihre Beine wippen unruhig. Als sie ihn sieht, springt sie auf.

»Was machst du noch hier?«, fragt er sie aufgeregt.

»Weißt du das von Fida?«

»Hast du es gesehen?«

»Sie hat wie eine Verrückte auf einen Polizisten eingeschlagen. Und dann hat er eine Pistole genommen und sie erschossen.«

»Wir müssen hier weg.«

»Wohin denn? Was ist eigentlich los?«

Wenn sie nur endlich den Mund halten würde. Ihre Panik schlägt auf ihn über. Er hat schon selbst genug Mühe, die Kontrolle zu behalten.

»Das kann ich dir jetzt nicht sagen. Es ist auf alle Fälle zu gefährlich, wenn wir noch länger hierbleiben«, brüllt er sie an. Und jetzt weint sie.

»Komm jetzt.«

Er will sie zu dem Geheimgang ziehen.

»Und was ist mit Abdul und Abidah?«

Abdul und Abidah. An die hat er in seiner Aufregung nicht gedacht.

»Die holen wir später.«

»Ich gehe nicht ohne meine Kinder«, schreit sie ihn an. »Sie müssen mit uns kommen.«

Er öffnet die Tapetentür mit dem dahinter befindlichen Geheimgang. Jeder Palast hat so einen geheimen Fluchtweg, falls etwas Unvorhergesehenes geschieht. Sein Vater hat ihm den Gang das erste Mal gezeigt, da war er zwölf. Seitdem war er nicht mehr dort. Er weiß noch nicht mal, ob der Gang noch intakt ist, oder ob gar die Mabahith am anderen Ende auf ihn wartet. In der Ruine nahe dem Roten Meer, wo sie aus dem Tunnel herauskriechen werden. Von dort ist es nicht weit bis zu seiner Yacht Orion.

Samira sieht ihn entsetzt an.

»Komm jetzt. Sonst lass ich dich hier zurück«, sagt er.

»Sie sind auch deine Kinder!«, schreit sie.

»Wir holen sie später. Sobald ich in Sicherheit bin. Ich meine, sobald wir in Sicherheit sind.«

»Und du denkst, die Polizei lässt sie in Ruhe? Bist du bescheuert?«

Dieses Mädchen macht ihn wahnsinnig. Wieso wagt sie es, so mit ihm zu reden? Das hat sie schon ein paar Mal gemacht. Jedes Mal hat er sie in die Schranken gewiesen. Aber nie geschlagen, so wie Tarik und sein Vater es machen. Weil er im Grunde stolz ist, dass er so eine Frau hat. Eine mit Feuer im Herzen. Und eigentlich findet er es großartig, wenn sie ihm widerspricht. Wenn sie wütend ist, ist sie wunderschön. Aber jetzt nicht, jetzt duldet er keinen Widerspruch. Immerhin ist er Ilias, der Sohn von Qassim, einem der wichtigsten Männer im Königreich Saudi-Arabien. Zumindest bis heute morgen.

»Hast du eine bessere Idee?«

»Ja.«

»Und die wäre?«

»Warum sprichst du nicht mit dem König?«

»Ich soll mit dem König reden?«

»Ja. Sag ihm, dass dein Vater derjenige war, der schuld ist.«

»Schuld? Woran?«

»Woher soll ich das wissen, du erzählst mir ja nichts.«

Im ersten Moment denkt er, dass das völliger Unsinn ist.

»Sag ihm, dass du nichts über die Geschäfte deines Vaters weißt, dass du nur gemacht hast, was er dir befohlen hat. So war es doch, habe ich recht?«

Sie hat recht. Die finanziellen Belange hat sein Vater

mit Tarik verhandelt, weil er Ilias niemals zugetraut hat, dass er die Geschäfte genauso gut führen könnte.

»Alles, was du getan hast, ist, Geld beiseite zu schaffen. Aber das ist nicht das Geld des Königs, sondern das Vermögen deines Vaters. Der König wird genauso gut wie du selbst wissen, dass du nicht sein Nachfolger hättest werden sollen, sondern Tarik.«

Das stimmt. Aber er muss nachdenken. Kann das wirklich funktionieren? Kann er den König davon überzeugen, dass er unschuldig ist? Dass er eigentlich nur ein kleiner, unbedeutender Laufbursche ist? Vielmehr war?

»Du weißt, was im Koran über die Gerechten steht?«, fragt sie.

Er weiß es nicht. Sie zitiert auswendig.

»O ihr, die ihr glaubt, bleibt fest in der Gerechtigkeit, wenn ihr Zeugnis ablegt gegenüber Gott, und sei es auch gegen euch selber oder eure Eltern und Verwandten, handle es sich um arm oder reich, denn Gott steht näher als beide. Und folgt nicht der Leidenschaft, sodass ihr abweicht vom Recht. Ob ihr euch auch hin und her wendet und abkehret, siehe, Gott weiß, was ihr tut. Sure 4, Vers 135.«

Während der Rezitation fallen Schüsse. Männer brüllen. Schritte kommen näher. Was soll er tun?

»Wir müssen weg.«

Er packt Samira an der Hand und zieht sie in Richtung der Tapetentür. Sie reißt sich los, schlägt ihm ins Gesicht.

»Nein!«, brüllt sie.

Sie hat ihn geschlagen. Das hat außer seiner Mutter noch keine Frau vorher gemacht. Er holt aus, will zurückschlagen, aber er bringt es nicht über sich. Er kann sie nicht schlagen.

»Wenn wir hierbleiben, sind wir in wenigen Augenblicken tot!«, schreit er. Aber es hört sich wie das Geschrei eines Weibes an, wie ein Wimmern. Er schämt sich. Und dann kommen Männer den Geheimgang hinaufgerannt. Sie tragen Helme, die nur die Augen freilassen.

»Hier ist er«, ruft einer von ihnen in ein Funkgerät.

Robert

Oktober 2021

Seit Tagen reagieren sie nicht auf meine Anrufe, SMS oder WhatsApp-Nachrichten. Weder Kata noch Helena. Nichts. Und wer denkt, dass er eine Kontrolle über seine Gedanken und Gefühle hat, ist ein Idiot. Ich war ein Idiot. Ich bin es immer noch. Ich habe geglaubt, ich könnte mit dem Kapitel abschließen, ich könnte meinen Frieden mit Sophies Verschwinden machen, wenn ich mir nur lange genug einrede, dass ich alles getan habe und nichts mehr tun kann.

Maximal eine Zopiclon, hat Dr. Hartmann gesagt. Esmée hatte mich vor einem Monat zu ihm geschickt. *Du musst etwas tun. Du quälst dich, und du quälst mich und die Kinder.* Sie hat mir die Adresse in Charlottenburg gegeben. Dr. Hartmann nennt eine geschmackvolle Praxis voller alter Möbel und eine warme Stimme sein Eigen. Er sagte, er würde mich verstehen, und wenn ich einverstanden wäre, würden wir gemeinsam mein Inneres erforschen. *Wer als Werkzeug nur einen Hammer hat, sieht in jedem Problem einen Nagel*, schlaumeierte er. In der darauffolgenden Nacht habe ich von einer Hyäne geträumt. Seitdem bin ich nicht mehr zu Dr. Hartmann in die geschmackvolle Praxis gegangen. Ich ertrage niemanden, der mir Ruhe, Harmonie und Zufriedenheit verordnen will.

Mit zwei Zopiclon schlafe ich acht Stunden am Stück. Trotzdem kann ich, wenn ich aufwache, die Hyäne riechen.

Das Blut und das verfaulte Fleisch. Ich sehe die scheuen Augen, den verschlagenen Blick, die feige Haltung des Körpers. Ich schäme mich. Und ich schäme mich dafür, dass ich mich schäme. Entweder ich erhöhe auf drei Zopiclon, oder ich schieße mir eine Kugel in den Kopf und beende die Scham. *Du warst kein Mann, der sich schämt*, sage ich mir. *Jedenfalls warst du es früher nicht. Früher hast du gehandelt. Es gab keine Probleme, es gab Herausforderungen. Scheitern war keine Option.* So war mein Leben. So habe ich Fälle gelöst. Die meisten, neunzig Prozent, oder vielleicht fünfundachtzig. Ist ja auch egal. So habe ich Helena im Elbsandsteingebirge gefunden, nachdem sie drei Monate lang verschwunden war. Alle haben behauptet, sie wäre tot. Ich habe sie gefunden. So war ich.

Wann hat sich das geändert?, fragt Esmée. Wir sitzen auf der Couch, im Fernsehen läuft ein Tatort. Ich ertrage das blöde Gequatsche nicht. So redet kein Polizist. Esmée hat Pizza kommen lassen. Die Jungs sind im Bett. Später werden wir Sex haben. Das heißt, ich werde sie befriedigen, dann werden wir einen Porno auf dem Laptop laufen lassen, damit ich auch kommen kann. *Ich weiß nicht, wann sich das geändert hat,* antworte ich. Aber sie weiß es. *Du hast Sophie nicht gefunden.*

Das ist der Satz. *Du hast Sophie nicht gefunden.* Ich nehme die Bierflasche. Der Bildschirm zerspringt in tausend Teile. Das war es. Esmée steht auf, geht ins Schlafzimmer und holt meine Reisetasche. *Wenn du Sophie gefunden hast, kannst du zurückkommen.* Ich sehe sie an. Sie wird ihre Meinung nicht ändern. Wenn sie eine Entscheidung getroffen hat, gibt es kein Zurück. Da ist sie stur. Esmée würde sagen, sie sei konsequent.

Ich packe ein paar Sachen ein. Ein kühler Abschied.

Ich checke in einem Motel One ein. Morgens um sieben rufe ich meinen Chef an.

»Ihr seid doch bei dem Gipfel.«

»Was für ein Gipfel?«

»Davos in der Wüste.«

»Kann sein.«

»Kannst du mich in die Truppe bringen?«

»Wieso?«

»Kannst du?«

»Ist es wegen …?«

»Kannst du?«

»Das fällt dir reichlich früh ein.«

»Bitte.«

Er schweigt. Lange.

»Bitte.«

»Hör auf zu jammern. Ich ruf dich an. Aber mach dir keine allzu großen Hoffnungen.«

Er legt auf. Ich suche auf WhatsApp die Nachricht von Fatima. *Ich darf dir das eigentlich nicht schreiben. Aber sie haben Kontakt zu Sophie. Und sind auf dem Weg nach Dschidda. Und ich schreib dir das auch nur, weil du mir versprochen hast, keinen Scheiß zu bauen.*

Wir werden sehen.

Katharina

Oktober 2021

Als wir bei der Immigration am Flughafen Dschidda an der Reihe sind, habe ich ziemlich Schiss, aber mein Pass ist perfekt. Das Visum genauso. Helena geht nach mir zu dem kleinen Schalter. Der Immigration Officer will das Einladungsschreiben sehen, das er nach kurzer Betrachtung weiter an einen Vorgesetzten reicht; der betrachtet es auch. Dann sagt er, dass kein Visum im Computer vermerkt ist. Helena bleibt ruhig und bittet den Mann, die Nummer noch einmal einzugeben. Immer noch kein Treffer. Helena lächelt. Sie ist so ruhig, als würde sie an einer Supermarktkasse stehen und drei Cent fehlten. Noch einen letzten Versuch, sagt sie. Der Vorgesetzte diktiert. Es klappt, der Officer hat sich zwei Mal vertippt! Helena soll Fingerabdrücke abliefern. Auch das klappt nicht, weil das Glas über dem Scanner so verdreckt ist, dass nichts mehr durchgeht. Also nimmt sie ein Taschentuch und wischt die Glasscheibe sauber. Dann lächelt sie noch für ein Foto. Den Zoll passieren wir genauso problemlos. Irgendwie verstehe ich es nicht. Die machen einen solchen Stress, wenn du ein Visum haben willst. Dauernd heißt es, dass es unmöglich ist, in dieses Land einzureisen, und dann ist alles plötzlich ganz einfach.

Es ist elf Uhr nachts, und als wir die Halle verlassen, ist die Hitze wie ein Schlag ins Gesicht. Trocken und staubig, sodass ich dauernd blinzeln muss. Um uns herum stehen mindestens hundert Frauen in ihren schwarzen Abayas und Niqabs. Kinder um sie herum, die die ganze Zeit durcheinander umherrennen. Ich werde angerempelt und dann ausgelacht. Meine Nerven sind nach den ganzen Strapazen ziemlich angekratzt. Helena bemerkt es und zieht mich ein paar Meter abseits. Eigentlich hieß es, diese Nadeen würde uns abholen, aber noch ist nirgends jemand zu sehen, die auf uns wartet. Jetzt stehen wir hier, es ist Nacht, und niemand kommt. Plötzlich ruft jemand unsere Namen. Ich schaue mich um. Ein junger Kerl in einem verdreckten Thawb kommt auf uns zugerannt. Er sagt in perfektem Englisch, dass Nadeen keine Zeit hat, aber er uns zu ihr bringen kann. Ich weiß nicht. Irgendwie kommt er mir komisch vor. Ich bitte ihn, einen Moment zu warten, dann wechsle ich zu Deutsch.

»Meinst du, wir können ihm vertrauen?«, frage ich Helena.

»Glaub schon. Er kennt unsere Namen, er weiß von Nadeen.«

»Es kann auch sein, dass Nadeen verhaftet worden ist, und er ist ein Bulle.«

»Glaub ich nicht. Erstens sieht er nicht so aus, und zweitens: Warum sollen die so einen Aufriss machen?«

»Ich heiße Junis«, stellt er sich vor.

Ich schaue ihn eindringlich an. Er ist hübsch, mit diesem stechenden Blick, den auch bei uns zu Hause die arabischen Jungs so super gut draufhaben. Bei dem du nicht weißt, ob sie wütend sind oder dich toll finden. Seine Zähne sind strahlend weiß, als würde er Reklame für Zahnpasta machen. Wahrscheinlich hat Helena recht, er ist harmlos und ist tatsächlich von Nadeen geschickt. Ich strecke ihm die Hand entgegen, um ihn zu begrüßen, und weiß in derselben Sekunde, dass es ein Fehler war. Männer geben Frauen in Saudi-Arabien nicht die Hand. Ein peinlicher Moment. Ich ziehe die Hand zurück.

»Mein Wagen steht da drüben«, sagt er.

Er deutet zu einem hell erleuchteten Parkplatz.

»Okay«, sagt Helena.

Junis nimmt unsere Rucksäcke und marschiert los, wir wie zwei blöde Touristinnen hinterher. Der Flughafen liegt im Norden, wir fahren auf einer sechsspurigen Autobahn in Richtung Innenstadt. Helena und ich sehen uns konsterniert an. Junis fährt wie ein Henker. Aber das macht er nicht, weil er uns beweisen will, was für ein geiler Typ er ist, sondern weil um uns herum auf dem Highway ein total wahnsinniges, privates Autorennen ohne jegliche Regeln abläuft. Eine ganze Armada von hochmotorisierten Sportwagen rast rechts und links an uns vorbei. Lastwagen scheren aus und zwingen Junis zu waghalsigen Ausweichmanövern. Neben der Straße liegen Autowracks, um die sich niemand zu kümmern scheint und die still vor sich hin rosten.

»Gibt es keine andere Straße nach Dschidda?«, frage ich Junis.

»Nur den Kamelpfad.«

Er deutet nach links, wo gerade tatsächlich eine Herde Kamele neben dem Highway entlangmarschiert. Sie scheren sich nicht die Bohne um den Lärm und den Verkehr. Eine Zivilstreife mit dröhnenden Sirenen und grell weißblau blitzenden Lichtern, gefolgt von zwei Streifenwagen, überholt uns. Sie jagen hinter einem superflachen schwarzen Teil her, das andere Fahrzeuge brutal abdrängt.

»Das ist ein Bugatti Chiron, den kriegen sie nicht. Der schafft mehr als vierhundert«, sagt Junis.

»Hier auf dem Highway?«, frage ich.

Junis lächelt, während er einen Lkw überholt und sich direkt vor die riesige Kiste setzt. Der Lkw-Fahrer hupt und weicht nach rechts aus.

»Das ist noch gar nichts. Ihr müsstet mal sehen, was am Wochenende zwischen drei und sechs Uhr nachts hier los ist. Da sterben jedes Mal zwei, drei Leute. Ist normal bei uns.«

Wir halten an einer Tankstelle, weil Helena pinkeln muss. Ich schaue mich fasziniert um. Nirgendwo sind Benzinpreise angeschrieben. Junis sagt, das kommt daher, weil der Sprit so absurd billig ist. Hinter der Tankstelle, keine hundert Meter entfernt, liegt eine Wohnsiedlung. Wäsche hängt an Leinen, die von einem Haus zum anderen gespannt sind. Männer mit Holzkarren verkaufen Obst und Gemüse. Kinder stehen an dem Zaun, der die Siedlung von der Tankstelle trennt. Sie sehen schmutzig aus. Junis beobachtet mich im Rückspiegel. Ich verstehe es nicht. Ich komme mir vor wie auf einem anderen Planeten.

Als wir uns Dschidda nähern, tauchen rechts und links meterhohe Skulpturen auf. Junis erklärt uns, dass eine davon ein Original-Picasso ist.

»Dschidda ist die coolste Stadt«, sagt er. »Seht ihr, da hinten ist der Fernsehturm. Zweihundertfünfzig Meter hoch. Wenn ihr Lust habt, zeig ich euch den König-Fahd-Brunnen. Die Wasserfontäne ist über dreihundert Meter hoch. Irgendwann fangen sie mit dem *Kingdom Tower* an. Der soll tausendsechshundert Meter hoch werden.«

»Du scheinst ein großer Fan von deinem Land zu sein.«

»Klar, ich bin ja auch ein Mann«, sagt er und lacht.

Ich weiß nicht, ob er es sarkastisch meint oder wirklich stolz darauf ist, dass er als Mann in Saudi-Arabien nahezu alles darf und Frauen zu Hause eingesperrt werden.

Als wir den Highway verlassen, bin ich ernüchtert. Dschidda ist hässlich. Anders als auf den Fotos, die man im Internet sieht. Einige Häuser sind so baufällig, dass man das Gefühl hat, sie stürzen jeden Moment zusammen. Bettlerinnen säumen unseren Weg. Überall liegt Abfall herum. Die Autos sind verbeult und blasen schwarzen Qualm aus den Auspuffrohren. Junis schaltet die Klimaanlage aus, weil wir den Dreck durchs Gebläse reinziehen und kaum Luft kriegen. Hier ist der Verkehr noch schlimmer als auf dem Highway. Die fahren wie die Irren. Bei Rot über die Ampeln, quetschen sich an Kreuzungen zu fünft nebeneinander, obwohl es nur drei Spuren gibt. Manche drängen uns ab, sodass Junis alle Mühe hat, nicht in ein parkendes Auto zu krachen. Irgendwann halten wir in einem Neubauviertel, das noch nicht über eine richtige Straße verfügt. Eine Frau kommt uns entgegen. Im Gegensatz zu allen anderen Frauen, die wir unterwegs gesehen haben, trägt sie keinen Niqab. Ich schätze, sie ist Anfang dreißig. Lässt sich schwer sagen.

»Ich bin Nadeen.«

Wir reichen uns die Hände, nennen unsere Namen.

»Wie geht es euch? War die Reise erträglich?«

»Alles gut«, untertreibt Helena maßlos.

»Das ist prima. Ich habe nämlich eine schlechte Nachricht für euch«, sagt Nadeen. »Der Palast von Qassim bin Laden ist von der Nationalgarde gestürmt worden. In den

Nachrichten heißt es, dass Qassim im Gefängnis einen Herzinfarkt erlitten hat.«

Helena und ich sehen uns irritiert an.

»Und was hat das mit uns zu tun?«, frage ich.

»Deine Schwester lebt da.«

Eifersucht

Ich war als junger Mann rasend eifersüchtig auf die Gefühle, die meine Geliebte ihren Eltern und Geschwistern entgegenbrachte. Ich fühlte mich gekränkt, zurückgewiesen und minderwertig. Tat ich nicht alles, um ihre Aufmerksamkeit, ihre Zuneigung zu gewinnen? Ich beschenkte sie, ich führte sie aus, ich war zärtlich, ich hörte ihr stundenlang zu, wenn sie von ihren Gefühlen sprach. Und dennoch ahnte ich, dass sie meine Liebe niemals im gleichen Maß erwidern würde. Als der Schmerz, den die Zurückweisung mir bereitete, groß und größer wurde, dachte ich daran, mich davon zu befreien. Und tatsächlich fand ich eines Tages die Kraft, die Geliebte zu erschlagen. Was für eine Erlösung!

Rashid Gibran, *Das Buch Dionysos,* S. 334

Sophie
November 2021

Es war schrecklich, als die Polizisten ihre Maschinenpistolen auf uns gerichtet und irgendwas gebrüllt haben. Ich habe geschrien, dass ich nicht weiß, was sie von mir wollen. Da hat mir einer sein Gewehr in den Bauch gestoßen, und ich bin zusammengeklappt. Ich liege in meinem Zimmer. Die ganze Zeit denke ich an Mama und Kata. Sie dürfen nicht in den Palast kommen. Sie haben doch keine Ahnung, wie das hier läuft. Am ehesten gäbe es noch eine Chance, wenn wir uns außerhalb treffen, vielleicht mit Ilias auf der Corniche. Aber wir stehen unter Hausarrest.

Es sind nur noch wenige Frauen im Palast, die meisten sind weggebracht worden. Niemand weiß, wohin, und ich weiß auch nicht, wie lange ich noch im Palast bleiben darf. Sie haben Ilias mit Plastikbändern gefesselt und mitgenommen. Die ganze Nacht ist er verhört worden und so. Obwohl der Kommandant der Nationalgarde gesagt hat, dass er in den Palast einzieht und dass Ilias und ich bleiben dürften, habe ich wahnsinnige Angst, dass sie mich doch noch wegbringen. So wie sie es bei Hanan gemacht haben.

Der Kommandant ist jetzt der neue Herr. Sein Name ist Ali Ibn El Kharisch. Es heißt, dass Ali von nun an den Bau der Kinos organisiert und die Filme auswählt, die in den Kinos gezeigt werden. Ali ist groß, ein bisschen älter als Ilias und viel männlicher.

Gegen Morgen durfte Ilias in unser Haus kommen und

frische Klamotten holen. Er muss eine elektronische Fußfessel tragen, damit er nicht flieht. Aber er darf nicht hier wohnen. Er hat ein Zimmer neben dem Wirtschaftstrakt zugewiesen bekommen. Das ärgert ihn. *Was nehmen die sich heraus, ich bin doch kein Sklave!*, hat er geschimpft. Für ihn muss es sehr schlimm sein, dass er nicht mehr der Prinz ist, der alles darf, der alles hat und dem alle zu Füßen liegen. Er hat sogar geweint. Das war mir peinlich. Nicht, dass er weint, das war schon okay, weil es doch ganz normal ist, dass Männer weinen. Obwohl mein Vater nie geweint hat, zumindest habe ich es nie gesehen. Vielleicht hat er geweint, als Kata und ich auf einmal verschwunden waren. Also mich hat nicht gestört, dass Ilias geweint hat, sondern der Grund dafür. Er ist dann wie ein kleines Kind, dem die Mutter ein Spielzeug weggenommen hat. Es hätte noch gefehlt, dass er sich auf den Boden wirft und schreit und um sich schlägt, bis er seinen Willen bekommt. Wenn ich darüber nachdenke, ist er eigentlich auch wie ein kleines Kind. Oder vielleicht eher wie ein schüchterner Junge, der sich nichts traut und immer wegschaut, wenn man ihn was fragt. Und dann explodiert er irgendwann total, weil es zu viel wird und er es nicht mehr aushält. Einmal hat er sogar Fida, seine Mutter, geschlagen. Aber daran ist sie selbst schuld. Sie hat ihre Jungs ja erst zu Prinzen erzogen, die denken, sie dürfen alles und kriegen alles. Ich werde Abdul nicht so erziehen, vor allem wird er Abidah nicht vorgezogen, wie das bei Ilias der Fall ist. Ilias hat zwei Schwestern, zumindest zwei leibliche. Qassim hat angeblich noch sechs andere Kinder mit anderen Frauen, aber die kenne ich nicht, weil Fida nicht wollte, dass die in ihrem Trakt wohnen.

Ich darf mein Zimmer behalten. Und ich kriege zwei weitere Zimmer dazu, in denen Abdul und Abidah wohnen werden. Das heißt, ich kann jetzt jeden Tag bei meinen Kindern sein. Jeden Tag! Ich kann stundenlang mit ihnen spielen und ihnen Geschichten erzählen. Abdul versteht mich zwar noch nicht, aber er hört trotzdem wahnsinnig aufmerksam zu. Ich füttere ihn und wechsle seine Windeln. Ich mache alles so, wie eine Mama das macht. Ich kann das erstaunlich gut, als würde die Fähigkeit genetisch vererbt werden. Und jetzt verstehe ich nicht, wieso ich das nicht die ganze Zeit schon machen durfte. Fida hat immer gesagt, dass Abdul den ganzen Tag schreien würde, aber bei mir schreit er überhaupt nicht. Er nörgelt nur, wenn er Hunger hat. Dann will er an meine Brust, doch da ist nichts zu holen. Meine Brüste sind ganz flach, waren sie schon bei Abidah. Und Abidah ist sowieso ein Wunder. Sie ist total neugierig und fragt dauernd nach, wenn ich eine Geschichte vorlese. Und sie lernt Deutsch wie eine Weltmeisterin. Obwohl sie erst drei ist, scheint sie ein echtes Naturtalent zu sein. Ich weiß, das sagen alle Mütter über ihre Kinder, aber hier stimmt es hundert Pro.

Immer wenn es Mittag ist, gehen Abidah und ich in die Küche. Wir essen jetzt zusammen mit den Filipinos, die als Einzige vom alten Personal noch bleiben durften. Zwölf Leute. Der Koch ist ein ganz schmaler Kerl. Dauernd denke ich, dass er verhungert, weil er seine Speisen selbst nicht anrührt. Er heißt Rommel. Mit Vornamen! Ich habe ihn gefragt, wieso er Rommel heißt, weil das doch ein deutscher Nachname ist. Und er hat mir erklärt, dass Rommel ein Panzergeneral im Zweiten Weltkrieg gewesen wäre und sein Vater den cool fand. Lieber bin ich mit Lilibeth zusammen. Sie ist für den Nachtisch zuständig. Und sie kann Apfelkuchen machen, so toll, dass du dich reinlegen willst. Ich bin gerne bei ihr. Es fühlt sich gut an. Irgendwie warm. Manchmal weine ich, und dann legt sie ihre Arme um mich, und ich spüre ihre Muskeln. Sie ist ungefähr so alt wie meine Mutter und genauso energisch. Sie sagt, dass sie nicht mehr lange bleiben wird. Sie will zurück, weil Ali sie schlecht behandelt. Sie hat noch für drei Monate Lohn zu kriegen, aber Ali hat gesagt, dass sie sich das Geld von Qassim holen soll. Nur sitzt Qassim im Gefängnis. Oder ist tot. Und deshalb wird sie niemals ihren Lohn sehen. Sie fragt mich, ob ich ihr helfen kann.

»Ich? Wie soll ich dir helfen?«

»Ich hab meinen Pass abgegeben.«

»An wen?«

»Ilias.«

»Warum?«

»Weil das alle so machen müssen, sonst kriegst du keinen Job.«

»Ilias hat deinen Pass?«

»Oder Qassim. Aber der ist ja weg.«

»Ich frage Ilias«, verspreche ich ihr.

»Aber da ist noch was. Er muss eine Bescheinigung ausfüllen, dass ich Saudi-Arabien verlassen darf. Und ich brauche meine Aufenthaltsgenehmigung. Die heißt Iqama-Karte.«

»Und wo willst du hin?«

»Zurück nach Manila. Zu meinen Kindern.«

»Du hast auch Kinder?«

Sie zeigt mir die Fotos von ihren drei Kindern, zwei

Mädchen und ein Junge. Ungefähr so alt wie ich. Sie sind unheimlich schön. Lilibeth hat sie bei ihrer Mutter gelassen.

»Okay«, sage ich. »Ich frage Ilias. Aber du musst auch was für mich tun.«

Ich habe ihr schon vor ein paar Tagen von Kata und Mama erzählt. Dass sie nach Dschidda kommen und mich hier rausholen wollen. Aber jetzt habe ich keinen Kontakt mehr zu ihnen, weil sie mir das Handy weggenommen haben. Aber Lilibeth geht jeden Morgen zusammen mit Rommel im Supermarkt einkaufen.

»Du musst versuchen, mit Kata Kontakt aufzunehmen.«

Sie lächelt mich an. »Das hab ich schon.«

Als wäre es das Normalste der Welt.

»Du hast mit Kata geredet?«

»Nicht mit ihr persönlich, aber mit einer Frau, die deine Schwester kennt.«

»Wer?«

»Sie heißt Nadeen.«

»Wer ist das?«

»Weiß ich nicht. Deine Schwester und deine Mutter wohnen gerade in ihrem Haus.«

Ich werde im nächsten Moment bestimmt ohnmächtig, so rasen die Gedanken in meinem Kopf hin und her. Sie meinen es ernst. Dabei haben sie doch null Ahnung, was hier los ist. Wenn sie versuchen, hier in den Palast zu kommen, werden sie verhaftet und ins Gefängnis geworfen. Und selbst, wenn sie es reinschaffen, kommen sie doch nie hier raus. Außerdem habe ich ja noch nicht mal einen Pass. Und was ist mit Abdul und Abidah? Und Ilias?

»Was ist?«, fragt Lilibeth.

»Hast du noch Kontakt zu dieser Nadeen?«
»Ich kann es versuchen.«
»Kannst du ihr etwas ausrichten?«
»Ja.«
»Sag ihnen, dass ich hier nicht wegwill. Sie sollen zurück nach Deutschland gehen und mich in Ruhe lassen. Sag ihnen das.«

Helena

November 2021

Pink schreit mich an, jedenfalls glaube ich, dass es Pink ist. *What about us? What about all the times you said you had the answers? What about us? What about all the broken happy ever afters?* Ich öffne die Augen, bin völlig desorientiert. Habe ich geträumt, dass wir nach Dschidda geflogen sind? Der Raum ist hell, an den Wänden hängen Teppiche, durch das Fenster bricht die Sonne herein, als wollte sie mich verbrennen. Ich bekomme nur mühsam die Augen auf. Kata sitzt auf einem Bett. Es steht gegenüber meinem. Die Musik kommt aus ihrem Handy. Sie sucht etwas.

»Kannst du das bitte leiser machen?«

»Es ist halb neun.«

»Kata!«

Sie schaltet die Musik aus.

»Nadeen ist nicht da«, sagt sie.

Es klingt so, als sei ich schuld daran.

Sie war schon gestern Abend aufgekratzt und wollte von Nadeen wissen, wie wir mit Sophie in Kontakt treten können. *Wir haben keine Zeit, wir müssen sofort einen Plan entwickeln.* Aber Nadeen hat sie gebremst. *Ihr müsst vor allem erst mal was essen. Morgen sehen wir weiter.* Ich hatte den Eindruck, dass Nadeen etwas von Sophie weiß, es uns aber noch nicht erzählen will. Als ich sie fragte, schüttelte sie den Kopf. Ich fragte noch mal, und da reagierte sie schon gar nicht mehr. Nadeen kann niemand zu etwas zwingen, so viel ist mir inzwischen klar geworden. Sie ist freundlich, aber hält eine gewisse Distanz, die ich auch zu Hause von Anwälten kenne. Sie ist mittelgroß und hat tiefschwarze Augen, die unter schmalen Brauen liegen. Ihre Nase hat etwas Aristokratisches, und ihre tiefrot geschminkten Lippen sind die sinnlichsten, die ich je gesehen habe. Ich habe sie dann in Ruhe gelassen. Ich war ohnehin zu müde, um noch einen einzigen vernünftigen Gedanken zu verfolgen.

Nadeen hat uns mit einem köstlichen Essen beglückt. Wir haben auf dem Boden auf mehreren übereinandergelegten Teppichen gesessen, um uns herum Kissen und gepolsterte Rollen, damit wir uns abstützen konnten. Es gab Tabuleh, Fattoush, Lammspieße, frittierte Hähnchenschenkel, Bällchen aus Reis und Kartoffeln und als Nachtisch Dattelkonfekt und Honigkuchen – alles wurde in Schüsseln serviert. Wir haben mit den Fingern gegessen, und selbst für Kata, die kein Fleisch isst, war es fantastisch. Ich habe Nadeen gefragt, wann sie das alles zubereitet hat. *Gar nicht, ich hab keine Zeit zum Kochen,* hat sie gesagt und gelacht. *Wenn ich mal heirate, muss es ein Koch sein.* Dazu gab es Tee, später Kaffee, allerdings nicht den europäischen Kaffee. Hier sieht er eher gelb aus, ist ungesüßt, schmeckt bitter und riecht nach Kardamom und Safran. Eigentlich ist er ungenießbar, nur mit Datteln kriegt man ihn hinunter. Ganz zum Schluss gab es dann zur großen Überraschung noch Wodka. Wie Nadeen den besorgt hat, da hier doch ein striktes Alkoholverbot herrscht, hat sie uns nicht verraten.

»Hast du Nadeen schon gefragt, ob es was Neues von Sophie gibt?«, frage ich.

»Junis sagt, sie kommt erst gegen Mittag nach Hause. Wir sollen uns solange Klamotten kaufen. Er fährt uns.«

»Zuerst brauche ich einen Kaffee.«

»Das Zeug von gestern Abend?«, fragt sie mich. »Im Ernst? Junis sagt, es gibt einen Starbucks in der Mall.«

Ich muss mein Gehirn in einen Zustand versetzen, in dem ich mit Kata mithalten kann. Wer weiß, wie lange sie schon wach ist? Ich gehe unter die Dusche und ziehe Klamotten an, die so wenig Haut wie möglich freigeben. Junis wartet bereits ungeduldig im Wagen. Die Uhrzeit, bevor der Verkehr noch einigermaßen erträglich ist, haben wir verpasst. Also quälen wir uns wieder durch einen endlosen Stau. Der Verkehr ist noch schlimmer als gestern. Es ist Donnerstag. Und weil freitags hier alles stillsteht, gehen die Leute einkaufen. Wir sitzen hinten, und Kata schimpft und schreit Junis an, er solle nicht wie ein Henker fahren. Junis lacht. Er fährt kreuz und quer durch die Stadt. Es ist wie bei einer Sightseeingtour. An manchen Stellen kommen wir zweimal vorbei.

»Wir sind ein reiches Land«, sagt er. »Aber es gibt auch Armut. Das liegt daran, dass nur saudische Staatsbürger eine Grundversorgung bekommen. Die anderen müssen sich irgendwie durchschlagen. Deswegen die Bettler und Obdachlosen. Aber für die stehen an manchen Stellen Kühlschränke mit Essen darin, das sind die Essensreste von Restaurantbesuchen. Das dürfen die Leute sich einfach nehmen. Genauso mit den Wasserspendern.«

Eine Stunde später erreichen wir die Mall.

Ein riesiger, dreistöckiger Palast mit einem gewölbten Dach und Palmen an jeder Ecke. Ich frage Junis, ob die echt sind. Er behauptet, dass die jeden Monat ausgetauscht werden, weil sie in der Mall nicht genügend Sonne kriegen. Es ist wahnsinnig voll. Junis erklärt uns, dass viele Pilger nicht nur zum Hadsch hierherkommen, sondern auch Einkaufslisten von zu Hause mitbringen. Die Läden verdienen in diesen Wochen so viel wie im ganzen Jahr nicht mehr. Wir werden abschätzig beobachtet, während Junis für uns Kaffee und Croissants bei Starbucks kauft. Es ist unsere Kleidung, die eine Provokation bedeutet. Vor allem für Männer, die uns auch deutlich zeigen, was sie von uns halten. Einige lachen, andere drohen uns. Was die Frauen über uns denken, lässt sich nicht sagen. Als ein Mann neben uns tritt und etwas auf Arabisch sagt, das eindeutig unfreundlich klingt, und als er Kata dann auch noch am Arm anfasst, faucht sie ihn wütend an.

»Speak English or fuck off!«

Der Mann versteht zum Glück kein Wort, aber um ihn herum wird gelacht. Er wird wütend und dreht sich herum, schimpft. Wahrscheinlich will er wissen, was Kata gesagt hat. Ich ahne, dass es gleich zu größeren Problemen kommen wird. Zum Glück übernimmt Junis die Situation. Er spricht mit dem Mann. Der Mann schreit ihn an, hebt drohend die Faust in unsere Richtung, lässt sich dann aber beruhigen. Ich bekomme noch mit, wie Junis eine kreisrunde Bewegung mit dem Zeigefinger an der Schläfe macht. Kurz darauf hat sich die kleine Versammlung aufgelöst.

»Bist du verrückt geworden?«, zischt Junis Kata an. »Weißt du, wer das war?«

»Ist mir egal. Ich lass mich von keinem Wichser einfach so angrapschen.«

»Der Typ war ein Haiaa.«

»Ein was?«

»Er ist von der Mutawa. Ein Religionspolizist. Mutawa heißt, *Derjenige, der andere zum Gehorsam zwingt.* Wenn du hier so weitermachst, sitzt du spätestens heute Abend in einer Arrestzelle der Polizei. Und dann viel Spaß.«

Katas Blick ist düster und feindselig. Ich kenne das von meiner Tochter. Es fällt ihr schwer zuzugeben, dass sie einen Fehler gemacht hat. Das war schon immer so. Früher konnte ich es mir damit erklären, dass ihr Selbstbewusstsein noch nicht genügend ausgeprägt war. Sie reagierte mit Wutanfällen, wenn jemand sie korrigierte. Völlig anders als Sophie, die Kritik stets lächelnd aufnahm und einem das Gefühl gab, sie sei längst über den Fehler hinweg. Sie wird sich beruhigen. Sie wird in den nächsten Augenblicken akzeptieren können, dass Junis recht hat. Am besten das Thema wechseln.

»Wo ist der Laden, zu dem wir gehen sollen?«, frage ich Junis.

»Im zweiten Stock. Inzwischen sind die Kleidungsvorschriften vor allem in Dschidda zwar nicht mehr ganz so streng, aber es ist in eurem Fall besser, wenn ihr nicht auffallt. Und da niemand weiß, wer sich unter einer Abaya und einem Niqab verbirgt, seid ihr dann relativ sicher. Es gibt sogar Fälle, in denen Männer mit Abaya und Niqab herumlaufen«, erklärt uns Junis. »Aber die gehören dann entweder zur Mabahith oder es sind Terroristen.«

»Was ist Mabahith?«, fragt Kata. Sie hat sich inzwischen wieder beruhigt.

»Auch Terroristen. Manche nennen sie auch Geheimpolizei.«

Er lacht. Überhaupt ist er ein lustiger Kerl, der seinem Land gegenüber kritisch ist und es zugleich liebt. Wie die meisten Menschen überall in der Welt. Nur bei uns zuhause ist es anders.

Der Laden, in den uns Junis führt, verkauft nur Abayas, Niqabs und Tarhas. Tarhas sind Kopftücher, die Haar, Ohren, Hals und Schultern bedecken. Junis muss draußen warten, was aber kein Problem ist, weil die Verkäuferin perfekt Englisch spricht.

Sie ist klein und füllig, trägt ebenfalls eine Abaya, das Haar aber offen. Das darf sie, weil sich keine Männer in dem Laden aufhalten dürfen. Sie zeigt uns ihre Kollektion, die bei fünfzig Dollar beginnt und bei über tausend endet. Die billigen sind aus Synthetik, die teuren mit Edelsteinen besetzt. Wir entscheiden uns für ein schlichtes Modell aus Baumwolle, das im Sonderangebot neunundneunzig Dollar kostet. Kata sieht den Umhang skeptisch an.

»Hast du schon mal eine Abaya getragen?«, fragt die Verkäuferin.

Kata schüttelt den Kopf.

»Es ist ganz einfach«, sagt die Verkäuferin. »Du ziehst die Abaya entweder über den Kopf an, oder du machst es so, wie du ein Kleid anziehst. Du steigst von oben rein.«

Da unsere Abayas Reißverschlüsse haben, steigen wir von oben ein.

»Dann legt ihr die Tarha an, damit ihr eure Haare verdeckt.«

Sie hilft uns beiden mit flinken Händen, die zeigen, dass sie das schon seit ihrer Jugend macht.

»Ihr werdet eine Weile brauchen, bis ihr das richtig könnt. Ich mache das, seit ich sieben Jahre alt bin. Und über die Tarha kommt der Niqab.«

Kata zieht den Niqab an und kriegt sofort Panik. Fängt

an zu hyperventilieren. Ich weiß nicht, welche Erinnerungen in ihr hochkommen. Sie war in dunklen Zimmern, Kellerverliesen und einem Bunker eingesperrt. Manchmal tagelang, in völliger Dunkelheit, ohne zu wissen, ob jemand kommt oder ob sie in ihrem Gefängnis verhungern wird. Die Verkäuferin bemerkt Katas Zustand und richtet den Niqab so, dass der schmale Schlitz genau über Katas Augen liegt.

»Ist es so besser?«, fragt sie.

Kata blickt in einen Spiegel und antwortet nicht. Sie steht wie erstarrt, als würde sie vor sich selbst erschrecken. Es geht mir nicht anders, wenn ich sie ansehe. Und die Vorstellung, dass Sophie seit Jahren so herumläuft, aus der Welt genommen, eine Unperson, erschreckt mich noch mehr.

»Du musst aufpassen, dass die Augenbrauen nicht zu sehen sind.«

»Ich kriege keine Luft«, krächzt Kata. Ihre Stimme hört sich gedämpft an, als spräche sie aus einem anderen Raum zu uns.

»Ja, das ist am Anfang immer so. Man denkt, man könnte nicht atmen, aber das ist nur die ungewohnte Situation. Der Stoff ist durchlässig. Atme ganz ruhig und gleichmäßig. Versuch dich zu beruhigen, tief einatmen, langsam ausatmen.«

Kata macht, was die Verkäuferin ihr sagt, und das überrascht mich. Sie atmet ruhig und gleichmäßig. Langsam lässt sie die Schultern sinken. Ihr Atem wird gleichmäßiger. Sie scheint sich zu entspannen.

»Ich sehe aus wie eine Leiche, die man vergessen hat zu beerdigen.«

Die Verkäuferin lächelt gequält. Nicht gerade das Kompliment, das sie für ihre Kollektion hören möchte.

»Du auch?«, fragt sie mich.

Ja, ich auch. Obwohl ich mich davor fürchte, so herumzulaufen. Die Verkäuferin nimmt eine Abaya vom Kleiderbügel. Sie ist am Hals mit Strass besetzt. Ich halte sie an meinen Körper. Sie würde passen. Ich nehme sie mit, ohne sie anzuprobieren, weil Junis an die Tür klopft – wir sollen sofort zurückfahren, Nadeen will mit uns sprechen. Kata reißt den Niqab vom Kopf und steigt aus der Abaya. Ich bezahle bar, mit der Kreditkarte würde man uns lokalisieren können. Als wir den Laden verlassen, lässt die Verkäuferin einen stählernen Rollladen herunter. In anderen Geschäften werden die Kunden hinauskomplimentiert und die Türen ebenfalls geschlossen. Eine Stimme brüllt aus unzähligen Lautsprechern.

»Was ist los?«, fragt Kata.

»Mittagsgebet«, antwortet Junis.

Jetzt höre ich auch das Allahu Akbar. Kunden rollen Teppiche aus, knien nieder und fangen an zu beten. Andere laufen zu der Moschee in der Mitte der Mall.

»Betest du nicht?«

»Nicht hier drinnen.«

Er läuft los in Richtung Ausgang. Wir müssen uns beeilen, damit wir ihn nicht aus den Augen verlieren. Und trotzdem verlaufen wir uns. Als wir ein paar Augenblicke später den Parkplatz erreichen, hat Junis einen Gebetsteppich aus dem Kofferraum genommen. Aus einer Plastikflasche gießt er Wasser über Gesicht, Kopf, Hände und Füße.

»Was soll das denn? Ich denke, wir sollen sofort zu Nadeen kommen«, faucht Kata.

Junis antwortet nicht.

»Was hat Nadeen gesagt?«, frage ich, als er sich bereits auf dem Teppich niederlässt.

»Irgendwas wegen deiner Tochter.«

»Das weiß ich, aber was ist mit ihr?«

Junis antwortet nicht. Er ist in sein Gebet versunken. Wir warten. Um uns herum wird überall gebetet. Aus geschätzten hundert Minaretten brüllen die Muezzins durcheinander. Es ist eine unglaubliche Symphonie aus Melodien, die sich reiben, dissonant werden, sich vereinigen. Ich bin überwältigt.

Nadeen

November 2021

Sara hat die nächsten zwanzig Stockschläge erhalten. Ihre Mutter hat geschrieben, dass Sara erst bei dem letzten gestöhnt hat. Daraufhin hat sie weitere fünf gekriegt. *Sie wird durchhalten,* hat ihre Mutter geschrieben. Dennoch bittet sie Dr. Nadeen al Sharif noch einmal, an das hohe Gericht zu schreiben, um eine Aussetzung der Strafe zu erreichen. Sie hat versucht, ihre Tochter von den letzten zwanzig Stockschlägen freizukaufen, aber das war nicht möglich. Warum es nicht möglich war, hat man ihr nicht gesagt.

Nadeen sitzt in ihrem Büro. Ordner stapeln sich an den Wänden. Davor Berge von Papieren. Unterlagen aus Prozessen. Die meisten hat Nadeen verloren, weil das Urteil schon vor Prozessbeginn gefällt war. Aber ein paar hat sie gewonnen. Das macht sie stolz. Doch in den Momenten, in denen sie ehrlich zu sich selbst ist, weiß sie, dass die gewonnenen Prozesse wie Almosen sind, die die Justiz verteilt, damit die Menschen die Hoffnung nicht verlieren. Opium fürs Volk. Sie hält ein Foto ihrer Schwester in der Hand. Die Ähnlichkeit ist frappierend. Als seien Sara und Daria Zwillinge. Wenn nicht zehn Jahre zwischen ihnen liegen würden. Sie muss jetzt handeln. Es dauert zu lange. Sie und Faiza und die anderen Frauen reden und planen und reden und planen und nichts geschieht. Beinahe wie eine staatliche Behörde, die dich monatelang auf ein

Dokument warten lässt, weil Ramadan ist oder jemand in Urlaub oder auf dem Hadsch. Das Klingeln ihres Handys reißt sie aus den Gedanken. Sie wischt die Tränen von ihren Wangen, atmet durch. Niemand soll wissen, dass sie weint. Wenn sie jemals wieder weint, dann an dem Tag, an dem der König und all die anderen Verbrecher tot sind. Dann weint sie aus Freude. Auf dem Display steht *Unbekannter Teilnehmer.* Zuerst denkt sie, es sei bestimmt wieder einer der Idioten, die sie beschimpfen und ihr Mord androhen, wenn sie sich weiterhin für ihre Ehefrauen, Schwestern, Töchter und so weiter einsetzt. Anfangs hat sie sich davon einschüchtern lassen. Sie hat dann nachts nicht schlafen können, hat sich hundert Mal umgesehen, wenn sie ins Auto eingestiegen ist. Junis hat sie überzeugt, dass es besser ist, wenn er sie fährt. *Du musst die Idioten nicht noch weiter provozieren. Die werden doch schon geil, wenn sie eine Feige essen, weil die sie an eine Vulva erinnert. Alles erinnert die an eine Vulva,* hat er gesagt. *Weil Sex ein Tabu ist, denken sie den ganzen Tag an nichts anderes und laufen mit einem Ständer durch die Gegend und sagen, die Frauen seien daran schuld.*

Aus irgendeinem Grund nimmt sie das Gespräch an. Lilibeth ist am Apparat. Die, mit der sie schon einmal telefoniert hat. Sie ist ziemlich aufgeregt. Sie sagt, dass es im Palast von Qassim bin Laden einen neuen Herrscher gibt, Ali Ibn El Kharisch, einer von der Nationalgarde. Nadeen kennt ihn. Sie sind sich vor sieben oder acht Jahren in der Universität begegnet, als er Majida Badawi verhaftet hat, eine der klügsten Physikerinnen weltweit. Majida war ein Jahr lang im Gefängnis, durfte danach jedoch nicht mehr forschen und unterrichten.

Nadeen recherchiert im Internet. Tatsächlich, eine winzig kleine Meldung. Die Nationalgarde hat Qassim wegen Korruption und Unterschlagung von Staatsgeldern angeklagt. Dass die Nachricht so klein ausfällt, deutet darauf hin, dass das Königshaus noch weitere Verhaftungen durchführen wird. Sie lehnt sich in ihrem Stuhl zurück, verschränkt die Hände hinter dem Kopf. Damit sind alle Pläne, den Scheich in seinem Palast anzugreifen, hinfällig geworden.

Kurz darauf liefert Junis Helena und Kata in Nadeens Büro ab. Sie tragen immer noch westliche Kleidung, ihre Abayas in Einkaufstüten.

»Junis sagt, Sie haben was von Sophie gehört?«, fragt Helena.

»Im Palast haben sich ein paar Dinge geändert.«

»Was heißt das?«, will Katharina wissen.

»Es hat Tote gegeben.«

»Was ist mit Sophie?«

»Laut meinen Informationen geht es ihr gut. Aber …«

»Was aber?«, bricht es aus Katharina heraus.

»Sophie will nicht mit euch zurück nach Deutschland gehen.«

»Wer sagt das?«

»Eine Frau, die im Palast arbeitet.«

»Blödsinn«, sagt Katharina.

Sie greift nach der Einkaufstasche, nimmt die Abaya heraus und beginnt sie anzuziehen.

»Wir müssen zu dem Haus fahren und die Umgebung auskundschaften. Dann legen wir uns abwechselnd auf die Lauer. Irgendwann wird Sophie ja mal das Haus verlassen.«

»Nein, wird sie nicht«, sagt Nadeen.

»Klar wird sie das. Die können sie ja nicht wochenlang einsperren.«

»Alle, die noch im Palast sind, stehen unter Hausarrest«, sagt Junis.

»Das stimmt nicht ganz«, korrigiert Nadeen ihn. »Die Frau, die mich angerufen hat, sie heißt Lilibeth, war in Al Faisaliyah im Danube Hypermarket.«

»Na also. Wenn sie morgen wieder da ist, müssen wir sie treffen und mit ihr reden, wie wir Sophie aus dem Haus holen können.«

»Das wird nicht möglich sein, Katharina.«

»*Das wird nicht möglich sein*«, äfft sie Nadeen nach. »Wieso ist bei euch immer alles so kompliziert?«

»Weil wir nicht wissen, wann sie wieder einkaufen geht. Und wir können nur mit ihr telefonieren, wenn sie nicht im Palast ist«, sagt Nadeen.

»Und woher weißt du überhaupt, dass sie die Wahrheit sagt?«, fragt Helena.

Katharina tigert auf und ab.

»Ich verstehe das nicht. Warum sollte Sophie behaupten, dass sie nicht mit uns kommen will? Ich weiß, was in ihr vorgeht. Ich habe es selbst erlebt. Sie will da raus. Alles andere ist eine Lüge.«

»Vielleicht. Aber so hat es Lilibeth gesagt. Und ihr könnt unmöglich jemanden gegen seinen Willen aus Saudi-Arabien rausbringen. Es sei denn, ihr gehört der Familie der Prinzen an«, sagt Nadeen. »Die werden euch schnappen, und das war's dann.«

»Das ist mir scheißegal«, schreit Katharina.

»Setz dich hin!«, sagt Helena.

Leise und scharf. Ein Tonfall, den Nadeen sonst nur

von hochrangigen Staatsanwälten oder ihrer Mutter kennt. Dann wendet Helena sich an Nadeen.

»Haben Sie Kontakt zu dieser Lilibeth?«

»Sie hat gesagt, sie ruft mich wieder an, wenn es ihr möglich ist.«

»Das heißt, wir müssen warten?«

»Das heißt es.«

»Wie könnt ihr nur so leben?«

Katharina schaut Nadeen abschätzig an.

»Ah! Wie schön!«, sagt Nadeen. »Diesen Blick kenne ich. Darin liegt euer ganzer Hochmut. Weil ihr im Westen ja genau wisst, was für uns rückständigen Eingeborenen im Orient richtig ist. Für euch ist die arabische Frau ein Opfer und nur ein Opfer. Eine hilflose Seele, die ihrem Schicksal nicht entfliehen kann, ein wehrloser Körper, dazu da zu dienen, sich zu verstecken, Kinder zu gebären, zu sterben. In Angst und Unwissenheit gehalten, schweigend, erniedrigt, ohne Würde. Aber das sind wir nicht. Und du hast jetzt eine gute Chance von deinem hohen Ross runterzukommen. Du hast nämlich nichts dafür getan, dass du in Freiheit leben kannst. Du hältst dich für rechtschaffen und überlegen. Aber du stehst auch nur auf den Schultern von Riesen, die all die Kämpfe, die nötig waren, für dich gekämpft haben. Es ist nicht nur die Scharia oder der Niqab oder die Abaya, die uns festhalten. Auch nicht nur unsere Väter oder der König oder der Koran. Wir leben in dem Gefängnis, das seit der Kindheit in unsere Köpfe gepflanzt wurde. Es heißt Sünde und Scham und Schande und Wertlosigkeit. Und dessen Tore verschließen wir selbst jeden Tag neu. Du beschimpfst mich, weil ich nicht so lebe wie du. Du denkst, du kannst unsere Welt einfach so über den Haufen werfen. Was ist, wenn nicht alle so leben wollen wie ihr im Westen? Als Sklaven einer Kultur, in der jeder nur an sich denkt und in der es immer darum geht, wer besser ist, schöner ist, mehr Geld hat? Und wenn wir schon mal dabei sind und du es jemals schaffst, wieder zurück in deine Heimat zu kommen, hätte ich einen schönen Job für dich. Wie wäre es, wenn du dafür sorgst, dass deine verdammte Regierung aufhört, Waffen an unseren König zu liefern? Eure Polizisten trainieren unsere darin, wie man Leute wie mich überwacht, zu Geständnissen zwingt und dann lebenslang einsperrt.«

Katharina hat Nadeen aufmerksam zugehört. Bevor sie etwas antworten kann, kommt ihre Mutter ihr zuvor.

»Wenn die Frau wieder anruft, muss sie uns mit Sophie in Kontakt bringen. Persönlich.« Helenas ruhige Stimme entspannt die Situation.

»Ich weiß nicht, ob sie das kann, aber …«

»Was wissen Sie überhaupt, verdammt nochmal?«, unterbricht Kata. Sie springt auf und stellt sich wie ein Berglöwe, der jeden Moment zubeißen wird, vor Nadeen. Man sieht es ihr an. Es glänzt in ihren Augen.

Wenn sie den Blick senkt, denkt Nadeen, werde ich ihr helfen, wenn nicht, kann sie mich mal. Sie wartet. Niemand sagt ein Wort. Kata senkt den Blick nicht.

»Du hast zwei Möglichkeiten«, sagt Nadeen. »Du respektierst, wie ich euch helfe. Oder ihr nehmt eure Rucksäcke und verschwindet.«

Kata senkt den Blick immer noch nicht. Und seltsamerweise mag Nadeen sie in diesem Augenblick. Bewundert ihre Wut, die durch nichts zu stoppen ist. Die junge Frau ist bereit, über alle Grenzen zu gehen. Sie macht keine

Gefangenen. Jeder, der nicht auf ihrer Seite ist, ist ihr Feind und wird beiseitegeräumt. Das hat etwas Ansteckendes. Wahrscheinlich ist es sogar eine Inspiration. Wenn diese beiden Frauen aus dem Westen so mutig sind, so entschlossen und bereit, alles zu riskieren, worauf warte ich dann eigentlich?, fragt Nadeen sich. In diesem Moment entschließt sich Nadeen, zu handeln. Alles zu riskieren und die beiden Deutschen als ihre Kombattanten zu engagieren.

»Also?«, fragt Nadeen.

Helena

November 2021

Es ist Sonntag. In Saudi-Arabien ein ganz normaler Arbeitstag, jeder geht seinen Beschäftigungen nach. Kata und ich nicht. Wir haben keine Beschäftigung, außer zu warten und zu hoffen und zu warten. Am Sonntag hat Nadeen Lilibeth getroffen und ihr eine Nachricht für Sophie übergeben. Wir haben uns am Samstag davor stundenlang gestritten, was wir schreiben sollen. Ich wollte Sophie nicht zu sehr bedrängen, Kata wiederum wollte ihr klarmachen, was wir alles auf uns genommen haben, um sie zu befreien. Und dass Sophie schon allein deswegen mit uns kommen sollte. Wir konnten uns nicht einigen. *Mit Sicherheit ist sie inzwischen ein anderer Mensch geworden,* meinte Nadeen. *Sie wird Koran-Unterricht erhalten haben. Sie wird gelernt haben zu beten. Das verändert dich. Und vor allem, wenn du erst elf Jahre alt warst, als die Gehirnwäsche begonnen hat.* Das hat uns eingeleuchtet. Und dazu kommt, dass Sophie zwei Kinder zur Welt gebracht hat. Zuletzt ist es das geworden:

Liebe Sophie,

wenn du nicht mit uns zurück nach Deutschland kommen willst, akzeptieren wir das. Trotzdem würden wir dich gerne sehen, bevor wir mit gebrochenen Herzen abreisen. Schreib uns, wie du es möglich machen kannst, dass wir dich noch einmal in die Arme nehmen können. Wir sind für alles bereit.

Mama und Kata

Seitdem haben wir nichts mehr von Lilibeth gehört. Von Sophie auch nicht. Wir sind unruhig, wir prüfen permanent das Handy, das Nadeen, speziell für die Kommunikation mit Lilibeth gekauft hat. Sobald ein Ton eine Nachricht ankündigt, springen wir auf, nur um im nächsten Augenblick enttäuscht zu werden. Kein Anruf, keine Mail, keine SMS, keine WhatsApp für uns. Wir rätseln, warum Lilibeth sich nicht meldet. Ist sie erwischt worden, als sie Sophie die Nachricht übergeben wollte? Hat sie es vergessen? Ist Sophie eingesperrt worden? Ist sie krank? Ist sie … Diesen Gedanken sprechen wir nicht aus. Obwohl er sich immer wieder nach vorne drängt. *Spekulationen bringen uns nicht weiter,* wiederhole ich das nervtötende Mantra. Wir müssen uns an die Fakten halten. Ermittlungsarbeit leisten. Was wissen wir? Wir wissen, dass Sophies Mann Ilias unter Hausarrest steht, damit auch Sophie. Und wie es aussieht, kann sie derzeit nicht telefonieren. Also warten wir weiter. Kata in einer Stimmung wütender Ungeduld. In welcher Stimmung ich bin, weiß ich nicht. Sobald ich morgens aufwache, werde ich von Gedanken überflutet, über die ich keine Kontrolle habe.

Zum Beispiel, wieso Kata mir nicht gleich gesagt hat, dass Sophie lebt, nachdem sie die Nachricht von ihr erhalten hatte? Und wieso sie ausgesagt hat, ich hätte Akif Kaplan nicht in Notwehr, sondern vorsätzlich erschossen. Ich muss Kata diese Fragen stellen. Ich wollte sie ihr schon stellen, als wir uns bei Fatima getroffen haben, aber es war nicht der richtige Zeitpunkt. Seitdem hat sich kein richtiger Zeitpunkt mehr ergeben.

Nadeen kriegt Besuch von ein paar Frauen. *Sind die von Nemesis?*, habe ich gefragt. Sie hat gelächelt. *Kommen die wegen uns?* Sie hat erneut gelächelt. Es ist ihr lieber, wenn wir nichts davon wissen und die Frauen nicht sehen. Deshalb hat sie Junis beauftragt, uns ein bisschen rumzuführen. Wir streifen die Abaya und den Niqab über. Kata flucht, weil sie keinen Bock auf Sightseeing hat. Ich staune immer wieder über ihre rigorose Offenheit. Sie ist nur selten diplomatisch oder wenigstens freundlich, wenn es um ihre Schwester geht. Ob sie in anderen Momenten bereit ist, Kompromisse zu machen, sich unterzuordnen, einfach nachzugeben, weiß ich nicht. Einerseits bewundere ich sie für diese unbedingte Stärke, und dann wieder erschreckt sie mich. Ich kenne meine Tochter nicht mehr. Es gibt einen Blackout. Er hat drei Monate lang gedauert. In diesen drei Monaten in einem Bunker in Berlin ist die emotionale Nabelschnur durchschnitten worden, die mich seit der Geburt mit ihr verbunden hat.

Junis will uns zur Corniche bringen, aber Kata protestiert. *Was hab ich davon, in einem Leichentuch am Strand zu sitzen und in der Sonne zu braten,* herrscht sie Junis an. Junis zuckt mit den Schultern. Dann eben die Altstadt. Zu den weiß gekalkten Häusern, deren kunstvoll verzierte Balkone aus Holz wie angeklebt wirken.

Dschidda sieht nicht viel anders aus als Istanbul oder Kairo oder Marrakesch. In der einen Straße recken sich Luxushotels und Bürohäuser in den Himmel, zwei Ecken weiter stapelt sich der Müll. Vor einem Laden sind die

Köpfe von Lämmern auf Holzstäben aufgespießt. Sie sehen aus wie Trophäen. Junis sagt, dass manche Ausländer Lammköpfe als Spezialität betrachten, er hingegen steht mehr auf Al Baik. So was wie die saudische Version von KFC. In einer Straße hängen Hunderte Klimaanlagen an den Hauswänden. Wir sehen in den Schaufenstern der Läden bunte Abayas. Überall stehen Bücherstände. Aber das einzige Buch, das dort verkauft wird, ist der Koran. Als Kata sich wieder beschwert, führt Junis uns in Gegenden, in denen es nicht glitzert, in denen es weniger um Leben als um Überleben geht. *Das ist Ghulail,* sagt er trotzig, so als wollte er uns schockieren und uns beweisen, dass es in Dschidda noch viel schlimmer ist, als wir uns das vorstellen. Die Straßenränder sind von Müll übersät. Es riecht nach Abfall und Fäkalien. Häuser sind eingestürzt, bleiben als Ruinen erhalten. Niemand scheint sich darum zu kümmern. Überall sitzen Frauen mit drei, vier Kindern am Straßenrand und betteln. Junis sagt, dass sie die Opfer von Scheidungen sind. Da sie nie arbeiten durften, sind sie auf Almosen angewiesen. Noch schlimmer dran sind die ausländischen Arbeiterinnen, die von ihren Chefs rausgeschmissen wurden. In die Gesichter ist das Elend tief eingegraben. Die meisten Kinder sind barfuß, ihre Kleidung zerrissen. Entweder sie rennen umher und werfen mit Steinen nach Katzen und werden von ihren Müttern mit Ruten geschlagen, oder sie sitzen apathisch mitten auf der Straße und spielen im Dreck. Junis macht Fotos mit seinem Handy. Kata vor einer bettelnden Frau, Kata mit einem völlig verdreckten Kind, Kata neben einer Frau, die auf der Straße liegt und blutet.

»Bist du jetzt zufrieden?«, fragt er. »Soll ich dir die

Fotos schicken, damit du sie auf Instagram posten kannst, damit deine coolen Freunde sehen, in was für einem abgefuckten Land wir leben? Dass wir rückständige Idioten sind, die keine Ahnung davon haben, wie toll es ist, wenn man in einem Land lebt, in dem jeder tun und lassen kann, was er will?«

Kata sieht ihn verunsichert an. Für einen kurzen Augenblick scheint es, als würde sie einlenken. Aber das täuscht.

»Ich würde niemals damit angeben, wie wir leben, Junis. Weil wir so nicht leben. Ich hab keine Ahnung von euch, und du hast keine Ahnung von uns. Aber du kannst nicht von mir erwarten, dass ich es gut finde, was hier läuft. Das ist eine verdammte Diktatur, in der die Reichen alles haben und alles dürfen, und der Rest wird eingekerkert und muss das Maul halten und betteln.«

Bevor Junis antworten kann, ertönt wieder der Ruf zum Gebet, ohrenbetäubend laut aus unzähligen Lautsprechern. Ein Orchester von Stimmen und Gesängen kreiert eine kakofonische Symphonie. Die Türen der Geschäfte werden geschlossen. Schilder an die Türen gehängt. *Closed for Prayer.* Junis betet nicht. Er marschiert einfach los. Wir haben Schwierigkeiten, ihm zu folgen. Ich hoffe, er geht zurück zum Wagen. Wenn nicht, wenn wir ihn verlieren, weiß ich nicht, was wir machen sollen. Wir laufen eine halbe Stunde lang kreuz und quer. Unter dem Niqab sehe ich nicht, wohin ich trete. Immer wieder stolpere ich über Steine. Kata stürzt, weil sie ein Loch in der Straße nicht gesehen hat. Als ich Junis einhole und frage, warum er es so eilig hat, kriege ich keine Antwort. Ich sehe nur, dass er telefoniert. Er sagt uns nicht, mit wem er telefoniert und ob es etwas Neues von Sophie oder Lilibeth gibt.

Wir steigen ins Auto ein. Katas Knie bluten von dem Sturz. Sie muss bei Nadeen die Wunde sofort auswaschen. Junis rast los. Fädelt sich in den Verkehr ein. Als wir bei Nadeen ankommen, trifft mich der Schlag. Ich habe mit allem gerechnet, aber nicht damit.

Robert sitzt in der Küche. Er lächelt uns an. Kata und ich stehen eine halbe Ewigkeit, dann fällt sie ihm um den Hals.

»Was machst du denn hier?«

Es ist alles, was ich hervorbringen kann.

»Ich dachte, ihr könnt Hilfe gebrauchen.«

Er grinst, und ich fühle mich zurückversetzt in die Zeit, als wir uns kennenlernten und er jedes Problem, jeden Konflikt behandelt hat, als wären es Kleinigkeiten, die ihm maximal ein müdes Lächeln abringen könnten. Er hatte damals ein unfassbares Selbstvertrauen, diese Ausstrahlung von Unbesiegbarkeit, die mich wärmte und beruhigte. Jahrelang war davon nichts mehr zu sehen gewesen. Er war verletzt, gebrochen, desillusioniert. Doch jetzt, in Nadeens Küche, blitzt es wieder auf. Und ich bin so unendlich dankbar, dass er gekommen ist.

Wir sitzen bis spät in die Nacht. Robert erzählt, dass er Fatima angerufen hat. Von ihr hat er von Nadeen erfahren. Zuerst wollte er als Security für den Deutschen Wirtschaftsminister zu einer Konferenz mitgehen, dem sogenannten Davos in der Wüste. Aber das ging nicht. Und dann eröffnete sich ihm ein viel einfacherer Weg.

»Julio Batista gibt morgen ein Konzert. Ich habe zwei Karten dafür gekauft und bin ohne Probleme nach Saudi-Arabien eingereist.«

Wie bitte?

»Ist das wahr? Wir haben uns die Beine ausgerissen, um hierherzukommen, und du kaufst einfach eine Karte für ein Konzert?«

»Es war ein Tipp von meinem Chef. Ich hab mir Batista auf YouTube angehört. Er ist scheiße«, meint Robert. »Ihr verpasst also nichts.«

Dann fragt er uns nach Sophie aus. Als wir ihm erzählt haben, was wir wissen, nickt er nur. Ich kenne das von ihm. Wie beim Schach berechnet er die nächsten Züge. Es ist so gut, dass er da ist, verdammt noch mal. Und wenn es nur für den Fall ist, dass wir nicht weiterwissen. Er wird eine Lösung finden. So war es immer. Und wenn die Lösung darin besteht, dass er sich eine Pistole besorgt. Es ist drei Uhr morgens, als wir endlich ins Bett gehen.

Sophie

November 2021

Ich kann nicht aufhören zu weinen. Ich halte den kleinen Zettel in der Hand. Lese ihn immer wieder.

Liebe Sophie,

Wenn du nicht mit uns zurück nach Deutschland kommen willst, akzeptieren wir das. Trotzdem würden wir dich gerne sehen, bevor wir mit gebrochenen Herzen abreisen. Schreib uns, wie du es möglich machen kannst, dass wir dich noch einmal in die Arme nehmen können. Wir sind für alles bereit.

Mama und Kata

Ich habe gedacht, dass es mir nichts ausmachen würde, meiner Mutter und meiner Schwester zu sagen, dass ich nicht mit ihnen kommen kann. Einfach weil ich nicht mehr in ihrer Welt leben kann und auch nicht will. Weil ich jetzt weiß, wo ich hingehöre. Zu Ilias. Aber jetzt fühlt es sich so ganz anders an, wenn ich eine Nachricht von meiner Mutter in der Hand halte. Es ist ihre Schrift. Und es ist auch ihre Sprache. Verständnisvoll, ein bisschen sentimental, pragmatisch. Durch den Schleier der Tränen verschwimmen die Buchstaben. Ich wische über die Wangen, habe Mascara an den Fingern. Bestimmt ist mein

Gesicht total verschmiert. Immer wieder lese ich die Worte. Ich überlege, was da wohl stehen würde, wenn Kata die Nachricht geschrieben hätte. Irgendwas wie: *Bist du irre? Du kommst mit, das schwöre ich dir. Und wenn ich dich an den Haaren durch die Wüste schleifen muss. Die Idioten haben dir eine Gehirnwäsche verpasst.* So in der Art. Wenn ich daran denke, muss ich lachen.

Ich schaue nach Abdul und Abidah. Sie schlafen. Das ist gut so. Ich nehme ein Blatt Papier und einen Bleistift. Ich muss ihnen schreiben, dass wir uns nicht sehen können. Ich stehe unter Hausarrest. Und selbst wenn es gelingen sollte, wenn man mir erlaubt, den Palast zu verlassen – wo sollten wir uns treffen? Die Polizei wird mich auf Schritt und Tritt verfolgen und beobachten. Wenn dann Kata und Mama zusammen mit mir gesehen werden, wird die Polizei sie garantiert verhaften. Ilias sagt, dass der König inzwischen total paranoid geworden ist. Es hat Dutzende Verhaftungen und Todesurteile gegeben. Jeder Prinz ist in seinen Augen ein Feind.

Ich überlege und überlege und weiß nicht, wie ich es ihnen erklären soll. Vielleicht ist es das Beste, wenn ich nicht auf die Nachricht antworte. Vielleicht werden sie dann irgendwann aufgeben und abreisen. Ohne, dass wir uns sehen. Aber will ich das?

Ilias kommt von einem weiteren Gespräch mit Ali zurück. Er schaut finster. Das heißt, es gibt doch keine guten Nachrichten. Er hat so sehr darauf gehofft, dass der Kommandant ihn verschont.

»Ich hab zwei Stunden gewartet, bis sie mich zu ihm vorgelassen haben. Er hat all unsere Geschäfte übernommen. Alles. Er hat alle Konten sperren lassen. Auch meine in der Schweiz. Sogar der Palast gehört jetzt ihm. Er muss sehr eng mit dem König sein.«

»Was hat er gesagt?«, frage ich.

»Wir dürfen den Palast verlassen.«

»Wann?«

»Nächsten Monat. Ich muss ihm vorher noch die Firma übergeben.«

»Das ist doch gut, oder?«

»Was soll denn daran gut sein? Wir werden irgendwo in der Stadt wohnen müssen. Weißt du, was das heißt?«

Nein, ich weiß es nicht. Ich habe noch nie darüber nachgedacht.

»Die Leute werden mich erkennen. Die werden mich auslachen, weil ich alles verloren habe. Vielleicht werden sie mich durch die Straßen jagen und verprügeln. Und keine Polizei, keine Security wird mich schützen.«

Ich schaue ihn an. Es ist seltsam, wie klein er auf einmal ist. Er ist nicht so selbstbewusst wie sein Vater oder sein Bruder Tarik.

Er sieht aus dem Fenster, weil die Polizei mit heulenden Sirenen vorfährt. Irgendwas ist wieder passiert.

Ich schaue auf die Nachricht von Mama. Wenn wir den Palast verlassen müssen, gibt es vielleicht doch eine Möglichkeit, dass ich sie sehen kann. Ilias bemerkt den Zettel.

»Was hast du da?«

Ich will den Zettel einstecken, aber er nimmt ihn mir aus der Hand. Er liest. Er sieht mich fassungslos an. Gleich wird er ausrasten, weil ich ihm nichts davon gesagt habe. Ich habe ihn hintergangen. Ich habe sein Vertrauen missbraucht. Das ist etwas, das er nicht ertragen kann. Keine Frau darf Geheimnisse vor ihrem Mann haben.

»Woher hast du das?«

Er sieht mich an. Ich weiß nicht, was er denkt. Das weiß man sowieso nie bei ihm. Seine Stimmungen können von einer Sekunde auf die andere wechseln. Und immer ist es extrem. Mal ist er verliebt, dann kommt er und umarmt mich und will bei mir liegen, dann wieder ist er so wütend, dass ich mich vor ihm verstecken muss. Oder er ist total hilflos und traurig, hält sich an mir fest und weint. Meistens weiß ich, in welcher Stimmung er ist, wenn er zu mir kommt. Nur jetzt nicht.

»Wer hat dir das gegeben?«

»Das kann ich dir nicht sagen.«

Er starrt den Zettel an. Schüttelt den Kopf. Und dann ändert er plötzlich den Tonfall. Ich sehe es zuerst in seinem Gesicht. Sein Blick ist ganz traurig.

»Willst du weggehen?«

»Nein.«

»Du bist doch meine Frau. Wir gehören doch zusammen.«

»Ich gehe nicht weg.«

»Wir sind eine Familie.«

»Natürlich sind wir das.«

»Was ist mit Abdul und Abidah? Willst du sie mitnehmen?«

»Nein.«

Ich bin verwirrt. Dauernd schwanke ich hin und her. Einmal weiß ich, was ich tun soll, und dann bricht alles wieder zusammen. Ich habe mir zu Anfang so sehr gewünscht, dass Mama und Papa kommen und mich hier wegholen. Dass ich wieder bei ihnen sein kann. Und bei Kata. Dass wir zusammen sind. Zu Hause. Aber ich habe nie darüber nachgedacht, wie das gehen soll. Und ob ich das hier alles zurücklassen kann. Und was mit Ilias ist. Und Abdul und Abidah.

Ilias umarmt mich. Drückt mich an sich. Er spürt meine Unsicherheit. Ich habe Angst. Wie er. Aber es fühlt sich gut an, wie er mich festhält. Ich werde meine Mutter und Kata treffen. Aber ich werde nicht weggehen. Egal, was uns hier noch erwartet.

Als er schon wieder zu einem Treffen mit Ali gerufen wird, kommt Lilibeth herein. Sie hat eine neue Nachricht.

Katharina

November 2021

Nadeen weckt meine Mutter und mich. *Beeilt euch.* Und schon ist sie wieder zur Tür hinaus. Sie sagt nicht, warum wir uns beeilen sollen. Ich schaue zum Fenster hinaus. Es regnet. Gelbe Schlieren laufen an den Fenstern herab. Auf den Straßen bilden sich riesige Pfützen, die von überallher gefüllt werden. Ich sehe zum Himmel hinauf. Er ist blau. Die Sonne scheint. Keine einzige Wolke ist zu sehen. Als ich mich umdrehe, hat meine Mutter sich bereits angezogen. Sie lächelt mich an, wünscht mir einen guten Morgen.

»Zieh dich an«, sagt sie. »Und weck deinen Vater.«

Jetzt erinnere ich mich wieder, dass er ja gestern angekommen ist. Er hat auf der Couch im Wohnzimmer geschlafen. Ich gehe zu ihm und wecke ihn. Es ist gut, dass er da ist. Meine Mutter für die Pläne, er für die Tat. Er zögert nicht. Das ist manchmal ein Fehler, aber hin und wieder schafft er damit Tatsachen. Und das ist gut. Ich sage zu ihm, dass unsere Familie aus Lärchen und Eulen besteht. Wenn wir ein Geschäft hätten, könnten wir es rund um die Uhr betreiben. Und kaum habe ich das gesagt, weht mich eine tiefe Sehnsucht an. Wieso kann es nicht wieder wie früher sein? Wieso können wir nicht wieder die Familie sein, die wir so lange waren? Abends vor dem Fernseher oder Karten spielen oder Ausflüge machen, oder Basketball trainieren. Wieso nicht? Bevor er meine

Tränen sieht, gehe ich ins Badezimmer, um mir das Gesicht mit kaltem Wasser zu waschen. Aus der Küche höre ich aufgeregte Stimmen. Nadeen, Junis, eine Frau, die ich nicht kenne, und meine Mutter stehen um den Tisch herum.

»Es gibt einen Treffpunkt«, sagt Nadeen. »Und es gibt eine Uhrzeit.« Sie drückt mir eine Tasse mit dem grässlichen Kaffee in die Hand.

»Was?«, rufe ich so laut, dass ich selbst erschrecke.

Eine dumme Frage. Eigentlich nur dazu da, Zeit zu gewinnen. Zu verstehen, was das bedeutet. Dabei ist es doch genau das, was wir die ganze Zeit erträumt haben. Aber jetzt geht es so schnell, dass ich mich überrumpelt fühle. Ich trinke einen Schluck Kaffee und verbrenne mir die Zunge.

»Wann?«, frage Helena.

»Bald. In den nächsten Tagen während des Nachmittagsgebetes«, sagt Nadeen.

»Wann ist das?«

»Wenn der Schatten eines senkrechten Gegenstandes gleich ist mit der Schattenlänge zu Mittag zuzüglich der wahren Länge dieses Gegenstandes«, erklärt Junis.

Hä?

»Kurz vor Sonnenuntergang«, ergänzt Nadeen.

»Wo?«

Nadeen sieht die fremde Frau an.

»In der King Faisal Klinik«, sagt die Fremde in makellosem Englisch.

»Ist Sophie krank?«

»Nein.«

»Wieso ist sie dann im Krankenhaus?«, frage ich. »Und wer bist du überhaupt?«

»Ich heiße Lilibeth. Ich arbeite im Palast in der Küche.«

Sie ist das? Über sie haben wir Kontakt zu meiner Schwester? Sie ist keine Saudi. Eher Philippinin.

»Wie geht es ihr?«, fragt Helena.

»Gut«, sagt Lilibeth. »Es geht ihr gut. Ich konnte sie davon überzeugen, euch wenigstens zu treffen.«

Wenigstens zu treffen. Was soll das denn heißen? Ich bin aufgeregt. Ich bin so aufgeregt, dass ich kaum atmen kann.

»Und wie läuft das Ganze ab?«

»Weil Sophie den Palast eigentlich nicht verlassen darf, kriegt sie ein Medikament, sodass ihr schlecht wird und sie sich übergeben muss. Wir fingieren eine Schwangerschaft. Sie wird um siebzehn Uhr von einem Krankenwagen in die Klinik gebracht. In der Klinik kommt sie in eine spezielle Abteilung. Dort arbeitet eine Ärztin, mit der wir befreundet sind«, sagt Nadeen.

Sie zeigt uns grüne Uniformen, die auf dünnen Drahtbügeln hängen.

»Für das Krankenhaus ist ein Reinigungsdienst zuständig. Wir ziehen diese Uniformen an. Um fünfzehn Uhr fahren wir zum Krankenhaus. Am Eingang zum Wirtschaftstrakt erwartet uns jemand und bringt uns in einen Aufenthaltsraum im Keller. Junis und Robert warten im Lieferwagen im Hof. Robert kriegt eine Iqama-Karte, für den Fall, dass er kontrolliert wird. Dann wird Sophie von einer Ärztin zum Röntgen geschickt. Eine Krankenschwester bringt sie zu einem Aufzug. Sie kommt in den Raum, in dem wir warten.«

Das geht alles so schnell, dass ich nicht mitkomme.

»Und dann?«, fragt Helena.

»Deine Tochter und ich tauschen die Kleidung. Dann fahren Junis und Robert euch zum Hafen. Vor dem Eingang zum Containerterminal steht ein Lkw mit einem Container. Der Fahrer weiß Bescheid. Ihr klettert in den Container, er schließt die Tür.«

»Wie bitte?«

Endlich schaltet mein Vater sich ein.

»Es ist die einzige Möglichkeit, hier rauszukommen. Der Container ist für eine Firma in Kairo bestimmt. Das heißt, ihr seid zwei Tage unterwegs. Es wird sehr heiß in dem Container. Ihr braucht genügend Wasser und etwas Essen.«

Ich schaue meine Mutter an. Was Nadeen vorschlägt, ist der blanke Wahnsinn.

»Wann hast du dir denn das alles ausgedacht?«, frage ich Nadeen.

»Das habe ich mir nicht ausgedacht. Zumindest nicht alleine. Es ist nur einfach die beste Methode, um Leute aus dem Land zu schaffen, bevor sie im Gefängnis landen.«

»Okay.«

Mein Vater nickt kaum merklich. Was heißt das? Dass wir es machen? Im Ernst? Es herrscht eine eigenartige Stimmung. Irgendwas zwischen Freude, Ungeduld und wahnsinniger Anspannung. Ich habe Angst, dass es schiefgeht. Sie beugen sich zu fünft über einen Stadtplan von Dschidda. Junis' Zeigefinger folgt einer roten Linie, die sich durch die Straßen schlängelt. Mein Vater fragt nach Überwachungskameras. In dem Raum für das weibliche Reinigungspersonal gibt es keine, weil die Frauen sich dort an- und ausziehen. Wieso darf Robert nicht mit in den Raum gehen? Aus demselben Grund.

»Wisst ihr was?«, sage ich. »Es scheint alles so perfekt geplant und gleichzeitig so riskant, dass ich mich frage, wieso Nadeen dieses Risiko auf sich nimmt.«

Offensichtlich eine gute Frage, denn jetzt sehen alle Nadeen an. Sie zögert, macht ein paar Schritte vom Tisch weg, als müsste sie sich in Sicherheit bringen, bevor sie antwortet. Ihre Stirn liegt in Falten.

»Wenn wir euch helfen, Dschidda zu verlassen, muss Sophie etwas für uns tun.«

Es gibt einen Haken. Als ob ich es geahnt hätte.

»Und das wäre?«, fragt mein Vater.

»Ein Geschenk muss zu einer Konferenz geliefert werden. Sophie muss uns dabei helfen.«

»Was für ein Geschenk?«, fragt Helena.

Wir schauen uns verwundert an.

»Das müsst ihr nicht wissen.«

»Doch, das müssen wir wissen«, sage ich.

Nadeen sieht mich regungslos an. Was bedeutet das?

»Was für ein Geschenk?«, frage ich noch einmal.

Nadeen weicht meinem Blick aus. Sie atmet schwer. Es muss irgendwas Gefährliches sein. Irgendetwas, das mit den Dingen zu tun hat, weswegen sie in den letzten Stunden so aufgeregt war. Und auf einmal ahne ich es. Nein, ich weiß es. Ich sehe meine Mutter an.

»Es handelt sich um eine Bombe, richtig?«, fragt Helena.

Nadeen nickt knapp.

»Sophie soll eine Bombe irgendwohin bringen«, sie sagt es so ruhig, als würde es sich um Amazon handeln. Wir sehen uns an. Und wir wissen, dass das nicht geht. Dass es unmöglich ist. Dass es unseren Plan gefährdet. Dass es Sophie in eine wahnsinnige Gefahr bringt.

»Warum Sophie?«, fragt mein Vater.

»Weil jeder Besucher, der an der Konferenz teilnimmt, kontrolliert wird. Mit Ausnahme der Prinzen und ihrer Frauen.«

»Auf keinen Fall!«, sage ich. »Sophie kann keine Bombe irgendwohin bringen. Sie ist fünfzehn. Sie ist ein Mädchen.«

Nadeen zuckt mit den Schultern.

»Überlegt es euch. Ihr seid hierhergekommen, um Sophie zu *entführen*. Wir haben euch nicht gerufen. Wir haben nicht gesagt, kommt hierher und bringt uns alle in Gefahr. Trotzdem haben wir euch aufgenommen. Weil wir Fatima kennen. Und weil uns das, was euch passiert ist, berührt. Aber bildet euch nicht ein, dass eure Situation so besonders ist. Das ist sie nicht. Was mit eurer Tochter geschehen ist, passiert gerade jetzt, in diesem Augenblick, Tausende Mal in diesem Land. Und das wollen wir beenden. Überlegt es euch.«

Meine Mutter und mein Vater schweigen. Endlose Minuten vergehen. Jemand muss etwas sagen. Und das ist dann mein Vater.

»Wir machen es so«, sagt er. »Aber unter einer Bedingung. Sophie darf nicht in Gefahr geraten.«

»Wie bitte?«, ich kann nicht glauben, dass er so sachlich damit umgeht.

»Es kann nicht sein, dass die ganze Sache deswegen umsonst war. Oder?«

Wir antworten nicht.

Sophie

November 2021

Es ist zwei Uhr. Ich bin überglücklich, dass ich meine Kinder um mich herum habe. Ich gewöhne mich daran, dass das jetzt mein Leben ist. Und nicht das Leben, das ich zuhause in Berlin geführt hätte. Heute bete ich zum ersten Mal zusammen mit Abidah. Wir beginnen, wie es vorgeschrieben ist. Wir waschen uns. Wir sagen gemeinsam »Preis sei Dir, oh Allah, und Lob sei Dir, und gesegnet ist Dein Name, und hoch erhaben ist Deine Herrschaft, und es gibt keinen Gott außer Dir.«

Seit hier im Palast alles auseinanderfällt, hat das Gebet eine noch tiefere Bedeutung für mich bekommen. Ich spüre Gottes Liebe in den Worten.

»Alle Lobpreisung gebührt Allah, dem Herrn der Welten, dem Allerbarmer, dem Barmherzigen, dem Herrscher am Tage des Gerichts.«

Es gibt mir Trost und Vertrauen, dass das Richtige geschehen wird.

»Dir allein dienen wir und Dich allein flehen wir um Hilfe an, führe uns den rechten Pfad, den Pfad derer, denen Du gnädig bist, nicht derer, denen Du zürnst, und nicht derer, die in die Irre gehen. Amen.«

Obwohl ich es mir so sehr wünsche, Mama und Kata zu sehen, habe ich wahnsinnige Angst davor. Aber dann habe ich heute Nacht mit Ilias gesprochen. Er war nicht mehr enttäuscht. Er hat verstanden, dass es mir das Herz zerreißt. *Du bist noch so jung,* hat er gesagt. *Und ich verstehe, dass du eine große Sehnsucht nach deiner Familie hast.* Und er hat mich gefragt, ob ich meine Mutter und meine Schwester nicht davon überzeugen will hierzubleiben. Sie könnten zum Islam übertreten. Wir würden als eine Familie zusammenleben. Er hat mit einem Freund gesprochen, der ihm angeboten hat, in dessen Firma einzusteigen. *Ich werde viel Geld verdienen,* hat Ilias gesagt. *Genug, damit wir alle ein sorgenfreies Leben führen können.* Das hat mich so gefreut, weil er mich versteht und es eine ganz tolle Idee ist. *Allah hat mir diese Idee heute Nacht im Traum zugeflüstert,* hat er gesagt. Und außerdem ist es in Dschidda nicht so wie in der Hauptstadt. *Du hast das noch nicht gesehen, weil du den Palast kaum verlassen hast und nicht in der Stadt warst. Aber irgendwann müssen Frauen hier keine Abaya mehr tragen. Alles wird viel freier und offener sein.* Ilias war auch nicht wütend auf Lilibeth. Sie hat ja nur das getan, worum ich sie gebeten habe.

Seitdem weiß ich, dass alles gut werden wird. Lilibeth wird Mama die Nachricht überbringen, dass ich pünktlich im Krankenhaus sein werde. Ilias wird mitkommen. Abdul und Abidah bleiben hier, sonst wird es zu kompliziert. Obwohl ich meiner alten Familie gerne meine Kinder zeigen möchte. Mama als Oma. Was für ein Gedanke. Auf alle Fälle können sie sehen, dass ich ein gutes Leben führe. Jetzt, wo Qassim verhaftet worden ist. Und wo Fida tot ist. Das Schrecklichste ist zum Besten geworden.

Abidah sieht mich erwartungsvoll an. Sie hat offensichtlich vergessen, was als Nächstes drankommt.

»Wir sagen Allahu Akbar und werfen uns nieder, indem wir knien und unsere Hände, Nase und Stirn auf den

Boden legen. Dann sagen wir drei Mal, gepriesen sei mein allerhöchster Herr.«

Ich kann gar nicht beschreiben, wie glücklich ich bin. Allah hat durch Ilias auf mich aufgepasst und mir den rechten Weg gezeigt. Es ist alles einfach, wenn ich glaube und mich ihm unterwerfe. Abidah kniet neben mir, die Stirn auf dem Boden.

»Jetzt richtest du deinen Oberkörper auf und sagst wieder Allahu Akbar.«

»Ich weiß, Mama. Und dann sagen wir drei Mal, mein Herr, vergib mir, vergib mir.«

»Ja, so machen wir es.«

Gegen Mittag kommt Ilias in Begleitung von Lilibeth und gibt mir eine Tablette, die bewirken soll, dass ich mich übergeben muss. Eigentlich will ich das nicht.

»Warum kann ich nicht einfach sagen, dass ich mich nicht gut fühle?«

»Weil sie dann einen Arzt hierherholen. Wenn überhaupt. Sie müssen sehen, dass es dir richtig schlecht geht, das kannst du nicht vorspielen. Ich werde ihnen sagen, dass du wieder in Erwartung bist und wir Angst haben, dass du das Kind verlierst.«

Ilias geht wieder. Lilibeth bleibt noch bei mir. Sie hat im Supermarkt Berge von Lebensmitteln eingekauft. Und Monopoly für Abidah. Aber sie hat zwei mitgebracht.

»Wieso hast du zwei gekauft? Abdul und Abidah sollen zusammen damit spielen.«

»Da ist noch etwas«, sagt sie.

»Ja?«

Sie erklärt mir, dass es eine Konferenz gibt, bei der ein paar wichtige Leute zusammenkommen. Und die Frau, bei der meine Eltern und Kata sich verstecken, will ihnen nur helfen, Dschidda zu verlassen, wenn ein Geschenk dorthin geliefert wird. Ich frage sie, wieso die Frau das will und was ich damit zu tun habe. Lilibeth will es mir nicht sagen. Aber ich gebe nicht nach. Schließlich sagt sie, ich solle das Geschenk in Ilias' Wagen verstecken. Unter der Klappe für den Ersatzreifen. Und wenn wir bei der Konferenz sind, soll ich das Geschenk jemandem übergeben. Und auf einmal ahne ich, was es damit auf sich hat. Es ist unfassbar. Ich weiß nicht, was ich denken soll. Angst packt und schüttelt mich, als hätte ich Fieber. Lilibeth will gehen, aber ich halte sie fest. Ja, in der zweiten Schachtel ist das drin, was ich denke, sagt sie. Sie erzählt mir von Nadeen, bei der Mama und Kata wohnen. Und von einer Sara und von den Stockschlägen. Und dass es eine Gruppe von Frauen gibt, die sich Nemesis nennt und die hinter den Anschlägen steckt, die in den letzten Wochen passiert sind. Sie erklärt mir, warum sie das machen, dass sie keinen anderen Ausweg mehr sehen.

Ich höre ihr zu. Ich verstehe die Gründe. Aber ich weiß auch, dass ich das niemals machen werde.

Helena

Dezember 2021

Die Uniformen des Reinigungsdienstes passen perfekt. Weil wir keine Niqabs, sondern lediglich einen Hidschab tragen, haben wir unsere Gesichter dunkel geschminkt. Jetzt sehen wir wie Gastarbeiterinnen aus. Wir gehen den Plan zum dritten Mal durch. Schritt für Schritt. Ich werde dadurch nicht ruhiger. Auch weil ich weiß, was in dem Paket drin ist. Mein Blick auf Nadeen wandelt sich. Ich weiß, warum sie das macht. Aber ich weiß nicht, was ich darüber denken soll. Ich habe ihr gesagt, dass ich es für falsch halte. Sie hat genickt, als hätte sie meine Einwände erwartet. *Sie kennen dieses Land nicht*, hat sie gesagt. Das stimmt. Und trotzdem. Alles, was jetzt geschieht, ist der pure Wahnsinn. Allein der Gedanke, in einen Container zu steigen und zu hoffen, dass das Ding auch wieder geöffnet wird und nicht irgendwo in einem Hafen verrottet, treibt mir den Schweiß auf die Stirn. Vor ein paar Jahren haben wir gegen Schleuser ermittelt. Arbeiter im Hamburger Hafen hatten einen Container gefunden, aus dem es fürchterlich gestunken hat. Das Ding stand achtzehn Monate inmitten von Millionen anderer Container. Acht verfaulte Leichen darin. Die waren einfach verhungert und verdurstet.

Robert sieht mich an. Alles okay? Ich nicke.

Als wir das Haus verlassen und zum Wagen gehen, sehen wir aus wie fünf Cowboys auf dem Weg zu einem

Duell. Zum ersten Mal seit Langem zeigt sich ein Lächeln in Katas Gesicht. Es wird alles gut werden, soll es mir sagen.

Die Fahrt zum Krankenhaus dauert eine Stunde. Das heißt, in zwei Stunden werden wir Sophie sehen. Wir fahren los. Ich schaue aus dem Fenster. Überall sitzen Pilger zu Hunderten vor ihren Zelten und vertreiben sich die Zeit mit Essen und Teetrinken. Nadeen erzählt uns, dass sich jedes Jahr zwei Millionen Menschen auf den Weg nach Mekka machen, um zu beten. Krankenwagen rasen an uns vorbei. Ich fange an, die Minarette zu zählen, um mich abzulenken. Als ich bei siebzig angekommen bin, gibt es vorne einen Streit. Junis schlägt vor, den Highway zu benutzen, weil der Verkehr in der Stadt wegen der Pilger zum Erliegen gekommen ist. Nadeen ist dagegen, was Junis aber nicht stört. Er ist der Mann, der weiß, wo es langgeht. Wir biegen auf die große Straße ein.

»Das ist die Malek, die Straße des Königs. Das ist die beste Straße in ganz Saudi-Arabien«, sagt Junis. »Hier fährt der König entlang, wenn er nach Mekka will.« Zehn Spuren nebeneinander, Palmen und Rasen auf dem Mittelstreifen, kein einziges Schlagloch. Die Straße sieht aus, als wäre sie am Tag zuvor erst fertig geworden.

»Fällt dir was auf?«, fragt Nadeen.

Junis sieht sie unsicher an.

»Die Geschäfte sind geschlossen. Hier parkt weit und breit kein einziges Auto.«

Junis schaut sich um.

»Und was heißt das?«, frage ich.

Plötzlich bremst Junis so hart, dass wir nach vorne geschleudert werden. Ein Polizeiwagen hat uns hart geschnitten, beinahe wäre es zu einem Unfall gekommen. Über den Lautsprecher schreit der Polizist irgendetwas Unfreundliches. Junis flucht leise vor sich. Aber nicht wegen der Polizei, sondern weil die Straße gesperrt ist.

»Was ist los?«, fragt Robert.

»Der König gibt sich die Ehre und zeigt sich seinem Volk. Die große Königs-Porno-Show.«

Kata sieht mich besorgt an.

»Wie lange dauert das?«, frage ich.

»Das weiß niemand. Deswegen hab ich gesagt, wir fahren besser durch die Stadt nach Obhur«, antwortet Nadeen, ohne Junis dabei anzuschauen.

»Woher soll ich wissen, dass er schon wieder zurück ist?«

»Und jetzt?«, fragt Kata.

»Wir warten.«

»Wie lange?«

»Das weiß niemand«, sagt Nadeen.

»Sobald Hubschrauber auftauchen, geht es schnell«, versucht Junis uns zu beruhigen.

»Und wie schnell ist schnell?«, frage ich, weil ich bereits ahne, dass es lange dauern wird.

»Zwei Stunden«, sagt Junis kleinlaut.

»Eher drei«, meint Nadeen.

Stille. Niemand weiß darauf eine Antwort.

Kata tippt Junis mit dem Zeigefinger auf die Schulter.

»Warum bist du nicht so gefahren, wie Nadeen es gesagt hat? Jetzt hängen wir an dieser scheiß Autobahn fest. Weißt du, was das heißt? Sophie wartet auf uns, und wenn wir nicht kommen, fährt sie wieder zurück.«

»Tut mir ja leid.«

»Na prima, es tut dir leid. Dann ist ja alles okay.«

»Kannst du Lilibeth anrufen und sagen, dass wir uns erst später treffen können?«, frage ich Nadeen.

Sie nimmt ihr Handy, drückt auf Wahlwiederholung. Wir starren sie an. Nichts geschieht. Es ist wieder wie im Knast. Du wartest und wartest und denkst, dass die Person am anderen Ende absichtlich nicht rangeht. Nach einer endlosen Weile fängt Nadeen endlich an zu sprechen.

»Hier ist Nadeen, ruf mich an. Es ist dringend.«

Also nur die Mailbox. Während wir noch fieberhaft überlegen, was wir tun können, bricht ein ohrenbetäubender Lärm über uns herein. Zwanzig, fünfundzwanzig Polizeiwagen rasen an uns vorbei. Per Lautsprecher werden die Autofahrer, die sich auf den Highway getraut haben und jetzt ausgestiegen sind, aufgefordert, wieder in ihre Wagen einzusteigen und sitzen zu bleiben. Von hinten nähert sich ein wütendes Wummern. Drei Hubschrauber fliegen so tief über uns hinweg, dass wir unwillkürlich die Köpfe einziehen. In dem hinteren sitzen Polizisten mit Gewehren, die sie auf die Autos richten. Es fühlt sich an, als seien wir im Krieg. Weil es so laut ist, hören wir kaum, dass ein Handy klingelt. Nadeen nimmt ihr Handy hoch.

»Es ist Lilibeth«, brüllt sie.

»Warum gehst du nicht ran?«, fragt Kata.

Nadeen deutet hoch zu den Hubschraubern. Einer steht direkt über uns.

»Die sind mit Überwachungssensorik ausgestattet. Die hören uns ab.«

»Na und?«, fragt Kata.

»Die verfolgen jedes Telefonat. Wenn sie mitkriegen, dass wir telefonieren und ihnen das irgendwie verdächtig vorkommt, dann werden sie uns anhalten.«

Das Telefon klingelt weiter. Es ist zum Heulen. Endlich haben wir Verbindung zu Sophie und können nichts machen. Und jetzt geht auch schon die große Show los. Ein schwarzer SUV rast mit Blaulicht an uns vorbei, hinter ihm – wie ein Schwarm Wildgänse auf dem Weg nach Norden – aufgereiht zu einem Pfeil mindestens noch weitere zwanzig von der Sorte. Kurz darauf folgt eine Kolonne schwarzer Mercedes-600-Limousinen. Alle haben abgedunkelte Scheiben.

»Da drinnen sitzt der König?«, fragt Kata.

In ihrer Stimme schwingt ein leises Staunen mit. Es ist schwer, sich der Faszination des Schauspiels zu entziehen. Was für ein unfassbarer Aufwand für den Transport eines einzigen Menschen.

»Kann sein. Vielleicht ist er aber auch schon längst mit dem Hubschrauber zu seinem Privatflughafen geflogen«, sagt Nadeen.

Als die Kolonne an uns vorbeigerauscht ist und auch die nächsten schwarzen SUVs uns passiert haben, warten wir gespannt darauf, dass die Polizei die Straße wieder freigibt. Ich schaue auf die Uhr.

»Das war gerade mal eine halbe Stunde«, bemerkt Junis sichtlich erleichtert.

Aber dann geschieht nichts. Die Polizeiwagen bleiben stehen, die Straße ist nach wie vor gesperrt.

»Was ist?«, fragt Kata. »Wieso hauen die nicht ab?«

»Manchmal warten die, bis der König wieder zurückkommt.«

»Fahr rechts!«, befiehlt Robert.

»Über den Grünstreifen?«

Junis sieht meinen Vater im Rückspiegel an. Robert nickt beruhigend.

»Mach es einfach.«

Sophie

Dezember 2021

Ich liege auf der gynäkologischen Station eines Krankenhauses, das ausschließlich für die Prinzen und Minister reserviert ist. Die Ärztin, die mich aufgenommen hat, vermutet eine Schwangerschaft. Lilibeth ist bei mir, aber redet nicht mit mir. Ilias wartet in einem Zimmer, das für die Männer reserviert ist, die ihr Baby gleich nach der Geburt sehen wollen, was meist nur geschieht, wenn es ein Baby von der Lieblingsfrau ist. Der König soll sechsundvierzig Kinder von acht Frauen haben. Schwer vorstellbar, dass er bei jeder Geburt dabei war. Ilias hat gesagt, es sei noch nicht mal sicher, dass der König bei jeder Zeugung dabei gewesen sei.

Wir warten seit zwei Stunden. Vor zehn Minuten hat Lilibeth einen Anruf von dieser Nadeen gekriegt. Sie hat gesagt, dass sie wegen einer Straßensperre aufgehalten wurden und jetzt auf dem Weg sind. Die Ärztin wird langsam nervös, weil ich noch nicht zum Ultraschall gehen will. Aber sie sagt nichts, weil sie nicht genau weiß, wie viel Einfluss Ilias hat oder noch hat. Und dann ist es so weit. Lilibeths Telefon klingelt erneut. Sie nimmt das Handy ans Ohr. Sie nickt. Das heißt, sie sind da. Lilibeth ruft nach einer Krankenschwester.

Ich werde durch einen langen Gang geschoben. Überall wird gearbeitet. Das Krankenhaus soll das schönste und größte in ganz Saudi-Arabien werden, hat die Ärztin gesagt. An den Wänden hängen Fotografien von Kamelen, Falken, Oasen. Obwohl alles neu wirkt, scheint jemand Sehnsucht nach vergangenen Zeiten zu haben. Ich bin wahnsinnig aufgeregt. Sobald die Krankenschwester mein Bett in den Aufzug geschoben hat, darf Ilias hinterherkommen. Ich weiß nicht, warum das alles so umständlich ist. Vielleicht darf er die anderen Frauen nicht sehen, die hier unverschleiert herumlaufen. Ich taste nach Lilibeths Hand. Der Aufzug rumpelt auf dem Weg nach unten und bleibt mit einem harten Ruck stehen. Hier ist doch nicht alles so perfekt, wie immer behauptet wird. Dann geht die Tür auf. Wir befinden uns nicht in der radiologischen Abteilung. Es ist der Keller. Ich sehe Lilibeth irritiert an. Die Krankenschwester schiebt mich aus dem Aufzug, dann geht sie zurück. Sie sagt noch etwas zu Lilibeth, deutet in eine Richtung. Ist sie eingeweiht in das, was hier passiert? Wie viele Leute wissen davon? Die Tür schließt sich. Wir sind allein.

»Wieso sind wir hier?«

Lilibeth antwortet nicht. Ich klettere aus dem Bett.

»Lilibeth, was ist hier los?«

»Deine Eltern und deine Schwester dürfen nicht in die Radiologie. Du musst sie hier unten treffen.«

Ich sehe mich um. Hier ist alles staubig und vollgestellt mit kaputten Betten und medizinischen Geräten.

»Wo?«

Katharina

Dezember 2021

Wir sitzen auf Stühlen um einen weißen Plastiktisch herum. Am Kopfende hängt das Portrait des Königs. Ab und zu stehe ich auf und gehe umher, weil mein Kopf sonst zerspringt. Der Raum ist kahl, die Wände voller Zettel, auf denen Suren stehen, wie Nadeen uns erklärt. Eine ist besonders lang. Ich bleibe davor stehen, wie magisch angezogen.

»Was steht da?«, frage ich.

Nadeen steht auf und stellt sich neben mich. Sie liest den Text, schüttelt den Kopf.

»Was steht da?«, frage ich noch einmal.

Sie übersetzt.

»Es preist Allah alles, was in den Himmeln und auf der Erde ist. Und Er ist der Allmächtige und Allweise. Ihm gehört die Herrschaft der Himmel und der Erde. Er macht lebendig und lässt sterben. Und Er hat zu allem die Macht. Er ist der Erste und der Letzte, der Offenbare und der Verborgene. Und Er weiß über alles Bescheid.«

Er weiß über alles Bescheid. Nicht gerade beruhigend. Weil der Zettel schief hängt, richte ich ihn gerade.

»Mach das nicht«, sagt Nadeen.

Ich schaue sie verwundert an.

»Du bist keine Muslima, du darfst die Sure nicht anfassen. Sonst wird sie unrein.«

Ich erschrecke und spüre den Impuls, den Fehler wieder rückgängig zu machen.

»Ich hab den Zettel doch nur am Rand angefasst.«

Ein schüchternes Klopfen an der Tür. Ich drehe den Kopf. Meine Mutter sieht mich an. Das ist er. Das ist der Moment, auf den wir so lange gewartet haben, sagen wir stumm zueinander. Ich kann kaum atmen, so sehr zieht mir die Freude den Hals zu. Meine Beine sind mit dem Fußboden verwachsen, meine Arme ohne Muskeln. Und noch bevor eine von uns etwas sagt, fange ich an zu weinen. Wieder das Klopfen. Diesmal energischer.

»Geh schon!«, flüstert meine Mutter.

Sie nimmt sich zurück, sogar hier. Obwohl sie genauso vor Freude überläuft wie ich, denke ich. Aber dieser Gedanke ist nur ein Windhauch, der sofort vom Sturm meiner Gefühle verweht wird. Ich stürze zur Tür, reiße sie auf.

Lilibeth steht davor. Sie sieht an mir vorbei zu Nadeen. Kaum merklich schüttelt sie den Kopf.

»Wo ist meine Schwester?«, frage ich.

Sie sieht zur Seite. Ich folge ihrem Blick. Da. Da steht sie. Sie sieht so anders aus als auf den Fotos, die sie mir über WhatsApp geschickt hat. Tränen rollen über ihre Wangen.

»Sophie«, sage ich. Ein einziges Krächzen.

Sie lächelt. »Ist Papa auch da?«

Ich nicke. Dann umarme ich sie, drücke sie an mich. Ich spüre ihre Wärme, rieche den fremden Geruch. Sie fühlt sich anders an. Nicht mehr so zerbrechlich wie damals. Irgendwie ist sie stärker geworden, kräftiger, auch härter. Ich murmele ihren Namen. *Sophie, Sophie, Sophie.* Ich habe es geschafft, ich habe sie gefunden, und ich werde sie zurückbringen. Zusammen mit meiner Mutter und meinem Vater. Und ich werde sie nie wieder loslassen. Nie wieder. Egal, was passiert. Sie löst sich von mir. Warum? Bleib bei mir, Sophie. Nur noch einen Moment. Sie drückt sich von mir weg.

»Wo ist Papa?«, fragt sie.

»Wartet im Auto«, sagt Helena.

»Wie immer«, antwortet Sophie.

Wir versuchen ein Lachen.

»Er kann es kaum erwarten, dich zu sehen. Aber er darf nicht hier rein.«

Sophie geht an mir vorbei. Zu Helena. Umarmt sie. Sagt *Mama*, immer wieder. Bis ihre Knie nachgeben und sie durch Helenas Arme hindurch zu Boden rutscht.

»Sophie!«, ruft Helena vor Schreck.

Sie geht in die Hocke, nimmt Sophie in die Arme, legt sie in ihren Schoß, schaukelt sie.

Ich stehe daneben und weiß nicht, was ich tun soll. Es ist wie früher. Und neben all der Freude, all dem Glück, spüre ich ein Gefühl, das ich nicht spüren sollte. Nicht jetzt.

»Wir haben nicht viel Zeit«, flüstert Nadeen.

Helena und Sophie richten sich auf.

»Ich kann mir gar nicht vorstellen, was ihr auf euch genommen habt, um hierherzukommen«, beginnt Sophie. »Und ich liebe euch mehr, als ich es sagen kann. Aber ich kann nicht mit euch kommen.«

Helena

Dezember 2021

In der Forensik wird Sophies Reaktion als Stockholm-Syndrom bezeichnet, obwohl es kein Syndrom im eigentlichen Sinne ist. Es ist eher eine Verzerrung der Wahrnehmung. Als ich noch bei der Staatsanwaltschaft war, hatten wir ein paar Mal solche Fälle. Ich erinnere mich an eine Frau, die monatelang in einen Keller eingesperrt gewesen war. Als Robert und seine Kollegen sie endlich befreien konnten, reagierte sie mit Wut und verteidigte ihren Entführer sogar noch im Gerichtsprozess. Er habe ihr stets gutes Essen gegeben, für sie sogar gekocht, sie habe duschen können, durfte Bücher lesen und sogar fernsehen! Das alles empfand sie als ein Geschenk und ließ sie vergessen, dass sie eingesperrt und missbraucht worden war. Der Kontrollverlust bei einer Geiselnahme ist nur schwer zu verkraften. Erträglicher wird es, wenn das Opfer sich einredet, es sei auch sein eigener Wille, einfach indem es sich mit dem Entführer identifiziert.

Sophie sieht ihre Schwester an. Sie sieht die Enttäuschung in Katas Gesicht. Wir haben vier Jahre lang auf diesen Moment gewartet. Und jetzt scheint alles umsonst gewesen zu sein. Es ist ein Schock. Er erfasst unsere Körper, dringt in uns ein, bringt uns zum Zittern. Ich habe es geahnt. In den letzten Tagen ist der Gedanke zu mir geflogen, dass Sophie nicht mit uns kommen wird. Und jetzt frage ich mich, wie ich an ihrer Stelle reagieren würde. Ob ich eine Welt zurücklassen könnte, an die ich mich drei Jahre lang gewöhnt habe, die zu meiner Welt geworden ist und werden musste, weil ich anders nicht überleben konnte. Es ist nicht einfach. Von außen sieht es wie ein Gefängnis aus, wie Gewalt und Unfreiheit, aber innen drin machen wir unseren Frieden damit. Am Tag, als ich aus dem Knast entlassen wurde, war es, als hätten sie mich aus meiner Familie entlassen. Ich habe geweint. Und einen Moment lang war ich unsicher, ob ich zurückkommen wollte in eine Welt, in der wieder alle Probleme auf mich warten, in der ich in ein Schaufenster gestellt werden würde.

»Tut mir leid«, sagt Sophie.

»Was tut dir leid? Dass du hier in diesem scheiß Land bleiben willst? Oder dass du in der Öffentlichkeit wie eine Mumie rumlaufen willst? Oder dass du nur dazu da bist, Hausfrau zu sein und gefickt zu werden?«, schreit Kata.

Ihr Zynismus ist ätzend, dringt durch die Haut und ins Herz.

»Es ist kein scheiß Land!«, widerspricht Sophie. »Und wenn du nur eine Sekunde von deinem hohen Ross runterkommen würdest, könntest du es sehen.«

»Was soll ich sehen? Meine Schwester, die eine Gehirnwäsche erhalten hat und nicht mehr kapiert, was mit ihr passiert?«

»Was passiert denn mit dir? Guck dich doch nur mal an. Überall diese Piercings. Und die Tattoos an deinem Hals. Was soll das sein? Stacheldraht? Und das da an deinem Arm. *Hass. Blut. Fotze.* Im Ernst, Kata? Dahin soll ich zurück? Zu den Narben?«

Kata erschrickt und betrachtet die Narben an ihrem linken Handgelenk.

»Ich lebe hier, Kata. Ich habe meine Kinder, ich habe einen Mann, der nett zu mir ist. Und ich habe den Koran und das Gebet und Allah, der mich liebt. Und den ich liebe. Hast du das auch? Hast du jemanden, der dich hält?«

Kata schweigt. Ich glaube nicht, dass schon einmal jemand so mit ihr geredet hat.

»Ich habe immer gedacht, dass es Gott nicht gibt. Aber das stimmt nicht. Er ist vielleicht nicht dieser weise alte Mann mit dem langen Bart, aber wenn du willst, ist er in dir. Ich weiß, das klingt für dich verrückt, aber seit ich das Glaubensbekenntnis gesprochen habe, ist alles total einfach. Ich habe angefangen zu beten. Und da habe ich gemerkt, wie glücklich mich das macht. Und dass Allah mich liebt, wenn ich mich ihm unterwerfe.«

»Was redest du da? Sophie!«, sagt Kata. »Du unterwirfst dich Allah? Das ist so eine Scheiße.«

Ich weiß, ich müsste eingreifen, müsste die beiden zur Räson rufen. Wie früher. Aber würde es helfen? Vielleicht müssen sie diesen Kampf führen, vielleicht ist es der einzige Weg, damit Sophie aufwacht aus diesem Albtraum.

»Weißt du, es gibt so vieles, was ich nicht verstehe. Wieso es uns beide erwischt hat, wieso Gott das zugelassen hat. Was haben wir ihm denn getan, dass er uns in diese schreckliche, verdammte Hölle gestoßen hat? Die Antwort war immer, dass er entweder ein grausamer, sadistischer und hinterhältiger Gott ist, oder dass er nicht existiert. Aber da gibt es noch eine andere Antwort. Vielleicht ist Gott noch ganz anders, als wir denken. Kann doch sein, oder? Es kann doch sein, dass es ihn nur deshalb gibt, weil ich an ihn glaube. Und deshalb halte ich mich an ihm fest. Ich lese den Koran. Ich glaube daran, dass der Koran

Gottes Wort ist, dass er ihn Mohammed offenbart hat und dass der Tag der Wiedererweckung kommen wird. Ich glaube daran, dass Allah uns alles gibt. Dass er uns zu essen gibt und zu trinken. Dass er dafür sorgt, dass wir ein gutes Leben führen, wenn wir ihn lieben und uns ihm unterwerfen. Und ich glaube an ihn, weil ich es sonst nicht ertrage. Verstehst du? Alles, was passiert ist und was jeden Tag aufs Neue passiert. Und weil ich nicht so leben will wie du.«

Ich sehe meine Tochter Katharina an. Diesen Ausbund an Entschlossenheit, Wut, Energie. Ich weiß, dass sie mit dem Kopf durch jede Wand geht, wenn sie etwas erreichen will. Und jetzt sehe ich, wie sie in sich zusammenfällt. Wie die Sehnsucht, die sie über all die Monate und Jahre aufrecht gehalten hat, die zu ihrem Lebenswillen wurde und ihre Nahrung war, sich als Täuschung entpuppt. In diesem Augenblick habe ich mehr Angst um sie als um Sophie.

»Wenn ihr die Schahada sprecht, werdet ihr genauso wie ich gerettet sein«, sagt Sophie. »Es geht so. Ich bezeuge: *La ilaha illa Allah, Muhammad rasul Allah.* Übersetzt heißt es: *Es gibt keinen wahren Gott außer Gott, und Mohammed ist sein Prophet.* Wenn ihr das Glaubensbekenntnis sprecht, seid ihr Muslimas. Für immer. So wie ich. Ihr müsst es nur nachsprechen.«

Niemand sagt ein Wort. Wir alle sind fassungslos. Hilflos angesichts der Entschlossenheit, mit der Sophie zu uns spricht. Ich spüre Nadeens Blick, die es vermutlich noch am ehesten verstehen kann. Und ich? Ich weiß es nicht. Ich bin leer. Ohne einen Gedanken. Oder mit so vielen Gedanken, dass ich keinen davon greifen kann.

Meine Tochter steht vor mir und ist so weit weg, dass ich sie nicht mehr erreichen kann. Kein Wort kann die Distanz überwinden, kein Argument, kein Trost. Ich bin die Mutter, die immer nur das Beste für ihre Kinder will und nicht weiß, was das Beste ist. Sophie einfach entführen? Sie fesseln, knebeln, mitnehmen nach Hause und zu einem Glück zwingen, das jetzt noch nicht ihr Glück ist, es aber irgendwann werden wird? Und was ist, wenn es nicht gelingt? Wenn sie nicht glücklich wird? Wenn wir sie ihres selbstgewählten Glücks berauben? Und wenn sie es uns nicht verzeiht?

»Sei mir nicht böse, Mama«, wendet sie sich an mich.

»Ich bin dir nicht böse.«

Wir umarmen uns. Ich spüre ihren schmalen Körper. Es ist wie eine zweite Geburt. Ich muss sie loslassen, und es zerreißt mir das Herz.

»Es ist okay, wenn wir weinen«, sagt Sophie.

Meine Sophie, meine große Sophie. Die so viel erwachsener geworden ist, als ich je gedacht habe. Wir liegen einander in den Armen und heulen und schluchzen und küssen uns. Dann löst sie sich von mir. Geht zu Kata. Öffnet die Arme.

Kata reagiert nicht, steht unnahbar, unberührbar. »Es ist noch nicht vorbei«, sagt sie zu Sophie.

»Das ist es doch nie«, erwidert Sophie.

Es ist nur ein kurzer Schmerz, der sich um ihren Mund herum zeigt. Sie hat abgeschlossen, mit uns allen.

»Ich hab euch lieb.«

»Warte«, sagt Nadeen. »Was ist mit dem Geschenk? Wirst du …«

»Nein.«

Sophie und Lilibeth verlassen das Zimmer. Die Tür fällt hart ins Schloss. Katharina sieht mich an. Sie ist so blass, dass ich Angst habe, sie wird im nächsten Augenblick ohnmächtig.

Liebe

Nach all den Gründen, die ich bisher als hinreichend und tauglich für den Akt des Tötens beschrieben habe, muss ich auf einen letzten verweisen, der die bisherigen an Kraft und Schönheit weit überschreitet. Er kennt weder Freund noch Feind. Er ist uralt, unsterblich und allgegenwärtig. Er ist zerbrechlich und zäh. Und er ist der schlimmste Mörder von allen. Ich wusste nichts von ihm, bis er mich wie eine Erkrankung überfiel. Ich konnte mich nicht gegen ihn wehren, ihn weder austreiben noch ihn befördern. Er war eine Kraft in sich. Er löschte mich aus, verwandelte mich, machte aus mir einen Menschen, den ich bis dahin nicht gekannt hatte. Und zuletzt tötete er mein kümmerliches Ego und erhob mich zu einem Gott. Dies war der schönste Tod von allen.

Rashid Gibran, *Das Buch Dionysos,* S. 401

Robert

Dezember 2021

Das Thermometer zeigt sechsunddreißig Grad Innentemperatur an. Wir haben die Fenster geschlossen. Die Klimaanlage in der alten Kiste des Reinigungsservice taugt nicht mehr viel. Das Hemd klebt dir am Körper. Der Schweiß läuft dir den Rücken runter und in die Arschfalte. Wo bleiben die, verdammt noch mal? Sie sind schon eine halbe Stunde über der Zeit. Junis neben mir rutscht nervös auf dem Fahrersitz herum.

»Wie alt bist du?«, frage ich ihn, um ihn abzulenken.

»Zweiundzwanzig.«

»Was machst du? Studierst du? Hast du einen Job?«

»Ich studiere Ökonomie. Aber ich will ins Ausland gehen und bei einem großen Unternehmen anfangen. Apple oder Google.«

»Wie hast du sie kennengelernt?«

»Wen? Nadeen?«

»Ja.«

»Sie hat meine Schwester verteidigt. Sie ist Auto gefahren, und einer von der Mutawa hat gesagt, sie hätte ihn überfahren wollen. Was eine verdammte Lüge ist. Der wollte nicht, dass Frauen Auto fahren, der Scheißkerl. Dabei würde meine Schwester noch nicht mal eine Ratte überfahren.«

»Es sei denn, die Ratte gehört zur Religionspolizei«, sage ich, und Junis lacht.

Endlich kommen Helena, Kata und Nadeen aus dem Gebäude links vor uns.

»Da sind sie«, rufe ich aus. »Sie haben Sophie nicht dabei.«

»Scheiße«, sagt Junis.

Er blickt rechts zur Seite. Ein Polizist steigt aus seinem Wagen aus. Ich habe den Wagen zwar die ganze Zeit schon im Blick gehabt, aber ich habe nicht gesehen, dass jemand darin sitzt. Der Polizist geht auf uns zu. Weil unser Wagen zwischen den Frauen und dem Polizisten steht, können sie ihn noch nicht sehen. Ich gebe ihnen ein Zeichen, nicht näher zu kommen. Helena sieht es. Sie packt Nadeen am Arm, sagt etwas zu ihr. In dem Moment sehen sie den Polizisten. Sie drehen ab und gehen auf einen anderen Eingang zu.

Der Polizist ruft etwas, und sie bleiben stehen.

Er geht auf sie zu. Ich sehe, wie Nadeen mit ihm redet. Sie zeigt ihm ihren Ausweis. Er prüft das Papier, deutet auf Helena und Kata. Ich kann nicht hören, was er sagt. Der Polizist dreht den Kopf, sieht zu unserem Lieferwagen hin. Dann gibt er Nadeen den Ausweis zurück. Mit einer kurzen Geste befiehlt er den Frauen, stehenzubleiben. Jetzt kommt der Polizist auf uns zu.

»Er wird uns fragen, wieso wir hier stehen«, erklärt Junis.

»Vermutlich. Aber das größere Problem ist, dass er mich etwas fragen wird, und ich werde ihn nicht verstehen.«

Als der Polizist noch ungefähr zehn Meter entfernt ist, greift Junis nach dem Zündschlüssel und startet den Wagen.

»Nein«, sage ich, »sei vernünftig.«

Ich schalte den Motor wieder ab. Junis sieht mich an. Die Panik in seinen Augen sagt mir, dass er nicht vernünftig sein kann.

»Ganz ruhig. Der kommt hierher, du fährst das Fenster runter und sagst ihm, dass wir hier stehen, weil wir auf einen Anruf warten.«

»Was für ein Anruf?« Seine Stimme ist hoch, flirrt.

»Von unserem Chef. Er muss uns sagen, wo wir hinfahren sollen. Denk dir irgendwas aus. Einer unserer Wagen hatte einen Unfall, und wir müssen einspringen. Wir wissen aber noch nicht, wo es passiert ist. Deswegen stehen wir noch hier rum. Aber wir fahren sofort los, wenn wir müssen.«

Junis sieht zu dem Polizisten hin. Schweiß läuft ihm übers Gesicht. Der Polizist bleibt stehen. Er nimmt sein Funkgerät. Sagt etwas, das wir nicht verstehen können. Seinem Gesichtsausdruck entnehme ich, dass er Junis' Unruhe bemerkt. Der Polizist nimmt seine Waffe aus dem Holster.

»Was machen wir jetzt?«, fragt Junis.

»Wir warten. Und wir machen es so, wie ich gesagt habe.«

Junis beugt sich nach vorne, greift nach dem Zündschlüssel.

»Finger weg, Junis. Mach keinen Blödsinn.«

Der Polizist richtet seinen Colt Trommelrevolver auf uns.

»Ya Shabab, barra. Yalla!«

»Was sagt er?«, frage ich.

»Wir sollen aussteigen. Aber wenn wir aussteigen, wird er uns erschießen.«

»Er wird uns nicht erschießen. Er will nur wissen, was wir hier machen.«

Ich greife nach Junis' rechtem Arm, ziehe seine Hand erneut vom Zündschlüssel weg.

»Ganz ruhig.«

»Ya Shabab, barra. Yalla! Yalla!«, befiehlt der Polizist erneut.

»Okay, wir steigen aus«, sage ich.

Junis schaut den Polizisten an, als sei er hypnotisiert.

»Junis! Hörst du, was ich sage? Schau mich an. Schau mich an!«

Langsam wendet er den Kopf. Ich muss verhindern, dass er durchdreht.

»Wir steigen aus! Hast du verstanden? Jetzt.«

Er nickt, greift nach dem Türgriff. Öffnet die Tür. Ich öffne die Tür auf meiner Seite. Steige aus. Halte die Hände in die Höhe. Fixiere den Polizisten.

»Es ist alles okay, Sir!«, rufe ich auf Englisch.

Aber der Polizist reagiert nicht auf mich. Er hält die Waffe auf Junis gerichtet, geht auf ihn zu. In den Augenwinkeln sehe ich, wie Junis die Fahrertür wieder schließt, den Motor startet und losfährt. Direkt auf den Polizisten zu. Der Polizist springt beiseite und rollt sich ab.

Eine Salve von Schüssen durchschlägt die Seitenscheibe. Der Lieferwagen fährt weiter und kracht in das parkende Polizeiauto. Die Hupe des Transporters brüllt los. Junis sinkt auf das Lenkrad. Ich sehe, wie Nadeen, Helena und Kata zurück in das Gebäude gehen.

Sophie

Dezember 2021

Es ist gut, so wie ich entschieden habe. Auch wenn ich traurig bin und mein Herz ganz schwer ist. Du hast eine Entscheidung getroffen, die einzig richtige, sage ich zu mir selbst. Auf dem Weg zurück zum Palast hat Ilias dem Fahrer gesagt, dass er an einem Laden anhalten soll, in dem es das beste Eis in ganz Dschidda gibt. Er soll für uns French Vanilla und Red Velvet Cake kaufen. Es schmeckt köstlich.

Als wir kurz darauf zuhause ankommen, wird Ilias sofort zum Kommandanten bestellt. Wir erfahren nicht, um was es geht. Ilias hat Ali beim letzten Gespräch vorgeschlagen, dass er vorübergehend als Berater für Ali arbeiten könnte. Er hat ja ein umfangreiches Wissen über das moderne europäische Kino, hat er gesagt. Ali hat abgelehnt, ohne Begründung. Dabei ist es wirklich beeindruckend, wie viele Filme Ilias kennt. Vor allem solche, die schon dreißig, vierzig Jahre alt sind. Letzten Sonntag haben wir einen im Internet gefunden, *Paul & Paula,* produziert in der DDR. Es hat ein so wahnsinnig trauriges Ende, dass ich nur noch geheult habe. *Du bist Paula und ich bin Paul,* hat Ilias gesagt. Was natürlich nicht stimmt. Oder nur ein wenig. Ich bin auf alles vorbereitet. Ilias sieht mich an, lächelt und versucht seine Nervosität zu überspielen. Ich nehme seine Hand, drücke sie. Dann geht er los.

Ali hat keine Frau. Ich weiß nicht, ob er schwul ist. Ilias hat mir verboten, darüber zu reden. Dabei ist es doch nichts Besonderes. Herr Schreiber von unserer Schule war auch schwul. Er hat es uns zwar nicht gesagt, aber alle haben es gewusst.

Der Ruf zum Gebet erschallt und wird von der Stadt zu uns herübergeweht. Im Palast haben wir einen eigenen Muezzin, aber der ist krank. Ich gehe mit Lilibeth und den Kindern in die Moschee. Abidah kann jetzt schon die ersten fünf Suren auswendig. Die fünfte hat sie erst gestern gelernt. Jetzt will sie mir zeigen, wie gut sie gelernt hat. Obwohl heute eine andere Sure an der Reihe wäre, erlaube ich ihr, sie vorzutragen.

»Im Namen Allahs, des Allerbarmers, des Barmherzigen, Alif-Lam-Ra. Dies sind die Zeichen des weisen Buches. Verboten ist euch der Genuss von Verendetem, Blut, Schweinefleisch und dem, worüber ein anderer Name als Allahs angerufen worden ist, und der Genuss von Ersticktem, Erschlagenem, zu Tode Gestürztem oder Gestoßenem, und was von einem wilden Tier gerissen worden ist, außer dem, was ihr schlachtet, und verboten ist euch, was auf einem Opferstein geschlachtet worden ist, und mit Pfeilen zu losen. Das ist Frevel. Heute haben diejenigen, die ungläubig sind, hinsichtlich eurer Religion die Hoffnung aufgegeben. So fürchtet nicht sie, sondern fürchtet Mich! Heute habe Ich euch eure Religion vervollkommnet und Meine Gunst an euch vollendet, und Ich bin mit dem Islam als Religion für euch zufrieden. – Und wer sich aus Hunger in einer Zwangslage befindet, ohne zu einer Sünde hinzuneigen, so ist Allah allvergebend und barmherzig.«

Als sie geendet hat, sieht sie mich stolz an. Ich umarme sie und küsse sie. Sie spricht so gut arabisch, wie ich es nie lernen werde. Wieder bestürmt sie mich mit endlosen Fragen. Ich sage ihr, dass wir zuerst beten. Das meiste kann ich ohnehin nicht beantworten. Ich sage ihr dann einfach, dass sie den Koran als ein Buch akzeptieren muss, dessen Tiefe und Bedeutung ein einzelner Mensch nie vollständig erfassen kann.

Gegen Abend kommt Ilias zurück. Er sieht unglücklich aus, es gab wohl keine guten Nachrichten. Ich frage ihn vorsichtig, was Ali gesagt hat. Er sagt, dass Ali ihn nun doch als Berater für die Kino-Sache haben will.

»Ich hab ihn mit meinem Wissen überzeugen können. Und dann haben wir einen deutschen Film über die Indianer angeschaut. *Der Schuh des Manitu*, kennst du den?«

»Natürlich kenne ich den. *Ich bin Dimitri, Austauschbandit aus Griechenland*«, sage ich.

Wir lachen, wälzen uns auf dem Bett und spielen Szenen nach. Später, kurz vor dem Einschlafen, frage ich Ilias, warum er so finster ausgesehen hat, als er von Ali zurückkam.

»Ich wollte es dir eigentlich nicht sagen. Aber Ali hat Lilibeth verhaften lassen.«

»Was? Wo ist sie?«

»Ich weiß es nicht.«

»Aber warum?«

»Weil sie diejenige war, die den Kontakt zu deiner Mutter und deiner Schwester hergestellt hat.«

»Nein, das stimmt nicht. Ich war das. Ich hab zuerst mit Kata gechattet. Lilibeth hat nichts damit zu tun.«

Ich kriege kaum Luft. Lilibeth. Meine einzige Vertraute.

Ich stelle mir vor, dass sie sie schlagen werden. Vielleicht sogar in der Wüste aussetzen.

»Du musst mit Ali sprechen. Er darf das nicht machen.«

»Ali hat gesagt, dass er ein Exempel statuieren muss, entweder an Lilibeth oder an dir. Er war sehr ungehalten. Ich habe ihm gesagt, dass du nichts davon gewusst hast, sonst hätte er dich auch bestraft.«

Ilias sieht mich so seltsam an. Weiß er von dem Geschenk? Es liegt immer noch im Schlafzimmer ganz unten im Schrank. Wartet er darauf, dass ich es ihm freiwillig gebe? Ich hätte das gleich machen sollen. Schon als Lilibeth es mir gegeben hat. Ich weiß nicht, warum ich es nicht gemacht habe. Und jetzt ist es vielleicht zu spät. Oder?

»Ist noch was?«, fragt er. Er klingt hart. So als wüsste er es.

»Nein«, sage ich.

Katharina

Dezember 2021

Wir haben uns ewig lang in einem Lagerraum versteckt. Dann sind wir mit einem Lastenaufzug in das dritte Untergeschoss gefahren. Die Bullen hatten das Krankenhaus abgeriegelt. Sie haben jeden Wagen kontrolliert, der die Tiefgarage verlassen hat. Nadeen hat dann gesehen, dass sie spezielle weiße Müllwagen nicht kontrollieren. An den Seiten hatten die das Bio-Hazard-Zeichen. In einen davon sind wir eingestiegen. Er war voll mit großen gelben Tonnen, aus denen es bestialisch nach verfaultem Fleisch gestunken hat. Die Fahrt hat ewig gedauert. Es war das Schlimmste, was ich je erlebt habe. Als der Wagen angehalten hat, sind wir von der Ladefläche gesprungen. Es war stockdunkel, aber wir konnten sehen, dass der Fahrer seine Fracht auf einer riesigen Müllhalde abgeladen hat. Sofort hat sich eine Herde Hunde über die Beute hergemacht, Vögel sind vom Himmel herabgestürzt und haben Fleischstücke gegriffen.

Jetzt laufen wir seit zwei Stunden neben einer Pipeline her in Richtung Stadt. Nadeen sagt, dass darin Wasser von einer Entsalzungsanlage nach Dschidda transportiert wird. Wir reden nicht über das, was passiert ist. Es ist so unfassbar, dass mir die Worte fehlen. Wir haben gesehen, wie die Polizisten auf den Wagen geschossen haben, in dem Junis gesessen hat. Wir wissen nicht, was mit ihm ist. Ob er verwundet oder tot ist. Sie haben meinen Vater gezwungen, sich auf den Boden zu legen. Nadeen sagt, sie werden seine Iqama-Karte überprüfen und feststellen, dass er erst seit Kurzem in Dschidda ist. Sie werden ihn fragen, wie er so schnell an die Karte kommen konnte und wer sein Arbeitgeber ist. Sie werden den Arbeitgeber kontaktieren und was dann passiert, könnten wir uns denken. Aber das stimmt nicht. Ich kann es mir nicht denken. Ich weiß nicht, was mit jemandem passiert, der einen gefälschten Ausweis benutzt.

So eine Scheiße. Ich wollte meine Schwester befreien und zurück nach Hause bringen. Und sie sagt, wir sollen Muslimas werden. Damit konnte doch niemand rechnen, oder? Diese verdammten Arschlöcher haben ihr eine Gehirnwäsche verpasst. Mal im Ernst, wer entscheidet sich schon freiwillig dafür, den Rest seines Lebens in einem Leichentuch rumzulaufen? Ich weiß, dass es sogar in Deutschland ein paar Irre gibt, die zum Islamischen Staat gereist sind, um den Pennern zu helfen, andere abzuschlachten. Es gibt sogar ein paar, die zum Islam konvertieren und mit Kopftuch rumlaufen und allen erzählen, dass Allah sie liebt und so einen Scheiß. Allah oder Gott oder Jahwe oder wie die alle heißen, die lieben niemanden. Das sind Erfindungen von Idioten, um andere in Angst und Schrecken zu versetzen und zu beherrschen.

Helena hat irgendwas von Stockholm-Syndrom erzählt. Dass die Geisel sich mit dem Geiselnehmer verbündet, um die Situation zu ertragen. Und wahrscheinlich sei dasselbe mit Sophie passiert. Von mir aus. Aber irgendwann merkt doch jede, dass das eine Lüge ist.

Ich habe keine Ahnung, wohin wir gehen. Nadeen wiederholt immer wieder, sie würde den Weg kennen, aber

Helena und ich sehen uns zweifelnd an. Auch weil Nadeen die ganze Zeit hektisch telefoniert. Und wenn sie nicht telefoniert, brabbelt sie ununterbrochen den Namen Junis vor sich hin. Weil der Sand durch die Ritzen dringt und die Haut aufschabt, bis es blutet, ziehen wir die Schuhe aus. Nach ein paar Metern stellen wir fest, dass es ohne Schuhe auch nicht besser ist. Die kleinen Steine stechen in die Fußsohlen.

An einer Stelle ist die Pipeline undicht. In einem fetten Strahl spritzt Wasser heraus und versickert im Sand. Wir trinken davon. Ab und zu sehe ich zu meiner Mutter hin. Sie schaut konzentriert nach vorn, als ob sie wüsste, was wir jetzt tun müssen. Aber das kann ich mir nicht vorstellen.

Es wird langsam hell, als uns ein Wagen entgegenkommt. Im ersten Moment denken wir, es wären Bullen. Aber es ist die Freundin von Nadeen. Faiza. Sie umarmen sich und weinen. Dann bringt Faiza uns in ein Haus am nördlichen Stadtrand.

Dort sitzen wir und wissen nicht, wie es weitergehen soll. Ich halte eine Flasche Wasser in der Hand und starre an einen leeren Ort, weit weg von hier. Irgendwann schlafe ich ein.

Ich träume von Sophie. Wir sind in den Alpen zum Wandern. Mein Vater steht auf Wandern, meine Mutter nicht so. Sie streiten, ob es nicht besser wäre, zum Strand zu gehen. *Es gibt keinen Strand, weil wir in den Bergen sind,* sage ich. Aber sie hören mir nicht zu. Irgendwann steht Sophie im Bikini vor uns, hat ein Handtuch, Taucherbrille und Schnorchel in der einen Hand, Schwimmflossen in der anderen. Ich frage sie, wo sie hin will, weil hier weit und breit kein Wasser ist. Da öffnet sie die Tür, und eine gewaltige Flut bricht über uns herein. Wir sind unter Wasser. Ich schreie und schlucke Wasser. Ich werde ertrinken. Sophie schaut mich durch die Taucherbrille an.

»Alles gut«, flüstert jemand.

Es ist die Stimme meiner Mutter. Ich drehe mich herum, atme ein, öffne die Augen. Sie kniet neben mir.

»Du hast geträumt, meine Süße«, sagt Helena.

Ich höre diese beiden Worte. *Meine Süße.* Und jetzt fange ich an zu weinen. Ein Schmerz, tief aus meinem Bauch, breitet sich in mir aus. Ich habe das Gefühl, mein Herz bleibt stehen.

»Mama«, sag ich und rolle mich zusammen, damit sie mich halten kann. »Ich hab dich so lieb. Ich hab dich so lieb.«

Sie drückt mich an sich. »Ich weiß, ich hab dich auch lieb«, flüstert sie mir ins Ohr.

»Es tut mir leid, was ich gesagt hab und dass ich …« Meine Stimme bricht.

»Psst«, sagt sie. »Alles wird gut.« Ich sehe sie an, ihr Gesicht verschwimmt hinter den Tränen.

»Ja?«, frage ich. »Woher weißt du das?«

Ihr Blick ist klar und ohne Angst. Sie sieht aus wie jemand, die in die Zukunft schauen kann und weiß, was passieren wird.

Robert

Januar 2022

Wo ist meine Sophie? Ich habe in dem verdammten Lieferwagen gesessen und gewartet. Und dann sind Helena und Kata und Nadeen rausgekommen, und Sophie war nicht bei ihnen. Der Polizist ist zu ihnen gegangen. Nadeen hat etwas zu ihm gesagt. Dann hat er auf Junis geschossen. Wieso? Was hat Nadeen zu dem Polizisten gesagt? Und wieso war Sophie nicht bei ihnen? Nadeen und sie sollten doch die Rollen tauschen. Was ist da schiefgelaufen, verdammt noch mal. Es war doch alles besprochen. Diese Frau aus dem Palast hat gesagt, es sei alles geklärt. Ich werde noch wahnsinnig. Ich sitze hier und warte und warte und warte. Es ist mein Fehler. Ich hätte mit rein ins Krankenhaus gehen sollen. Vielleicht hätte ich nichts machen können, aber wenigstens hätte ich meine Tochter gesehen. Ich hätte sie umarmt, und dann hätte ich sie da rausgeholt, aus diesem scheiß Krankenhaus. Wenn sie überhaupt da war. Wenn es nicht eine Falle war. Langsam werde ich paranoid. Ich kann nichts machen, mein Gehirn lässt sich nicht abschalten, und ich drehe durch. Ununterbrochen rasen die Gedanken, überholen sich, beißen einander weg, prügeln sich, löschen sich aus. Mein Gehirn ist ein Kriegsgebiet. Ich hätte Kata in Berlin zurückhalten müssen. Oder ich hätte wenigstens mit Helena hierherfliegen sollen. Auch wenn sie das nicht gewollt hat. Wahrscheinlich hat sie gedacht, sie will das alleine zu Ende bringen. Nur sie. Weil ich es nicht geschafft habe. Weil ich versagt habe. Die coole Staatsanwältin, die nichts vergisst, die alles besser kann als alle anderen. Aber ich weiß auch noch nicht mal, ob Helena und Kata Sophie gesehen haben. Ich schlage meinen Kopf gegen die Wand. So lange, bis die Maschine zum Stillstand kommt.

»Was machst du? Spinnst du?«, sagt Bassam.

Wir sind vier Männer. Zwei Saudis, ein Filipino und ich. Wir sitzen auf Stühlen in einem Gang vor einem Büro. Wir warten hier seit drei Stunden, um zu erfahren, wie hoch unsere Bestrafung ausfällt. Es können auch vier Stunden sein. Ich habe meine Uhr abgeben müssen. Die beiden Saudis tragen keine Uhren, und die von Yannic, dem Filipino, zeigt acht Uhr morgens an, was aber nicht sein kann, weil heute Morgen mein Gerichtsprozess stattgefunden hat. Wobei der Begriff Prozess ein Witz ist. Du gehst rein, ohne Anwalt, ohne Zeugen, ohne überhaupt irgendeine Begleitung. Der Richter liest, was dir vorgeworfen wird, und dann sagt er, dass er sich zurückzieht, um mit Allahs Hilfe die Strafe festzulegen. Yannic sagt, der Richter würde sich beeilen, weil heute Mittwoch ist und der offizielle Prügeltag wäre Freitag. *Da ist dann richtig was los auf dem Chop-Chop-Platz*, meint er. *Manchmal sind sogar Scheichs da.* Vielleicht wird der Richter sich aber auch beeilen, weil ich Deutscher bin und er nicht will, dass die deutsche Botschaft sich einschalten kann, bevor ich meine Strafe erhalte.

Die Maschine läuft weiter. Wie ein Tier, das du töten willst, und es stirbt nicht. Was ist mit Helena und Kata passiert? Sind sie auch verhaftet worden? Warten sie in diesem Moment genauso wie ich auf die Verkündung ihrer

Strafe? Werden sie ausgepeitscht? Gesteinigt? Ich habe wahnsinnige Kopfschmerzen.

»Was ist deine Lieblingsmannschaft?«

Die Frage von Yannic reißt mich aus meinen Gedanken.

»Was?«

»Fußball. Oder guckst du keinen Fußball?«

»Hertha.«

»Was ist das denn?«

Ich erkläre ihm, dass Hertha BSC der derzeit einzige Berliner Club in der Bundesliga ist und dass wir zweimal Deutscher Meister waren. Allerdings war das schon 1930 und 1931. Danach sind wir noch drei Mal Meister geworden, 1990, 2011 und 2013. Allerdings in der zweiten Bundesliga. Yannic steht auf Liverpool, weil die Beatles aus der Stadt kommen. Was das eine mit dem anderen zu tun hat, verstehe ich nicht. Danyal steht auf Bayern München, auch wenn die immer wieder in Katar trainieren und Saudi-Arabien mit Katar im Clinch liegt. Bassam ist Juve-Fan. Er weiß alles über Ronaldo. Und er ist sich sicher, dass Ronaldo schwul ist.

»Die vier Kinder sind doch nur Tarnung.«

Ich halte das für eine bescheuerte Idee. Warum soll jemand vier Kinder zeugen, nur um der Welt zu zeigen, dass er nicht schwul ist?

»Bei Bayern sind auch ein paar Spieler schwul«, meint Danyal.

Er will sich aber nicht festlegen, wer es ist. Mir ist das egal. Ich bin kein Bayern-Fan.

Die beiden sind ein seltsames Paar. Bassam ist bestimmt über vierzig, klein und dick, Danyal noch keine zwanzig, lang und dünn. Sie wissen, dass sie wegen unzüchtigen

Verhaltens zu mindestens einhundert Stockschlägen verurteilt werden. Unzüchtig bedeutet, dass sie bei einer intimen Handlung erwischt wurden.

»Weißt du«, sagt Bassam, »weil niemand das Wort in den Mund nimmt, existiert es auch nicht. Und für die Wichser vom *Komitee für die Verbreitung von Tugendhaftigkeit und Verhinderung von Lastern* ist es so, als würden sie bereits einen Schwanz lutschen, wenn sie nur das Wort *schwul* in den Mund nehmen. Dabei sind einige von denen solche Tucken. Es gibt einen privaten Club, wo wir uns ab und zu treffen. Einer von denen, die den Club organisieren, ist bei der Haiaa.«

»Was ist Haiaa?«, frage ich.

»Darling, hab ich doch eben gesagt. Das Komitee für die Verbreitung von Tugendhaftigkeit und Verhinderung von Lastern.«

»Also könntet ihr von ihm erfahren, wann es Razzien gibt.«

»Nein.«

»Warum nicht?«

»Weil wir dann alle auffliegen würden.«

Wir reden über Fußball und schwule Fußballer und schwule Religionswächter, um nicht darüber zu reden, was uns erwartet, wenn die Tür aufgeht.

Als dann doch irgendwann die Tür zu dem Büro auf der gegenüberliegenden Seite geöffnet wird, schauen wir ängstlich zu dem Mann hin, der langsam auf uns zukommt. Wen wird er als Ersten holen? Aber dann geht er an uns vorüber, ohne uns eines Blickes zu würdigen.

»Ich kannte einen Franzosen«, sagt Yannic, »der hat einer Frau geholfen, die in der Mall die Treppe runtergestürzt war. Er hat dafür, dass er die Frau angefasst hat, zwei Jahre und fünfzig Stockhiebe als Strafe bekommen. Das war vor fünf Jahren. Seitdem sind sie nicht mehr ganz so streng.«

Ich hab Angst vor dem, was mich erwartet. Aber das ist nicht das Schlimmste. Viel schlimmer ist, dass ich hier sitze und darauf warte, dass mir jemand meine Strafe verkündet und nichts tun kann. Bassam meint, dass ich den Koran lesen soll. Die haben hier eine deutsche Ausgabe.

»Es gibt hier den Koran in allen Sprachen«, sagt er stolz. »Nur nicht in Hebräisch, weil die Juden der Teufel sind.«

Die Tür geht erneut auf. Ein Typ erscheint im Flur, geht vor uns auf und ab. Er beschimpft uns, glaube ich. Eine endlose Predigt, bei der er abwechselnd vor jedem von uns stehen bleibt und auf die Bürotür deutet. Vielleicht sagt er auch nur, dass es ihm leidtut, weil es so lange dauert. Keine Ahnung. Ich überlege, was ich mache, wenn er mich hereinbittet. Falls er mich bittet. Vorher werde ich Bassam fragen, wo wir hier sind und wie ich aus dem Gebäude rauskomme. Dann breche ich dem Typ das Genick und verschwinde.

Nadeen

Januar 2022

Obwohl der Fernseher ununterbrochen läuft, gibt es seit Tagen in den Nachrichten kein Wort über das, was in der Klinik vorgefallen ist. Nichts. Nadeen steht in Faizas kleiner Küche. Sie ist wütend. Immer noch. Sie denkt daran, was sie aus den endlos vielen Büchern gelernt hat, die ihre Kindheit geschmückt haben. Dass ihre Fantasie ein grenzenloser Himmel ist. Dass sie alles erdenken, erträumen, erfühlen kann. Das Gute wie das Böse. War es nicht eine Erweckung, als sie mit elf Jahren im verschlossenen Bücherschrank ihres Vaters Simone de Beauvoirs *Das andere Geschlecht* gefunden und verschlungen hatte? *Die Frau ist nicht Opfer eines unergründlichen Schicksals. Sie darf keinesfalls davon ausgehen, dass sie durch ihre Eierstöcke verdammt ist, für immer auf Knien zu leben.* Und gleich danach die Geschichte der O. *Sie sind lüstern, O, sagte er zu ihr. Sie lieben René, aber Sie sind lüstern. Ist René sich darüber klar, dass Sie allen Männern gehören wollen?* Und dann Dostojewskis *Schuld und Sühne.* War das nicht der Augenblick gewesen, in dem sie sich entschieden hatte, versteckt unter dem Niqab ihre eigene Welt zu träumen und irgendwann zu erschaffen?

Der Herd wird mit Gas aus einer Flasche betrieben, die nicht ganz dicht ist. Es riecht nach verfaulten Eiern. Das passt zu Nadeens Stimmung. Sophie wird das Geschenk nicht in Ilias' Wagen deponieren. *Ihr verdammten Westler,* hat sie Helena angeschrien, *regt euch über uns auf, kotzt euer Mitleid über uns aus, und wenn ihr was für uns tun sollt, macht ihr euch in die Hose.*

Sie weiß, dass das ungerecht ist. Sophie hat keine Ahnung, warum sie das Geschenk in dem Wagen deponieren soll. Nadeen hatte gehofft, sie könnte Sophie im Krankenhaus in den Plan einweihen. Sie wollte ihr sagen, warum es diesen Anschlag geben muss. Aber all das war nicht möglich, weil Sophie zum Islam konvertiert war. Und von dort gibt es kein Zurück. Es sei denn, man will sterben. Der Lieferdienst bringt Hühnchen, Reis und Makkaroni.

Seit heute Morgen isst Katharina wieder. Drei Tage lang hat sie sich geweigert, irgendetwas in ihren Körper hereinzulassen. Kein Essen, kein Getränk. Nadeen hat sich nicht darum gekümmert. Sie will die beiden Frauen so schnell wie möglich loswerden.

Seit Stunden denkt sie darüber nach, ob es noch eine andere Möglichkeit gibt, die Bombe in die Konferenz reinzuschmuggeln. Sie hat versucht, Lilibeth anzurufen, aber die geht nicht ans Telefon.

Qassim ist wieder freigekommen, sagen sie in den Nachrichten. Es ist eine andere Welt. So als ob der König und die Prinzen Außerirdische wären, die von einem fernen Planeten Namens *Fuck you!* hierhergekommen wären und die Saudis versklavt hätten. Manchmal müssen sie untereinander aufräumen. Dann verschwindet der eine oder andere, und man findet ihn Tage später in einer Kloake. Oder sie werden so lange eingesperrt, bis sie auf dem Bauch über den Fußboden kriechen und alle Stellen ablecken, auf die der König seinen Fuß gesetzt hat.

Nadeen stellt die Platte mit dem Essen auf den Teppich. Die Frauen gruppieren sich um sie herum, essen und schweigen. Ein Kissen bleibt leer, ein Teeglas bleibt unbenutzt. Nadeens Gedanken sind bei Junis. Selbst wenn er überlebt, wird er nie wieder auftauchen. Die Polizei wird herausfinden, dass er ein Aktivist ist. Sie bringen ihn um, damit er nicht erzählen kann, was er gesehen und erlebt hat. Faiza kommt von einer Erkundungstour zurück. Sie zieht den Niqab und die Abaya aus.

»Die Polizei schnüffelt überall rum«, sagt sie. »Die haben sämtliche Straßen gesperrt und kontrollieren jedes Auto.«

»Auch hier?«, fragt Nadeen.

»Bis jetzt noch nicht, aber das dauert nicht mehr lange.«

Nadeen wendet sich an Helena und Katharina. »Ihr könnt nicht hierbleiben. Irgendwann wird ein Nachbar euch sehen und die Polizei anrufen.«

»Ich kann nicht ohne meine Tochter und ohne Robert hier weggehen.«

Helena sagt das so leise, dass man es kaum verstehen kann. Nur ein paar Vokale und Konsonanten. Sie isst weiter, schaut nicht auf. Es klingt wie ein Gesetz.

»Ihr habt eine Chance gehabt. Das war's. Eine zweite gibt es nicht. Wir können euch zum Hafen bringen. Von da müsst ihr selbst sehen, wie ihr weiterkommt.«

»Und was ist mit meinem Vater?«, fragt Katharina.

»Was glaubt ihr wohl?«

Katharina sieht Faiza an, als wollte sie ihr im nächsten Moment die Teekanne über den Kopf ziehen.

»Wenn ihr uns einfach so rausschmeißt, rufe ich die Polizei an«, droht Helena.

Sie sagt es ohne erkennbare Emotionen.

Bevor Nadeen antworten kann, klingelt ihr Handy. Wenn es nach zwei Mal klingeln schweigt, nimmt sie beim nächsten Klingeln das Gespräch an. Nach zwei Mal ist Stille. Alle schauen auf das Handy. Es klingelt erneut.

»Ja?«, sagt Nadeen und »okay«. Dann beendet sie das Gespräch.

»Was ist?«, fragt Helena.

Nadeen sieht Faiza an. Darf sie es sagen?

»Nadeen!«

»Robert wird am Freitag öffentlich hingerichtet«, sagt sie zu Helena.

Katharina schreit auf. Sie brüllt so laut, dass die Frauen sie festhalten und ein Kissen auf ihr Gesicht drücken müssen, damit man sie draußen nicht hören kann. Helena legt sich neben ihre Tochter, umarmt und wiegt sie. Es dauert eine Weile, bis Katharina sich beruhigt hat.

Helena wischt ihr die Tränen aus dem Gesicht. Dann sieht sie Nadeen an.

»Wir müssen den Botschafter kontaktieren.«

»Versuch es. Es wird nichts nützen. Sie statuieren ein Exempel, um eurer Regierung zu zeigen, dass sie machen können, was sie wollen.«

»Was ist mit dem deutschen Außenministerium? Irgendwas müssen wir doch machen!«

»Das denken wir auch jedes Mal.«

»Sollen wir einfach abwarten, bis sie ihn umgebracht haben?«

Sie sitzen zwei Stunden. Vielleicht auch drei. Unfähig, einen klaren Gedanken zu fassen. Unfähig, die Situation zu begreifen. Dann erwacht Helena wie aus einem Traum.

»Wo passiert das?«

»Wahrscheinlich auf dem Chop-Chop-Square.«

»Das heißt, es ist öffentlich?«, fragt Helena.

»Das ist der Zweck der Show. Die Leute sollen sehen, was mit denen passiert, die sich nicht richtig verhalten. Zugleich kann die Sensationsgier befriedigt werden. Auf alle Fälle wird es im Fernsehen übertragen.«

»Das ist unsere Chance«, sagt Helena.

Was meint sie damit? Nadeen versteht es nicht. Sogar Katharina erwacht aus ihrer Wut.

»Was für eine Chance? Spinnst du? Die wollen Papa umbringen!«

»Ich weiß. Aber wenn es im Fernsehen kommt, dann sieht es auch Sophie. Vielleicht sieht sie es sogar live.«

Robert

Januar 2022

Sie haben uns abgeführt und in eine Zelle gesperrt, in der acht Doppelstockbetten stehen. Mehr als dreißig Männer sind hier eingesperrt. Und Junis. Sein Bein und seine Schulter sind verbunden. Er hat die Schießerei überlebt, aber so wie er aussieht, wird er es nicht mehr lange machen. Er braucht einen Arzt, er muss sofort in ein Krankenhaus gebracht werden. Stattdessen liegt er in einer Pfütze aus Urin und Erbrochenem. Also verschaffe ich ihm einen Platz an der Wand gegenüber der Tür, damit er aufrecht sitzen kann.

»Hör zu«, sage ich zu ihm, »wir kommen hier raus. Okay? Der Polizist, der auf dich geschossen hat, hat einen Fehler gemacht. Ich weiß das. Ich war selbst in Berlin lange bei dem Laden. Es gibt eine Untersuchung. Auch bei euch hier. Verdammt noch mal, es gibt ja schließlich Gesetze. Helena wird zur Botschaft gehen, und die werden uns hier rausholen.«

Er nickt. Er weiß, dass ich ihn beruhigen will. Er weiß genauso wie ich, dass unsere Chancen, hier heil rauszukommen, gleich null sind.

»Okay, mein Freund?«

Er zieht mich zu sich heran, umarmt mich.

»Inschallah.«

»Inschallah.«

Ich schlafe ein paar Stunden in der Hocke.

Bis vier Polizisten kommen und mich und Bassam in einen Transporter verfrachten. Danyal muss in der Zelle bleiben. Keine Ahnung, wo Yannic abgeblieben ist. Bassam sitzt mir gegenüber. Er erzählt die ganze Zeit Geschichten von Hinrichtungen. Wenn ich ihm sage, dass ich keinen Bock darauf habe, erklärt er mir, dass er mir die Angst nehmen will vor dem, was mich erwartet.

»Wo bringen die uns hin?«, frage ich.

»Ins Gefängnis. Hoffe ich.«

»Hoffst du?«

»Ich hab von einem gehört, dem haben sie die Hände auf den Rücken gebunden und ihn dann mit verbundenen Augen auf der Autobahn freigelassen, und dann ist er von einem Truck überfahren worden.«

Der Fahrer verlangsamt die Geschwindigkeit. Wir kommen fast zum Stehen. Und dann bremst er so abrupt, dass wir nach vorne geschleudert werden. Er hupt ununterbrochen und schimpft. Ich schaue durch die vergitterten Fenster. Auf den Straßen gehen die Lichter an. Es verwundert mich jedes Mal, wie schnell es hier dunkel wird. Als würde jemand den Schalter umlegen. Jetzt geht es langsam weiter. Dutzende Menschen strömen auf den Bürgersteigen in die Richtung, in die wir fahren. Bassam schaut auf seiner Seite ebenfalls aus dem Fenster.

»Scheiße«, sagt er.

»Was ist?«

»Siehst du die Leute?«

»Ja. Vielleicht ist irgendwas passiert.«

»Es ist nichts passiert. Mann! Es wird erst noch was passieren. Scheiße, scheiße, scheiße.«

»Was meinst du damit, es wird erst noch passieren?«

»Wir. Wir werden passieren. Kapierst du das nicht, Mann? Die gehen zum Hinrichtungsplatz. Es gibt ein großes Spektakel. Wie im alten Rom. Circus Maximus, sagt dir das was? Das Volk will Blut sehen.«

Ich presse das Gesicht an die Scheibe, um nach vorne zu schauen. Aber alles, was ich sehe, sind Menschen, die jetzt anfangen zu rennen. *Das Volk will Blut sehen.* Bassam sitzt in sich zusammengesunken. Er schaukelt vor und zurück, jammert und heult. Stimmt es, was er sagt? Rennen die um die besten Plätze?

»Die kommen nicht wegen einer lächerlichen Auspeitschung. Die kommen wegen einer verdammten Hinrichtung, weil einer von uns beiden geköpft wird. Und ich hoffe, verdammt noch mal, dass nicht ich es bin. Scheiße. Die sollen dir den verdammten Kopf abhacken«, jammert er leise.

Den Kopf abhacken. Im Ernst? Ich schaue nach draußen. Die Leute brüllen irgendwas. Aber die werden mir nicht den Kopf abhacken.

»Ich bin ein Bürger der Bundesrepublik Deutschland«, sage ich zu Bassam. »Die können mich nicht einfach so hinrichten.«

»Klar können sie das. Die machen das, dann gibt es Stress mit deiner Regierung, und irgendwann ist die ganze Scheiße vergessen. Außerdem wolltest du jemanden entführen.«

»Das war meine Tochter.«

»Vergiss deine scheiß Tochter.«

Ich höre, wie es *Klick* macht. Ganz leise. Wie die Synapsen in meinem Gehirn einen anderen Weg als den üblichen nehmen, wie sie mit einer mörderischen

Geschwindigkeit eine Verbindung zum Reptiliengehirn suchen. Ich stürze mich auf Bassam und schlage ihm ins Gesicht.

»Hör auf«, jammert er.

Er fällt, rollt sich zusammen.

»Sag das nicht noch mal.«

»Ich sag es nicht noch mal. Aber du bist ein Ausländer. Ein arrogantes Arschloch aus dem Westen. Ein blöder Ungläubiger. Ihr habt es alle verdient, dass man euch die Köpfe abschlägt.«

Bassam spinnt. Er ist völlig durchgedreht.

Der Wagen stoppt, der Motor wird abgestellt. Wir sind da. Wo auch immer das ist. Ich höre das Geschrei aus Hunderten Kehlen. Bassam blutet aus der Nase. Er fängt das Blut mit der Zunge auf, leckt über die Oberlippe. Er weint leise. Scheiße. Hör auf zu weinen, Mann!

Die hintere Tür geht auf. Sechs Polizisten mit Maschinenpistolen im Anschlag. Heckler & Koch G36. Die haben sie von uns geliefert bekommen. Wie praktisch. Sollte ich versuchen abzuhauen, sterbe ich wenigstens durch deutsche Wertarbeit. Wir steigen aus dem Transporter. Vor uns ein leerer Parkplatz. In der Mitte sehe ich einen kleinen, viereckigen Pavillon mit dunklem Stoffdach. Hunderte Männer in Weiß, Frauen in Schwarz stehen am Rand des Platzes dicht gedrängt. Einige haben Kinder auf den Armen. Sie werden still, als sie uns erblicken. Wie versteinert. Ab und zu ein schreiendes Baby, ein Lachen, das Klingeln eines Handys. Einer der vier Lautsprecher krächzt. An der gegenüberliegenden Seite ist eine Tribüne aufgebaut, darauf ein Stuhl mit einer hohen Rückenlehne. Auf dem Stuhl, oder ist es ein Thron, kauert ein Männchen. In Weiß gekleidet, grauer Bart. Ist er blind? Bassam hat mir von einem Großmufti erzählt, dessen Namen ich vergessen habe. Neben dem Alten sitzen ein Dutzend Männer in ihren weißen Klamotten, dahinter schwarz verschleierte Frauen. Offensichtlich gehören sie zu den oberen Zehntausend von Dschidda. Ob Sophie darunter ist? Ihr Mann ist einer der Prinzen, hat Nadeen gesagt. Scheiße. Ich hoffe, sie ist nicht hier. Ich will nicht, dass sie zuschaut, wie ihr Vater ausgepeitscht wird.

Auf den Dächern entdecke ich Scharfschützen, zwei, vier, sechs, acht. Die Gewehre sind nicht von uns. Wahrscheinlich Remington. Ich bin zu weit weg, um es erkennen zu können.

Zwei Polizisten packen Bassam, führen ihn in die Mitte des Platzes zu einem kleinen, gefliesten Podium. Da warten zwei schlanke Männer in weißen Gewändern. Verspiegelte Sonnenbrillen. Ein weißes Tuch über Mund und Nase. Auf dem Kopf ein rotes Tuch. Der eine hält einen hüfthohen Krummsäbel in der Hand, der andere eine Rute, ungefähr einen Meter lang. Zwischen den Henkern steht ein Stuhl.

Bassam wird zu ihnen geführt. Er knickt ein, stürzt beinahe. Die Polizisten halten ihn fest, richten ihn auf. Sie gehen weiter. Bassams Füße schleifen auf dem Marmorboden. Vielleicht hat er das Bewusstsein verloren. Sie stellen ihn vor dem Stuhl ab. Stülpen ihm eine schwarze Kapuze über den Kopf. Er soll auf dem Stuhl knien. Er weigert sich, schüttelt den Kopf. Die Polizisten heben ihn auf den Stuhl. Fesseln seine Hände an die Rücklehne. Dann reißen sie ihm das Gewand von den Schultern und dem Rücken.

Aus den Lautsprechern brüllt eine Stimme. Die Zuschauer erwachen. Sie recken die Arme in die Höhe, skandieren zwei Worte. Der Polizist neben mir grinst mich an.

»Weißt du, was sie rufen?«

Sein Englisch ist perfekt. Ich weiß es nicht.

»Ein Schlag.«

Ein Schlag? Ich schaue die Menge an. Das Bild erinnert mich an Boxkämpfe. Nein. Eher an Filme übers Mittelalter. *Ein Schlag, ein Schlag.*

Der Henker legt die Haare in Bassams Nacken beiseite, drückt seinen Kopf nach vorne. Sie werden ihn nicht auspeitschen. Einen von uns beiden werden sie köpfen, hat Bassam gesagt. Er ist es. Nicht ich. Er. Der Henker hebt den Säbel hoch. Reißt ihn mit beiden Händen nach unten. Ich zucke zusammen. Bassams Kopf fällt und rollt über den Boden. Es ist nicht echt. Es sieht so banal aus, dass es nicht echt sein kann. Eine Blutfontäne spritzt aus dem Rumpf. Der Scharfrichter reinigt die Klinge seines Säbels mit einem schwarzen Tuch. Wenn ich mich nicht konzentriere, pisse ich mir in die Hose.

Bassams Leichnam wird weggeschleift.

Jetzt bin ich dran. Sie führen mich zu dem Stuhl. Die Menge feuert mich an. Oder sie feuert den Henker an. *Einen von uns beiden werden sie köpfen.* Bassam haben sie den Kopf abgeschlagen. Also kriege ich den Stock. Das halte ich aus. Das halte ich verdammt noch mal aus. Ihr kriegt keinen Ton von mir, ihr verdammten Arschlöcher. Ich spanne die Muskeln an. Du zeigst keine Schwäche, hast du verstanden? Kopf hoch, Schultern gerade, Brust raus. Aufrecht. Ich schaue zur Tribüne hin. Für den Fall, dass Sophie doch dort sitzt. Ich lächle. *Wenn du da sitzt, meine kleine Sophie, dann sollst du sehen*, dass ich keine Angst habe. Ich zeige dir, dass ich die Schläge aushalte. Jeden einzelnen.

Die Sitzfläche und die Lehne des Stuhls sind feucht. Bassams Blut und Urin, sie haben es nicht weggewischt. Ich knie auf dem Stuhl. Sie haben Bassam geköpft. Mich werden sie auspeitschen. Jemand reißt mir das Gewand auf. Ich spüre einen kalten Lufthauch auf dem Rücken. Dann höre ich den Stock durch die Luft sausen. Als er meinen Rücken trifft, erstarre ich für einen Moment. Es tut nicht so weh, wie ich erwartet habe. Also spanne ich etwas weniger an. Dann der zweite Schlag, der dritte. Die Schläge kommen schnell. Und mit jedem weiteren tut es mehr weh. Aber ich beiße die Zähne zusammen. Ich habe keine Angst. Weil ich nicht sterben werde. Nicht jetzt. *Ich schaue immer noch zur Tribüne hin. Und jetzt sehe ich, wie eine der Frauen aufsteht. Das ist sie. Das ist Sophie! Sie hebt den Schleier hoch, damit ich sie sehen kann. Das ist meine Sophie!* Die nächsten Schläge treffen die Nieren. *Ich drehe durch, so sehr tut es weh. Aber ich lächle weiter.* Bei dreiundzwanzig stöhne ich auf. Die nächsten zehn sind fester und härter. Die Menge johlt, brüllt, einige lachen. *Aber das macht nichts. Ihr spielt keine Rolle, ihr Wichser. Das Einzige, was eine Rolle spielt, ist Sophie. Ich werde dich in die Arme nehmen, meine Tochter, und dich trösten, wenn du weinst. Ich werde dich und Katharina von jetzt an immer beschützen. Ich werde auf deiner und Katharinas Hochzeit tanzen. Und ich werde für euch da sein und für eure Kinder. Und wir werden wieder eine Familie sein.* Nummer fünfundvierzig, sechsundvierzig sind nicht mehr zu ertragen. Noch vier. Mein Kopf wird im nächsten Augenblick explodieren. Neunundvierzig, fünfzig. Einundfünfzig. *Du hast dich verzählt, du verdammter Wichser.* Zweiundfünfzig. Oder sind es hundert? Nein. Er hat sich einfach nur verzählt. Der Stock ruht. Keine weiteren Schläge. Ich spüre, wie es feucht in meine Arschspalte läuft. Schweiß? Eher Blut. Ich sehe zu Sophie hin. Sie ist nicht mehr da. Wo ist sie? Der Henker tritt einen Schritt näher heran.

Ein Tuch über meinen Kopf.

»Sophie!«, schreie ich.

Ich höre ein leises Sirren, so als ob die Luft zerschnitten wird.

Ilias

Januar 2022

Sie ist auf die Knie gefallen. Sie hat gebetet. *Im Namen Allahs, des Allerbarmers, des Barmherzigen, der den Tod und das Leben erschaffen hat, damit Er euch prüfe, wer von euch die besten Taten begeht. Und Er ist der Allmächtige und Allvergebende.* Immer wieder diese Zeilen.

Ilias hat ihr hochgeholfen. Ihr wirrer Blick hat seine Augen gesucht. *Sie haben es getan*, hat sie gesagt. *Sie haben mir meinen Vater genommen. Sie haben ihm vor meinen Augen den Kopf abgeschlagen.* Dann ist sie in Ohnmacht gefallen, ein Krankenwagen hat sie in die Klinik gefahren. Ilias hat sie begleitet, Abdul und Abidah in seinen Armen. Abidah hat geweint, Abdul hat sich gefreut, weil die Sirene geheult hat und das Licht blau und rot war. Er hat nicht verstanden, was passiert ist. Es ist etwas anderes zu hören, dass die Ungläubigen und die Sünder und die vom Glauben abfallen den Tod verdienen, als den Tod zu sehen. Ilias hat mit sieben Jahren die erste Hinrichtung gesehen. Der Mann war ein Mörder. Als das Schwert über seinem Kopf schwebte, wollte er wegsehen, aber sein Vater hielt seinen Kopf fest. Ilias schloss die Augen, woraufhin der Vater seine Lider anhob. *Wenn du ein Mann werden willst, musst du es ansehen.*

Die Ärzte haben ihr Beruhigungsmittel gegeben, damit sie schlafen kann. Zwei Tage und zwei Nächte schläft sie schon. Ilias ist immer wieder in ihr Schlafzimmer gegangen, um zu sehen, ob sie noch atmet. Sie redet im Schlaf. Zusammenhanglose Sätze über schwarze Schmetterlinge, die sich auf ihrer Haut niederlassen. Sie muss essen, sie muss trinken.

»Wie kannst du so lange schlafen?«, fragt er sie und erhält wieder keine Antwort. Als er das Zimmer verlassen will, hört er eine Bewegung hinter sich.

»Wo bin ich?«, fragt sie.

»Endlich. Du bist wach. Wie geht es dir?«

Sie schaut sich um, zieht die Stirn in Falten, als könnte sie nicht glauben, dass sie zu Hause ist, in ihrem Schlafzimmer, in ihrem Bett.

»Ich muss aufs Klo«, sagt sie und geht an ihm vorbei ins Badezimmer. Ilias wartet, bis sie zurückkommt. Er hört, wie sie duscht, sieht ihren Schatten, wenn sie sich anzieht. Sie bleibt noch eine Weile, und er weiß nicht, was sie in der Zeit macht. Wie er so vieles nicht weiß, was seine Frau macht oder denkt oder fühlt. Frauen sind seltsame Wesen. Sie sind nicht das, was sein Vater ihm erzählt hat. Aber sie sind auch nicht das, was im Fernsehen zu sehen ist. Als sie zurückkommt, nimmt sie eine Abaya aus grüner Seide aus dem Schrank. Er weiß nicht, dass sie so eine besitzt. Bisher hat sie immer die schwarzen getragen, wie es Tradition ist. Ilias mag diese neue Mode nicht leiden. Für ihn ist es eine Anbiederung an den Westen, die sie irgendwann nicht mehr rückgängig machen können.

»Wo sind Abdul und Abidah?«, fragt sie.

»In ihren Zimmern.«

Sie schlüpft in die Abaya. Kleine goldene Plättchen verzieren den Kragen. Glitzernde Edelsteine wickeln sich wie eine Spirale ringsherum. Fransen hängen an den Ärmeln.

»Was machen sie?«

»Ich weiß es nicht. Spielen.«

Sie richtet die Abaya. Dann sieht sie Ilias lange an.

»Ich kann hier nicht bleiben.«

Er hat es geahnt. Sie hat sich in das Leben an seiner Seite gefügt, aber nicht so, wie es die anderen Mädchen getan haben. Sie hat sich nie an dem Luxus festgehalten. Alles haben zu können, was man kaufen kann, hat sie nicht erfüllt. Sie hat etwas anderes gesucht. Etwas, woran sie sich festhalten kann. Gott und ihr Glaube.

»Ich weiß.«

»Gut. Ich werde die Kinder mitnehmen.«

»Wie soll das gehen?«

»Das weiß ich noch nicht. Aber ich werde sie auf keinen Fall hierlassen.«

»Und wenn ich es nicht erlaube?«

»Dann werde ich sie und mich umbringen. Irgendwann, wenn du nicht damit rechnest. Oder wenn du es vergessen hast. In den letzten beiden Nächten bin ich immer wieder aufgewacht. Ich habe nicht mehr unterscheiden können, ob ich träume oder ob ich wach bin. Und ob es einen Unterschied macht. Ich habe nicht glauben können, dass es wirklich passiert ist.«

»Ja. Aber du weißt, dass dein Vater gegen das Gesetz verstoßen hat, dass er nach den Buchstaben der Scharia bestraft werden musste.«

»Er wollte mich retten.«

»Musst du denn gerettet werden?«

Sie weint leise. Ihre Wangen glänzen von den Tränen.

Er kann verstehen, dass sie verzweifelt ist. Was er nicht verstehen kann ist, woher eine Fünfzehnjährige die Kraft nimmt, den Schmerz zu überwinden. Sie hören den ersten Muezzin zum Mittagsgebet rufen. »Allahu akbar. Aschhadu an la ilaha ha llah. Aschhadu anna muhammada-rasulu-llah. Hajja 'ala-salah. Hajja 'ala-l-falah. Allahu akbar. La ilaha illa llah.«

Abidah kommt hereingestürmt. »Wir müssen beten«, sagt sie. »Und ich weiß alles, was wir tun müssen.«

»Was müssen wir denn tun?«, fragt er sie.

»Wir reinigen uns, wie es vorgeschrieben ist. Waschen die Hände, reinigen die Nase, waschen das Gesicht und die Stirn, die Unterarme und mit nassen Händen über die Haare und die Ohren und die Füße bis zu den Knöcheln.«

»Das ist richtig«, lobt er sie.

Er ist stolz. Und es ist unvorstellbar, dass Samira ihrer Tochter etwas antun könnte. Und trotzdem wird er wachsam sein. Kennst du die Frauen? Sein Vater, Gott schütze ihn, hat immer gesagt, dass Frauen wankelmütig sind und in ihrem Denken nicht gefestigt.

»Warum kommst du nicht mit?«, fragt sie ihn.

Er soll mitkommen? In den Westen? Nach Deutschland?

Helena

Januar 2022

Sie haben Kata und mich nicht zum Hafen gebracht. Obwohl es eine gute Gelegenheit gewesen wäre, weil die Polizei damit beschäftigt war, die Hinrichtung zu überwachen. Ich weiß nicht, warum wir noch bleiben durften. Vielleicht wollte Faiza, dass wir es sehen.

Der Fernseher lief die ganze Zeit stumm. Es gab eine Serie, die *Gute Zeiten, Schlechte Zeiten* ähnelt. Dann Nachrichten und Talkrunden. Es war wie bei uns zu Hause. Nur mit dem Unterschied, dass alle Frauen Kopftücher tragen. Während wir zu Abend aßen, hat der Wetterbericht Regen verkündet. Dann ging alles sehr schnell. Als Roberts Kopf fiel, sind wir stumm geblieben. Es war einfach nicht real. Es war wie in einem Film, wie bei *Games Of Thrones*, das wir sonntags im Knast sehen durften. Erst danach ist der Schrecken über uns hereingebrochen. Wir haben uns angesehen. Als müssten wir uns versichern, dass es wirklich passiert ist. Ich habe mich mit einem selbstgebrannten Schnaps betrunken, bis ich nicht mehr stehen konnte. Kata hat hohes Fieber. Bei 39,7 Grad hat Nadeen ihr Wadenwickel gemacht. Heute Morgen waren es noch knapp über 38° Grad, seitdem sinkt die Temperatur so, wie ihre Wut wächst.

Ich fühle mich, als sei ich immer noch betrunken. Zwischen mir und der Welt hat sich ein Vorhang aus Gaze gebildet. Die Bilder von Roberts Enthauptung habe ich weit weg, irgendwo in den hintersten Winkeln meiner Erinnerungen abgelegt, sie sind beinahe nicht mehr existent. Ich stehe vor dem Herd, die blaue Gasflamme zischt. Nadeen ist außer Haus. Immer wieder ist sie in den letzten Tagen weg gewesen. *Bei Gericht, um eine Frau zu verteidigen, die wegen eines Fotos, das sie in einem kurzen Rock zeigt, angeklagt ist*, sagt sie, wenn ich sie frage. Aber in ihren Augen blitzt dann etwas Diebisches auf. Ich ahne, dass es um etwas anderes geht. Und ich frage mich, ob sie das Attentat, von dem sie gesprochen hat, wirklich durchziehen will. Hinter ihrer freundlichen, zugewandten Haltung liegt eine verborgene Seite, die ich nicht lesen kann. Manchmal erinnert sie mich an Kata, wenn sie voller Zorn davon gesprochen hat, dass es Menschen gibt, die es verdienen zu sterben.

Ich bereite für Kata Tee aus frischen Minzblättern zu. Leise öffne ich die Tür zu dem Zimmer, in dem sie schläft. Die Sonne flutet den Raum mit hellem Licht. Ich habe noch nie im Leben so ein helles Weiß wie in Saudi-Arabien gesehen.

»Du bist wach?«, frage ich leise.

Kata sitzt im Bett, tippt in ihr Handy. Sie antwortet nicht. Ich stelle den Tee auf den kleinen Tisch neben dem Bett. Das Fieberthermometer ist bei 37,4 Grad stehen geblieben.

»Sie wollen uns nachher zum Hafen fahren«, sage ich.

Sie antwortet nicht, hört nicht mal zu.

»Wie geht es dir?«

»Nicht gut.«

Nicht gut. Mehr nicht. Sieh zu, wie du mit dieser Aussage klarkommst, sagt sie damit.

»Was machst du?«

Sie wischt über das Display. Vor und zurück. Stoppt, hält das Handy nahe vor die Augen und wischt dann ungehalten weiter.

»Meinst du, sie war da?«, fragt sie mich, ohne vom Handy aufzuschauen.

»Ich hoffe es.«

»Eine Frau ist aufgestanden und hat den Niqab hochgemacht. Aber man kann es nicht gut erkennen. Und dann ist sie in Ohnmacht gefallen.«

Sie zeigt mir das Video von der Hinrichtung. Kurz nachdem der Scharfrichter zugeschlagen hat, ist am rechten Bild eine Frau zu sehen. Ihr Gesicht ist auf dem Video verschwommen. Dann entsteht ein kleiner Tumult. Kata lässt das Video Bild für Bild ablaufen. Für einen kurzen Moment ist zu sehen, wie die Frau die Hände vor die Augen hält und dann umkippt. Es ist Sophie.

»Das war sie«, sage ich.

Es ist auf dem Video nur schwer zu erkennen, wer die Person ist, die da in Ohnmacht fällt. Es ist noch nicht mal zu erkennen, ob sie überhaupt in Ohnmacht fällt. Vielleicht hat jemand sie gestoßen, vielleicht bückt sie sich nur, um etwas aufzuheben. Das Einzige, was für die Ohnmacht spricht, sind die Hände vor ihren Augen.

»Woher willst du das wissen?«, fragt Kata.

»Ich weiß es einfach«, sage ich.

Sie legt das Handy beiseite. Trinkt in kleinen Schlucken, pustet und zuckt zurück, wenn ihre Lippen mit dem heißen Tee in Berührung kommen.

»Was machen wir jetzt?«, fragt sie mich.

»Ich werde dieses Land nicht ohne Sophie verlassen.

Dein Vater ist dafür gestorben. Also werden wir es zu Ende bringen.«

»Und wie soll das gehen?«, fragt Kata.

»Mir wird schon was einfallen.«

Wir hören, wie die Haustür geöffnet wird. Nadeen ist zurück, viel früher als angekündigt. Wir hören, wie sie in einem der Zimmer hektisch räumt. Sachen fallen zu Boden. Sie flucht. Dann steht sie in der Tür.

»Seid ihr so weit?«

»Nein«, sage ich.

Sophie

Januar 2022

Ich sitze in meinem Bett und rufe die Nummer an, die Lilibeth mir gegeben hat. Ich lasse es endlos klingeln. Warte. Das Tuten versickert. Noch einmal. Wieder warten. Beten, dass jemand sich meldet. Als ich aufgeben will, höre ich eine Stimme.

»Wer ist da?«

»Samira.«

Stille. Jemand hält das Mikrophon zu. Ich höre den Namen *Helena* weit entfernt wie durch einen Berg aus Federn.

»Kann ich Helena sprechen?«, frage ich.

»Die ist nicht hier.«

»Und Kata?«

»Ich kenne weder eine Helena noch eine Kata. Was wollen Sie?«

»Sagen Sie ihr, dass ich meine Meinung geändert habe.«

Wieder Stille. Wieder das zugehaltene Mikrophon. Wieder aufgeregte Stimmen. Die Frau räuspert sich.

»Von wo aus telefonierst du?«

»Warum?«

»Kann jemand mithören?«

»Weiß ich nicht. Kann sein.«

Die Frau nennt mir eine Nummer. Ich soll auflegen und unter dieser Nummer eine Nachricht schreiben. Ich mache es.

Hier bin ich.
Was wollen Sie?
Sagen Sie meiner Mutter, dass ich meine Meinung geändert habe.
Was heißt das?
Ich meine das Geschenk.
Und?

Ich zögere einen Moment. Die Worte, die ich schreiben will, werden mein Leben und das der Menschen um mich herum für alle Zeiten verändern. Will ich das? Kann ich das? Ich sage die Worte, bevor meine Zweifel sie festhalten.

Ich werde es machen.

Vier Worte. Sie stehen auf dem Display. Ich starre sie an und warte darauf, dass sie anfangen zu leben. Was wird sie antworten? Ich merke, wie sich die Aufregung legt. Als hätte ich schon lange darauf gewartet, so etwas zu sagen, diesen Schritt zu gehen. Es ist wie ein Erwachen. Ich werde ruhig. Es dauert lange, bis sie antwortet.

Gut.
Aber ich habe eine Frage.
Ja?
Warum ich?
Weil außer den Prinzen alle Teilnehmer kontrolliert werden. Sogar die Security.
Okay.
In zwei Tagen ist die Konferenz. Dein Mann wird daran

teilnehmen. Du fährst mit ihm.
Ich weiß nicht, ob ich das darf.
Sorge dafür, dass du mitkommen kannst. Lass dir was einfallen.
Okay.
Eine Frau wird als Letzte in der Reihe der Sprecher eine Rede halten. Die Rede wird exakt fünfundzwanzig Minuten dauern. Nach zehn Minuten verlässt du die Empore. Du gehst in die Tiefgarage, holst das Geschenk. Dann gehst du zur Frauentoilette. Dort wartet eine Frau auf dich. Alles Weitere erfährst du von ihr.
Woher weiß ich, welche Frau es ist?
Du wirst es dann schon wissen.
Sind Helena und Kata auch da?
Das ist noch nicht klar. Du musst jetzt den Chat löschen. Auch aus dem Papierkorb.
Eine Frage habe ich noch. Was ist mit meinen Kindern? Und mit Ilias?

Keine Antwort. Ich lösche den Chat. Ich muss nachdenken. Auf jeden Fall gehe ich nicht ohne meine Familie.

Katharina

Januar 2022

Jetzt geht es los. All das, worüber wir nicht geredet haben, seit Helena nach Antakya gekommen ist. Reichlich spät, denke ich. Aber was soll's.

»Was meinst du denn?«, faucht sie mich an.

»Der Knast.«

»Was ist damit?«

»Du bist in den Knast gegangen, damit du nicht nach Sophie suchen musstest. Du hast ein scheiß schlechtes Gewissen gehabt, weil du damals in Berlin nicht geschossen hast.«

»Ich hab Angst gehabt, dass ich Sophie treffe.«

»Blödsinn. Du hast doch eine Schießausbildung. Hast jedenfalls allen erzählt, dass du auf einhundert Meter einer Champagnerflasche den Korken abschießen kannst.«

»Na gut, wenn wir hier schon von schlechtem Gewissen reden, was ist mit dir?«

»Was soll mit mir sein?«

»Was ist mit dir?«

Ich weiß genau, was sie meint.

»Wir haben vor dem Lieferwagen gestanden. Ich wollte nicht reingehen. Sophie wollte unbedingt wegen dem scheiß Bild, das sie für dich hat machen lassen. Ich hab gezögert. Ich hab gespürt, dass irgendwas nicht stimmt. Ich hab sie nicht aufgehalten. Wir sind eingestiegen.«

Während ich das sage, schießen mir die Tränen aus den

Augen. Der ganze Schmerz, die ganze Schuld ist wieder da. Aus meinem Bauch hochgeklettert, überschwemmt sie mein Gehirn.

»Du warst vierzehn. Was hättest du denn tun sollen?«, sagt sie.

»Nicht in den scheiß Wagen gehen, zum Beispiel«, antworte ich.

»Du konntest nicht wissen, was da drin passiert.«

»Woher willst du das wissen. Vielleicht wollte ich ja reingehen, weil ich eifersüchtig war.«

Das ist es. Das ist der Gedanke, der wie ein Krebs in meinem Herz wuchert.

»Vielleicht habe ich Sophie nicht aufgehalten, weil ich wütend war. Weil ich wollte, dass etwas passiert.«

»Das kann sein. Aber du konntest nicht wissen, was dann passiert.«

»Ich war neidisch, dass sie so ein tolles Geschenk für dich hatte.«

»Verstehe ich. Aber du bist nicht schuld. Mit vierzehn weiß man noch nicht, dass die Welt ein Moloch sein kann, dass es Menschen gibt, die nichts anderes im Sinn haben, als anderen wehzutun.«

»Das Geschenk, das ich für dich hatte, war auf einmal so klein und nichts.«

»Du bist nicht schuld.«

»Es waren Karten für ein Alba-Spiel. Gegen München. Ich wollte, dass du siehst, wie mich die Großen begrüßen. Und dass sie dir sagen, dass ich richtig gut bin. Und was während einem Spiel abgeht. Wie toll das ist. Und dass ich irgendwann genauso spiele. Weil du ja nie Zeit gehabt hast, zu meinen Spielen zu kommen.«

Jetzt kann ich mich nicht mehr halten. Ich sinke zu Boden und heule und kann nicht mehr aufhören.

»Du bist nicht schuld, Katharina.«

»Ich weiß es ja. Aber trotzdem.«

»Du bist nicht schuld.«

»Ja. Aber wenn ich nicht schuld bin, wer ist es dann?«

Meine Mutter antwortet nicht. Sie sieht an mir vorbei zur Tür. Ich drehe mich herum. Nadeen steht dort.

»Sophie hat sich gemeldet«, sagt sie.

Ich brauche einen Moment, bis die Nachricht zu mir durchdringt. Sophie hat sich gemeldet. Vielleicht wird doch noch alles gut. Ich versuche mich zu beruhigen, nehme meine Gefühle an die Leine und zerre sie zurück.

»Wann?«, fragt Helena.

»Gerade eben.«

»Was hat sie gesagt?«

Wir gehen zurück in das blaue Zimmer. Dort sitzt eine Frau, die wir noch nie zuvor gesehen haben. Nadeen erklärt uns, wie der neue Plan aussieht. Ich fahre zusammen mit der Freundin von Nadeen zum Hafen, um den Container zu checken, in dem wir uns verstecken werden. Die Freundin heißt Tuana. Sie schaut mich teilnahmslos an. Mehr noch, als würde sie mich hassen. Als Helena sie anspricht, reagiert sie nicht. Habe ich mir gedacht. Es ist nicht ihr richtiger Name. Hier ist kein Name richtig. Ein Vorarbeiter, er ist der Bruder von Tuana, verschafft uns Zugang zum Containerterminal. Wenn jemand fragt, was wir dort zu suchen haben, sagen wir, dass wir ein Geschäft aufgemacht haben und iPhones billiger verkaufen wollen. Helena geht mit den Frauen zu der Konferenz, um dort Sophie zu treffen und mit ihr zum Hafen zu fahren. Um

21 Uhr treffen wir uns im Containerhafen, Kai 7. Helena, Sophie und ich. Er ist so einfach und so gefährlich, dass ich schon nervös werde, wenn ich nur daran denke, was alles schiefgehen kann. Aber ich will dabei sein bei der Konferenz. Ich will bei Sophie sein.

»Warum muss ich am Hafen warten?«

»Weil du dann, wenn was schiefgeht, verschwinden kannst.«

»Ich soll verschwinden, wenn was schiefgeht? Ohne euch? Auf keinen Fall. Ich will dabei sein.«

»Darüber gibt es keine Diskussion. Du machst es so, wie Nadeen es sagt«, befiehlt Helena.

Nadeen nickt. Als hätten sie sich abgesprochen.

»Ich werde nicht riskieren, dass dir irgendwas passiert, was ich jetzt noch ausschließen kann.«

Ich bin fassungslos.

»Also was ist? Seid ihr dabei?«, fragt Nadeen.

Wir sind dabei. Aber das Gespräch über Schuld ist noch nicht zu Ende geführt. Irgendwann werden wir es fortsetzen. Oder auch nicht, wenn es sich erübrigt hat, weil Sophie wieder bei uns ist und alle Schuldzuweisung abgestanden und bitter schmeckt.

Als sich heulende Sirenen nähern, halten wir die Luft an. Krankenwagen oder Polizei? Keine wagt sich zu bewegen, als könnte der kleinste Lufthauch uns verraten. Faiza hat davon gesprochen, dass die Polizei irgendwann hier auftauchen wird. Ist es jetzt so weit? Die Sirenen werden lauter.

Nadeen

Februar 2022

Der Plan hat sie jedes Mal elektrisiert, wenn sie mit den Nemesis-Frauen darüber gesprochen hat. Es ist wie die Vorfreude auf einen Tag am Meer, auf ein Geschenk, auf die Begegnung mit der Liebsten. Sie denkt an die Zeit nach der Ausführung und wird von Glücksgefühlen geradezu überschwemmt. Woran sie nicht denkt, was sie nicht spürt, sind die Schlangen, die die Angst in ihrem Körper züchtet. Endlos viele Fragen, ob alles bedacht ist, ob sie es durchstehen kann, ob sie ohnmächtig wird, ob man sie entdeckt, ob es die Falschen trifft. Es gibt keine Antwort auf solche Fragen, außer die Antwort der Tat.

Sie werden es tun. Sie werden den König, den Großmufti und mindestens ein Dutzend Prinzen und Minister dorthin führen, wo zweiundsiebzig Jungfrauen auf sie warten. Und dabei werden sie nichts Falsches oder Verwerfliches tun. Im Gegenteil! Sie lösen das Versprechen auf das Paradies ein, was als größtmögliche Beförderung angesehen werden kann, und erlösen zugleich Millionen Frauen in Saudi-Arabien von der unsäglichen Tyrannei der Bevormundung.

Jetzt kann man Nemesis sicherlich fragen, ob diese Befreiung tatsächlich so eintritt, wie sie sich das vorstellen, und ob sie darüber nachgedacht haben, dass es eventuell auch ganz anders kommen kann. Ob sie sich darüber im Klaren sind, dass sich die Situation noch verschlimmern kann. Ob sie einkalkulieren, dass danach erst der wahre Terror gegen das Volk, gegen die Frauen ausbrechen könnte. Ja, sie haben über all das nachgedacht. Sie haben diskutiert und sind laut geworden, haben einander angebrüllt und sich getrennt und wieder vereint. Die Antwort ist stets dieselbe geblieben. Frau wird sehen. Niemand weiß, was nach einer Tat wie dieser kommen wird. Sie nennt es die unvorhersehbaren Wunder beim Übergang von der Theorie in die Praxis, die das Wesen des Wandels ausmacht. Oder wie 1881 in der französischen Zeitung *Le Révolté* geschrieben stand: *Wir haben die Pest im Haus, wir müssen ihre Ursache zerstören, und wenn es mit Feuer und Eisen geschehen muss, wir dürfen nicht zögern. Es handelt sich um das Heil der Menschheit.*

Letztlich spielt jedes Zögern aus Angst vor einer unkalkulierbaren Zukunft denen in die Hände, die die Zukunft beherrschen. Sie müssen hoffen, dass die Dinge sich in ihrem Sinne entwickeln. Jede andere Haltung ist Wahrsagerei, und Wahrsagerei ist gemäß dem Koran haram. Ist es nicht so?

Nadeen ist eingeladen, vor einem hohen Rat zu sprechen. Das ist eine große Ehre für sie. Ein kleiner Schritt für eine Frau in diesem Land, aber ein großer Schritt für die Menschheit, wie der Präsident der Religionspolizei zähneknirschend gesagt hat, und es durch den Verweis auf Neil Armstrong lächerlich macht. Soll er. Er hält es für einen großen Fehler, dass ausgerechnet eine der prominentesten Aktivistinnen im Kampf für die Rechte der Frauen diese Rede halten soll. Deshalb will er ganz sichergehen, dass Nadeen keine kritischen Töne von sich gibt, die Veranstaltung nicht benutzt, um Propaganda zu machen, dass sie keine unbotmäßige Kritik übt, sich stattdessen so verhält, wie es sich für eine Frau geziemt. Im Vorfeld der Veranstaltung hat er ihr klar und deutlich mitgeteilt, was sie tun darf und vor allem soll. Sie soll erklären, dass die Frauen die Reformen begrüßen, die der König angestoßen hat. Die Befreiung von der Pflicht, die schwarze Abaya und den Niqab zu tragen. Das Recht, Fahrrad und Auto zu fahren. Die Aufhebung der Geschlechtertrennung am Arbeitsplatz. Die Teilnahme als Zuschauer bei Sportveranstaltungen. Und wenn sie schon mal bei der Lobhudelei ist, soll sie erklären, dass die Frauen die Bevormundung durch unsere Väter, Brüder, Männer weiterhin begrüßen werden, weil es so im Koran steht und die Scharia es von ihnen verlangt. Er hat Nadeen gefragt, ob sie das alles verstanden habe. Sie hat genickt. Ob sie noch Fragen habe. Nein. Ob sie etwas sagen wolle? Nein. Nur, dass sie die ganze Zeit an Sara Karmakar denkt. Aber das hat Nadeen nicht gesagt. Dann musste sie ihr Handy abgeben.

Sie wird in der Pause vor ihrer Rede auf die Toilette gehen, wohin die Security sie nicht begleiten darf. Dort gibt es zwölf Toilettenkabinen. Sie betritt die zweite von links, nimmt die Verblendung des Spülkastens ab und holt zwei Schlüssel hinter dem Wasserbecken hervor. Sie wurden kurz zuvor von einer aus der Nemesis-Gruppe, die im Hauptberuf für den Roten Halbmond arbeitet, dort abgelegt. Mit dem einen öffnet sie eine kleine Klappe unter den Waschbecken, hinter der sich die Wasser-Absperrventile befinden, und unterbricht die Wasserzufuhr für die Spülungen in den Frauentoiletten. Daraufhin wird es in der Pause zu erheblichen Protesten kommen, wenn die Schlange vor den Frauentoiletten zum Stehen kommt, weil die Fäkalien nicht mehr weggespült werden. Auf die saudischen Frauen wird Verlass sein. Sie lassen sich die Behinderung ihrer körperlichen Bedürfnisse nicht gefallen. Zeitnah werden sie einen Aufstand anzetteln, der den Ablauf der Veranstaltung durcheinanderbringt. Dieses Tohuwabohu wird Nadeen nutzen, um mit dem zweiten Schlüssel das Büro des Präsidenten der Religionspolizei aufzuschließen und einen Schrank zu öffnen, in dem er eine stetig wachsende Sammlung pornografischer Schriften angelegt hat. Darunter Werke wie *Lady Chatterley's Lover, Die Geschichte der O, Fanny Hill,* Henry Millers *Opus Pistorum,* dann noch *My Secret Life,* dem der Ruf anhängt, das längste und schmutzigste aller pornografischen Bücher zu sein. Nicht zu vergessen die Bibel aller gebildeten Pädophilen, *Lolita.* Hinter diesen Werken hat ein Mitarbeiter des Präsidenten vor zwei Tagen ein Handy deponiert. Es funkt auf einer Frequenz, auf der auch der König und die Security funkt. Alle anderen Frequenzen sind durch einen Signalblocker gesperrt.

Bevor die Entsorgung der Verdauungsprodukte ihrer Geschlechtsgenossinnen wiederhergestellt ist, wird Nadeen die einhundert Meter von dem Bürotrakt zum Saal und ans Podium gehen. Die Security kontrolliert sie dort nicht mehr, weil sie mit dem Aufstand vor den Damentoiletten beschäftigt ist. Diese einhundert Meter sind, zugegeben, die schwächste Stelle in dem Plan. Denn sollte sie erwischt werden, wie sie den Flur, in dem sich das Büro des Präsidenten befindet, verlässt, wird sie sich unangenehmen Fragen stellen müssen, auf die sie keine Antwort hat. Aber wenn sie es bis zum Podium schafft, wird sie in das Dunkel des Zuschauerraums schauen und wissen, dass alles gut werden wird. Dank der konservativen Haltung des Präsidenten der Religionspolizei sitzen er selbst, der König, Mitglieder des Kabinetts, der erste und zweite Kronprinz sowie einige ultrareiche Prinzen in den ersten Reihen. Die Frauen müssen auf der oberen Tribüne sitzen. Der Präsident der Religionspolizei wird die Einführungsrede halten. Er wird wie immer sagen, dass es unumgänglich ist, die Scharia überall zu befolgen, weil sonst Chaos und Anarchie um sich greifen. Dann ist Ali Ibn El Kharisch dran, um den Fortschritt beim Bau der Kinos zu präsentieren. Er kann nicht wissen, dass dieser Fortschritt zu seinem Untergang führen wird, weil er nichts vom Kino versteht und seine Geschichte nicht kennt. Denn Nadeen wird die ganze Zeit an den Film *Viva Maria!* von Louis Malle denken, in dem Brigitte Bardot und Jeanne Moreau Schurken, einen Kleriker und einen Diktator beiseite räumen und zur Revolution aufrufen. Um neun Uhr wird Nadeen mit ihrer Rede beginnen. Sie wird die Regierung preisen, die Scharia rühmen, die Reformen loben und den König als den besten aller möglichen Herrscher feiern.

Der Präsident der Religionspolizei hat ihr für ihre Rede fünfundzwanzig Minuten inklusive Applaus zugestanden. Nach dreiundzwanzig Minuten, wenn sie die letzten Worte gesprochen und den Applaus der Elite dieses Landes voll demütiger Dankbarkeit entgegennimmt, wird sie auf ihrem Handy die Nummer 666 wählen.

Jetzt ist es acht Uhr zehn.

Sophie

Februar 2022

Ich sitze auf der Empore in der ersten Reihe ganz außen. Neben mir sitzen andere Frauen. Wir sind vollverschleiert. Einige tragen über ihren schwarzen Handschuhen Uhren und Schmuck im Wert von Hunderttausenden Dollar. So viel bin ich meinem Herrn, Gebieter und Besitzer wert, sagen sie damit. Und wenn ich ihm so viel Geld wert bin, dann muss ich auch sonst viel wert sein. Wenn sie die Handgelenke heben, schauen sie, ob die anderen Frauen es sehen. Ich schaue nach unten. Ilias sitzt in der vorletzten Reihe am Rand. *Sie haben mir einen Platz weitab vom König zugewiesen,* hat er gesagt, als er die Einladung gesehen hat. Er denkt, dass sie ihm auf diese Weise zu verstehen geben, dass er in der Gunst des Königs weit zurückgefallen ist. Sehr weit. *Früher hätten sie das nicht gewagt. Als mein Vater noch in Amt und Würden war, haben wir weit vorne gesessen,* hat er gesagt. *Eine Reihe hinter dem König. Diese Zeiten sind vorbei.* Er schaut nach oben. Unsere Blicke treffen sich.

Ich habe die ganze Nacht wachgelegen und mich gefragt, ob es richtig ist, was ich tue. Ich bin durch die Zimmer gelaufen, habe nach Abidah und Abdul geschaut, die so friedlich geschlafen haben, weil sie so weit entfernt sind von den Sorgen der Erwachsenen und nicht wissen, was ihre Mutter umtreibt und quält. Ich habe im Kleiderschrank das Kostüm angeschaut, das ich auf der Yacht tragen musste, als ich Ilias zum ersten Mal begegnet bin. Damals bin ich schwanger geworden. Ich war elf Jahre alt. Ich weiß noch, dass ich dachte, ich würde sterben. Aber ich bin nicht gestorben. Ich habe überlebt. Und ich habe einen Weg gefunden, wie ich mein Schicksal annehmen kann. Ich habe zu Gott gefunden. Doch nun frage ich mich, ob Allah mit mir kommen wird, wenn ich dieses Land verlasse. Und was ist mit Ilias? Wird er bei mir bleiben? Er muss mit mir kommen! Ich habe ihn heute Morgen noch einmal gefragt. *Ich will, dass du glücklich bist,* hat er geantwortet. Er war mir so zugewandt und liebevoll.

Ich höre den Reden zu. Sie langweilen mich, weil ich nur zur Hälfte verstehe, wovon sie sprechen. Und noch mehr langweilt mich, wie sie sich alle in Lobeshymnen übertreffen, so viel begreife ich immerhin. Sie kriechen förmlich vor dem König, schauen immer wieder zu ihm hin und freuen sich, wenn er lächelt. Jetzt ist Ali dran. Er wird eine Stunde lang sprechen. Ich sehe, wie Ilias sich nach vorne beugt, jedes Wort mit den Lippen formt. Er hat die Rede geschrieben, hat er mir gesagt. Und wenn die Rede gut vom König aufgenommen wird, darf Ilias wieder in den inneren Kreis der Berater aufsteigen. Dann wird er oft in Riad sein, wird ins Ausland fliegen dürfen, nach Hollywood, um dort über die Filmrechte zu verhandeln. *Das ist mein Spezialgebiet. Da kenne ich mich wie kein Zweiter aus,* hat er geprahlt.

Dann kommt die Frau, die mit Mama und Kata in dem Raum im Krankenhaus war. Sie trägt eine grüne Abaya, aber kein Kopftuch. Ein Rumoren geht durch den Zuschauerraum. Einige Männer, auch die Frauen in den Logen neben unserer, zischen. Wenn du im Gefängnis bist, kannst du all die nicht leiden, die in Freiheit sind, steht in einem Buch von Rashid Gibran. Ich schaue auf die Uhr. Nach zehn Minuten soll ich gehen. Ich bin zu nervös, um so lange zu warten. Ich schaue zu Ilias hinunter. Nach einer Weile spürt er meinen Blick und schaut zu mir hoch. Ich gebe ihm zu verstehen, dass ich auf Toilette gehen muss. Er nickt.

Als ich die Empore verlasse, werde ich von einem der Wachmänner verfolgt, die hier überall herumstehen. Wieso? Hat Ilias ihn beauftragt? Ich muss den Mann irgendwie loswerden. Wenn ich schneller laufe, läuft er auch schneller, wenn ich stehen bleibe, bleibt er stehen. Als ich an einem Treppenhaus vorbeikomme, weiß ich, was ich tun muss. Ich benutze nicht die Treppe, sondern den Aufzug, in den er nicht einsteigen darf, weil er sonst alleine mit mir in der Kabine wäre. Ich sehe an seinem ratlosen Gesicht, dass er nicht weiß, was er jetzt machen soll. Als ich in der Parkgarage ankomme, steht der Wagen nicht mehr dort, wo Ilias ihn abgestellt hat. Ich schaue mich um, laufe die endlosen Reihen ab, kann ihn aber nirgends entdecken. Es gibt hier so viele von diesem Modell. Ich werde nervös. Wie viel Zeit habe ich noch? Feine Schweißperlen auf meiner Stirn rinnen in meine Augen. Ich hebe den Niqab an, um sie wegzuwischen.

»Kann ich Ihnen helfen?«

Ich schreie auf, so sehr erschreckt mich die Männerstimme hinter mir. Es ist einer der Wachmänner. Ein junger Filipino. Er ist schmal und klein. Seine Uniform ist zwei Nummern zu groß für ihn. Er ist genauso wie ich verunsichert.

»Nein, alles okay«, sage ich.

»Suchen Sie Ihren Wagen?«, fragt er.

»Ja.«

»Sie brauchen nur auf das Symbol für *Tür-öffnen* zu drücken. Dann sehen Sie ihn. Oder wenigstens hören Sie ihn.«

Ich drücke auf den kleinen Knopf. Ein paar Schritte entfernt höre ich ein kurzes Hupen, und die Scheinwerfer gehen an. Das ist er.

»Danke«, sage ich.

Als ich zum Wagen gehe, folgt er mir. Ich öffne die Tür hinten rechts.

»Suchen Sie etwas?«, fragt er.

»Was?«

»Kann ich Ihnen helfen?«

Er ist offensichtlich noch nicht lange hier, denn sonst wüsste er, dass er eine Frau nicht ansprechen darf. Vor allem nicht eine Frau, deren Mann hier unten parken darf.

»Ich suche mein Handy.«

»Ich kann Sie anrufen, dann finden Sie es schneller.«

Verdammt, wieso ist er so aufdringlich. Ich muss ihn loswerden.

»Lassen Sie mich bitte alleine, sonst werde ich meinem Mann sagen, dass Sie mich belästigt haben.«

Er reißt die Augen auf, macht einen Schritt zurück und hebt die Hände abwehrend in die Höhe.

»Bitte, nein!«

Er geht rückwärts, lächelt unsicher. Dann rennt er weg. Und ich hab sofort ein schlechtes Gewissen. Er wollte mir doch helfen. Ich greife nach dem Geschenk und verstecke es unter meiner Abaya. Dann gehe ich zurück zum Aufzug.

Ich soll im ersten Stock in der Frauentoilette eine Frau

treffen, der ich das Geschenk gebe. Welche Toilette ist gemeint? Es gibt drei. Ich entscheide mich für die in der Mitte. Ich drücke mich vor den Waschbecken herum, tue so, als müsste ich meine Haare richten. Ich weiß nicht, wer von den Frauen, die sich hier schminken und miteinander tratschen, es sein soll. Als die Letzte die Toilette verlassen hat, kommt meine Mutter herein. Sie trägt eine Abaya, darauf das Symbol des Roten Halbmondes, wie hier das Rote Kreuz heißt. Auf ihrer linken Brust klebt ein Schild, das sie als Paramedic ausweist.

»Sophie?«

»Ja.«

»Du bist zu spät«, sagt sie.

Helena

Februar 2022

Wir stehen voreinander, ich weiß nicht, was ich sagen oder tun soll. Sophie hebt den Niqab hoch, schaut mich mit großen Augen an. In dem Moment hören wir ein Funkgerät in einer der Kabinen. Eine quäkende Stimme. Irgendetwas, das sich wie ein Befehl anhört. Wir erstarren. Nichts geschieht. Sophie und ich schauen uns verwundert an. Sollten wir die Toilette sofort wieder verlassen? Die hinterste Toilettentür wird geöffnet. Eine Frau kommt hervor. Die Uniform weist sie als eine von der Security aus. Sie sieht uns beide erschreckt an. Wir stehen einander gegenüber. Keine rührt sich. Was passiert jetzt? Die Frau greift nach ihrem Funkgerät, will etwas hineinsprechen, wird aber von einem Geräusch aus der Kabine, aus der sie gekommen ist, gestoppt. Sie dreht sich herum. Ein Mann kommt heraus. Er hat ebenfalls die Uniform der Security an. Aber auch er bleibt stehen. Und jetzt sehe ich, wieso. Die beiden sind keine Saudis, eher Pakistani.

Es dauert einen kurzen Moment, bis wir begreifen, dass wir beide etwas Verbotenes getan haben. Mit unseren Blicken versichern wir uns gegenseitiges Schweigen. Die Frau und der Mann beeilen sich, die Toilette zu verlassen.

»Und jetzt?«, frage ich.

»Hast du das Paket?«

Sophie hebt ihre Abaya hoch, löst ein Tuch. Ich nehme

die Schachtel an mich. Monopoly. Die Schachtel ist schwerer als gewöhnlich.

»Geh in die Tiefgarage«, sage ich.

»Und du?«

»Ich muss das Geschenk noch abgeben.«

»Warum du?«

»Weil ich es so wollte.«

Ich verstecke das Paket unter meiner Uniform.

»Wie lange brauchst du?«, fragt Sophie.

»Drei Minuten. Höchstens.«

»Und dann?«

»Verschwinden wir hier.«

»Aber ich muss Abidah und Abdul noch abholen. Und ich muss Ilias Bescheid sagen. Ich gehe nicht ohne meine Familie.«

»Dann ruf ihn an.«

Katharina

Februar 2022

Ich habe Lorelai auf den Container geschrieben, nach unserer Lieblingsserie. Damit wir ihn besser erkennen können. Er steht immer noch am äußersten Rand einer Reihe von ungefähr zwanzig weiteren Containern. Seit drei Stunden beobachte ich aus dem Büro von Tuanas Bruder, wie einer nach dem anderen auf das Containerschiff Aurora verladen wird. Ein Kran, der aussieht wie eine zweibeinige Spinne, fährt über die Container, lässt seinen Greifarm nach unten gleiten, packt einen Container an vier Seiten und hebt ihn hoch. Dann fährt die Spinne zurück, streckt einen ihrer Fangarme aus und verfrachtet den Container in den Bauch des riesigen Schiffes. Ich habe die Zeit gestoppt, die der Kran braucht, um einen Container zu verladen. Drei Minuten zwanzig Sekunden. Je weiter die Container vom Schiff weg stehen, umso länger braucht der Kran. Wenn ich hochrechne, dauert es noch ungefähr eine halbe Stunde, dann sind alle Container verladen, und wir haben keine Chance mehr, in unseren einzusteigen. Ich schaue zu Tuana hin. Sie ist noch jung, höchstens zwei Jahre älter als ich. Sie hat ihre Haare blondiert. Eine Strähne lugt unter dem Hidschab hervor. Ihre Arme und Beine sind muskulös, als würde sie ihr halbes Leben im Sportstudio verbringen. Sie telefoniert ununterbrochen. Manchmal wird sie laut und knallt dann den Hörer auf. Als sie meinen erstaunten Blick bemerkt, zuckt sie mit den Schultern.

»Man muss den Leuten in den Hintern treten, sonst kommen sie nicht in die Gänge. Das ist ein Hafen. Hier kostet jede Minute, die ein Schiff am Kai liegt, Tausende von Dollar.«

Mein Blick fällt auf die große Uhr an der Wand.

»Es wäre gut, wenn die langsam hier eintrudeln«, sagt Tuana.

»Ja.«

»Mein Bruder kann die Verladung nicht stoppen, nur weil deine Mutter und deine Schwester nicht pünktlich sind.«

»Ich weiß.«

Ich schaue wieder zu dem Kran hin, als könnte ich ihn allein durch meinen Blick dazu bringen, sich langsamer zu bewegen. Das Zeitfenster ist äußerst knapp bemessen. Die einzige Chance, die wir haben, ist das Abendgebet. Es ist Freitag, und da sind sie besonders streng. Sobald der Muezzin ruft, wird die Arbeit für fünfzehn Minuten unterbrochen. Doch noch wandert ein Container nach dem anderen auf die Aurora. Und dann passiert es. Als der Kran einen Container hochhebt, bricht eine der Verankerungen ab, und das Ding kracht aus fünf Metern Höhe zu Boden. Die Tür bricht auf, und Kisten fallen aus dem Container. Sie purzeln über den Boden und verlieren ihre Ladung. Klamotten. Hinter mir springt Tuana von ihrem Stuhl auf, kommt zum Fenster. Schimpft lauthals. Dann stürzt sie aus dem Büro. Ich weiß, dass wir damit Zeit gewonnen haben. Aber was ist, wenn *Lorelai* nicht verladen werden kann?

Ilias

Februar 2022

Ali hat den längsten Applaus für seine Rede erhalten. Eine Rede, die Ilias ihm geschrieben hat. Er hängt in Gedanken immer noch bei diesem Moment. Alle hatten sich von ihren Plätzen erhoben. Sogar der König war aufgestanden und hatte applaudiert. Jetzt muss Ali ihm sagen, dass er, Ilias, die Rede geschrieben hat. Oder wenigstens, dass er einen großen Anteil daran hat. Vielleicht macht er es später. Während die Aktivistin spricht, ist es totenstill im Saal. Sie ist die letzte Rednerin. Ilias versteht nicht, warum man ihr das letzte Wort lässt. Vielleicht hat der Präsident der Mutawa gedacht, dass dann viele der Zuhörer bereits den Saal verlassen haben. Aber da der König sitzen bleibt, bleiben auch alle anderen sitzen und hören, wie die Frau den König lobt und seine Reformen gutheißt. Als habe er es nötig, für seine Taten gelobt zu werden.

Ilias schaut nach oben. Ob Samira die Rede auch gut gefunden hat? Ihr Platz ist leer. Wo ist sie? Nun erst fällt ihm auf, dass sie schon seit mehr als einer halben Stunde weg ist. Sie wollte lediglich zur Toilette gehen. Jetzt klingelt sein Handy. Samira ist dran. Aber was sie ihm sagt, ist ungeheuerlich. *Auf keinen Fall,* sagt er. Er verlässt den Saal. Auf den Fluren im ersten Stock begegnen ihm einige Frauen. Sie sind verschleiert, was es ihm schwermacht, sofort zu erkennen, ob eine von ihnen Samira ist. Er erinnert sich nicht mehr, welche Abaya sie angezogen hat. Die

Frauen und ihre Klamotten! Wieso muss das immer so kompliziert sein? Er fragt einen von der Security, ob etwas vorgefallen sei. Der Mann fragt über sein Funkgerät seinen Einsatzleiter. Doch der weiß nichts von einem besonderen Vorfall. *Vielleicht ist sie nach Hause gefahren,* sagt der Mann.

Nach Hause gefahren? Ilias rennt los. Obwohl er mit Ali sprechen wollte. Ali sollte ihn dem König vorstellen. Der König muss wissen, dass Ilias sich von seinem Vater losgesagt hat und ein treuer Diener seiner Majestät ist. Aber jetzt nicht. Denn wenn Samira ihn verlässt oder wenn sie entführt wird und zurück nach Deutschland geht, wird der König denken, dass Samira ihm auf der Nase herumtanzt. Und wie soll der König ihm irgendeine Aufgabe zuweisen, wenn er schon zu Hause versagt?

Helena

Februar 2022

Ich habe das Geschenk an Faiza weitergegeben, wie Nadeen gesagt hat. Faiza ist jetzt losgelaufen, an der Security vorbei in den Saal. Als ich jetzt in der Tiefgarage ankomme, faucht Sophie mich an, weil ich zu spät bin.

»Wo warst du?«

»Rutsch rüber!«

Sie macht Platz. Ich steige auf der Fahrerseite in den Wagen ein.

»Hast du den Schlüssel?«, sage ich.

»Den musst du da dranhalten.«

Sie hält einen Chip an einen Sensor. Der Wagen startet.

»Du musst auf D schalten«, sagt sie.

»Ich weiß, wie man fährt. Was ist mit deinem Mann? Wo ist er?«

»Im Saal.«

»Weiß er …?«

Sie sieht mich nicht an. Sie hat es ihm nicht gesagt. *Vielleicht hat er Glück und überlebt,* denke ich. Und zugleich frage ich mich, wieso ich das denke. Er ist der Mann, der meine Sophie vergewaltigt hat. Der meiner Sophie zwei Kinder gemacht hat. Beim ersten war sie elf.

Ich trete aufs Gas. Wir schießen die Auffahrt hoch. Ein Taxi kommt von rechts, rammt uns. Wir werden hin und her geschleudert. Der Taxifahrer steigt aus, brüllt uns an. Vor uns sehe ich einen Mann, der aus der Tiefgarage gerannt kommt. Er sieht sich um, entdeckt uns, reißt die Arme hoch.

»Wer ist das?«, frage ich Sophie.

Ilias

Februar 2022

Sie sitzen in seinem Wagen. Die linke Seite hat eine riesige Beule. Eine Frau am Steuer, die er nicht kennt. Daneben Samira. Die Frau schaut ihn an. Ihr Blick ist stechend. So, als ob sie ihn überfahren würde. Sie ist Samiras Mutter, das ahnt er. Er rennt zu seinem Wagen und will die Fahrertür aufreißen. Sie ist verriegelt. Er bleibt vor dem Wagen stehen. Sie muss ihn überfahren, wenn sie Samira mitnehmen will.

Samira nimmt den Niqab ab. Sie weint. Warum weint sie? Wegen ihm? Weil sie ihn verlässt? Oder weil er nicht mitkommen kann? Oder weil sie bei ihm bleiben will? Wenn er nur wüsste, was er jetzt machen soll. Qassim hätte es gewusst. Und Tarik. Sie will weggehen. Von ihm. Sie will die Kinder mitnehmen. Er muss mit ihr sprechen. Er muss sie zur Vernunft bringen.

Sie steigt aus. Geht auf ihn zu. Bleibt vor ihm stehen. Wie klein sie ist. Und so zerbrechlich, obwohl sie seit der Geburt von Abdul zugenommen hat. Aber sie ist immer das Mädchen geblieben, das sein Vater ihm vor vier Jahren geschenkt hat. Er erinnert sich, als er sie zum ersten Mal gesehen hat. Das war auf der Yacht gewesen. Sie stand in der Tür. Und schon damals wusste er nicht, was er tun sollte. Er wollte alles richtig machen, aber er wusste nicht, was richtig ist. Sie hatte geweint und ihn angefleht. Er hatte Mitleid gespürt und zugleich eine unbändige Lust.

Was soll er tun? Was soll er sagen?
»Du darfst nicht gehen«, sagt er.
Samiras Mutter steigt ebenfalls aus.

Nadeen
Februar 2022

Sie sieht, wie sie unruhig werden. In den Plätzen um den König herum sehen sie aufgeregt zu ihrem Herrscher hin. Die Minister, die Prinzen, der Präsident der Religionspolizei. Wieso unternimmt der König nichts?, steht in ihre Gesichter geschrieben. Wieso gibt er kein Zeichen, dass diese Frau auf dem Podium zum Schweigen gebracht werden muss, dass ihr das Mikrophon abgeschaltet werden muss, dass sie verhaftet und zu einer Million Stockschläge verurteilt werden muss?

Aber nichts dergleichen geschieht. Der König sitzt unbeweglich in seinem Sessel. Auf den Lippen ein Lächeln. Ob er eine diebische Freude an ihr hat, kann sie nicht sagen. Vielleicht will er der Welt zeigen, wie modern und aufgeschlossen er ist. Vielleicht will er die Hardliner provozieren, um zu sehen, wie viele Feinde er noch hat. Also fährt sie mit ihrer Rede fort.

»Drittens: Wie hat sich Scheherazade gefühlt? Es heißt in der Geschichte, sie hätte sich freiwillig von dem König heiraten lassen, sie hätte ihm Tausendundeine Nacht lang Geschichten erzählt, das sind zwei Jahre, neun Monate und ein Tag. Wäre es also, viertens, nicht klüger, vernünftiger und auch weitsichtiger, einem Mann wie dem König Schahriyâr …«, sie spricht es aus wie *Scharia* »… bei dem man nie weiß, wann er wieder Gefallen an seinen kranken und frauenverachtenden Spielen findet, den Schwanz abzuschneiden und ihm den in sein hässliches Maul zu stopfen, damit er ein für alle Mal an seiner Geilheit erstickt?«

Jetzt springen sie von ihren Sesseln auf. Der Präsident winkt hektisch nach seinen Beamten. Sie rennen zur Bühne hin. Bis sie sehen, dass Nadeen ein Handy hochhält. Sie kennen diese Geste. Dutzende Märtyrer haben sie im Namen von al Qaida und Daesh benutzt, um mit einem winzigen Knopfdruck ein Inferno zu starten. Jetzt bleiben sie stehen, als wären sie mitten in den Bewegungen zu Salzsäulen erstarrt. Das Geschrei verstummt. Alle Augen sind auf sie gerichtet, alle Gedanken und Wünsche.

»Die Welt von einem Tyrannen zu befreien, ist allemal ein guter Grund, um zu töten, finden Sie nicht auch?«

Sie erhält keine Antwort. Und denkt daran, dass sie Sara Karmakar verloren hat. Und mit ihr einen Teil ihrer selbst. Und dass sie den Weg der Gewalt einschlägt und ihren Körper als Waffe benutzt, um die Gewalt in diesem Land, ihrem Land, zu beenden.

»Ja. Es ist ein guter Grund. Glauben Sie es mir. Ich weiß das nur zu gut«, ruft sie in die Stille und die hochroten Gesichter, »weil ich die wiedergeborene Scheherazade bin.«

Nadeen drückt drei Mal die Ziffer 6.

Helena

Februar 2022

Es ist ein infernalisches Brüllen, gefolgt von einer mächtigen Faust, die mich von den Beinen reißt. Ich stürze gegen die Seite des Wagens. Mein Kopf schlägt gegen die verdunkelten Scheiben. Unsanft lande ich auf dem Boden und schaue für einen Moment in einen schwarzen Himmel voller Sterne. Das Kongressgebäude vor uns zittert wie ein Tier, das einen Angreifer von seinem Rücken abschütteln will. Dann wird es dunkel. Eine Wolke aus Staub stülpt sich über uns. Nadeen hat es getan. Sie hat es getan! Sie hat ihr Versprechen eingelöst.

Ich raffe mich auf. Menschen kommen mir entgegen. Von Staub bedeckte Frauen in ihren Abayas und Niqabs, wie Geister aus ihren Gräbern. Männer, blutüberströmt, kreischend, stöhnend. Die Security hastet aus dem Gebäude, auch sie sind von Staub und Blut bedeckt. Sie geben ihre Posten auf und stürzen die Straße hinunter. Niemand ist mehr da, der uns aufhalten kann.

»Sophie?«

Wo ist sie? Die menschliche Flut reißt mich mit. Ich werde geschoben und getragen. Schwimme in dem Heulen, Jammern und Schreien die Straße hinunter. Ich nehme den Schleier vom Kopf, damit ich besser sehen kann.

»Sophie!«

Dann sehe ich sie. Sie steht neben ihrem Mann Ilias. Beide sind von Staub bedeckt.

Hinter mir ruft jemand, ich solle stehen bleiben. Ich drehe mich herum. Es ist ein Polizist.

Sophie

Februar 2022

Ich spüre seine Wärme. Die Aufregung, die seinen Körper erfasst hat. Als das Gebäude von einer Explosion erfasst wurde, als der Staub sich auf uns herabsenkte, schrien wir auf, wussten nicht, was wir tun sollten. Dann fing es an zu brennen.

Wir hören die Schreie der Menschen, das Brüllen der Sirenen. Ilias schaut mit bleichem Gesicht, ohne eine sichtbare Regung, auf die Trümmer und sagt: *Inschallah. So Allah will.* Er wird mit einem Mal ganz ruhig. So als würde jeder Druck von ihm abfallen. Sein Blick ist demütig und sanft. Dann küsst er mich.

Menschen rennen an uns vorbei. Verletzt, blutend, staubbedeckt. Die Sirenen der Feuerwehr und der Polizei werden lauter. Wir stehen, als gehörten wir einer anderen Welt an. Es gibt drei Möglichkeiten. Er kommt mit mir, er lässt mich gehen, oder ich sterbe. Ich habe es ihm gesagt. Jetzt warte ich darauf, dass er sich entscheidet. Will er mich lieber tot oder lieber glücklich sehen? Das Verrückte dabei ist, dass ich hoffe, er will mich hierbehalten. Denn wenn er mich gehen lässt, wird es mir das Herz brechen. Dann ist er nämlich der Mann, den ich in ihm sehe und der anders ist als die meisten, die ich kennengelernt habe. Dann weiß ich nicht, ob ich nicht doch bei ihm bleiben soll. Seltsam, oder?

»Worauf wartest du?«, fragt er mich.

Ich hatte mir vorgenommen, nicht zu weinen. Ich wollte ihm zeigen, dass ich in meiner Entscheidung sicher bin. Aber jetzt kann ich die Tränen nicht zurückhalten. Ich klammere mich an ihn, aus meinem Bauch kriechen Schmerzen herauf. Ich will nicht gehen. Ich kann nicht gehen.

»Sophie!«

Ich kenne die Stimme. Ich sehe meine Mutter, die auf mich zurennt, ein Polizist hinter ihr her.

»Mama!«

Der Polizist hält sie fest. Sie reißt sich los, schlägt ihm ins Gesicht. Er taumelt. Ich erinnere mich, als sie in Istanbul gegen die vier Männer gekämpft hat und erst aufhörte, als einer auf sie schoss. Sie läuft weiter.

»Wir müssen weg!«, schreit sie.

Ich sehe Ilias an. Ja. Wir müssen weg.

Meine Mutter bleibt vor uns stehen. Es ist zu spät. Der Polizist hat seine Pistole auf meine Mutter gerichtet. Er sagt, dass sie sich auf den Boden legen soll, sonst wird er sie erschießen. Ich nicke meiner Mutter zu.

»Mach, was er sagt«, schreie ich.

»Nein!«

Ilias hebt die Hand.

»Ich bin Ilias bin Laden. Ich gehöre zur Regierung. Warten Sie, ich zeige Ihnen meine Papiere.«

Der Polizist scheint von dem Namen beeindruckt. In seinem Gesicht wechseln sich Zweifel und Wut ab. Ilias geht zum Wagen, greift in die Ablage in der Fahrertür. Ich sehe, wie er eine Pistole herausnimmt.

Katharina

Februar 2022

Wir haben die Explosion gehört. Tuana und ich. Wir riechen die Rauchschwaden, die sich in der Stadt ausbreiten. Wir spüren die Aufregung, die Panik, die alle erfasst. Etwas Schreckliches ist passiert, doch niemand weiß, was es ist. Ein terroristischer Anschlag, werden sie vermuten. Die Arbeiter, die Wachleute von der Hafenbehörde, die Besatzungen der Schiffe, die am Kai liegen, alle sind verunsichert. Aber wir sehen auch, dass die Arbeit nicht innehält. Der zerstörte Container ist beiseite geräumt. Die Containerbrücke arbeitet wieder. Noch zehn Container, dann ist unser Fluchtweg tot.

»Wenn sie nicht in den nächsten fünf Minuten hier sind, müssen wir uns etwas anderes überlegen«, sage ich ins Nirgendwo.

Tuana hört mich nicht. Sie schaut zu den Rauchschwaden hin, als könnte sie Nadeen darin sehen.

»Vielleicht kommt sie ins Paradies. Sie ist immerhin eine Märtyrerin. Wenn auch nicht so, wie der Imam sich das vorstellt«, sagt sie.

Aus allen Richtungen werden wir von Sirenengeheul umkreist. Nördlich sehe ich, wie das schwere Tor zum Personenterminal geschlossen wird. Lediglich das zweite Tor zum Frachtterminal ist noch offen.

»Wo bleiben die?«, frage ich.

Ich kann die Anspannung kaum aushalten. Das Gefühl, ich würde ersticken. Mein Körper ein einziger Krampf.

Sophie
Februar 2022

Man braucht ungefähr zwanzig Minuten für den Weg vom Gebäude der Religionspolizei zum Palast. Weil es Freitag ist, sind die Straßen vollgestopft. Nirgendwo ein Durchkommen. Mama hupt ununterbrochen, aber das beeindruckt hier niemanden.

Ilias hat den Polizisten erschossen. Dann hat er mich angeschrien, ich soll in den Wagen einsteigen und zusammen mit meiner Mutter losfahren. Er würde schon klarkommen. Ich wollte nicht gehen. Nicht ohne ihn. Da drohte er, mich zu erschießen, wenn ich nicht sofort gehorchen würde.

»Da, rechts«, sage ich.

Ich deute zu einer frisch geteerten Zufahrtsstraße. Die ist zwar für den Verkehr noch nicht freigegeben, doch jetzt arbeitet niemand dort.

»Die ist gesperrt«, sagt Mama.

»Egal.«

Mama umkurvt die Bauschilder. Jetzt kommen wir schneller voran. Ich dirigiere Mama mit dem Navi zum Palast. Es ist besser, wenn wir nicht zum Vordereingang fahren, sondern dort halten, wo die Lieferanten ihre Waren abliefern. Ich kenne die Stelle genau. Sie liegt direkt unter dem Trakt für die Frauen. Wenn mir langweilig war, habe ich oft zugesehen, wie sie Berge von Lebensmitteln in den Palast gekarrt haben.

»Warte hier«, sage ich.

Als ich am Wachposten vorbeigehe, grüße ich mit einem knappen Kopfnicken. Er sieht mich misstrauisch an.

»Abidah muss ins Krankenhaus. Sie hat Fieber.«

Er nickt.

Ich eile weiter.

Abidah und Abdul sitzen vor dem Fernseher und schauen irgendeine Märchensendung. Ich sage ihnen, dass wir einen Ausflug machen. Abidah will erst noch die Sendung zu Ende schauen. Ich sage, dass das nicht geht, und sie fängt an zu weinen. Ich packe ein paar Klamotten für die beiden ein. Jacken, Hosen, Schuhe. Spielsachen. Windeln für Abdul. Dann nehme ich Abdul auf den Arm, greife Abidahs Hand und hetze zurück zum Auto. Der Wachposten ist nicht mehr da.

Als wir im Wagen sitzen, bemerke ich Abidahs skeptischen Blick. Sie starrt meine Mutter an.

»Wer bist du?«, fragt sie auf Englisch.

»Fahr los!«, sage ich zu Helena.

»Wo ist Papa?«, fragt Abidah.

Sie versucht, den Gurt ihres Kindersitzes zu öffnen. Ich sage, so ruhig ich kann, dass sie das verdammte Ding zulassen soll.

Helena
Februar 2022

Ich fahre in Richtung Osten. Dorthin, wo das Rote Meer wartet. Von überallher rasen Polizeiwagen über die Kreuzungen. Die große Straße zum Hafen ist wegen eines Unfalls gesperrt. Ich reiße das Steuer herum, durchbreche einen Zaun und rase auf einen Parkplatz. Hoffentlich gibt es hier auch einen Ausgang. Der Wagen ist träge. Auch wenn ich das Gaspedal durchtrete, bewegt er sich so schwerfällig, als würde ich gleichzeitig auf der Bremse stehen. Sophie neben mir ist ruhig. Mit äußerster Konzentration sucht sie auf dem Handy nach einem Weg. Hinter uns schreit Abidah. Abdul schaut aus dem Fenster.

»Sie sperren den Weg zum Hafen«, ruft Sophie. »Den Flughafen haben sie bereits geschlossen. Fahr hier rechts.«

Sophie lotst mich in eine Einbahnstraße. Die Wagen, die uns entgegenkommen, hupen und weichen nach rechts und links aus. Die Karosserie schrammt quietschend und knirschend an den anderen Autos entlang. Abdul jauchzt in seinem Kindersitz. Abidah ist jetzt ruhig. Sie beobachtet mich im Rückspiegel.

»Da vorne links.«

Eine Armada aus Feuerwehrwagen kreuzt den Weg. Ich steige auf die Bremse, bringe den Wagen gerade noch zum Stehen. Um ein Haar wären wir mit einem der roten Monster kollidiert. Als die Feuerwehr die Kreuzung passiert hat, fahre ich weiter.

»Siehst du das Tor?«, fragt Sophie. »Das ist die Zufahrt zum Frachthafen.«

Es liegt noch einen halben Kilometer vor uns. Und es steht nach wie vor offen. Allerdings ist ein Polizeiwagen davor platziert. Zwei Polizisten darin.

Ich halte an. Schaue zu Sophie. Sie starrt geradeaus.

»Fahr«, sagt sie.

»Die werden auf uns schießen.«

Sie dreht sich zu ihren beiden Kindern herum, klettert nach hinten, setzt sich zwischen sie und nimmt sie in die Arme.

»Fahr«, sagt sie leise.

»Noch nicht.«

»Allah wird uns beschützen.«

Ich weiß nicht, ob das reicht, aber ich gebe Gas. Die Reifen drehen durch. Weißer Qualm steigt auf, bis der Gummi auf dem Asphalt Halt findet. Der Wagen beschleunigt. Bald haben wir hundert Stundenkilometer erreicht. Hundertzwanzig.

Die Polizisten nehmen die Waffen hoch.

Als wir noch fünfzig Meter entfernt sind, schießt einer der beiden Polizisten aus dem geöffneten Seitenfenster.

Und jetzt weiß ich, warum unser Wagen so schwerfällig ist. Die Kugeln schlagen in die Windschutzscheibe ein, durchdringen sie aber nicht. Kleine Netze bilden sich rund um die Einschussstellen. Das ist alles. Wir rammen den Polizeiwagen, er überschlägt sich mehrmals und bleibt auf dem Dach liegen. Ich gebe weiter Gas, und wir rasen weiter auf das Frachtterminal zu. Pier 7, hat Nadeen gesagt. Weit vor uns taucht er auf.

Katharina
Dezember 2022

Als meine Mutter, Sophie und ihre Kinder am Pier ankamen, fielen wir uns in die Arme und lachten und heulten und konnten nicht aufhören, uns darüber zu freuen, dass das Unwahrscheinlichste geschehen war. Erst als ich nach Nadeen fragte und Helena erzählte, dass sie die Bombe gezündet hatte, wurden wir leise. Wir standen ratlos, ohne die geringste Idee, was wir nun tun sollten. Der Container, dem ich den Namen Lorelai gegeben hatte, war schon lange verladen. Tuana hatte jedoch zuvor schon ihren Bruder angerufen. Er kam in sein Büro und hörte sich ruhig an, in welcher Lage wir waren. Ich verstand nicht, worüber sie sprachen. Er schüttelte immer wieder den Kopf. Ich dachte, dass er aufgrund der Ereignisse kalte Füße bekommen würde. Irgendwann wurde es mir zu bunt. Ich fragte Tuana, ob ihr Bruder Angst habe. Sie sah mich zuerst verwundert an, dann wurde sie wütend.

Ihr Bruder hatte keine Angst. Er hatte sogar durchaus eine Idee, wie wir trotz des allgemeinen Chaos aus Dschidda rauskommen konnten. Aber er wollte, dass Tuana mitging.

Polizeisirenen heulten, näherten sich und verschwanden wieder. Hubschrauber kreisten über dem Gebäude, brachten die Wände zum Erzittern. Wir saßen wie auf glühenden Kohlen, warteten nervös in einem Abstellraum hinter dem Büro, bis es Mitternacht wurde. Der Fußboden war schmutzig, es stank nach Schweiß. Abidah und Abdul bekamen Hunger. In einem Schrank fand Tuana Fladenbrot, Bananen und einen halb gerauchten Joint. Wir überließen das Brot und die Bananen den Kleinen und hoben den Joint für später auf, wenn die Kinder schlafen würden. Abidah weinte, weil sie ihrem Vater nicht gute Nacht sagen konnte. Und vielleicht auch, weil sie unsere Unruhe bemerkte. Sie verstand mit Sicherheit, dass etwas vorgefallen war, das Auswirkungen auf ihre Familie hatte. Sophie erklärte ihr mit blumigen Worten, wir alle würden auf eine Abenteuerreise gehen. Doch ihre Tochter schien ihr die Geschichte nicht zu glauben. Als Abidah müde vom Weinen und Fragen endlich eingeschlafen war, zündeten wir den Joint an, ließen ihn kreisen und beruhigten uns.

Aus den Nachrichten erfuhren wir, dass alle Frauen, die wegen der Geschlechtertrennung auf die Tribüne verbannt worden waren, überlebt hatten. Die Polizei suchte jetzt im ganzen Land nach den Terroristen. Jedes Haus, jedes Auto, nahezu jeder Winkel des Landes wurde auf den Kopf gestellt. Und wir warteten nur darauf, dass es an der Tür klopfen und eine Horde wütender Terroristenjäger über uns herfallen würde.

Die Regierung oder das, was von ihr noch übrig war, ließ die Grenzen schließen. Der Flug- und Schiffsverkehr wurde komplett eingestellt. Das Land kam zum absoluten Stillstand. Seltsamerweise wurde jedoch nichts darüber verlautbart, wer die Terroristen waren. Es wurde in den Nachrichten auch nicht erwähnt, dass eine Frau die Bombe gezündet hatte. *Sogar das wollen sie uns nicht zugestehen. Aber daran werden sie sich gewöhnen müssen*, sagte Tuana und grinste.

Irgendwann, es muss gegen zwei Uhr morgens gewesen sein, schlief ich ein. Ich träumte wirres Zeug von Amazonen, die auf Motorrädern durch die Luft flogen und Pizza auslieferten. Keine Ahnung, was mein Unbewusstes da alles zusammenmixte. Ich vermute, es waren die griechischen Sagen, die sich mit *Mad Max* und meinem Hunger zu einer Heldenreise verschworen. Als Helena mich weckte, wusste ich einen Moment lang nicht, wo ich mich befand. *Komm, steh auf, es geht los*, sagte sie. Sophie nahm Abdul und ich Abidah auf den Arm. Beide schliefen tief und fest. Tuanas Bruder führte uns über eine schmale Treppe und dann durch einen langen Gang in eine Halle, in der Fischabfälle gelagert wurden. Es stank bestialisch. Wir mussten in eine große Plastiktonne klettern, dann wurde eine Plane über uns gelegt, und auf die Plane drauf kamen besagte Abfälle. Der Gestank war kaum zu ertragen. Eine glibberige, klebrige Soße tropfte auf uns herab. Wir hielten uns die Nase zu und würgten ununterbrochen.

Nach Minuten, die mir wie Jahre vorkamen, wurde die Tonne angehoben und irgendwo wieder abgesetzt. Ein Motor wurde gestartet. Rumpelnd wurden wir irgendwohin transportiert. Dann stoppte das Gefährt. Wir lauschten auf jedes Geräusch, jede Bewegung, stöhnten kurz auf, als der Behälter angehoben und schaukelnd durch die Luft wieder abgesetzt wurde. Wir warteten erneut endlose Minuten, in denen wir die rauen Stimmen von Hafenarbeitern hören konnten, die, soweit sie Englisch sprachen, nur ein Thema hatten. Das Attentat. Es dauerte noch eine halbe Stunde, bis das tiefe Rumoren eines Schiffsdiesels zu hören war. Dann legten wir ab. Ich weiß nicht mehr, wie lange wir fuhren. Der Gestank von den Fischabfällen betäubte mich heftiger als der Joint in dem Hinterzimmer. Aber irgendwann stoppte der Motor. Jemand rief nach Tuana. *Hier!*, schrie sie. Die Plane wurde weggezogen, die übrigen Fischabfälle klatschten auf uns herab. Ein Mann mit einem weißen Bart, den er in eine Plastiktüte gesteckt hatte, half uns aus der Tonne. Er grinste, als er uns fünf Frauen sah. Wahrscheinlich schenkten wir ihm mit unserem Anblick ein Bild, das er noch seinen Urenkeln beschreiben würde. Dann verzog er sich in seinen Kommandostand. Ich sah mich verwundert um. Wir befanden uns auf einem umgebauten Fischkutter. Der Kahn brachte die Fischreste zurück, statt Fische aus dem Meer zu holen.

Wir zogen uns aus, duschten uns mit lauwarmem Wasser ab, rieben uns mit Zahnpasta und Salz ab und zogen saubere Abayas an. Sogar Abdul freute sich, dass er einen schwarzen Umhang tragen durfte. Es fühlte sich gut an, den leichten Baumwollstoff auf der Haut zu spüren. Wir bekamen Tee zu trinken und Sesamringe zu essen. Es war das beste Mahl meines Lebens. Wir saßen beieinander, grinsten uns an, schwiegen und sahen zu, wie die Fischabfälle ins Meer geschüttet wurden. Sofort stürzten sich riesige Delphinschwärme auf die Reste der toten Artgenossen. Es sah aus, als würde das Meer kochen.

Noch drei weitere Stunden, dann wechselten wir mitten im Roten Meer von dem alten Kahn auf ein kleines Ausflugsboot, das uns nach Halayeb brachte, ein kleines Städtchen nahe der Grenze zwischen Ägypten und dem Sudan. Tuana organisierte für uns einen Platz in einem Überlandbus, in dem wir alle fünf auf den hinteren Plätzen sitzen mussten. Ob religiöse Gründe dafür verantwortlich waren oder ob noch ein leichter Hauch von Fisch an uns klebte, weiß ich nicht. Von Halayeb ging es die ganze Nacht hindurch bis nach Assuan, von dort per Schiff den Nil hinunter bis nach Kairo. Tuana übernahm alle Kosten. Woher sie das Geld hatte, wollte sie uns nicht sagen.

In den zwei Wochen an Bord des Kreuzfahrtschiffes überkam uns immer wieder eine tiefe Trauer. Wir saßen meist in einer unserer Kabinen und heulten uns die Augen aus dem Kopf.

Sophie, die bei der Hinrichtung unseres Vaters anwesend war, spricht bis heute nicht darüber. Meine Mutter erzählte sich und uns Geschichten über meinen Vater, die uns zuerst zum Lachen und dann zum Weinen brachten. Bis heute kann ich die Tränen nicht zurückhalten, wenn ich daran denke, was mit ihm geschehen ist. Oder mit Junis, den ich trotz aller Streitereien ins Herz geschlossen hatte. Und dann Nadeen, die so viel für uns riskiert hat und für die ich eine tiefe Dankbarkeit empfinde. Sie hat sich geopfert, um die Gewaltherrschaft eines Regimes zu beenden, das unfassbares Elend über die Frauen und viele Männer gebracht hatte.

Tuana erfuhr via Twitter, dass die provisorische saudische Regierung, die überwiegend aus Frauen bestand, die Identität der Attentäterin immer noch geheim hielt. Sie stellten Ansprüche auf die Führung des Landes und forderten, dass ein Parlament und eine Präsidentin oder ein Präsident gewählt werden müsste, jetzt, da die Tyrannei des Hauses Saud beendet war.

Zwei Wochen später legten wir in Kairo an. Bei der deutschen Botschaft erklärten wir, dass wir ausgeraubt wurden. Wir erhielten provisorische Pässe und Geld, um uns neu einzukleiden. Am Flughafen verabschiedeten wir uns von Tuana. Sie wollte in Kairo bleiben, weil es hier einen bislang noch unbedeutenden Ableger von Nemesis gab und sie helfen wollte, dass auch hier die Revolution Fuß fasste. Sie erzählte uns von einem Buch, das Nadeen ihr einen Tag vor dem Attentat geschickt hatte. Es ist von Joumana Haddad geschrieben. Darin hatte Nadeen eine Stelle markiert. *Ich werde erst dann aufhören, die Rechte saudischer Frauen einzufordern, wenn saudische Frauen bequeme Kleidung tragen, während saudische Männer durch einen schwarzen Schleier, schwarze Handschuhe und schwarze Gewänder zu einer unförmigen Masse degradiert werden, und wenn saudische Männer gesagt bekommen, dass es für sie nur zwei Orte auf dieser Welt gibt: das Haus und das Grab.*

Dieses Credo sollte ihre Navigation für die nächsten Jahre in Ägypten sein.

Abdul bekam ein Spielzeug-Polizeiauto geschenkt, und Abidah wollte unbedingt ein Prinzessinnenkleid haben. Wir versuchten zu dritt, es ihr auszureden, scheiterten aber.

Wir flogen nach Deutschland. Wurden am Flughafen verhaftet und mussten endlose Fragen der Polizei über uns ergehen lassen. Als wir aus der Untersuchungshaft entlassen wurden, lehnten wir jeden Kontakt zur Presse ab. Wir versteckten uns in Hotels, bis die Aufregung um unsere Reise sich gelegt hatte. Ohnehin waren die Umwälzungen, die Saudi-Arabien ergriffen hatten, viel wichtiger als wir.

Im Fernsehen sahen wir, wie Faiza Chaschuqdschi zur Präsidentin von Saudi-Arabien gewählt wurde. Als eine der ersten Amtshandlungen des neu gewählten Parlamentes, in dem jetzt zur Hälfte Frauen und Männer sitzen, wurde der Zwang, Abaya und Niqab zu tragen, abgeschafft, die Geschlechtertrennung aufgehoben, und alle Frauen erhielten die gleichen Rechte wie die Männer. Zwar gab es erhebliche Proteste vonseiten der sechstausend Prinzen, die ihren Reichtum und ihre Privilegien verloren hatten, aber die überwältigende Mehrheit des Volkes stellte sich hinter die neue Regierung. Es war wie ein Traum.

Wir leben nun seit einem Jahr in einem kleinen Dorf außerhalb von Berlin. Ich habe ein Buch über unser absurdes Abenteuer geschrieben, Helena arbeitet als Anwältin, und Sophie geht weiter zur Schule. So wie ihre Kinder. Vor drei Monaten ist Junis zu uns gestoßen. Er hat gegen alle Wahrscheinlichkeit seine schweren Verletzungen überlebt. Er wollte uns nicht sagen, wie das möglich war. Aber das war auch nicht wichtig. Wir reden viel. Ich glaube, er ist in mich verleibt. Und ich? Ich weiß es nicht. Unser Haus liegt nahe der Kirche, wo wir symbolische Grabsteine für Robert und Nadeen aufgestellt haben. Wir hören jeden Tag die Glocken und freuen uns, dass wir am Leben sind.

Helena, Sophie, Abidah, Abdul, Junis und ich.

Danksagung

Es ist nahezu unmöglich, als Tourist nach Saudi-Arabien zu reisen. Mein Antrag bei einem der etablierten Veranstalter auf Erteilung eines Visums wurde abschlägig beantwortet. Darüber hinaus wäre dieser Antrag aber ohnehin abgelehnt worden, da ich einen Stempel der Israelischen Einreisebehörde in meinem Pass habe und damit in Saudi-Arabien eine Persona non grata bin. Allerdings gibt es auch als Ausdruck grenzenloser Absurdität zwei recht problemlose Wege, nach Saudi-Arabien einzureisen, von denen ich leider erst sehr spät erfahren habe. Ich hätte zum Beispiel eine Karte für ein Konzert kaufen können, etwa im Jahr 2018 für David Guetta, Enrique Iglesias und The Black Eyed Peas, die während des Ad Diriyah Grand Prix auftraten, und schon wäre eine relativ unproblematische Einreise möglich gewesen. Oder ich hätte in Halayeb, Ägypten, ein Boot mieten können, wäre hinaus aufs Rote Meer gefahren, auf halber Strecke auf eine saudische Yacht umgestiegen und hätte ein paar Stunden später im Hafen von Dschidda angelegt. Wenn es dann spät abends ist, sind die Beamten der Einwanderungsbehörde müde oder werden für ein paar Dollar schnell sehr müde, und man reist problemlos ein. Ist das nicht unfassbar grotesk? Prozeduren dieser Art gehören zu den vielen Absurditäten, denen ich während der Recherche begegnete und die Eingang in das Buch gefunden haben.

Da ich also das Land gewissermaßen nur von außen »erleben« konnte, waren zwei Personen für eine authentische und genaue Beschreibung des Lebens in Dschidda von außerordentlicher Wichtigkeit.

Zuerst ist hier Toni Riethmaier zu nennen, der zehn Jahre lang als Restaurantleiter in Dschidda tätig war. Toni ließ mich an seinen Erfahrungen und Erlebnissen teilhaben und wusste mir unendliche viele Anekdoten zu erzählen, die mich jedes Mal staunend bis fassungslos zurückließen. Seine Berichte aus einer Diktatur, in der privat jeder macht, was er will, solange er sich nicht erwischen lässt, waren ein unverzichtbarer und lebendiger Quell an Informationen. Ich kann dir, Toni, nicht genug dafür danken, dass du so bereitwillig und lebendig von deiner Zeit in Dschidda erzählt hast.

Und dann ist da noch Nasrin A., deren richtiger Name nicht genannt werden darf, weil sie nach ihrer Flucht aus Riad im Jahr 2016 immer noch Angst vor Verfolgung und Repressalien hat. Nasrin schilderte mir in mehreren Telefonaten einen Teil ihrer Lebensgeschichte, die von Entmündigung, Unterdrückung und Gewalt geprägt ist. Ich muss zugeben, dass ich in dieser Phase darüber nachgedacht habe, das Buch aus Angst vor Repressalien in einem anderen, erfundenen Land zu verorten. Doch dann habe ich mich entschieden, darauf zu vertrauen, dass mein Buch nicht wichtig genug ist, als dass ich wie Hamed Abdel-Samad mit einer Fatwa belegt werde. Einige Episoden im vorliegenden Buch sind an Nasrins Erzählungen angelehnt.

Nicht zuletzt möchte ich den Menschen danken, die mich beim Schreiben von *Die 7 Gründe zu töten* mit genauen Blicken, unnachgiebiger Kritik, verständnisvoller Nachsicht und großem Einfühlungsvermögen begleitet haben. Meiner Frau Roswitha und meiner Tochter Emilia, meinen besten Freundinnen Silvia Rachor und Yvonne Trede danke ich in tiefer Liebe für ihre Verbundenheit und Teilnahme an meiner Arbeit.

Johanna Bedenk von Blanvalet und René Stein haben es wieder einmal geschafft, alle gedanklichen Ungenauigkeiten, sprachlichen Verirrungen und logischen Fehler zu entdecken und zu eliminieren. Ich danke auch euch für eure konstruktive Hartnäckigkeit und eure Geduld, wenn manche Einsicht erst mit Verspätung reifte.

Berlin im Januar 2019
Uwe Wilhelm

Sollten Sie, liebe Lesende, die im Buch beschriebenen Vorgänge zuletzt allerdings für übertrieben und meine Berater für blind, auf welchem Auge auch immer, halten, empfehle ich folgende Bücher zur Lektüre. Sie haben mir persönlich bei der Recherche unschätzbare Dienste geleistet und dabei die Augen geöffnet.

[illegible]

[illegible]

[illegible]

[illegible]

[illegible] Verlag Antje Kunstmann, München, 2017

Virginie Despentes: King Kong Theorie, Verlag Kie- [illegible]

[illegible]

Bibliographie

Hamed Abdel-Samad, »Mohamed. Eine Abrechnung«, Droemer Verlag, München, 2015.

Hamed Abdel-Samad, »Der islamische Faschismus. Eine Analyse«, Droemer Verlag, München, 2014.

Rana Ahmad, »Frauen dürfen hier nicht träumen. Mein Ausbruch aus Saudi-Arabien, mein Weg in die Freiheit«, btb Verlag, München, 2017.

Kholoud Bariedah, »Keine Tränen für Allah. Wie ich von Tugendwächtern verurteilt wurde und dem Frauengefängnis von Mekka entkam«, Knaur Verlag, München, 2018.

Hartmut Bobzin, »Der Koran. Eine Einführung«, Verlag C.H.Beck, München, 2015.

Hartmut Bobzin, »Der Koran«, Verlag C.H.Beck, München, 2015.

Malek Chebel, »Die Welt der Liebe im Islam. Eine Enzyklopädie«, Verlag Antje Kunstmann, München, 1997.

Virginie Despentes, »King Kong Theorie«, Verlag Kiepenheuer und Witsch, Köln, 2018.

Mona Eltahawy, »Warum hasst ihr uns so? Für die sexuelle Revolution der Frauen in der islamischen Welt«, Piper Verlag, München, 2015.

Ingeborg Gleichauf, »Poesie und Gewalt, Das Leben der Gudrun Ensslin«, Klett-Cotta Verlag, Stuttgart, 2017.

Amina Masri, »Sakina und der Islam: Ein orientalisches Frauenschicksal« BoD, 2017.

Zana Muhsen, »Verschleppt im Jemen«, Bastei Lübbe Verlag, Köln, 2017.

Nadia Murad, »Ich bin eure Stimme«, Knaur Verlag, München, 2017.

Laurie Penny, »Unsagbare Dinge. Sex, Lügen und Revolution.« Edition Nautilus Verlag, Hamburg, 2015.

Toni Riethmaier mit Felicia Engelmann, »Inside Saudi-Arabien. Mein Leben als Deutscher in einem der verschlossensten Länder der Welt«, Riva Verlag, München, 2017.

Leïla Slimani, »Sex und Lügen: Gespräche mit Frauen aus der islamischen Welt«, btb Verlag, München, 2018.

Zitatnachweise

Das Zitat »Sie schlägt, die Rüstung ihm vom Leibe reißend …« auf Seite 7 stammt aus »Penthesilea« von Heinrich von Kleist, Reclam Verlag, Ditzingen 2012.

Das Zitat »Die Frau ist nicht Opfer eines unergründlichen Schicksals …« auf Seite 356 stammt aus »Das andere Geschlecht: Sitte und Sexus der Frau« von Simone de Beauvoir, Rowohlt Verlag, Reinbek 2000.

Das Zitat »Sie sind lüstern, O, sagte er zu ihr …« auf Seite 356 stammt aus »Die Geschichte der O.« von Pauline Reage, LangenMüller Verlag, München 1997.

Das Zitat »Ich werde erst dann aufhören, die Rechte saudischer Frauen einzufordern …« auf Seite 421 stammt aus »Wie ich Scheherazade tötete: Bekenntnisse einer zornigen arabischen Frau« von Joumana Haddad, Verlag Hans Schiler, Berlin 2010.